A Presa de
SHARPE

OBRAS DO AUTOR PUBLICADAS PELA EDITORA RECORD

1356
Azincourt
O condenado
Stonehenge
O forte

Trilogia *As Crônicas de Artur*

O rei do inverno
O inimigo de Deus
Excalibur

Trilogia *A Busca do Graal*

O arqueiro
O andarilho
O herege

Série *As Aventuras de um Soldado nas Guerras Napoleônicas*

O tigre de Sharpe (Índia, 1799)
O triunfo de Sharpe (Índia, setembro de 1803)
A fortaleza de Sharpe (Índia, dezembro de 1803)
Sharpe em Trafalgar (Espanha, 1805)
A presa de Sharpe (Dinamarca, 1807)
Os fuzileiros de Sharpe (Espanha, janeiro de 1809)
A devastação de Sharpe (Portugal, maio de 1809)
A águia de Sharpe (Espanha, julho de 1809)
O ouro de Sharpe (Portugal, agosto de 1810)
A fuga de Sharpe (Portugal, setembro de 1810)
A fúria de Sharpe (Espanha, março de 1811)
A batalha de Sharpe (Espanha, maio de 1811)

Série *Crônicas Saxônicas*
O último reino
O cavaleiro da morte
Os senhores do norte
A canção da espada
Terra em chamas
Morte dos reis
O guerreiro pagão
O trono vazio
Guerreiros da tempestade

Série *As Crônicas de Starbuck*
Rebelde
Traidor

BERNARD CORNWELL

A Presa de SHARPE

Tradução de
ALVES CALADO

6ª edição

EDITORA RECORD
RIO DE JANEIRO • SÃO PAULO
2016

CIP-Brasil. Catalogação na fonte
Sindicato Nacional dos Editores de Livros, RJ.

C835p
6ª ed.

Cornwell, Bernard, 1944-
A presa de Sharpe / Bernard Cornwell; tradução de Alves Calado. – 6ª ed. – Rio de Janeiro: Record, 2016.
– (As Aventuras de um Soldado nas Guerras Napoleônicas)

Tradução de: Sharpe's prey
Sequência de: Os fuzileiros de Sharpe
ISBN 978-85-01-07836-0

1. Grã-Bretanha – História militar – Século XIX – Ficção. 2. Copenhague (Dinamarca) – História – Bombardeios, 1807 – Ficção. 3. Ficção inglesa. I. Alves-Calado, Ivanir, 1953- . II. Título. III. Série.

07-1413

CDD – 823
CDU – 821.111-3

Título original inglês:
SHARPE'S PREY

Copyright © Bernard Cornwell, 2001

Todos os direitos reservados. Proibida a reprodução, no todo ou em parte, através de quaisquer meios.

Texto revisado segundo o novo Acordo Ortográfico da Língua Portuguesa.

Revisão técnica: Adler Fonseca

Direitos exclusivos de publicação em língua portuguesa somente para o Brasil adquiridos pela
EDITORA RECORD LTDA.
Rua Argentina, 171 – Rio de Janeiro, RJ – 20921-380 – Tel.: (21) 2585-2000, que se reserva a propriedade literária desta tradução.

Impresso no Brasil

ISBN 978-85-01-07836-0

Seja um leitor preferencial Record.
Cadastre-se no site www.record.com.br e
receba informações sobre nossos
lançamentos e nossas promoções.

Atendimento e venda direta ao leitor:
mdireto@record.com.br ou (21) 2585-2002.

Para Jarl, Gerda, Bo e Christine

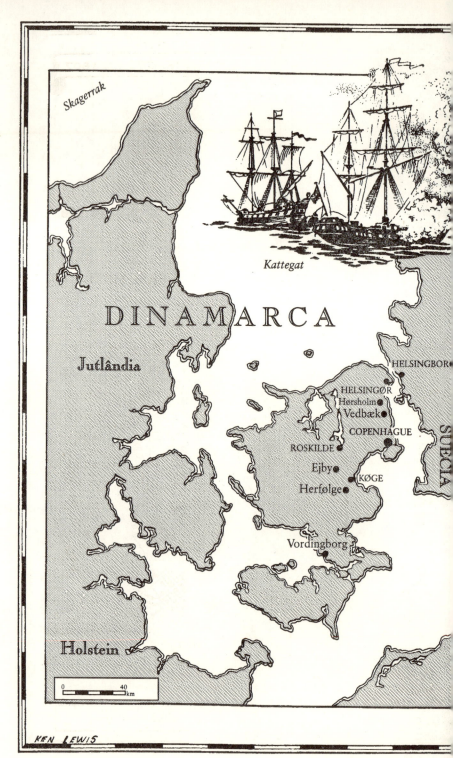

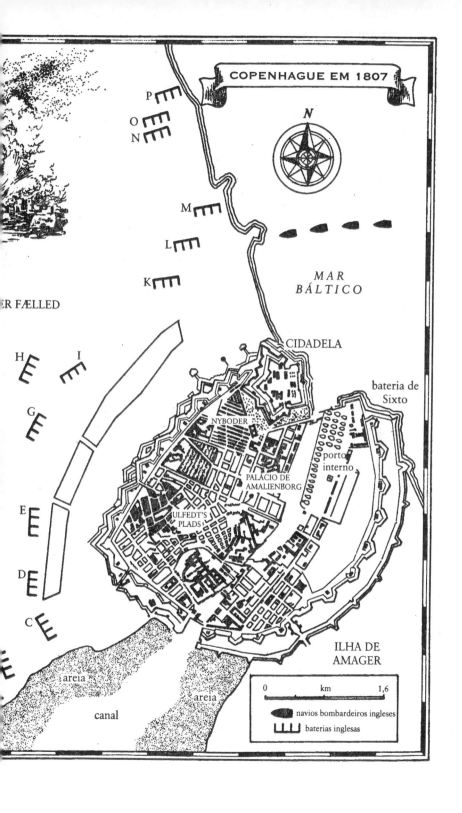

CAPÍTULO I

O capitão Henry Willsen, do Meia Centena Suja de Sua Majestade, conhecido mais formalmente como 50º Regimento de West Kent, defendeu o golpe de sabre de seu adversário. Fez isso às pressas. A mão direita reagiu tão lenta que a lâmina do sabre foi levantada à posição conhecida pelos mestres da esgrima como *quarte basse* e os espectadores que sabiam das coisas consideraram o golpe débil. Um murmúrio surpreso soou, porque Willsen era bom. Muito bom. Estivera atacando, mas era evidente que fora lento em ver o contra-ataque de seu opositor mais alto, e agora fazia um recuo desorganizado. O homem mais alto pressionou, empurrando de lado a *quarte basse* e estocando, de modo que Willsen saltou para trás, as sapatilhas guinchando com um tremor em *staccato* no piso de madeira onde fora espalhada uma boa quantidade de giz de alfaiate. O simples som da sapatilha na madeira coberta de giz denotava pânico. Os sabres se chocaram asperamente de novo, o homem mais alto avançou batendo o pé no chão, a lâmina se movendo veloz, ressoando, alcançando, e Willsen contra-atacava num aparente desespero até que, tão rápido que os que olhavam mal puderam acompanhar o movimento de sua lâmina, saltou de lado e ripostou em direção à bochecha do oponente. Parecia haver pouca energia na riposta, porque toda a força vinha do pulso de Willsen e não do braço inteiro, mas o gume do sabre acertou o homem mais alto com tanta força que ele perdeu o equilíbrio. Oscilou, o braço direito balançando, e

A PRESA DE SHARPE

11

Willsen tocou gentilmente a ponta da arma no peito do oponente, de modo que ele despencou no chão.

— Basta! — gritou o mestre de armas.

— Pelos dentes de Deus! — O homem caído girou seu sabre contra os tornozelos de Willsen, num surto de ressentimento. O golpe foi facilmente bloqueado, e Willsen simplesmente se afastou.

— Eu disse *basta*, senhor! — gritou irado o mestre de armas.

— Como diabo você fez isso, Willsen? — Lorde Marsden tirou o elmo de couro almofadado com o visor de arame que protegera seu rosto. — Eu estava com você caído de bunda!

Willsen, que havia planejado toda aquela passagem da luta desde o momento em que fez uma *quarte basse* deliberadamente fraca, baixou a cabeça.

— Talvez eu apenas tenha tido sorte, senhor.

— Não seja condescendente comigo, homem — disse rispidamente lorde Marsden enquanto se levantava. — O que foi aquilo?

— Seu afastamento da *sixte* foi vagaroso, senhor.

— O diabo é que foi — resmungou lorde Marsden. Ele tinha orgulho de sua habilidade com florete ou sabre, mas sabia que Willsen havia sido melhor facilmente, fingindo um recuo medroso. O nobre fez uma careta de desprezo, depois percebeu que estava sendo pouco gentil e assim, enfiando o sabre embaixo do braço, estendeu a mão. — Você é rápido, Willsen, tremendamente rápido.

O punhado de espectadores aplaudiu a demonstração de esportividade. Estavam no Salão das Armas de Horace Jackson, um estabelecimento na Jermyn Street, de Londres, onde os homens ricos podiam aprender as artes do pugilismo, da esgrima e do tiro com pistolas. O salão era um cômodo alto e despojado, ladeado por suportes cheios de espadas e sabres, cheirando a tabaco e unguento e decorado com gravuras de grandes lutadores, mastins e cavalos de corrida. As únicas mulheres no local serviam bebidas e comida ou então trabalhavam nos pequenos quartos acima do salão, onde as camas eram macias e os preços, altos.

Willsen tirou seu elmo e passou a mão pelos cabelos compridos e louros. Fez uma reverência ao oponente derrotado, em seguida levou os

BERNARD CORNWELL

12

dois sabres até o suporte de armas na lateral do salão, onde um capitão alto, muito magro e extraordinariamente bonito, vestindo a casaca vermelha com debruns azuis do 1º Regimento de Infantaria de Guarda, esperava. O capitão, estranho para Willsen, jogou fora um charuto fumado pela metade, enquanto Willsen se aproximava.

— Você o fez de bobo — disse, animado.

Willsen franziu a testa diante da impertinência do estranho, mas respondeu com bastante polidez. Afinal de contas, era empregado do Salão de Horace Jackson, e o capitão da Guarda, a julgar pelo corte elegante do uniforme caro, era cliente. E mais, o tipo de cliente que não podia esperar para se testar contra o célebre Henry Willsen.

— Eu o fiz de bobo? — perguntou Willsen. — Como?

— A *quarte basse* — disse o oficial da Guarda. — Você a fez fraca de propósito, estou certo?

Willsen ficou impressionado com a precisão do oficial, mas não o deu a entender.

— Talvez eu apenas tenha tido sorte — sugeriu. Estava sendo modesto, porque tinha reputação de ser o melhor espadachim do Meia Centena Suja, provavelmente de todo o exército e talvez de todo o país, mas não dava importância à sua capacidade, assim como não dava importância aos que o consideravam o melhor atirador com pistolas de Kent. O soldado, gostava de dizer Willsen, deve dominar suas armas, e por isso ele treinava assiduamente e rezava para que um dia sua habilidade fosse útil a serviço do país. Até então recebia merecidamente o soldo de capitão e, como isso não era o bastante para sustentar esposa, filho e as contas, ensinava esgrima e tiro de pistola no Salão das Armas de Horace Jackson. Este, um velho pugilista de cara amassada, queria que Willsen deixasse o exército para trabalhar no estabelecimento em tempo integral, mas Willsen gostava de ser soldado. Isso lhe dava uma posição na sociedade britânica. Podia não ser uma posição elevada, mas era honrosa.

— Sorte não existe — disse o oficial da Guarda, só que agora falando em dinamarquês. — Não quando estamos lutando.

A PRESA DE SHARPE

Willsen estava se virando, mas a mudança de idioma o fez olhar de novo para o louro capitão da Guarda. Sua primeira impressão casual fora de uma juventude privilegiada, mas agora via que o oficial provavelmente tinha 30 e poucos anos e um jeito cínico em sua beleza leviana. Este, pensou Willsen, era um homem que estaria à vontade tanto num palácio quanto à beira de um ringue de pugilismo. E era formidável, um homem de importância peculiar para Willsen, que agora fazia uma semirreverência ao oficial.

— O senhor — disse respeitosamente — deve ser o honorável major John Lavisser, não é?

— Sou o capitão Lavisser — disse o capitão e major Lavisser. A Guarda dava aos seus oficiais postos duplos; o mais baixo denotava sua responsabilidade no regimento, ao passo que o mais elevado era um reconhecimento de que qualquer oficial da Guarda era um ser superior, em especial se comparado a um empobrecido espadachim do 50º Regimento.

— Sou o capitão Lavisser — disse de novo o honorável John Lavisser —, mas você deve me chamar de John. Por favor — continuava falando em dinamarquês.

— Imaginei que só iríamos nos encontrar no sábado — respondeu Willsen, tirando as sapatilhas de esgrima e calçando botas.

— Seremos companheiros por um bom tempo. — Lavisser ignorou a hostilidade de Willsen. — E acho melhor sermos amigos. Além disso, você não está curioso quanto às nossas ordens?

— Minhas ordens são de escoltá-lo a Copenhague e tirá-lo de lá em segurança — respondeu Willsen rispidamente, enquanto vestia a casaca vermelha. A lã da casaca estava desbotada e os punhos e debruns pretos estavam puídos. Prendeu sua espada de sete guinéus, ciente e desgostoso da valiosa lâmina que pendia do cinto de Lavisser, mas há muito Willsen havia aprendido a conter a inveja diante das desigualdades da vida, mesmo que não pudesse esquecê-las por completo. Sabia bastante bem que seu posto de capitão no Meia Centena Suja valia 1.500 libras, exatamente o que custava para comprar um mero posto de tenente na Guarda, mas tudo bem. Willsen fora ensinado por seu pai dinamarquês e pela mãe inglesa a confiar em Deus, cumprir seu dever e aceitar o destino, e agora o destino havia decretado que ele seria companheiro de um homem que era filho de um conde, oficial da Guarda e ajudante de ordens do príncipe Frederico, duque de York, segundo filho de Jorge III e comandante em chefe do exército britânico.

— Mas não quer saber por que vamos a Copenhague? — perguntou Lavisser.

— Não tenho dúvida de que serei informado no momento adequado — disse Willsen, com modos ainda ríspidos.

Lavisser sorriu, e seu rosto fino e sombrio foi transformado pelo charme.

— O momento adequado, Willsen, é agora. Venha, pelo menos permita-me pagar um jantar e revelar os mistérios de nossa jornada.

Na verdade, o capitão Willsen estava intrigado. Havia servido por 12 anos no exército britânico e jamais ouvira um tiro disparado com raiva. Ansiava por se distinguir. E agora, subitamente, surgira uma chance, porque era necessário um oficial para escoltar o ajudante de ordens do duque de York até Copenhague. Era só isso que Willsen sabia, mas seu oficial-comandante dera a entender que sua habilidade com as armas pequenas poderia ser uma grande vantagem. A princípio Willsen ficara preocupado, temendo que estaria lutando contra o povo de seu pai, mas haviam-lhe garantido que o perigo em Copenhague vinha dos franceses, não dos dinamarqueses, e essa garantia lhe permitira aceitar a responsabilidade, além de estimular sua curiosidade. Agora Lavisser estava se oferecendo para explicar. E Willsen, que sabia que havia sido grosseiro, assentiu.

— Claro. Será um prazer jantar com o senhor.

— Meu nome é John — insistiu Lavisser, enquanto guiava Willsen descendo a escada até a rua. Willsen esperava que houvesse uma carruagem, mas parecia que Lavisser estava a pé, ainda que estivesse caindo uma chuvinha fraca. — Difícil acreditar que estamos em julho — resmungou Lavisser.

— Será uma colheita ruim — observou Willsen.

— Achei que poderíamos comer alguma coisa no Almack's — sugeriu Lavisser — e depois, quem sabe, jogar uma mão de cartas.

— Nunca aposto — respondeu Willsen e, mesmo que o fizesse, jamais poderia se dar ao luxo das grandes somas apostadas no Almack's.

— Você é sábio. — Os dois estavam falando inglês de novo. — E achei que talvez lhe agradasse se trocássemos uma palavra com Hanssen antes do jantar.

— Hanssen?

— O primeiro-secretário da embaixada dinamarquesa — explicou Lavisser. Lançou um olhar sério para o companheiro. — Quero ter certeza de que nossas atividades não serão prejudiciais à Dinamarca. Hanssen é um homem decente e sempre considerei seus conselhos muito sensatos.

Willsen compartilhava o desejo de não prejudicar a Dinamarca, por isso gostou da ideia de falar com alguém da embaixada, mas sua cautela inata vinha na frente.

— Deveríamos revelar nossos propósitos ao governo dinamarquês?

— Claro que não, e claro que não revelaremos. — Lavisser parou e soltou seu sorriso ofuscante sobre Willsen. — Sir David me disse que você revelou escrúpulos quanto a visitar a Dinamarca. É verdade? Acredite, caro Willsen, sinto o mesmo. Os parentes de minha mãe moram lá e não farei nada, absolutamente nada, que os coloque em dificuldades. — Fez uma pausa, e então sua voz ganhou um tom mais sério. — Se você e eu não pudermos trazer a Dinamarca e a Inglaterra para uma amizade mais íntima, meu caro Willsen, então não teremos nada o que fazer lá, absolutamente nada. Busco meramente uma tranquilização geral da parte de Hanssen. Quero notícias da situação política na Dinamarca. Quero saber que pressão os franceses estão fazendo. Os franceses são os irritadores, mas não são sempre? E, claro, Hanssen quererá saber o propósito de nossa ida, mas diremos meramente que vamos visitar nossas famílias. O que poderia ser mais inocente? — Lavisser sorriu, continuou andando, e Willsen, tranquilizado, seguiu o alto oficial da Guarda atravessando a rua. Um varredor que ia passando, um garoto magro com uma ferida escorrendo na testa, correu para tirar uma bosta de cavalo do caminho de Lavisser. O oficial da Guarda jogou descuidadamente uma moeda de seis pence na direção do garoto, depois guiou Willsen por um beco. — Você ficaria ofendido se visitássemos Hanssen pela entrada de serviçais? É que com o Báltico tão abalado podemos ter certeza de que os desgraçados franceses estarão vigiando sua porta da frente.

— Os franceses? Em Londres?

— Eles têm agentes em toda parte, até mesmo em Londres. Mas creio que não neste beco.

O beco era escuro e imundo. Culminava num portão aberto que dava para um pátio estreito e sem graça, ainda mais escuro pelas nuvens densas do dia e pelas paredes ao redor. As pedras do calçamento do pátio estavam meio cobertas do lixo que era posto num carrinho de mão por um homem alto e corpulento que pareceu surpreso ao ver dois oficiais de casaca invadirem seu sujo domínio. Ele saiu rapidamente do caminho, tirou o chapéu rasgado e afastou o cabelo da testa, enquanto os dois oficiais passavam pisando com cautela pela imundície do pátio.

— Você seria avesso a companhia feminina depois do jantar? — perguntou Lavisser.

— Sou um homem casado, capitão — respondeu Willsen severamente.

— Chame-me de John, por favor.

Willsen havia ficado desconfortável com o convite àquele tipo de familiaridade.

— Não ficarei depois do jantar — disse sem jeito, desviando-se do carrinho.

Henry Willsen era um dos melhores espadachins do exército britânico e sua habilidade com uma pistola causaria inveja a qualquer duelista, mas não teve defesa contra o ataque feito assim que havia passado pelo carro de lixo. O homem alto chutou-o atrás de um dos joelhos, e, quando Willsen caiu, o agressor golpeou para cima com uma faca, que penetrou entre suas costelas. A lâmina afundou até o cabo, e o homem a manteve ali, sustentando Willsen, que estava subitamente ofegante, enquanto sua mão direita tentava ir até o punho da espada barata. Conseguiu pegar a arma, ainda que debilmente, mas o capitão Lavisser, que havia se virado quando o homem alto atacou, apenas sorriu e empurrou a mão de Willsen de lado.

— Não creio que você precise disso, Harry — disse ele.

— Você... — Willsen tentou falar, mas seus pulmões estavam se enchendo de sangue. Começou a engasgar, e seus olhos se arregalaram enquanto ele balançava a cabeça.

— Peço desculpas, caro Willsen, mas acho que sua presença em Copenhague seria um embaraço pavoroso. — O oficial da Guarda recuou rapidamente enquanto o homem grandalhão, que estivera sustentando o peso de Willsen com a faca, soltou a lâmina. Willsen tombou, e o homem que o atacara se abaixou ao seu lado e passou a faca por sua garganta. Willsen começou a fazer ruídos de sufocação enquanto se sacudia espasmodicamente nas pedras do calçamento. — Muito bem — disse Lavisser calorosamente.

— Trabalho fácil — grunhiu o grandalhão. Em seguida se levantou, enxugando a lâmina no casaco sujo. Era muito alto, de peito muito largo, e tinha os dedos de pugilista, cheios de cicatrizes. O rosto era marcado pela varíola, o nariz fora partido e mal consertado pelo menos uma vez, e os olhos pareciam pedras. Tudo nele declarava que vinha da sarjeta mais baixa que poderia produzir vida, e simplesmente olhar para ele era ficar satisfeito com o fato de que o cadafalso do lado externo da prisão de Newgate fosse alto.

— Ele ainda está vivo. — Lavisser franziu a testa para Willsen.

— Não por muito tempo — respondeu o grandalhão, depois pisou com força no peito de Willsen. — Agora não está mais.

— Você é um exemplo para todos nós, Barker — disse Lavisser, depois se aproximou do morto. — Ele era um homem muito sem graça, provavelmente luterano. Você vai pegar o dinheiro? Fazer com que pareça um roubo?

Barker já começara a cortar os bolsos do defunto.

— Acha que vão arranjar outro desgraçado para ir conosco? — perguntou.

— Eles parecem tediosamente decididos a me arranjar companhia — disse Lavisser despreocupadamente —, mas agora o tempo é curto, muito curto, e duvido que encontrem alguém. Mas se encontrarem, Barker, você deve cuidar do novo homem como cuidou deste. — Lavisser parecia fascinado com o defunto Willsen, porque não conseguia afastar os olhos dele. — Você é um grande conforto para mim, Barker, e vai gostar da Dinamarca.

— Vou, senhor?

— Os dinamarqueses são um povo que confia muito. — Lavisser continuava incapaz de afastar o olhar do corpo de Willsen. — Seremos como lobos carniceiros em meio aos cordeirinhos mais lanosos. — Por fim conseguiu afastar o olhar do cadáver, levantou a mão lânguida e passou pelo carrinho. Imitou alguns balidos enquanto seguia pelo beco.

A chuva caía mais forte. Era fim de julho de 1807, no entanto mais parecia março. Seria uma colheita ruim, havia uma nova viúva em Kent, e o honorável John Lavisser foi para o Almack's, onde perdeu mais de mil guinéus, porém isso não importava mais. Agora nada importava. Deixou bilhetes sem valor, prometendo pagar as dívidas, e foi embora. Estava a caminho da glória.

O Sr. Brown e o Sr. Belling, um gordo e outro magro, estavam sentados lado a lado olhando solenemente para o oficial do exército, de casaca verde, do outro lado da mesa. Nem o Sr. Belling nem o Sr. Brown gostavam do que viam. O visitante — não exatamente um cliente — era um homem alto, de cabelos pretos, rosto duro, uma cicatriz na bochecha e — de modo agourento — parecia alguém afeito às cicatrizes. O Sr. Brown suspirou e se virou para olhar a chuva caindo no Eastcheap de Londres.

— Será uma colheita ruim, Sr. Belling — disse em tom pesado.

— É o que temo, Sr. Brown.

— Julho! — disse o Sr. Brown. — É mesmo julho! Mas parece março!

A PRESA DE SHARPE

— Fogo aceso em julho! — disse o Sr. Belling. — Nunca ouvi falar!

O fogo aceso, um grande monte de carvões soturnos, ardia numa lareira enegrecida sobre a qual pendia um sabre de cavalaria. Era a única decoração na sala forrada de madeira e sugeria a natureza militar do escritório. Os senhores Belling e Brown, de Cheapside, eram agentes do exército e seu trabalho era cuidar das finanças dos oficiais que serviam fora do país. Também atuavam como corretores para homens que quisessem comprar ou vender patentes, mas aquela tarde úmida e fria de julho não estava lhes trazendo ganhos.

— Infelizmente! — O Sr. Brown abriu as mãos. Os dedos eram muito brancos, gorduchos e lindamente manicurados. Flexionou-os como se fosse tocar um cravo. — Infelizmente — repetiu, olhando para o oficial de casaca verde que parecia irritado do lado oposto da mesa.

— É a natureza de sua patente — explicou o Sr. Belling.

— De fato — interveio o Sr. Brown —, é a natureza, por assim dizer, de sua patente. — Ele deu um sorriso pesaroso.

— É uma patente tão boa quanto a de qualquer outro — disse o oficial em tom beligerante.

— Ah, é melhor! — respondeu o Sr. Brown, animado. — Não concorda, Sr. Belling?

— Muito melhor — disse entusiasmado o Sr. Belling. — Uma patente obtida no campo de batalha, Sr. Sharpe? Pela minha alma, mas isso é uma coisa rara. Rara!

— Uma coisa admirável — concordou energicamente o Sr. Belling. — Uma patente de campo de batalha! Vinda das fileiras! Bom, é um... — Ele parou, pensando no que era. — É um verdadeiro feito!

— Mas não é — o Sr. Brown falou delicadamente, com as mãos gorduchas se abrindo e fechando como as asas de uma borboleta — fungível.

— Exatamente. — Os modos do Sr. Belling exsudavam alívio porque o sócio havia encontrado a palavra exata para resolver a questão. — Não é fungível, Sr. Sharpe.

Durante alguns segundos ninguém falou. Um pedaço de carvão chiou, a chuva bateu na janela do escritório e o chicote de um cocheiro estalou na rua que estava cheia dos ribombos, estalos e guinchos de carroças e carruagens.

— Fungível? — perguntou o tenente Richard Sharpe.

— A patente não pode ser trocada por dinheiro — explicou o Sr. Belling. — O senhor não a comprou, não pode vendê-la. O senhor a ganhou. O que o rei lhe dá o senhor pode dar de volta, mas não pode vender. Não é — ele fez uma pausa — fungível.

— Disseram-me que eu poderia vender! — disse Sharpe com irritação.

— Disseram errado — respondeu o Sr. Brown.

— O senhor foi mal informado — acrescentou o Sr. Belling.

— Maldosamente — disse o Sr. Brown. — Infelizmente.

— O regulamento é claro — continuou o Sr. Belling. — Um oficial que compra uma patente está livre para vendê-la, mas alguém que recebe uma patente como prêmio não está. Gostaria que fosse de outro modo.

— Ambos gostaríamos! — disse o Sr. Brown.

— Mas me disseram...

— Disseram errado — reagiu o Sr. Belling com rispidez, depois desejou não ter falado tão bruscamente, porque o tenente Sharpe se inclinou adiante na cadeira como se fosse atacar os dois.

Sharpe se conteve. Olhou do gorducho Sr. Brown para o magricela Sr. Belling.

— Então não podem fazer nada?

O Sr. Belling olhou durante alguns segundos para o teto marrom devido à fumaça, como se buscasse inspiração, depois balançou a cabeça.

— Não há nada que possamos fazer — declarou —, mas o senhor pode requisitar uma dispensa ao governo de Sua Majestade. Nunca ouvi falar de uma atitude assim, mas talvez façam uma exceção. — Ele parecia muito em dúvida. — Há oficiais superiores, por acaso, que falariam pelo senhor?

A PRESA DE SHARPE

Sharpe ficou quieto. Havia salvado a vida de Sir Arthur Wellesley na Índia, mas duvidava que o general o ajudasse agora. Tudo que Sharpe queria era vender sua patente, pegar as 450 libras e sair do exército. Mas pelo visto não poderia vender sua patente porque não a havia comprado.

— Uma apelação assim demandaria tempo — alertou o Sr. Brown —, e eu não ficaria tranquilo quanto ao resultado, Sr. Sharpe. O senhor está pedindo que o governo estabeleça um precedente, e os governos são cautelosos com os precedentes.

— São mesmo — disse Belling. — E devem ser. Mas no seu caso...? — Ele sorriu, ergueu as sobrancelhas e depois se recostou na cadeira.

— No meu caso? — perguntou Sharpe, perplexo.

— Eu não ficaria tranquilo — repetiu o Sr. Brown.

— Estão dizendo que estou enrabado? — perguntou Sharpe.

— Estamos dizendo, Sr. Sharpe, que não podemos ajudá-lo. — O Sr. Brown falou com severidade porque ficara ofendido com o linguajar de Sharpe. — Infelizmente.

Sharpe olhou para os dois. Acabo com eles, pensou. Dois minutos de violência sangrenta e depois esvazio os bolsos dos sujeitos. Os desgraçados deviam ter dinheiro. E ele tinha três xelins e três pence e meio no bolso. Só isso. Três xelins e três pence e meio.

Mas não era culpa de Brown ou Belling que ele não pudesse vender sua patente. Eram as regras. Os regulamentos. Os ricos podiam ganhar mais dinheiro e os pobres podiam ir para o inferno. Levantou-se, e o barulho da bainha do sabre na cadeira fez o Sr. Brown se encolher. Sharpe jogou um sobretudo úmido nos ombros, enfiou uma barretina nos cabelos desgrenhados e pegou sua sacola.

— Bom dia — disse rapidamente, depois saiu da sala para um sopro de vento frio e chuva impróprios para a estação.

O Sr. Belling soltou um grande suspiro de alívio.

— Sabe quem era esse, Sr. Brown?

— Ele se anunciou como tenente Sharpe, do 95· de Fuzileiros — disse o Sr. Brown —, e não tenho motivos para duvidar, tenho?

BERNARD CORNWELL

— O mesmíssimo oficial, Sr. Brown, que viveu... ou será que devo dizer coabitou?... com Lady Grace Hale!

Os olhos do Sr. Brown se arregalaram.

— Não! Pensei que ela havia se juntado a um alferes!

O Sr. Belling suspirou.

— Nos Fuzileiros, Sr. Brown, não há alferes. Ele é segundo-tenente. O mais baixo dos baixos!

O Sr. Brown olhou a porta fechada.

— Pela minha alma — disse baixinho. — Pela minha alma! — Aquela era uma coisa para contar a Amelia quando chegasse em casa! Um escândalo no escritório! Correra por toda Londres o boato de como Lady Grace Hale, viúva de um homem proeminente, havia se mudado para uma casa com um soldado comum. Certo, o soldado comum era um oficial, mas não um oficial de verdade. Não era um homem que havia comprado sua patente, e sim um sargento que recebera a promoção no campo de batalha, o que, a seu modo, era totalmente admirável, mas mesmo assim! Lady Grace Hale, filha do conde de Selby, vivendo com um soldado comum? E não somente vivendo, mas tendo um filho com ele! Pelo menos era o que diziam os boatos. A família Hale afirmava que o marido morto era o pai da criança e a data do nascimento do bebê estava convenientemente a menos de nove meses da morte de lorde William, mas poucos acreditavam. — Achei que o nome era um tanto familiar.

— Eu mesmo mal acreditei — admitiu o Sr. Belling. — Dá para imaginar aquela dama suportando um homem assim? Ele é pouco mais do que um selvagem!

— Notou a cicatriz no rosto?

— E quando será que ele se barbeou pela última vez? — Belling estremeceu. — Creio que ele não vai durar muito no exército, Sr. Brown. Uma carreira interrompida, não acha?

— Truncada, Sr. Belling.

— Sem um tostão, sem dúvida!

— Sem dúvida! — disse Brown. — E carregava sua própria sacola e o sobretudo! Um oficial não carrega sacolas! Nunca vi uma coisa assim em todos os meus anos. E estava fedendo a gim.

A PRESA DE SHARPE

— Estava?

— Fedendo! — disse Brown. — Bem, eu nunca...! Então esse é o sujeito, hein? Em quê Lady Grace estava pensando? Devia estar louca! — Ele pulou, espantado porque a porta fora aberta subitamente. — Sr. Sharpe? — disse debilmente, imaginando se o fuzileiro alto havia retornado para se vingar da falta de ajuda. — Esqueceu alguma coisa?

Sharpe balançou a cabeça.

— Hoje é sexta-feira, não é? — perguntou.

O Sr. Belling piscou.

— Sim, Sr. Sharpe — disse debilmente. — É.

— Sexta — confirmou o Sr. Brown —, o último dia de julho.

Sharpe, de olhos sombrios, alto e com rosto duro, olhou cheio de suspeitas para cada um dos homens, depois assentiu com relutância.

— Achei que fosse — disse e saiu de novo.

Desta vez foi Brown quem deu um suspiro de alívio quando a porta se fechou.

— Não consigo achar que promover homens das fileiras seja boa ideia — disse.

— Isso nunca dura — consolou-o Belling. — Eles não servem para os postos de oficial, Sr. Brown, e gostam de beber, portanto ficam sem dinheiro. Não há prudência no tipo inferior de homens. Ele estará nas ruas em menos de um mês, ouça o que digo, em menos de um mês.

— Pobre coitado — disse o Sr. Brown, e passou o ferrolho na porta. Eram apenas cinco da tarde, e o escritório devia ficar aberto até as seis, mas de algum modo pareceu prudente fechar mais cedo. Só para o caso de Sharpe voltar. Só para o caso.

Grace, pensou Sharpe. Grace. Deus me ajude, Grace. Deus me ajude. Três xelins, três pence e uma porcaria de meio penny, todo o dinheiro que lhe restava no mundo. O que faço agora, Grace? Falava com ela frequentemente. Grace não estava ali para ouvir, não agora, mas mesmo assim ele falava.

Ela lhe havia ensinado muita coisa, havia-o encorajado a ler e tentara fazer com que pensasse, mas nada dura. Nada.

— Que inferno, Grace! — disse em voz alta, e homens na rua lhe deram espaço, achando que estava louco ou bêbado. — Que inferno! — A raiva estava crescendo por dentro, densa e escura, uma fúria que queria explodir em violência ou então se afogar em bebida. Três xelins, três pence e uma porcaria de meio penny. Podia muito bem se embebedar com isso, mas a cerveja e o gim que havia tomado ao meio-dia já estavam azedos na barriga. O que desejava era machucar alguém, qualquer um. Apenas uma raiva cega e desesperada.

Não havia planejado assim. Pensara que chegaria a Londres, pegaria um empréstimo adiantado com um agente do exército e iria embora. De volta à Índia, pensara. Outros homens iam para lá pobres e voltavam ricos. Sharpe, o nababo, e por que não? Porque não podia vender sua patente, por isso. Algum moleque ranhento, de família rica, podia comprar e vender sua patente, mas um soldado de verdade, que havia lutado para subir na carreira, não. Danem-se todos. E agora? Ebenezer Fairley, o mercador que navegara com Sharpe vindo da Índia, tinha lhe oferecido um emprego, e Sharpe achava que poderia caminhar até Cheshire e implorar ao sujeito, mas não estava ansioso por começar essa jornada agora. Só queria dar vazão à raiva. E assim, com a certeza de que era mesmo sexta-feira, foi na direção da Torre. A rua fedia a rio, fumaça de carvão e bosta de cavalo. Havia riqueza nessa parte de Londres que ficava tão perto do cais, da Alfândega e dos grandes armazéns atulhados de especiarias, chá e seda. Esse era um distrito de estabelecimentos contábeis, bancos e mercadores, um duto para a riqueza do mundo, mas o dinheiro não era exposto. Alguns funcionários corriam de um escritório a outro, mas não havia varredores atravessando a rua e nenhum dos sinais de luxo que preenchiam as ruas elegantes no lado oeste da cidade. Os prédios aqui eram altos, escuros e cheios de segredo, e era impossível dizer se o homem grisalho que andava rapidamente com um livro-caixa sob o braço era um príncipe mercante ou um escriturário exausto.

Sharpe virou-se para descer a Tower Hill. Havia duas sentinelas de casacas vermelhas no portão externo da Torre. Os homens fingiram não ver a bainha do sabre se projetando do sobretudo de Sharpe, e ele fingiu não vê-los. Não se importava se iriam prestar continência ou não. Não se importava se veria o exército de novo enquanto vivesse. Era um fracasso. Almoxarife do regimento. Uma porcaria de intendente. Tinha vindo da Índia — onde recebera uma comissão num regimento de casacas vermelhas — para a Inglaterra, onde fora posto nos casacas verdes, e a princípio havia gostado do Regimento de Fuzileiros, mas então Grace partira, e tudo deu errado. Mas não era culpa dela. Sharpe culpava a si mesmo, mas mesmo assim não entendia por que havia fracassado. Os Fuzileiros eram um novo tipo de regimento, que valorizava a habilidade e a inteligência acima da disciplina cega. Trabalhavam duro, recompensavam o progresso e encorajavam os homens a pensar por si mesmos. Os oficiais treinavam com os soldados, até mesmo faziam exercícios com eles, e as horas que outros regimentos desperdiçavam cuidando dos cachimbos, polindo armas, lambendo botas e escovando bigodes, os casacas verdes gastavam treinando com as carabinas. Soldados e oficiais competiam uns contra os outros, todos tentando tornar sua companhia a melhor. Era exatamente o tipo de regimento com que Sharpe havia sonhado quando estava na Índia, e fora recomendado para ele. "Ouvi dizer que você é exatamente o tipo de oficial que queremos", dissera o coronel Beckwith cumprimentando Sharpe, e a recepção do coronel era sincera, porque Sharpe trouxe aos casacas verdes uma enorme experiência recente em batalha, mas no fim das contas eles não o quiseram. Ele não se encaixava. Não era capaz de conversa fiada. Talvez os tivesse amedrontado. A maioria dos oficiais do regimento havia passado os últimos anos treinando no litoral sul da Inglaterra, enquanto Sharpe estivera lutando na Índia. Ele havia se entediado com o treinamento, e depois de Grace ficara amargo, de modo que o coronel o havia tirado da companhia número três e o colocado como encarregado das provisões. Função em que, nos regimentos preconceituosos dos casacas vermelhas, a maioria dos oficiais vindos das fileiras era posta, mas nos Fuzileiros isso deveria ser diferente.

Agora o regimento havia marchado para longe, indo lutar em algum local fora do país, mas Sharpe, o intendente rabugento, fora deixado para trás.

— Será uma chance de limpar os alojamentos — dissera a Sharpe o coronel Beckwith. — Dê uma boa lavada neles, hein? Que tudo esteja pronto para nosso retorno.

— Sim, senhor — respondera Sharpe, enquanto pensava que Beckwith podia ir para o inferno. Sharpe era um soldado, e não faxineiro de alojamento, mas havia escondido a raiva enquanto olhava o regimento marchar para o norte. Ninguém sabia para onde. Alguns diziam que para a Espanha, outros diziam que eles estavam indo para Stralsund, uma guarnição britânica no Báltico, mas ninguém podia explicar por que os ingleses mantinham uma guarnição no litoral sul do Báltico, e alguns afirmavam que o regimento ia para a Holanda. Ninguém sabia de fato, mas todos esperavam lutar e todos marchavam com ânimo elevado. Eram os casacas verdes, um novo regimento para um novo século, mas sem lugar para Richard Sharpe. Assim, Sharpe decidira ir embora. Dane-se Beckwith, danem-se os casacas verdes, dane-se o exército e dane-se tudo. Pensou que venderia sua patente, pegaria o dinheiro e arranjaria uma vida nova. Só que não podia vender por causa da porcaria dos regulamentos. Maldição, Grace, pensou. O que vou fazer?

Mas sabia o que iria fazer. Ainda iria embora. Mas, para começar uma vida nova, precisava de dinheiro, motivo pelo qual havia se certificado de que era sexta-feira. Sharpe desceu a escada escorregadia ao pé da Tower Hill e acenou para um barqueiro.

— Degraus de Wapping — disse, acomodando-se na popa do barco.

O barqueiro empurrou a embarcação, deixando a correnteza levá-la rio abaixo, passando pelo portão do Traidor. Dos dois lados do rio os mastros eram densos, nos locais onde navios e barcas estavam atracados em fila dupla junto a molhes grosseiramente protegidos por enormes defesas feitas de corda grossa, torcida e encharcada de alcatrão. Sharpe conhecia aquelas defesas. As gastas eram levadas de carroça até a casa dos enjeitados na Brewhouse Lane, onde as crianças eram obrigadas a desmanchar os restos embolados de alcatrão e cânhamo. Com 9 anos, lembrava Sharpe, ele havia perdido as unhas de quatro dedos. Era um trabalho inútil. Desfazer as tiras de cânhamo com pequenas mãos nuas e sangrentas. Os fios eram vendidos como alternativa para a crina de cavalo usada para enrijecer o reboco das paredes. Olhou para as mãos agora. Ainda ásperas, pensou, mas não mais pretas de alcatrão nem sangrentas com as unhas arrancadas.

— Recrutando? — perguntou o barqueiro.

— Não.

O tom curto e grosso poderia ter ofendido o barqueiro, mas ele não deu importância.

— Não é da minha conta — disse, usando habilmente o remo para manter o barco descendo reto a correnteza —, mas Wapping não é saudável. Principalmente para um oficial, senhor.

— Cresci lá.

— Ah — disse o homem, dando-lhe um olhar perplexo. — Indo para casa, então?

— Indo para casa — concordou Sharpe. O céu estava pesado de nuvens e ainda mais escurecido pela mortalha de fumaça que envolvia os pináculos, as torres e os mastros. Um céu negro sobre uma cidade negra, interrompido apenas pela tira cor-de-rosa entrecortada no oeste. Indo para casa, pensou Sharpe. Tarde de sexta-feira. A chuva fina batia no rio. Luzes brilhavam em escotilhas nos navios atracados que fediam a pó de carvão, esgoto, óleo de baleia e especiarias. Gaivotas voavam como retalhos brancos na escuridão precoce, girando e mergulhando ao redor da trave pesada no Cais da Execução, onde os corpos de dois homens, amotinados ou piratas, estavam pendurados com o pescoço partido.

— Cuidado — disse o barqueiro, enfiando habilmente seu esquife entre os outros barcos nos Degraus de Wapping. Não estava alertando Sharpe contra a escada escorregadia, mas sim contra as pessoas que viviam nas ruas apinhadas acima.

Sharpe pagou com moedas de cobre e subiu ao cais ladeado por armazéns baixos guardados por cães magros e bandidos com porretes.

Aquele lugar era bastante seguro, mas, assim que atravessasse o beco e fosse para as ruas, ele estaria em território faminto. Estaria de volta à sarjeta, mas era a sua sarjeta, o lugar onde havia começado, e não sentia um medo particular.

— Coronel! — Uma prostituta chamou-o de detrás de um armazém. Levantou a saia e cuspiu um palavrão quando Sharpe a ignorou. Um cão acorrentado saltou para ele ao sair na High Street, onde um bando de meninos gritou zombando da visão de um oficial do exército e começou a marchar atrás dele. Sharpe deixou que o seguissem por vinte passos, depois girou depressa e agarrou pelo casaco maltrapilho o menino mais próximo, levantou-o e apertou-o contra a parede. Dois outros garotos saíram correndo, sem dúvida para chamar irmãos ou pais.

— Onde está Maggie Joyce? — perguntou Sharpe.

O garoto hesitou, imaginando se deveria ser corajoso, depois deu um meio sorriso.

— Ela foi embora, moço.

— Para onde?

— Seven Dials.

Sharpe acreditou. Maggie era sua única amiga, ou pelo menos ele esperava que fosse, mas devia ter tido o bom senso de abandonar Wapping, ainda que Sharpe duvidasse que Seven Dials fosse muito mais seguro. Ele estava ali porque era noite de sexta-feira e estava pobre.

— Quem é o patrão na casa de trabalho? — perguntou.

Agora o garoto parecia realmente apavorado.

— O patrão? — sussurrou.

— Quem é, garoto?

— Jem Hocking, senhor.

Sharpe pôs o menino no chão, pegou o meio penny no bolso e atirou-o girando pela rua, de modo que os garotos o perseguissem entre pessoas, cães, carroças e cavalos. Jem Hocking. Era o nome que ele havia esperado escutar. Um nome de um passado negro, um nome que infeccionava a memória de Sharpe enquanto ele caminhava pelo centro da rua para que ninguém esvaziasse um balde de merda na sua cabeça. Era uma tarde de verão, o sol ocultado pelas nuvens continuava acima do horizonte, mas ali parecia um crepúsculo de inverno. As casas eram pretas, os tijolos antigos remendados com tábuas rústicas. Algumas haviam caído e não passavam de montes de entulho. As fossas fediam. Cães latiam em toda parte. Na Índia, os oficiais ingleses estremeciam diante do fedor das ruas, mas nenhum deles jamais havia caminhado aqui. Até mesmo a pior rua da Índia, pensou Sharpe, era melhor do que aquele local fétido, onde o povo tinha rostos finos, encovados de fome, mas os olhos eram muito brilhantes, em especial quando viam a sacola na mão esquerda de Sharpe. Viam uma sacola pesada, um sabre e avaliavam o valor do sobretudo posto como uma capa sobre os ombros largos. Havia mais riqueza em Sharpe do que aquelas pessoas viam em meia dúzia de anos, e no entanto Sharpe se considerava pobre. Já fora rico. Havia tomado as joias do sultão Tipu, arrancando-as do corpo do rei agonizante no túnel fedendo a merda no portão da Água em Seringapatam, mas aquelas joias tinham ido embora. Advogados malditos. Advogados malditos, malditos.

Mas se as pessoas viam a riqueza em Sharpe também viam que ele era muito alto, muito forte e que seu rosto tinha cicatrizes, era duro, amargo e intimidante. Um homem teria de estar desesperadamente faminto para arriscar a vida numa tentativa de roubar o sobretudo ou a sacola de Sharpe, e, assim como lobos que sentiam o cheiro de sangue mas temiam perder o seu, os homens o viam passar e, ainda que alguns o seguissem quando virou na Wapping Lane, não o acompanharam até a Brewhouse Lane. A casa dos pobres e o lar dos enjeitados ficavam lá, e ninguém chegava perto daqueles muros altos e tristes, a não ser que fosse obrigado.

Sharpe parou à porta da velha cervejaria, havia muito fechada, e olhou para os muros da casa de trabalho do outro lado da rua. À direita ficava a casa dos pobres, que na maior parte abrigava gente velha demais para trabalhar, doente ou que fora abandonada pelos filhos. Os senhorios os jogavam na rua e o bedel da paróquia os trazia para cá, para o reino de Jem Hocking, onde os homens eram postos numa ala e as mulheres na outra. E morriam aqui, os maridos proibidos de falar com as esposas, e todos passavam fome até que os cadáveres eram transportados numa carroça de demolição para uma sepultura de indigente. Essa era a casa dos pobres, e era separada do lar dos enjeitados por uma estreita casa de tijolos, de três andares, com janelas pintadas de branco e uma elegante lanterna de ferro fundido suspensa sobre os degraus da frente muito bem lavados. A casa do patrão. O pequeno palácio de Jem Hocking que dava para o lar dos enjeitados, que, como a casa dos pobres, tinha seu próprio portão: uma placa negra, feita de tábuas grossas manchadas de alcatrão e encimada por pontas de ferro enferrujado com dez centímetros de comprimento. Na verdade, era uma prisão para órfãos. Os magistrados mandavam as mulheres grávidas para cá, garotas pobres demais para ter um lar ou doentes demais para vender o corpo nas ruas. Seus filhos bastardos nasciam aqui e as jovens, frequentemente, morriam de febre. As que sobreviviam retornavam às ruas, deixando os filhos aos cuidados carinhosos de Jem Hocking e sua esposa.

Já fora a casa de Sharpe. E agora era sexta-feira.

Ele atravessou a rua e bateu na pequena porta de vime engastada no portão maior do lar dos enjeitados. Grace quisera vir aqui. Havia escutado as histórias de Sharpe e acreditava que poderia mudar as coisas, mas nunca houvera tempo. Assim Sharpe mudaria as coisas agora. Levantou a mão para bater de novo, no instante em que a porta de vime se abriu, revelando um rapaz pálido e ansioso que se encolheu diante do punho de Sharpe.

— Quem é você? — perguntou Sharpe, enquanto passava pela pequena abertura.

— Senhor? — O rapaz estivera esperando para fazer a mesma pergunta.

— Quem é você? — perguntou Sharpe. — Ande, homem, pare de tremer! E onde está o patrão?

— O patrão está na casa dele, mas... — O rapaz abandonou qualquer coisa que estivesse tentando falar e em vez disso tentou ficar na frente de Sharpe. — O senhor não pode entrar aí!

A PRESA DE SHARPE

— Por quê? — Sharpe havia atravessado o pequeno pátio e agora empurrava a porta do salão. Quando era criança, achava que aquele era um aposento enorme, grande como uma catedral, mas agora parecia esquálido e pequeno. Pouco maior do que a sala do alojamento de uma companhia, percebeu. Era hora do jantar, umas trinta crianças ou mais estavam sentadas no chão em meio à estopa e às defensas incrustadas de alcatrão que eram seu trabalho diário. Enfiavam colheres em tigelas de madeira enquanto outras trinta crianças faziam fila ao lado de uma mesa com um caldeirão de sopa e uma tábua com pães. Uma mulher, com braços vermelhos enormes, estava atrás da mesa, enquanto um rapaz equipado com um chicote de montaria se recostava no tablado baixo do salão, sobre o qual um texto bíblico estava escrito em arco na parede pintada de marrom. Esteja certo de que seu pecado irá encontrá-lo.

Sessenta pares de olhos encararam Sharpe, atônitos. Nenhuma criança falou, por medo do chicote de montaria ou de um soco da mulher de braços grossos. Sharpe também não falou. Estava olhando a sala, sentindo o cheiro de alcatrão e lutando contra as lembranças avassaladoras. Fazia vinte anos que estivera sob aquele teto pela última vez. Vinte anos. Mas o cheiro era o mesmo. Cheirava a alcatrão, medo e comida podre. Foi até a mesa e cheirou a sopa.

— Caldo de alho-poró e cevada, senhor. — A mulher, vendo os botões de prata, os debruns pretos e o sabre, fez uma reverência sem jeito.

— Para mim, parece água morna — disse Sharpe.

— Alho-poró e cevada, senhor.

Sharpe pegou um pedaço de pão ao acaso. Duro como tijolo. Duro como bolacha de bordo.

— Senhor? — A mulher estendeu a mão. Estava nervosa. — O pão é contado, senhor, contado.

Sharpe largou-o. Sentiu-se tentado a algum gesto extravagante, mas de que adiantaria? Virar o caldeirão simplesmente significaria que as crianças ficariam com fome, e jogar o pão na sopa não resolveria nada. Grace saberia o que fazer. Sua voz estalaria como um chicote e os empregados da casa de trabalho sairiam correndo atrás de comida, roupas e sabão.

Mas essas coisas custavam dinheiro, e Sharpe tinha apenas um punhado de moedas de cobre.

— E o que temos aqui? — estrondeou uma voz na porta do salão. — O que o vento leste trouxe hoje? — As crianças gemeram e ficaram totalmente imóveis, enquanto a mulher fez outra reverência. Sharpe se virou. — E quem é o senhor? — perguntou o homem. — Coronel do regimento, é?

Era Jem Hocking. Vindo como o demônio às profundezas do inferno.

E não era nenhum demônio de se olhar. Se você visse Jem Hocking na rua, poderia considerá-lo um próspero fazendeiro do vale de Kent. Os anos haviam embranquecido seu cabelo e esticado o colete xadrez sobre uma barriga proeminente, mas ainda era um touro de ombros largos, pernas fortes e rosto chato como uma pá. Papadas grossas pendiam sob costeletas fartas e brancas. De uma corrente de relógio de ouro pendia uma dúzia de sinetes, as botas altas tinham borlas, a casaca azul-escura tinha punhos de veludo, e ele carregava uma bengala preta envernizada, com castão de prata. Era o patrão, e por um momento Sharpe não pôde falar. Estava dominado pelo ódio, pelas lembranças da crueldade daquele homem, até mesmo pelo medo. Vinte anos e uma patente de combate não haviam tirado esse medo. Queria imitar as crianças; queria se congelar, fingir que não existia, nem mesmo respirar para não ser notado.

— Eu o conheço? — perguntou Hocking. O grandalhão estava franzindo a testa, tentando discernir algo familiar no rosto marcado de Sharpe, mas a lembrança não vinha. Balançou a cabeça, perplexo. — Então, quem é o senhor?

— Meu nome é Dunnett — disse Sharpe, usando o nome de um oficial dos casacas verdes que tinha uma aversão especial por ele. — Major Warren Dunnett — disse, promovendo Dunnett do posto de capitão.

— Major, hein? E que tipo de uniforme é esse, major? Os casacas vermelhas eu conheço, e já vi azuis, mas, por Deus, nunca vi verde e preto. — Ele foi na direção de Sharpe, empurrando as pernas magras das crianças para fora do caminho com sua bengala de bedel. — É um uniforme novo, é? Algum tipo de casaca que dá ao homem o direito de invadir uma propriedade da paróquia?

A PRESA DE SHARPE

— Eu estava procurando o patrão — disse Sharpe. — Disseram-me que era um homem de negócios.

— Negócios. — Hocking cuspiu a palavra. — E que negócios o senhor tem, major, além de matar os inimigos do rei?

— Quer falar sobre isto aqui? — Sharpe tirou uma das moedas do bolso da casaca e jogou-a para o teto. Ela brilhou enquanto voava, as crianças famintas e atônitas assistindo, depois caiu na mão de Sharpe e desapareceu.

A visão do dinheiro, até mesmo de um humilde penny, era tudo de que Hocking precisava. Suas outras perguntas poderiam esperar.

— Tenho negócios a fazer fora da casa dos pobres esta noite — anunciou —, já que é sexta-feira. Toma uma cerveja comigo, major?

— Seria um prazer, senhor — mentiu Sharpe.

Ou talvez não fosse mentira, porque Sharpe estava com raiva e a vingança era um prazer. E essa vingança estivera fervilhando em seus sonhos durante vinte anos. Olhou uma última vez para o texto na parede e se perguntou se Jem Hocking já havia considerado a verdade daquilo.

Esteja certo de que seu pecado irá encontrá-lo.

Jem Hocking devia ter anotado e ficado de joelhos, em oração.

Porque Richard Sharpe estava de volta ao lar.

CAPÍTULO II

A taverna não tinha nome. Nem mesmo havia uma placa pintada do lado de fora, nada para distingui-la das casas vizinhas, a não ser, talvez, um ligeiro ar de prosperidade que se destacava na Vinegar Street como uma duquesa num bordel. Algumas pessoas chamavam o lugar de Taverna do Malone, porque Beaky Malone já fora o dono, mas Beaky já devia estar morto, e outros a chamavam de Taverna Vinegar, porque ficava na Vinegar Street, ao passo que alguns conheciam simplesmente como a casa do patrão, porque Jem Hocking fazia boa parte de seus negócios na taverna.

— Tenho interesses além dos meramente paroquianos — disse Jem Hocking em tom grandioso. — Sou um homem de muitos talentos, major.

O que significava, pensou Sharpe, que Hocking perseguia mais do que os internos da casa de trabalho. Havia ficado rico com o passar dos anos, rico o bastante para ter uma grande quantidade de casas em Wapping, e a noite de sexta-feira era quando os inquilinos lhe traziam o aluguel. Somente pence, mas os pence se somavam e Hocking os recebia na taverna, onde desapareciam numa bolsa de couro enquanto um encolhido escriturário de cabelos brancos fazia anotações num livro-caixa. Dois rapazes, ambos altos, fortes e armados com porretes, eram os únicos outros fregueses da taverna, e observavam cada transação.

A PRESA DE SHARPE

— Meus mastins — havia explicado Hocking, falando dos rapazes.

— Um homem de responsabilidade precisa de proteção — dissera Sharpe, usando dois de seus três xelins para comprar uma jarra de cerveja. A garota trouxe quatro canecas. Parecia que o escriturário não receberia as benesses do major Dunnett. Apenas Sharpe, Hocking e os dois mastins beberiam.

— É necessário um homem de autoridade para reconhecer a responsabilidade — disse Hocking, depois enterrou o rosto na caneca durante alguns segundos. — O que está vendo, major, são negócios particulares. — Ele ficou olhando uma mulher magra entregar algumas moedas ao escriturário. — Mas nas minhas tarefas paroquiais — continuou Hocking, olhando o escriturário contar as moedas — tenho responsabilidade pelo desembolso de verbas públicas e pelo cuidado com almas imortais. Não desconsidero nenhum dos dois deveres, major. — As verbas públicas eram quatro pence e três *farthings* por dia por pobre, dos quais Jem Hocking conseguia embolsar dois pence, ao passo que o resto era gasto, de má vontade, com pão velho, cebolas, cevada e aveia. O cuidado das almas não rendia lucro, mas também não exigia qualquer gasto.

— O senhor tem supervisores? — perguntou Sharpe, servindo mais cerveja para si mesmo e para Hocking.

— Tenho um Conselho de Visitantes — concordou Hocking. Ficou olhando a cerveja ser servida. — A lei diz que é preciso. Por isso temos.

— Então com quem está a responsabilidade? Com o senhor? Ou com o Conselho? — Ele viu que a pergunta havia ofendido Hocking. — Presumo que com o senhor, mas preciso ter certeza.

— Comigo — disse Hocking em tom grandioso. — Comigo, major. O conselho é nomeado pela paróquia, e a paróquia, major, está infestada de órfãos desgraçados. E não somente nossos! Alguns chegam a ser largados aqui pelos navios. Ainda na semana passada os catadores da lama encontraram uma menina, se é que o senhor pode imaginar uma coisa dessas. — Ele balançou a cabeça e mergulhou o nariz na espuma da cerveja, enquanto Sharpe imaginava os catadores da lama, homens e mulheres que reviravam a margem do Tâmisa na maré baixa para procurar migalhas caídas dos navios, trazendo uma criança à Brewhouse Lane. Pobre criança, tendo Hocking como guardião. — O conselho, major — continuou Hocking —, não pode cuidar de tantas crianças. Eles se contentam com um exame trimestral das contas, que, o senhor pode ter certeza, são corretas até o último penny, e o conselho vota uma moção anual de agradecimento a mim na época do Natal, mas afora isso o conselho me ignora. Sou um homem de negócios, major, e poupo à paróquia o problema de lidar com os órfãos. Tenho 56 desgraçadozinhos na casa atualmente, e o que o Conselho de Visitantes faria sem mim e a Sra. Hocking? Somos uma dádiva divina à paróquia. — Ele estendeu a mão para conter qualquer coisa que Sharpe pudesse dizer. Tal movimento não foi para desviar um elogio, e sim porque um rapaz magro entrara pela porta dos fundos da taverna para sussurrar no seu ouvido. Gritos ásperos, de comemoração, soaram atrás da porta. Os gritos vinham soando desde a chegada de Sharpe, e ele fingira não os ouvir. Agora ignorou o rapaz, que derramou um jorro de moedas na bolsa de couro do escriturário e depois entregou a Hocking uma pilha de pedaços de papel sujo que desapareceram no bolso do grandalhão. — Negócios — disse Hocking asperamente.

— Em Lewes — disse Sharpe — a paróquia oferece três libras a quem tirar um órfão da casa de trabalho.

— Se eu tivesse esse dinheiro, major, poderia livrar a Brewhouse Lane dos desgraçadozinhos em cinco minutos. — Hocking deu um risinho. — Por uma libra cada! Uma libra! Mas não somos uma paróquia rica. Não somos Lewes. Não temos verba para entregar os desgraçadozinhos aos outros. Não: contamos com que os outros nos paguem! — Ele engoliu metade da cerveja e lançou a Sharpe um olhar cheio de suspeita. — Então, o que o senhor quer, major?

— Meninos tambores — respondeu Sharpe. O 95· não empregava meninos tambores, mas duvidava que Jem Hocking entendesse isso.

— Meninos tambores — disse Hocking. — Tenho garotos capazes de bater um tambor. Não são muito bons para nada, mas podem bater tambor. Mas por que veio até mim, major? Por que não foi a Lewes? Por que não ganhar três libras por garoto?

A Presa de Sharpe

— Porque o Conselho de Visitantes de Lewes não deixa que os garotos saiam para ser soldados.

— Não? — Hocking não conseguiu esconder a perplexidade.

— Há mulheres no conselho.

— Ah, mulheres! — exclamou Hocking. Em seguida balançou a cabeça com exasperação e desespero. — As mulheres serão o fim do bom senso, serão mesmo. Em nosso conselho não há nenhuma, isso eu garanto. Mulheres!

— E o Conselho de Canterbury insiste em que os garotos antes se apresentem a um magistrado.

— Canterbury? — Hocking estava confuso.

— Temos um segundo batalhão em Canterbury — explicou Sharpe — e poderíamos trazer os garotos de lá, só que os magistrados interferem.

Hocking ainda estava confuso.

— Por que esses magistrados de merda não iriam querer que os garotos virassem soldados?

— Os garotos morrem — disse Sharpe. — Morrem como moscas desgraçadas. O senhor precisa entender, Sr. Hocking, que as tropas dos fuzileiros são as que chegam mais perto dos inimigos. Ficamos sob os narizes deles, e os garotos têm de servir como carregadores de cartuchos quando não estão tocando tambor. Ficam indo para trás e para a frente, e de algum modo parece que se tornam alvos. Bang, bang. Acabamos sempre matando garotos. Veja bem, se viverem, é uma vida ótima. Podem se tornar Homens Escolhidos!

— Uma rara oportunidade — disse Hocking, acreditando em cada palavra do absurdo de Sharpe. — E posso garantir, major, que aqui não haverá interferência do conselho ou de magistrados. Nenhuma! O senhor tem a minha palavra. — Ele se serviu de mais cerveja. — Então, do que estamos falando?

Sharpe se recostou, fingindo pensar.

— Dois batalhões? — sugeriu. — Vinte companhias? Digamos que percamos quatro garotos por ano para o inimigo e que mais seis morram de febre ou consigam crescer. Dez moleques por ano? Eles têm de ter 11 anos ou estar perto disso para conseguirem passar.

— Dez garotos por ano? — Hocking conseguiu esconder o entusiasmo. — E o senhor paga?

— O exército pagará, Sr. Hocking.

— Sim, mas quanto? Quanto?

— Duas libras por cabeça. — Sharpe estava espantado com seu próprio desembaraço. Havia sonhado com essa vingança, tramando-a na imaginação sem jamais pensar que realmente iria levá-la a cabo, mas agora as frases escorriam de sua língua com facilidade convincente.

Hocking encheu um cachimbo de cerâmica com fumo enquanto pensava na oferta. Vinte libras por ano era uma bela quantia, mas um pouco óbvia demais. Um pouco certinha demais. Puxou uma vela e acendeu o cachimbo.

— Os magistrados quererão pagamento — observou.

— O senhor disse que não haveria problema da parte dos magistrados.

— Isso porque eles serão pagos, e haverá outros custos, major, outros custos. Sempre há outros custos. — Hocking soprou fumaça para o teto. — Já falou com seu coronel sobre isso?

— Se não tivesse falado, não estaria aqui.

Hocking assentiu. O que significava que Sharpe havia negociado um preço com o coronel, e Hocking tinha toda a certeza de que não eram duas libras por menino. Cinco libras era o mais provável, com o coronel embolsando duas e Sharpe ficando com uma.

— Quatro libras — disse Hocking.

— Quatro!

— Não preciso do senhor, major — disse Hocking. — Tenho limpadores de chaminés que gostam dos meus garotos, e os que não limpam chaminés podem recolher da pura. — Queria dizer que podiam coletar bosta de cachorro, que entregavam nos curtumes da cidade, que a usavam para curtir couro. — Alguns garotos vão para o mar — disse Hocking em tom imponente —, alguns limpam chaminés, alguns recolhem bosta, alguns morrem. E o resto vai para o cadafalso. É tudo escória, major, mas é a minha escória, e se o senhor os quiser terá de pagar o meu preço. E pagará, pagará.

— Pagarei? Por quê?

— Porque, major, o senhor não precisa vir a Wapping para conseguir garotos. Pode encontrar moleques em toda parte, com ou sem magistrados. — Hocking virou seus olhos astutos para Sharpe. — Não, major, o senhor veio até mim de propósito.

— Vim ao senhor para conseguir meninos tambores, e sem magistrados nem ninguém que se importe com que tantos morram.

Hocking continuou encarando-o.

— Continue.

Sharpe hesitou, depois pareceu tomar uma decisão.

— E garotas — disse ele.

— Ah. — Hocking deu um meio sorriso. Entendia a fraqueza e a cobiça, e Sharpe, finalmente, estava fazendo sentido.

— Ouvimos dizer... — começou Sharpe.

— Quem ouviu?

— O coronel e eu.

— E quem lhes contou? — perguntou Hocking ferozmente.

— Ninguém me contou, mas alguém contou ao coronel. Ele me mandou.

Hocking se recostou e repuxou as costeletas fartas enquanto pensava na resposta. Achou que era plausível e assentiu.

— O seu coronel gosta das jovens, não é?

— Nós dois gostamos — disse Sharpe. — Jovens e intocadas.

Hocking assentiu de novo.

— Os garotos vão custar quatro libras cada, e as garotas dez por vez.

Sharpe fingiu pensar no preço, depois deu de ombros.

— Quero tirar uma prova esta noite.

— Garoto ou garota? — Hocking deu um risinho.

— Garota.

— O senhor tem o dinheiro?

Sharpe bateu na sacola que estava no chão coberto de serragem.

— Guinéus — respondeu.

Outros gritos de comemoração soaram atrás da porta dos fundos, e Hocking balançou a cabeça naquela direção.

— Tenho negócios lá atrás, major, e vou demorar uma ou duas horas para resolver. Mandarei que a garota seja limpa enquanto o senhor espera. Mas quero cinco libras agora.

Sharpe balançou a cabeça.

— O senhor verá o dinheiro quando eu vir a garota.

— Melindroso, hein? — Hocking deu um riso de desprezo, mas não insistiu em receber qualquer adiantamento. — O que deseja, major? Ruiva? Morena? Gorda? Magra?

— Apenas jovem. — Sharpe sentia-se sujo mesmo que estivesse apenas fingindo.

— Ela será jovem, major — disse Hocking e estendeu a mão para selar o trato. Sharpe segurou-a e conteve um tremor quando Hocking se demorou no cumprimento. — É estranho, mas o senhor realmente me parece familiar.

— Fui criado em Yorkshire — mentiu Sharpe. — O senhor já esteve lá alguma vez?

— Nunca viajo para locais estrangeiros. — Hocking soltou a mão de Sharpe e se levantou. — O Joe aqui vai mostrar onde deve esperar, mas se eu fosse o senhor, major, assistiria aos cães durante um tempo.

Joe era um dos dois rapazes, que sacudiu a cabeça indicando que Sharpe deveria acompanhá-lo pela porta dos fundos da taverna. Sharpe sabia o que esperar ali, porque, quando Beaky Malone era vivo, havia ajudado naquela sala dos fundos, que era pouco mais do que um telheiro comprido e escuro, erguido acima do pátio de três casas. Fedia a animais. Havia depósitos de cada lado do telheiro, mas a maior parte do espaço fora convertida numa arena improvisada com bancos de madeira em degraus, cercando uma área de três metros e meio de diâmetro. O piso era de areia, rodeado por uma barreira de tábuas.

— É ali — disse Joe, indicando um dos depósitos. — Não é nenhum luxo, mas tem uma cama.

— Vou esperar aqui — respondeu Sharpe.

— Quando os cães tiverem terminado — explicou Joe —, espere no quarto.

Sharpe subiu ao banco mais alto, onde se sentou perto das traves do teto. Seis lamparinas a óleo pendiam acima da arena manchada de sangue. O telheiro fedia a sangue, gim, tabaco e torta de carne. Devia haver uns cem homens e um punhado de mulheres nos bancos. Alguns espectadores olharam Sharpe subir os degraus. Ele não se encaixava ali e os botões de prata da casaca do uniforme os deixavam nervosos. Todos os uniformes incomodavam aquelas pessoas, e os espectadores abriram espaço para ele no banco no momento em que um homem alto, de nariz adunco, passou por cima do cercado de tábuas.

— A próxima disputa, senhoras e senhores — berrou o sujeito —, é entre Priscilla, uma cadela de 2 anos, e Nobleman, um cão de 3 anos. Priscilla é propriedade do Sr. Philip Machin — o nome provocou uma enorme gritaria — e Nobleman — continuou o sujeito quando houve silêncio — foi criado pelo Sr. Roger Collis. Podem fazer suas apostas, senhores e senhoras, e desejo boa sorte a todos.

Um garoto subiu até o banco de Sharpe, querendo pegar seu dinheiro, mas Sharpe o despachou. Jem Hocking havia aparecido num banco mais baixo, e os apostadores estavam sendo levados ao seu escriturário. Outro homem, magro como o apresentador, abriu caminho pela arquibancada apinhada e foi sentar-se ao lado de Sharpe. Parecia ter cerca de trinta anos, olhos sombrios, cabelo comprido e um lenço vermelho espalhafatoso enrolado no pescoço magro. Tirou uma faca de dentro da bota e começou a limpar as unhas.

— Lumpy quer saber quem diabos é o senhor, coronel — disse ele.

— Quem é Lumpy?

— Ele. — O magro apontou para o apresentador com um gesto de cabeça.

— O filho de Beaky?

O homem lançou um olhar cheio de suspeitas na direção de Sharpe.

— Como sabe disso, coronel?

— Porque ele se parece com o Beaky, e você é Dan Pierce. Sua mãe morava em Shadwell e tinha uma perna só, mas isso nunca a impediu de trabalhar como puta, não é? — De repente a faca estava sob as costelas de Sharpe, a ponta encostando na pele. Sharpe se virou e olhou para Pierce.

— Você mataria um velho amigo, Dan?

Pierce encarou Sharpe.

— Você não é... — começou ele, depois parou. A faca ainda estava encostada em Sharpe. — Não — disse Pierce, sem confiar em suas suspeitas.

Sharpe riu.

— Você e eu, Dan? A gente fazia mandados para o Beaky. — Ele se virou e olhou para a arena onde o cão e a cadela estavam sendo colocados. A cadela estava agitada, fazendo força contra a guia enquanto era levada a desfilar.

— Ela parece animada — comentou Sharpe.

— Uma bela assassinazinha — declarou Pierce —, rápida como um peixe.

— Mas animada demais. Vai desperdiçar o esforço.

— Você é Dick Sharpe, não é? — A faca desapareceu.

— Jem não sabe quem sou, e quero que isso continue assim.

— Não vou dizer ao desgraçado. É você mesmo?

Sharpe assentiu.

— Oficial?

Sharpe assentiu de novo.

Pierce riu.

— Diabos. A Inglaterra está ficando sem cavalheiros?

Sharpe sorriu.

— Mais ou menos, Dan. Você apostou dinheiro na cadela?

— No cão. Ele é bom e firme. — Em seguida, olhou para Sharpe. — Você é mesmo Dick Sharpe.

— Sou mesmo. — Mas fazia vinte anos desde que estivera pela última vez naquela rinha de ratos. Beaky Malone sempre havia profetizado que Sharpe iria acabar no cadafalso, mas de algum modo ele sobrevivera. Fugira de Londres, fora para Yorkshire, cometera assassinato, entrara para o exército para escapar da lei e lá encontrara um lar. Fora promovido até que num dia quente, num campo de batalha empoeirado na Índia, tornara--se oficial. Sharpe viera dessa sarjeta e ganhara a patente do rei, e agora estava de volta. O exército não o queria, por isso diria adeus ao exército, mas primeiro precisava de dinheiro.

Ficou olhando enquanto o encarregado da cronometragem levantava um grande relógio de bolso. Uma moeda fora jogada e a cadela iria lutar primeiro. O cão foi tirado da rinha e duas gaiolas foram passadas por cima das tábuas. Um menino destrancou as gaiolas, virou-as e depois pulou por cima das tábuas.

Trinta e cinco ratazanas correram pela areia.

— Vocês estão prontos? — gritou o apresentador. A multidão gritou em resposta.

— Cinco segundos! — gritou o cronometrista, um professor bêbado, depois olhou para o relógio. — Agora!

A cadela foi solta, e Sharpe e Pierce se inclinaram para a frente. A cadela era boa. Os dois primeiros ratos morreram antes que os outros ao menos percebessem que havia um predador entre eles. Ela os agarrou pelo pescoço, sacudiu vigorosamente e largou-os de imediato, mas então a empolgação a dominou, e ela perdeu segundos valiosos mordendo três ou quatro ratos em seguida.

— Sacode! — gritou o dono, a voz perdida nos gritos da multidão. Ela correu para um monte de ratos e começou a trabalhar de novo, ignorando os bichos que a atacavam, mas depois não quis largar uma vítima preta e grande. — Larga! — berrou o dono. — Larga! Larga, sua desgraçada! Ele está morto!

— Ela é nova demais — disse Pierce. — Eu falei ao Phil para dar mais seis meses. Deixar que ela treinasse, eu falei, mas ele não quis ouvir. O problema é que ele tem ouvido entupido. — Pierce encarou Sharpe. — Não acredito. Dick Sharpe é uma porcaria de um bufão. — Queria dizer oficial, já que bufão era um objeto de zombaria nas feiras, um palhaço vestido com falsas roupas de nobre e orelhas de jumento presas aos cabelos. — Hocking não reconheceu você?

— E não quero que reconheça.

— Não vou contar ao desgraçado — disse Pierce, depois se acomodou de novo para ver a cadela caçar os últimos ratos. A areia estava suja de sangue fresco. Alguns ratos estavam apenas aleijados, e os que haviam apostado na cadela gritavam para ela acabar com eles. — Quando vi essa cachorra pela primeira vez, achei que ia caçar que nem a mãe dela. Meu Deus, aquela bicha era uma assassina de coração gelado. Mas essa aí é nova demais. Vai melhorar. — Ele a observou matar um rato que estivera particularmente esquivo. Sacudiu-o com força, espirrando sangue nos espectadores mais perto da barreira. — Não são os dentes que matam, e sim a sacudida.

— Eu sei.

— Claro que sabe, claro que sabe. — Pierce ficou olhando o garoto entrar na arena e enfiar os ratos sangrentos num saco. — Lumpy ainda tenta vender os cadáveres — disse ele. — É de pensar que alguém iria querer comer. Não há nada errado com torta de ratazana, especialmente se você não souber o que é. Mas ele não consegue vender. — Pierce olhou para Jem Hocking. — Vai haver encrenca?

— Você se incomodaria?

Pierce limpou um dente usando uma unha comprida.

— Não — respondeu curto e grosso. — E Lumpy vai ficar satisfeito. Ele quer bancar as apostas aqui, mas Hocking não deixa.

— Não deixa?

— Agora Hocking é dono do lugar. É dono de todas as casas da rua, o desgraçado. — Mais duas gaiolas haviam sido viradas na arena, e os novos ratos, pretos e esguios, correram pela rinha enquanto os rugidos da multidão recebiam o cachorro. Por um segundo ele foi seguro acima da areia agitada, depois foi largado e começou a lutar. Fazia o trabalho com eficiência, e Pierce riu. — Jem vai perder a camisa por causa desse aí.

A cadela fora boa e rápida, mas o cão era velho e experiente. Matava depressa, e os gritos da multidão ficavam mais altos. Aparentemente a maioria havia apostado no cão, e o prazer de ganhar era duplicado pelo conhecimento de que Jem Hocking iria perder. Só que Jem Hocking não era homem de perder. O cão havia matado uns vinte ratos quando de repente um espectador no banco da frente se inclinou e vomitou por cima da barreira, e o cão correu imediatamente para comer a torta de carne meio digerida. O dono gritou com ele, a multidão zombou, e o rosto de Hocking não demonstrou nada.

— Desgraçado — reagiu Pierce.

— Esse truque é velho — disse Sharpe, recostando-se. Em seguida segurou o punho do sabre. Não gostava da lâmina curta da arma, leve demais para causar dano verdadeiro, mas era a arma oficial dos oficiais fuzileiros. Teria preferido uma daquelas espadas de folhas largas, com copos nos punhos, usadas pelos escoceses em batalha, mas regulamentos eram regulamentos, e os casacas verdes haviam insistido em que ele se equipasse do modo apropriado. Uma espada ou sabre, diziam eles, era algo meramente decorativo, e um oficial que fosse obrigado a usá-la em batalha já havia fracassado, por isso não importava que o leve sabre de cavalaria fosse pouco prático, mas Sharpe usara espadas suficientes em batalha e jamais havia fracassado. Penetre numa brecha, dissera ele ao coronel Beckwith, e o senhor ficará feliz com uma espada capaz de fazer uma carnificina, mas o coronel havia sacudido a cabeça. "Não é trabalho dos oficiais fuzileiros penetrar na brecha", dissera ele. "Nosso trabalho é estar do lado de fora, atirando a distância. Por isso temos carabinas, e não espingardas." Não que isso importasse para Sharpe agora. Ele ganharia seu dinheiro, renunciaria à patente, venderia o sabre e esqueceria os Fuzileiros.

Lumpy encerrou a diversão anunciando que na noite seguinte haveria briga de galos e de cães contra texugos. Seriam texugos de Essex, alardeou, como se Essex desse habilidades de luta especiais aos animais, mas, na verdade, era simplesmente a fonte mais próxima de Wapping. A multidão saiu, e Sharpe voltou para o depósito. Dan Pierce foi com ele.

— Eu não ficaria, Dan — disse Sharpe. — Provavelmente haverá encrenca.

— Encrenca para você, Dick. — Pierce tentou alertar o velho amigo. — Ele nunca está sozinho.

— Vou ficar bem. Depois você pode me pagar uma cerveja.

Pierce saiu, e Sharpe entrou no cômodo fedorento. Todos os texugos estavam em gaiolas de arame encostadas na parede. O resto do cômodo era ocupado por uma mesa sobre a qual ardia um débil lampião a óleo e por uma cama incongruente que parecia gorda de tantos lençóis, cobertores e travesseiros. As garotas de Lumpy, as que vendiam gim e tortas quentes, usavam o cômodo para seus outros negócios, mas o lugar serviria perfeitamente para Sharpe. Ele pôs a sacola e o sobretudo na mesa, em seguida desembainhou o sabre, que colocou sobre as gaiolas dos texugos, com o punho virado em sua direção. Os bichos, pungentes e carrancudos, se agitaram atrás do arame.

Esperou, ouvindo os sons se esvaindo no telheiro. Há um ano estivera morando numa casa com oito cômodos que ele e Grace haviam alugado perto de Shorncliffe. Na época, Sharpe se encaixava bem no batalhão, porque Grace havia encantado os outros oficiais, mas por que deveria ter pensado que isso duraria? Fora como um sonho. Só que os irmãos de Grace e seus advogados ficavam se intrometendo no sonho, exigindo que ela abandonasse Sharpe, até oferecendo dinheiro para ela fazer a coisa decente, e outros advogados haviam atado o testamento de seu antigo marido num emaranhado de palavras, atrasos e ofuscação. Tire-a da cabeça, disse a si mesmo, mas ela não ia embora, e quando os passos soaram do lado de fora do depósito a visão de Sharpe estava turva pelas lágrimas. Ele esfregou os olhos enquanto a porta era aberta.

Jem Hocking entrou com a menina, deixando a porta escancarada e os dois rapazes do lado de fora. A criança era magra, apavorada, ruiva e pálida. Olhou para Sharpe e começou a chorar em silêncio.

— Esta é Emily — disse Jem Hocking, puxando a mão da menina. — O homem bonzinho quer brincar com você, não é, major?

Sharpe assentiu. A raiva que estava sentindo era tão gigantesca que não confiava em si mesmo para falar.

— Não quero que ela seja muito machucada — disse Hocking. Ele tinha rosto cor de bife e um nariz cheio de veias estouradas. — Quero-a de volta inteira. Agora, major, o dinheiro? — Ele bateu na sacola pendurada no ombro. — Dez libras.

— Na sacola — disse Sharpe, apontando para a mesa com um gesto de cabeça. — É só abrir a aba de cima. — Hocking se virou para a mesa e Sharpe fechou a porta com o ombro, enquanto ia para perto de Emily. Pegou-a e colocou-a na cama, depois jogou o cobertor sobre a cabeça dela. A menina gritou alto ao ser envolta numa escuridão lanosa, e Hocking se virou enquanto Sharpe pegava o sabre sobre as gaiolas. Hocking abriu a boca, mas a lâmina já estava encostada na sua garganta. — Todo o seu dinheiro, Jem. Ponha a bolsa na mesa e esvazie os bolsos nela.

Apesar do sabre na garganta, Jem Hocking não pareceu alarmado.

— Você é doido — disse calmamente.

— O dinheiro, Jem, na mesa.

Jem Hocking balançou a cabeça, perplexo. Aquele era o seu reino e não parecia possível que alguém ousasse desafiá-lo. Respirou fundo, claramente com a intenção de gritar pedindo ajuda, mas de repente a ponta do sabre penetrou na carne de seu pescoço, tirando um fio de sangue.

— Na mesa, Jem — disse Sharpe, com a suavidade da voz traindo a raiva que lhe ia na alma.

Hocking continuou sem obedecer. Em vez disso, franziu a testa.

— Eu conheço você?

— Não.

— Você não vai pegar um penny meu, filho.

Sharpe torceu a lâmina. Hocking recuou, mas Sharpe manteve o sabre em seu pescoço. Só havia rompido a pele, nada mais, porém apertou com um pouco mais de força e torceu de novo.

— O dinheiro. Na mesa.

— Você é um idiota demente, garoto. E não vai a lugar nenhum, agora não vai. Tenho rapazes do lado de fora, e eles vão cortar você em tirinhas.

— O dinheiro — repetiu Sharpe, e reforçou a exigência passando a ponta do sabre duas vezes no rosto de Hocking, deixando cortes compridos e finos nas bochechas e no nariz. Hocking ficou atônito. Encostou um dedo na bochecha e pareceu não acreditar no sangue que viu.

Houve uma batida à porta.

— Sr. Hocking? — chamou uma voz.

— Só estamos combinando o dinheiro — gritou Sharpe. — Não é, Jem? Na mesa, ou então transformo você em filé.

— Você não é oficial nenhum, é? Vestiu uma fantasia, não foi? Mas desta vez pegou o homem errado, filho.

— Sou oficial — disse Sharpe, e tirou sangue do pescoço de Hocking. — Um oficial de verdade. Agora, esvazie os bolsos.

Hocking largou a sacola na mesa, depois enfiou a mão no bolso do sobretudo. Sharpe esperou ouvir o tilintar de moedas, mas não houve esse som. Por isso, quando Hocking tirou a mão do bolso, Sharpe golpeou para baixo com o sabre. Cortou o polegar de Hocking, depois golpeou de novo com a lâmina, e Hocking, que havia sacado uma pequena pistola do bolso do sobretudo, largou a arma para segurar os dedos feridos. A pistola caiu no chão.

— Esvazie a porcaria dos bolsos — disse Sharpe.

Hocking hesitou, imaginando se deveria gritar por socorro, mas havia em Sharpe uma implacabilidade que sugeria que era melhor concordar com ele. Encolheu-se quando usou a mão direita ferida para tirar moedas do bolso. A porta chacoalhou e alguém tentou forçar a tranca.

— Espere! — gritou Sharpe. Viu moedas de ouro no meio das de prata e cobre. — Continue, Jem.

— Você é um homem morto — resmungou Hocking, porém encontrou mais dinheiro, que empilhou na mesa. — É só isso.

— Fique de costas para as gaiolas, seu desgraçado — disse Sharpe, cutucando Hocking na direção dos texugos. Depois, ainda segurando o sabre na mão direita, enfiou punhados de moedas na sacola. Não podia olhar direito o dinheiro, porque precisava vigiar Hocking, mas soube que havia pelo menos 18 ou 19 libras ali.

O clique salvou Sharpe. Veio de trás, e ele reconheceu o som de uma pistola sendo engatilhada. Saltou de lado e se arriscou a olhar depressa, vendo que havia um buraco na parede de madeira. O buraco de espia de Lumpy, sem dúvida, e um dos rapazes do lado de fora devia ter visto o que estava acontecendo. Sharpe foi até a cama no instante em que uma pistola soltou chamas através do buraco, nublando o cômodo com fumaça. Emily gritou embaixo do cobertor e Jem Hocking agarrou uma gaiola de texugo e jogou-a contra Sharpe.

A gaiola bateu pesada no seu ombro. Hocking estava tentando agarrar a pistola quando Sharpe chutou-o no rosto, depois golpeou sua cabeça com o sabre. Hocking caiu esparramado junto à mesa. Sharpe agarrou a pequena pistola e disparou-a contra a parede ao lado do buraco de espia. A madeira lascou, mas nenhum grito soou do outro lado. Então ele se ajoelhou na barriga de Hocking e segurou o sabre de encontro à garganta do grandalhão.

— Você me conhece — disse Sharpe. — Você me conhece mesmo.

Não pretendera revelar seu nome. Dissera a si mesmo que roubaria Hocking, mas agora, sentindo o cheiro da fumaça da arma, soube que sempre quisera matar o desgraçado. Não: quisera mais. Quisera ver o rosto de Hocking quando o sujeito ficasse sabendo que uma de suas crianças havia retornado, mas retornado como um bufão. Sharpe sorriu, e pela primeira vez houve medo no rosto de Hocking.

— Sou realmente um oficial, Jem, e meu nome é Sharpe. Dick Sharpe. — Ele viu a incredulidade no rosto de Hocking. Incredulidade, perplexidade e medo. Isso era recompensa suficiente. Hocking ficou olhando-o, os olhos arregalados, reconhecendo Sharpe e, ao mesmo tempo, incapaz de compreender como um dos seus garotos era agora um oficial. Então a incompreensão se transformou em terror, porque entendia que o garoto queria vingança. — Seu desgraçado — disse Sharpe —, seu merda. — Agora estava azul de raiva. — Lembra de quando você me chicoteava? Até o sangue escorrer? Eu lembro, Jem. Por isso voltei.

— Escute, garoto...

— Não me chame de garoto, merda. Agora sou adulto, Jem. Sou soldado, Jem, oficial, e aprendi a matar.

— Não!

— Sim — disse Sharpe, e agora a amargura era incontrolável, inundando-o, consumindo-o, e os anos de dor e sofrimento estavam impulsionando seu braço direito enquanto ele passava a lâmina com força e depressa pela garganta de Hocking. O último grito de Hocking foi interrompido abruptamente quando uma fonte de sangue jorrou. O grandalhão arfou, mas Sharpe estava rosnando e continuava passando a lâmina, cortando através de músculos, goela e uma enchente de sangue até o aço estremecer de encontro ao osso. A respiração de Hocking borbulhou na garganta aberta enquanto Sharpe se levantava e golpeava o sabre com tanta força que a lâmina se flexionou quando a ponta se cravou na parte de trás do crânio de Hocking. — Uma no olho, Jem — rosnou Sharpe —, seu desgraçado. — A porta sacudiu quando os homens do lado de fora tentaram forçar a tranca. Sharpe chutou a porta. — Não terminamos — gritou.

Houve um silêncio súbito do lado de fora. Mas quantos homens estariam ali? E os dois tiros de pistola deviam ter sido escutados. Homens estariam vigiando a rinha de ratos, sabendo que poderiam recolher alguma coisa a partir da violência. Idiota, disse Sharpe a si mesmo. Grace vivia dizendo que ele precisava pensar antes de deixar que a raiva dominasse seus atos, e ele não pretendera de fato matar Hocking, apenas roubar. Não, isso não era verdade, queria matar Hocking havia anos, mas fizera isso de modo desajeitado, com raiva, e agora estava numa armadilha. Ainda havia algumas moedas sobre a mesa, uma delas era um guinéu, e ele jogou-as na cama.

— Emily?

— Senhor? — gemeu uma voz fraca.

— Esse dinheiro é para você. Esconda. E fique escondida agora. Deite-se.

Ainda havia silêncio do lado de fora, mas isso não significava nada. Sharpe soprou o lampião, depois vestiu o sobretudo e pôs a sacola às costas. Pendurou a bolsa atravessada no peito, arrancou o sabre do rosto de Hocking, foi até a porta e puxou a tranca o mais silenciosamente que pôde. Levantou a tranca e abriu a porta. Achava que os dois homens tinham apenas uma pistola, mas ambos tinham facas e porretes, e ele esperava que os dois atacassem ao ver a porta se entreabrir, mas em vez disso eles esperaram. Sabiam que Sharpe teria de sair, portanto estavam aguardando. Ele se agachou e tateou procurando a gaiola de texugos que fora jogada por Hocking. Colocou-a ao lado da porta e abriu a portinhola.

Uma pequena luz vinha da extremidade mais distante do telheiro, apenas o bastante para revelar uma sombra pesada e escura que se esgueirou para fora da gaiola e se adiantou farejando. Era um bicho grande que tentou voltar para a escuridão do depósito, mas Sharpe o cutucou com a ponta do sabre e o animal saiu para o espaço maior.

A pistola estrondeou, iluminando a escuridão com uma luz ofuscante. O texugo guinchou, então um porrete partiu sua coluna. Sharpe havia aberto a porta e passado por ela antes que os homens do lado de fora percebessem que estavam desperdiçando esforço com um animal. O sabre sibilou, e um homem soltou um grito, então Sharpe girou a lâmina de volta contra o segundo homem, que se desviou. Sharpe não esperou, correu para os fundos do telheiro, onde recordava que havia um beco que levava a uma vala imunda através da qual barcos pequenos podiam ser arrastados do Tâmisa. Um dos homens o seguia atabalhoadamente na escuridão do telheiro. Sharpe empurrou a porta com o ombro e desceu correndo o beco. Havia dois homens ali, mas ambos ficaram de lado ao ver o sabre. Sharpe virou à direita e correu para o grande armazém onde se guardava tabaco e onde, na sua infância, uma quadrilha de falsários forjava moedas.

— Peguem-no! — gritou uma voz, e Sharpe escutou som de passos.

Entrou em outro beco. Agora os gritos eram altos. Havia homens perseguindo-o não para vingar Hocking, que eles nem sabiam que estava morto, mas porque Sharpe era um estranho em suas sarjetas. Os lobos haviam encontrado a coragem e Sharpe corria, com o sabre na mão, enquanto o burburinho e os gritos enchiam a escuridão atrás. A sacola, o sobretudo e a bolsa eram pesados, a lama e a bosta dos becos se agarravam aos pés, e ele sabia que precisava encontrar logo um esconderijo, por isso entrou numa passagem estreita e passou correndo pelo grande muro da Casa da Moeda, virou à esquerda, à direita, à esquerda de novo e finalmente viu

BERNARD CORNWELL

um portal escuro onde podia se agachar e recuperar o fôlego. Prestou atenção enquanto homens passavam correndo pela entrada do beco, depois se recostou para trás à medida que o barulho da caçada ia sumindo em direção ao norte.

Fez uma careta ao ver que a casaca estava encharcada de sangue. Isso precisaria esperar. Por enquanto embainhou o sabre, escondeu a bainha por baixo do sobretudo e então, com a sacola na mão, foi para oeste, passando por becos e ruas que mal recordava da infância. Sentiu-se mais seguro ao passar pela Torre, onde as luzes amarelas atravessavam janelas altas e estreitas, mas olhava constantemente para trás, para o caso de alguém o estar seguindo. A maioria dos perseguidores havia permanecido em grupo, mas alguns mais espertos podiam tê-lo acompanhado mais em silêncio. Agora já sabiam que valia a pena matá-lo, não só pelo valor do sabre e pelos botões de prata do sobretudo, mas também pelas moedas que havia roubado de Hocking. Sharpe era presa de qualquer um. As ruas da cidade estavam vazias e por duas vezes ele pensou ter ouvido passos atrás de si, mas não viu ninguém. Continuou seguindo para oeste.

As ruas ficaram mais movimentadas depois que ele passou pelo Temple Bar, e achou que estava mais seguro agora, se bem que continuasse olhando para trás. Foi rapidamente pela Fleet Street, depois virou para o norte, entrando num confuso emaranhado de becos estreitos. Havia começado a chover, e ele estava cansado. Um grupo de homens saiu de uma taverna, e Sharpe se afastou deles instintivamente, indo para uma rua mais larga que reconheceu como a High Holborn. Parou ali para recuperar o fôlego. Teria sido seguido?

Uma luz amarela jorrava de janelas do outro lado da rua. Vá para Seven Dials, pensou, e encontre Maggie Joyce. Agora a chuva caía mais forte, tamborilando no teto de uma carruagem parada. Outra carruagem passou espirrando lama e suas luzes fracas mostraram uma tábua pintada de verde e amarelo no prédio com as janelas iluminadas. Dois vigias, com botões brilhando nas casacas azuis e cajados compridos nas mãos, passaram lentamente. Será que os guardas tinham ouvido o barulho e os gritos? Se tivessem, estariam procurando um oficial sujo de sangue, e Sharpe decidiu que precisava se esconder. As luzes da carruagem tinham revelado que a taverna era a French Horn. O local já fora popular entre os músicos do teatro na Drury Lane, ali perto, porém, mais recentemente, fora comprado por um velho soldado que era parcial para com qualquer oficial que por acaso estivesse na cidade, e em todo o exército o local era conhecido agora como Espeto de Lesma.

Bife, pensou Sharpe. Bife e cerveja, uma cama e um fogo quente. Ele havia desejado sair do exército, mas ainda era oficial, de modo que o Espeto de Lesma iria recebê-lo bem. Pôs a sacola às costas, atravessou a rua e subiu os degraus.

Ninguém se interessou por ele. Cerca de metade dos fregueses no salão parcialmente ocupado era de oficiais, se bem que muitos dos que usavam aquelas roupas civis talvez também fossem do exército. Sharpe não conhecia ninguém. Encontrou uma mesa vazia, num local sombreado junto à parede, largou a sacola e tirou o sobretudo encharcado de chuva. Uma ruiva cujas alças do avental eram enfeitadas com as placas de barretinas de uma dúzia de regimentos disse que a taverna tinha uma cama livre para a noite.

— Mas o senhor terá de dividi-la — continuou ela —, e agradecerei se não acordar o cavalheiro quando subir para lá. Ele foi dormir cedo. — De repente, ela fez uma careta ao perceber sangue na casaca verde de Sharpe.

— Um ladrão tentou pegar isto — explicou Sharpe, batendo na sacola. — Pode me dar uma bacia de água fria?

— O senhor vai querer alguma coisa para limpar as botas também?

— E uma jarra de cerveja — disse Sharpe. — E um bife. Grosso.

— Não tenho visto muitos fuzileiros ultimamente — disse a mulher. — Ouvi dizer que estão indo para o estrangeiro.

— Ouvi dizer o mesmo.

— Para onde?

— Ninguém sabe.

Ela se inclinou para perto dele.

— Copenhague, querido — sussurrou a mulher. — E certifique-se de voltar para casa inteiro.

— Copen...

— Shh. — Ela pôs um dedo nos lábios. — Se algum dia tiver uma pergunta sobre o exército, querido, venha ao Espeto de Lesma. Sabemos as respostas dois dias antes que a Cavalaria da Guarda faça as perguntas. — Ela riu e se afastou.

Sharpe abriu a bolsa e tentou adivinhar quanto dinheiro haveria dentro. Achou que pelo menos vinte libras. De modo que o crime compensa, disse a si mesmo, e ajeitou a cadeira a fim de ficar de costas para o salão. Vinte libras. Dava para um bom recomeço na vida.

Vinte libras! Uma noite de trabalho decente, pensou, mas estava com raiva de si mesmo por ter feito besteira durante a matança. Tivera sorte de escapar incólume. Duvidava que tivesse problemas com a lei, porque o povo de Wapping relutava em chamar os policiais. Muitos homens tinham visto que um oficial dos Fuzileiros estivera com Hocking e que, presumivelmente, cometera o assassinato nos fundos da taverna de Beaky Malone, mas Sharpe duvidava que a lei se importasse com isso ou mesmo que fosse saber. O corpo de Hocking seria carregado até o rio e jogado na maré vazante para chegar ao litoral em Dartford ou Tilbury. Gaivotas guinchariam sobre suas entranhas e bicariam o olho que restava. Ninguém seria enforcado por Jem Hocking.

Pelo menos Sharpe esperava que ninguém fosse enforcado por Jem Hocking.

Mas ainda era um homem procurado. Havia fugido de Wapping com uma pequena fortuna e existiam muitos homens que gostariam de encontrá-lo e tomar essa fortuna. Para começar, os mastins de Hocking, e eles iriam procurá-lo numa taverna como o Espeto de Lesma. Portanto, fique aqui uma noite, disse a si mesmo, depois saia de Londres durante um tempo. No instante em que tomou essa decisão houve uma agitação súbita junto à porta da taverna, que o fez temer que seus perseguidores já o tivessem encontrado, mas era apenas um grupo barulhento de homens e mulheres saindo da chuva. Os homens sacudiram água dos guarda-chuvas e tiraram as capas dos ombros das mulheres. Sharpe suspeitou que viessem do teatro ali perto, porque as mulheres usavam vestidos com decotes escandalosos e

A PRESA DE SHARPE

tinham rostos muito maquiados. Eram atrizes, provavelmente, e todos os homens eram oficiais do exército, espalhafatosos em suas casacas escarlate com bordados dourados e faixas vermelhas. Sharpe desviou o olhar antes que algum deles pudesse encará-lo.

— A boa bebida, declaro com firmeza, dá melhor discernimento ao gênio! — gritou um dos oficiais de casaca vermelha. Essa declaração estranha provocou gritos de comemoração. Mesas e cadeiras foram afastadas para dar espaço ao grupo, que evidentemente era conhecido de muitos homens no salão. — Você está no auge da perfeição, minha cara — disse o oficial a uma das mulheres, e os colegas zombaram do galanteio.

Sharpe fez uma careta para sua cerveja. Grace adorava teatro, mas aquilo não era seu mundo, não mais, portanto, dane-se, pensou. Não seria oficial por muito mais tempo. Agora tinha dinheiro, podia ir para o mundo e recomeçar. Tomou a cerveja sofregamente, de súbito cônscio de como estava com sede. Precisava se lavar. Precisava encharcar a casaca em água fria. Tudo a seu tempo, pensou. Mas, primeiro, dormir ou tentar dormir. Tentar dormir em vez de pensar em Grace, e de manhã pensar no que fazer com o resto da vida.

Então uma pesada mão caiu em seu ombro.

— Estive procurando você — disse uma voz áspera —, e aqui está.

E, preso, Sharpe não pôde se mexer.

CAPÍTULO III

Jamais me esqueço de um rosto — disse o general de divisão Sir David Baird. Tinha dado um passo atrás, alarmado pela ferocidade da careta com que Sharpe o recebera. — É Sharpe, não é? — perguntou Baird, mas agora foi recebido por um olhar de incompreensão. — Bem, é ou não é? — perguntou Baird bruscamente.

Recuperando-se da perplexidade, Sharpe assentiu.

— Sim, senhor.

— Uma vez ajudei a salvá-lo de ser chicoteado, e agora você é oficial. As providências do Senhor são incompreensíveis, Sharpe.

— São mesmo, senhor.

Baird, um homem enorme, alto e musculoso, usava uma casaca de uniforme vermelha, pesada de dragonas e bordados dourados. Fez uma careta na direção de seus companheiros, o grupo que havia acabado de chegar com guarda-chuvas e mulheres pintadas.

— Aqueles rapazes ali são ajudantes do duque de York — disse ele —, e Sua Majestade insistiu em que me levassem ao teatro. Por quê? Não imagino. Já foi obrigado a ir a um teatro, Sharpe?

— Uma vez, senhor. — E todo mundo havia olhado para Grace e falado dela por trás das mãos, e ela havia suportado tudo, mas depois chorara.

— *Ela se curva para conquistar.* Que tipo de nome para um espetáculo é esse? — perguntou Baird. — Dormi no fim do prólogo, de modo que não faço ideia. Mas estive pensando em você ultimamente, Sr. Sharpe. Pensando e procurando-o.

— Procurando-me, senhor? — Sharpe não conseguia esconder a perplexidade.

— Isso aí na sua casaca é sangue? É! Santo Deus, homem, não me diga que os franceses desgraçados desembarcaram.

— Foi um ladrão, senhor.

— Outro? Não! Um capitão do Meia Centena Suja foi morto faz apenas dois dias, a menos de cem metros de Piccadilly! Devem ter sido assaltantes. Espero que você tenha machucado o sujeito

— Machuquei, senhor.

— Bom. — O general sentou-se diante de Sharpe. — Ouvi dizer que você recebeu uma patente. Parabéns. Fez uma bela coisa na Índia, Sharpe.

Sharpe ficou vermelho.

— Cumpri meu dever, senhor.

— Mas foi um dever difícil, Sharpe, muito difícil. Santo Deus! Arriscando-se nas celas de Tipu? Passei tempo suficiente nas mãos daquele desgraçado preto para não desejar isso a outro homem. Mas o sujeito está morto agora. Graças a Deus.

— De fato, senhor. — O próprio Sharpe havia matado Tipu, mas jamais admitira isso, e foram as joias de Tipu que tornaram Sharpe um homem rico. Uma vez.

— E continuo ouvindo seu nome — continuou Baird com um prazer indecente. — Fazendo escândalo, hein?

Sharpe se encolheu diante da acusação.

— Era isso que eu estava fazendo, senhor?

Baird não era um homem dado a delicadezas.

— Você era soldado raso, e ela, filha de um conde. Sim, Sharpe, eu diria que você estava fazendo escândalo. Então, o que aconteceu?

— Ela morreu, senhor. — Sharpe sentiu as lágrimas ameaçando escorrer, por isso olhou para a mesa. O silêncio se estendeu, e ele sentiu uma necessidade obscura de preenchê-lo. — Dando à luz, senhor. Uma febre.

— E a criança foi junto?

— Sim, senhor. Um menino.

— Santo Deus, homem — disse Baird bruscamente, embaraçado pelas lágrimas que caíram na mesa. — Você é jovem. Haverá outras.

— Sim, senhor.

— Você! — A exigência peremptória foi para uma das garotas que serviam. — Uma garrafa de vinho do Porto e dois copos. E vou querer um pouco de queijo, se tiver algo comestível.

— A família de Lady Grace — disse Sharpe, subitamente precisando contar a história — afirmou que o filho não era meu. Disse que era do marido, por isso os advogados me embrulharam direitinho. Tomaram tudo, porque o filho morreu depois da mãe. Disseram que ele era o herdeiro do marido dela, certo? — Suas lágrimas estavam escorrendo agora. — Não me importo em perder tudo, senhor, mas me importo em perdê-la.

— Controle-se, homem — reagiu Baird rispidamente. — Pare de choramingar.

— Desculpe, senhor.

— O Senhor dá e o Senhor toma, e você não pode desperdiçar a porcaria da vida porque não gosta do que Ele determinou.

Sharpe fungou e olhou o rosto marcado de Baird.

— Desperdiçar a vida?

— Estive de olho em você, Sharpe. Sabe quantas vidas você salvou explodindo aquela mina em Seringapatam? Vintenas! E dentre elas a minha. Se não fosse você, Sharpe, eu estaria morto. — Ele enfatizou isso cutucando o peito de Sharpe com um indicador enorme. — Morto e enterrado, duvida?

Sharpe não duvidava, mas não disse nada. Baird tinha liderado o ataque à fortaleza do sultão Tipu e havia marchado na frente. O escocês estaria realmente morto, pensou Sharpe, se ele, na época um soldado raso, não tivesse explodido a mina destinada a prender e aniquilar o grupo invasor. Poeira e pedras, lembrou Sharpe, e chamas escorrendo por uma rua ensolarada, e o ar se enchendo de fumaça, o ruído rolando ao redor dele como milhares de barris chacoalhando, e então, no silêncio que se seguiu, que não era silêncio de modo algum, os gemidos, os gritos e as chamas pálidas estalando.

— Wellesley promoveu você, não foi?

— Sim, senhor.

— Fazer favor a alguém não é do estilo de Wellesley — observou o general azedamente. — É um tremendo mão-fechada. — Baird jamais havia gostado de Sir Arthur Wellesley. — Então, por que fez isso? Por Seringapatam?

— Não, senhor.

— Sim, senhor, não, senhor. O que você é, Sharpe? Uma porcaria de um colegial? Por que o sujeito o promoveu?

Sharpe deu de ombros.

— Fui útil a ele, senhor. Em Assaye.

— Útil?

— Ele estava encrencado.

O general havia perdido o cavalo, estava cercado e condenado, mas o sargento Sharpe estava lá, e, em vez dele, foram os indianos que morreram.

— Encrencado? — Baird zombou da modéstia de Sharpe. — Deve ter sido uma encrenca desesperada se convenceu Wellesley a lhe fazer um favor. Mas que favor foi esse? — A pergunta era capciosa, e Sharpe não tentou responder, mas aparentemente Baird já conhecia a resposta. — Wallace me escreveu depois que você entrou para o regimento dele — continuou o general — e disse que você era um bom soldado, mas um mau oficial.

Sharpe se eriçou.

— Eu me esforcei, senhor. — Wallace havia sido oficial-comandante do 74º, um regimento escocês, e Sharpe havia se juntado ao regimento depois de ser promovido por Sir Arthur Wellesley. Fora Wallace quem recomendara Sharpe ao 95º, mas Sharpe não ficou mais feliz no novo regimento. Ainda era um fracasso, pensou.

— Não é fácil subir das fileiras — admitiu Baird. — Mas, se Wallace diz que você é um bom soldado, isso é um elogio. E preciso de um bom soldado. Recebi ordens para encontrar um homem que possa cuidar de si mesmo em situação difícil. Alguém que não tenha medo de briga. Lembrei-me de você, mas não sabia onde encontrá-lo. Deveria saber que seria bom procurar no Espeto de Lesma. Coma seu bife, homem. Não admito ver uma boa carne esfriar.

Sharpe terminou o bife enquanto o vinho do Porto e o queijo do general eram postos na mesa. Deixou Baird lhe servir um copo antes de falar de novo.

— Eu estava pensando em sair do exército, senhor — admitiu.

Baird olhou-o desgostoso.

— Para fazer o quê?

— Vou arranjar trabalho. — Talvez fosse procurar Ebenezer Fairley, o mercador que havia demonstrado amizade na viagem da Índia para casa, ou talvez roubasse. Era assim que havia começado na vida. — Eu me viro — disse com beligerância.

Sir David Baird cortou o queijo, que se esfarelou sob a faca.

— Há três tipos de soldados, Sharpe. Há os desgraçados inúteis, e Deus sabe que o suprimento desses é infindável. Há os rapazes bons e sólidos que fazem o serviço mas que mijariam nas calças se a gente não mostrasse como os botões funcionam. E há você e eu. Soldados dos soldados, que é o que somos.

Sharpe ficou cético.

— Um soldado dos soldados?

— Somos os homens que fazem a limpeza depois do desfile, Sharpe. As carruagens e os reis passam, as bandas tocam, a cavalaria cabriola passando como umas porcarias de fadas, e o que deixam é uma sujeira de bosta e lixo. Nós limpamos. Os políticos transformam o mundo num emaranhado, depois pedem aos exércitos para consertar as coisas. Nós fazemos o trabalho sujo deles, Sharpe, e somos bons nisso. Muito bons. Você pode não ser o melhor oficial no exército do rei Jorge, mas é um ótimo soldado. E gosta dessa vida, não diga que não gosta.

— Ser intendente? — zombou Sharpe.

— É, isso também. Alguém tem de fazer, e frequentemente dão o serviço a um homem que vem das fileiras. — Ele olhou feroz para Sharpe e então, inesperadamente, riu. — Então você caiu em desgraça com o coronel Beckwith também, não foi?

— Admito que sim, senhor.

— Como?

Sharpe avaliou a pergunta e decidiu que não poderia ser respondida com sinceridade. Não podia dizer que não se encaixava na sala dos oficiais, que era demasiadamente vago, muito autocomiserativo, por isso respondeu com uma meia verdade.

— Eles partiram, senhor, e me deixaram para limpar o alojamento. Travei mais batalhas do que qualquer um deles, vi mais inimigos e matei mais homens do que todos eles juntos, mas isso não contou. Eles não me querem, senhor, por isso estou saindo.

— Não seja idiota — rosnou Baird. — Dentro de um ou dois anos, Sharpe, haverá guerra suficiente para cada homem que estiver neste exército. Até agora tudo que estivemos fazendo foi mijar em volta dos franceses, mas, cedo ou tarde, teremos de enfrentar os desgraçados cabeça a cabeça. Então vamos precisar de todos os oficiais que conseguirmos, e você terá sua chance. Agora pode ser um intendente, mas daqui a dez anos estará liderando um batalhão; portanto, tenha paciência.

— Não sei se o coronel Beckwith vai me querer de volta, senhor. Eu não devia estar em Londres. Devia estar em Shorncliffe.

— Beckwith fará o que eu disser, e vou lhe dizer para beijar sua bunda se você fizer esse serviço para mim.

Sharpe gostava de Baird. A maioria dos soldados gostava de Baird. Ele podia ser um general, mas era tão duro como os homens mais duros das fileiras. Podia xingar mais do que os sargentos, marchar mais do que os fuzileiros e vencer na luta qualquer homem de verde ou escarlate. Era um lutador, não um burocrata. Havia subido o bastante no exército, mas havia boatos de que tinha inimigos ainda mais no alto, homens que não gostavam de seus modos bruscos.

— Que tipo de serviço, senhor?

BERNARD CORNWELL

— Um serviço em que você poderia morrer, Sharpe — disse Baird com enorme prazer. Esvaziou seu copo de vinho do Porto e serviu mais. — Vamos mandar um oficial da Guarda a Copenhague. Nosso interesse em Copenhague deveria ser secreto, mas ouso dizer que todos os agentes franceses em Londres já sabem. Esse sujeito vai para lá amanhã e quero que alguém o mantenha vivo. Ele não é um soldado de verdade, Sharpe, e sim um ajudante de ordens do duque de York. Não é um desses aí — ele viu Sharpe olhando para a mesa dos frequentadores de teatro —, mas é o mesmo tipo de criatura. É um cortesão, Sharpe, não um soldado. Não se encontraria um homem melhor para ficar de sentinela diante do penico real, mas você não quereria acompanhá-lo numa brecha das linhas inimigas, não se quisesse vencer.

— Ele vai amanhã?

— É, eu sei, em cima da hora. Tínhamos outro homem pronto para segurar a mão dele, mas era o sujeito que foi assassinado há dois dias. Assim, o duque de York me mandou arranjar um substituto. Pensei em você, mas não sabia onde estava, então Deus me mandou ao teatro e encontro-o enchendo a cara de cerveja depois. Muito bem, Deus. E você não iria se importar em cortar a garganta de alguns comedores de lesmas, não é?

— Não, senhor.

— Nossa porcaria de oficial da Guarda diz que não precisa de protetor. Diz que não há perigo, mas o que ele sabe? E o patrão dele, o duque, insiste em que ele leve um companheiro, alguém que saiba lutar. E, por Deus, Sharpe, você sabe lutar. Quase tão bem quanto eu!

— Quase, senhor — concordou Sharpe.

— Então você está sob ordens, Sharpe. — O general pegou pelo gargalo a garrafa de vinho do Porto e empurrou a cadeira para trás. — Vai dormir aqui?

— Sim, senhor.

— Eu também, e uma carruagem virá me pegar às sete horas para nos levar a Harwich. — Baird se levantou, depois parou. — É estranho, Sharpe, mas se você fizer o trabalho direito vai impedir uma guerra. Coisa esquisita para um soldado, não acha? Onde estará nosso avanço se

A PRESA DE SHARPE

não pudermos lutar? Mas, ao mesmo tempo, duvido que estejamos convertendo nossas espadas em arados num futuro próximo, a menos que os comedores de lesmas tomem tino de repente. Portanto, até amanhã, rapaz. — Baird despediu-se de Sharpe com um movimento brusco de cabeça e voltou aos seus companheiros, enquanto Sharpe, com um tremor de surpresa, percebeu que não ficara sabendo por que o oficial da Guarda seria mandado a Copenhague, nem lhe fora perguntado se estava disposto a ir junto. Aparentemente, Baird havia considerado sua concordância algo óbvio, e Baird estava certo, pensou Sharpe, porque, gostando ou não, ele era um soldado.

O general estava num péssimo humor às sete horas da manhã seguinte. Seu ordenança, um tal de capitão Gordon, fez mímica da causa do mau humor de Baird levando aos lábios uma garrafa imaginária, assim acautelando Sharp para ser cuidadoso. Sharpe ficou em silêncio, ocupando o banco da frente da carruagem, enquanto Baird resmungava que Londres fedia, que o tempo estava horrível e que os assentos da carruagem eram encalombados. O veículo se sacudiu quando os empregados da estalagem amarraram a bagagem do general no teto, depois houve mais um atraso, quando um último passageiro apareceu e insistiu para que sua bagagem fosse presa ao lado da de Baird. O recém-chegado era um civil que aparentava trinta anos. Era muito magro e tinha um rosto frágil, parecendo de pássaro, no qual, espantosamente, estava grudada uma pinta falsa, de veludo preto. Usava casaca prateada com acabamento de renda branca e levava uma bengala com castão de prata da qual pendia um lenço de seda. O cabelo, preto como pólvora, fora alisado com óleo perfumado e preso com uma fita prateada. Ele subiu na carruagem e, sem dizer palavra, sentou-se diante de Sharpe.

— Está atrasado, senhor — disse Baird rispidamente.

O rapaz ergueu a mão enluvada, balançou os dedos como a sugerir que Baird estava sendo extremamente cansativo e fechou os olhos. Baird, traindo sua extrema educação, franziu a testa para Sharpe.

Bernard Cornwell

— Ainda há sangue na casaca, Sharpe.

— Desculpe, senhor. Tentei lavar. — A carruagem se sacudiu para a frente.

— Não pode ir para a Dinamarca vestindo uma casaca ensanguentada, homem.

— É de supor, Sir David — interrompeu suavemente o capitão Gordon —, que o tenente Sharpe não usará uniforme na Dinamarca. O objetivo é o sigilo.

— Para o inferno o objetivo — disse o general. — Ele é meu sobrinho — informou a Sharpe, referindo-se ao capitão Gordon — e fala como a porra de um advogado.

Gordon sorriu.

— Tem roupas civis, Sharpe?

— Sim, senhor. — Sharpe indicou sua sacola.

— Sugiro que as vista assim que estiver a bordo do navio — disse Gordon.

— "Sugiro que as vista" — Baird imitou a voz do sobrinho. — Diabo dos infernos! Essa porcaria de carruagem não se mexe?

— O trânsito, Sir David — disse Gordon em voz emoliente. — Legumes de Essex para a feira de sábado.

— Malditos legumes de Essex — reclamou o general. — Sou obrigado a ir a uma porcaria de um teatro, Gordon, depois fico à mercê dos legumes de Essex. Devia mandar atirar em todos vocês. — Ele fechou os olhos injetados.

A carruagem, puxada por seis cavalos, foi primeiro à Torre de Londres, onde, depois de Sir David ter xingado as sentinelas, tiveram permissão de passar pelos portões e encontraram uma carroça guardada por uma dúzia de soldados da Guarda que pareciam estar sob o comando de um homem muito alto e de muito boa aparência com casaca azul-clara, echarpe de seda, calções brancos e botas pretas. O rapaz fez uma reverência quando Baird desceu da carruagem.

— Estou com o ouro, Sir David.

A Presa de Sharpe

— Tinha mais é que estar mesmo — resmungou Sir David. — Há uma privada nesta porcaria de lugar?

— Por ali, senhor — apontou o rapaz.

— Este é Sharpe — disse Baird asperamente. — Vai substituir Willsen, que Deus tenha sua alma, e este — agora Baird estava falando com Sharpe — é o homem que você manterá vivo. Capitão Lavisser, ou será que devo dizer capitão e major Lavisser? A porcaria da Guarda precisa de duas patentes. Idiotas desgraçados.

Lavisser lançou um olhar bastante espantado para Sharpe ao ouvir que o fuzileiro ia substituir o defunto Willsen, mas então, enquanto o general ia procurar o lavatório, o oficial da Guarda sorriu, e seu rosto, que parecera azedo e cínico a Sharpe, ficou subitamente cheio de encanto amistoso.

— Então você será meu companheiro? — perguntou.

— É o que parece, senhor.

— Então acho que seremos amigos, Sharpe. De todo o coração. — Lavisser estendeu a mão. Sharpe segurou-a desajeitadamente, embaraçado com a amabilidade efusiva. — Pobre Willsen — continuou o capitão, apertando a mão de Sharpe com as suas. — Ser assassinado na rua! E parece que deixa uma viúva e uma filha. Criança ainda. Criança. — Ele parecia abalado, depois se virou e viu seus guardas lutando para tirar um grande baú de madeira de dentro da carroça. — Acho que o ouro deveria ir para dentro da carruagem — sugeriu.

— Ouro? — perguntou Sharpe.

Lavisser virou-se para ele.

— Não foi informado do objetivo de nossa viagem?

— Devo mantê-lo vivo, senhor, é tudo que sei.

— E por isso serei eternamente grato. Mas nosso objetivo, Sharpe, é levar ouro para os dinamarqueses. Quarenta e três mil guinéus! Vamos viajar com uma fortuna, hein? — Lavisser abriu a porta da carruagem, sinalizou para seus homens trazerem o baú de ouro e notou o último passageiro da carruagem, o civil pálido com casaca prateada. Lavisser ficou atônito.

BERNARD CORNWELL

— Meu Deus, Pumps! Você está aqui?

Pumps, se é que era esse o seu nome de verdade, apenas balançou os dedos de novo, depois afastou os pés com as botas elegantes enquanto o ouro era posto no piso da carruagem. Uma escolta de vinte dragões ocupou lugares na frente da carruagem, em seguida Sir David retornou e reclamou que o baú ocupava todo o espaço para as pernas na carruagem.

— Acho que teremos de suportar isso — resmungou, depois bateu no teto da carruagem indicando que a viagem poderia começar.

O humor do general melhorava enquanto a carruagem saltava pelos pomares e plantações de legumes sujos de fuligem na região de Hackney, onde um sol espasmódico perseguia sombras sobre bosques e colinas baixas.

— Conhece lorde Pumphrey? — perguntou Baird a Lavisser, indicando o rapaz frágil que ainda parecia dormir.

— William e eu frequentamos Eton juntos — respondeu Lavisser.

Pumphrey abriu os olhos, espiou Lavisser como se estivesse surpreso em vê-lo, estremeceu e fechou os olhos de novo.

— Você e eu deveríamos ter estudado em Eton — disse Baird a Sharpe. — Teríamos aprendido coisas úteis, como em qual lado do penico mijar. Comeu um desjejum, Lavisser?

— O tenente da Torre foi muito hospitaleiro, obrigado, senhor.

— O pessoal da Torre gosta da Guarda — disse Baird, dando a entender que os soldados de verdade não seriam tão bem-vindos. — O capitão Lavisser — disse a Sharpe agora — é ajudante de ordens do duque de York. Já disse isso, não? Mas já lhe disse o quanto Sua Alteza Real é inútil? O cretino acha que é soldado. Estragou a campanha na Holanda em 1799 e agora é comandante em chefe. É o que acontece, Sharpe, quando você é filho do rei. Felizmente — Baird, que claramente estava se divertindo, virou-se para Lavisser —, felizmente para vocês, gente da realeza que vive seguindo os campos de batalha, o exército ainda tem um ou dois soldados de verdade. O tenente Sharpe é um deles. É um fuzileiro, para o caso de você não ter reconhecido esse trapo verde manchado de sangue, e é um tugue.

A Presa de Sharpe

Lavisser, que não havia se ofendido quando seu senhor foi insultado, ficou perplexo.

— É o quê, senhor?

— Você não esteve na Índia, esteve? — perguntou Sir David, fazendo com que a pergunta parecesse uma acusação. — Um tugue, Lavisser, é um assassino; um matador bruto, sem consciência e eficiente. Eu sou um tugue, Lavisser, e o Sr. Sharpe também. Você não é, nem você, Gordon.

— Todas as noites dou graças ao Todo-Poderoso por essa providência — disse, feliz, o ordenança de Baird.

— Sharpe é um bom tugue. Subiu das fileiras, e ninguém consegue isso sendo delicado. Diga a eles o que fez em Seringapatam, Sharpe.

— Devo, senhor?

— Sim — insistiu Baird, de modo que Sharpe contou a história o mais brevemente possível. Lavisser escutou educadamente, mas lorde Pumphrey, cuja presença ainda era um mistério para Sharpe, abriu os olhos e prestou muita atenção, tanta que o deixou incomodado. Mas o lorde não disse nada quando a narrativa precária terminou.

Em vez disso, Lavisser disse com afetação:

— O senhor me impressiona, Sr. Sharpe, me impressiona tremendamente. — Sharpe não sabia o que dizer, por isso olhou pela janela, para um pequeno trigal que parecia esmagado pela chuva. Para além do trigo úmido havia um monte de feno, lembrando-lhe que Grace tinha morrido entre a época de fazer feno e a colheita, havia um ano. Sentiu um nó na garganta. Desgraça, pensou, desgraça, isso nunca iria passar? Podia vê-la na mente, vê-la sentada no terraço com as mãos na barriga inchada, rindo de alguma pilhéria boba. Ah, meu Deus, pensou, faça com que isso passe.

Percebeu que Sir David Baird estava falando agora sobre Copenhague. Parecia que o rei dinamarquês estava louco e que o país era governado pelo príncipe herdeiro.

— É verdade que você o conhece? — perguntou Baird a Lavisser.

— O príncipe herdeiro me conhece, senhor — disse Lavisser com cuidado. — Meu avô é um dos seus camareiros, por isso fui apresentado. E meu senhor, o duque, é primo dele em primeiro grau.

BERNARD CORNWELL

— Isso será o bastante?

— Mais do que bastante — respondeu Lavisser com firmeza. Lorde Pumphrey pegou um relógio no bolso, abriu a tampa, consultou-o e bocejou.

— Estou entediando-o, meu senhor? — resmungou Baird.

— Sua companhia sempre me distrai, Sir David — disse lorde Pumphrey numa voz bastante aguda. Pronunciava cada palavra muito distintamente, o que imbuía a declaração de uma autoridade estranha. — Fico fascinado com o senhor — acrescentou, guardando o relógio e fechando os olhos.

— Idiota desgraçado — murmurou Sir David, depois olhou para Sharpe. — Estávamos falando da esquadra dinamarquesa — explicou.

— É uma esquadra enorme que fica entocada em Copenhague sem fazer porcaria nenhuma. Só mofando. Mas os comedores de lesmas gostariam de pôr as mãos desgraçadas nela para substituir os navios que tomamos deles em Trafalgar. Por isso estão pensando em invadir a pequena Dinamarca e roubar os navios.

— E se os franceses invadirem — Lavisser continuou a explicação do general — dominarão a entrada do Báltico e assim cortarão o comércio britânico. A Dinamarca é neutra, claro, mas essas circunstâncias jamais detiveram Bonaparte no passado.

— É a esquadra dinamarquesa que ele quer — insistiu Baird —, porque o desgraçado vai usá-la para invadir a Inglaterra. Por isso temos de impedir que ele a roube.

— Como se faz isso, senhor? — perguntou Sharpe.

Baird deu um riso cobiçoso.

— Roubando-a primeiro, claro. O Ministério do Exterior tem um sujeito lá, tentando persuadir os dinamarqueses a mandar seus navios para portos ingleses, mas eles dizem que não. O capitão Lavisser vai mudar o pensamento deles.

— O senhor pode fazer isso? — perguntou Sharpe.

Lavisser deu de ombros.

— Pretendo subornar o príncipe herdeiro, Sharpe. — E bateu no baú de madeira. — Estamos transportando *Danegeld*, e vamos ofuscar sua majestade com brilho e enganá-lo com um tesouro.

A PRESA DE SHARPE

Lorde Pumphrey gemeu. Todos o ignoraram, enquanto Baird retomava a explicação:

— O capitão Lavisser vai subornar o príncipe herdeiro, Sharpe, e se os franceses tiverem ideia do que ele está fazendo, irão se esforçar por impedi-lo. Uma faca nas costas conseguiria isso com eficácia, de modo que seu trabalho é proteger Lavisser.

Sharpe não sentia escrúpulos com relação a essa tarefa; na verdade, esperava ter a chance de se embolar com alguns franceses.

— O que acontece se os dinamarqueses não nos derem a esquadra, senhor? — perguntou a Baird.

— Então invadiremos.

— A Dinamarca? — Sharpe estava pasmo. A mulher no Espeto de Lesma havia sugerido isso, mas mesmo assim era surpreendente. Lutar contra a Dinamarca? A Dinamarca não era inimiga!

— A Dinamarca — confirmou Baird. — Nossa esquadra está pronta e esperando em Harwich, e os dinamarqueses, Sharpe, não terão escolha. Ou colocam sua frota sob nossa proteção ou vou tomá-la deles.

— O senhor?

— Lorde Cathcart é o encarregado — admitiu Baird —, mas ele não passa de uma velha. Estarei lá, Sharpe, e nesse caso que Deus ajude os dinamarqueses. E seu amigo Wellesley — ele disse o nome com azedume — está vindo atrás para ver se aprende alguma coisa.

— Ele não é meu amigo, senhor — disse Sharpe. Era verdade que Wellesley o tornara oficial, mas Sharpe não via o general desde a Índia. E não esperava com agrado esse encontro. Grace era prima de Wellesley, uma prima muito distante, mas a desaprovação ao comportamento dela havia se espalhado até os rincões mais longínquos da família aristocrática.

— Sou seu amigo, Sr. Sharpe — disse Baird em tom feroz —, e não me importo em admitir que quero que fracasse. Uma luta na Dinamarca? Eu adoraria. Nunca mais falarão de um homem, dizendo que só consegue lutar na Índia. — A amargura estava descoberta. Baird sentia que fora tratado com injustiça na Índia, principalmente porque foram oferecidos a

Wellesley os cargos que ele acreditava merecer. Não era de espantar que desejasse a guerra, pensou Sharpe.

Chegaram a Harwich à tarde. Os campos ao redor do pequeno porto estavam cheios de acampamentos com barracas e os pastos úmidos se atulhavam com cavalos da cavalaria e da artilharia. Canhões estavam estacionados nas ruas da cidade e se enfileiravam roda com roda no cais de pedra, onde, ao lado de uma pequena pilha de caras malas de couro, um homem alto e largo como Baird esperava de pé. O homem vestia o preto dos serviçais, e a princípio Sharpe achou que fosse um trabalhador esperando uma gorjeta para carregar a bagagem até um bote, mas então ele fez uma reverência de cabeça para Lavisser, que lhe deu um tapa familiar no ombro.

— Este é Barker — disse Lavisser a Sharpe —, meu braço direito. E este é o tenente Sharpe, Barker, que substituiu o infeliz Willsen.

Barker virou um olhar inexpressivo para Sharpe. Outro tugue, pensou Sharpe, um tugue endurecido, com cicatrizes e formidável. Assentiu para o empregado, que não devolveu o cumprimento e simplesmente desviou o olhar.

— Barker era salteador — exclamou Lavisser, entusiasmado — antes de eu lhe ensinar bons modos e moral.

— Não vejo por que precisa de mim se tem um salteador ao lado — disse Sharpe.

— Duvido que precise de você, Sharpe, mas nossos senhores insistem em que eu tenha um protetor; portanto, você deve ir. — E deu outro de seus sorrisos ofuscantes.

Uma pequena multidão havia se reunido no cais para admirar a esquadra de grandes navios de guerra na foz do rio, enquanto transportadores de tropas, fragatas e brigues estavam ancorados ou atracados mais perto do pequeno porto, onde uma maré vazante expunha grandes trechos de lama. Mais perto do cais havia alguns navios desajeitados, muito menores do que as fragatas, com bordos livres baixos e cascos largos.

— Bombardeiras — observou solícito Gordon, o sobrinho de Baird.

— Têm morteiros enormes na barriga — explicou Baird, depois se virou para olhar a cidade modesta. — Uma dúzia de bombardeiras bem tripuladas poderia apagar Harwich da face da terra em vinte minutos — disse o general com prazer profano. — Seria interessante ver o que fariam numa cidade como Copenhague.

— O senhor não bombardearia Copenhague! — O capitão Gordon pareceu chocado.

— Eu bombardearia Londres se o rei exigisse.

— Mas não Edimburgo — murmurou Gordon.

— Você falou, Gordon?

— Observei que o tempo está curto, senhor. Tenho certeza de que o capitão Lavisser e o tenente Sharpe deveriam embarcar logo.

O navio deles era uma fragata recém-pintada e atracada mais perto de Felixstowe, na margem norte do rio.

— Chama-se *Cleópatra* — disse o ordenança de Baird, e parecia que a tripulação da fragata tinha visto a chegada da carruagem, porque um bote do navio estava atravessando o rio.

Uma quantidade de oficiais do acampamento havia se reunido mais adiante no cais, e Sharpe viu alguns casacas verdes em meio aos escarlate. Não queria ser reconhecido, por isso se escondeu atrás de uma grande pilha de barris de arenques e olhou para a lama, onde gaivotas saltavam e disputavam ossos de peixes. De repente sentiu frio. Não queria ir para o mar, e sabia que era porque havia conhecido Grace num navio. Isso ficava pior porque um cavalheiro do campo, que viera em sua carruagem aberta ver os navios, estava dizendo às filhas quais navios da frota distante haviam estado em Trafalgar.

— Lá, está vendo? O *Marte*? Esteve lá.

— Qual é ele, papai?

— O preto e amarelo.

— Todos são pretos e amarelos, papai. Como vespas.

Sharpe olhou para os navios, meio escutando as meninas provocarem o pai e tentando não pensar em Grace provocando-o, quando uma voz aguda e precisa falou atrás dele.

BERNARD CORNWELL

— Está satisfeito, tenente?

Sharpe se virou e viu que era lorde Pumphrey, o civil jovem e taciturno que havia falado tão pouco durante a viagem.

— Senhor?

— Ouvi contar ontem à noite que você estava envolvido neste absurdo — disse Pumphrey em voz suave —, e confesso que suas qualidades me eram desconhecidas. Peço desculpas por isso, mas não sou muito familiarizado com as coisas do exército. Uma vez meu pai disse que eu deveria ser soldado, mas concluiu que eu era inteligente demais e delicado demais. — Ele sorriu para Sharpe, que não sorriu de volta. Lorde Pumphrey suspirou. — Então tomei a liberdade de acordar um ou dois conhecidos para descobrir alguma coisa sobre você, e eles me informaram que você é um homem de muitos recursos.

— Sou, senhor? — Sharpe se perguntou quem poderia ser conhecido comum dele e de lorde Pumphrey.

— Eu também tenho recursos — continuou Pumphrey. — Trabalho no Ministério do Exterior, mas por enquanto estou reduzido a servir como auxiliar civil de Sir David. Abre nossos olhos ver como os militares atuam. Então, tenente, está satisfeito?

Sharpe deu de ombros.

— Isso tudo parece meio abrupto, senhor, se é o que quer dizer.

— Abrupto a ponto de ser perturbador! — concordou Pumphrey. Ele era magro e frágil a ponto de parecer que um sopro de vento iria jogá-lo do cais na imundície abaixo, mas essa fraqueza aparente era negada pelos olhos muito inteligentes. Ele pegou uma caixa de rapé, abriu a tampa e ofereceu um pouco a Sharpe. — Não usa? Acho calmante, e no momento precisamos ter a cabeça calma. Essa excursão assustadora, tenente, está sendo encorajada pelo duque de York. Nós, do Ministério do Exterior, que deveríamos conhecer mais sobre a Dinamarca do que Sua Alteza Real, desaprovamos profundamente todo esse esquema, mas o duque, infelizmente, obteve o apoio do primeiro-ministro. O Sr. Canning quer a esquadra e preferiria evitar uma campanha que inevitavelmente tornará a Dinamarca nossa inimiga. Ele sugere, também, que um suborno bem-sucedido poupará

A PRESA DE SHARPE

o Tesouro dos gastos de tal campanha. Esses são argumentos irrefutáveis, tenente, não acha?

— Se é o que diz, senhor...

— Irrefutáveis, de fato, e de uma imbecilidade clamorosa. Tudo isso terminará em lágrimas, tenente, motivo pelo qual o Ministério do Exterior, em sua sabedoria inefável, me colocou na expedição à Dinamarca. Tenho a tarefa de catar os cacos, por assim dizer.

Sharpe se perguntou por que o lorde usava uma pinta falsa no rosto. Era coisa de mulher, e não de homem, mas Sharpe não gostava de perguntar. Em vez disso, olhou duas gaivotas brigando por algumas tripas de peixe na lama sob o cais.

— Acha que não vai dar certo, senhor?

Pumphrey olhou para os navios.

— Será que devo dizer, tenente, que nada que ouvi sugere que o príncipe herdeiro dinamarquês seja venal?

— Venal?

Um sorriso fantasmagórico apareceu no rosto do lorde.

— Nada do que ouvi dizer, Sharpe, sugere que o príncipe herdeiro seja um homem passível de suborno e, por consequência, o Ministério do Exterior está tremendamente preocupado com a hipótese de todo esse negócio lamentável causar embaraços à Inglaterra.

— Como?

— Imagine que o príncipe herdeiro se ofenda com a oferta de suborno e anuncie ao mundo a tentativa?

— Não parece tão ruim — respondeu Sharpe, rígido.

— Seria deselegante — disse lorde Pumphrey severamente —, e a deselegância é a ofensa mais grosseira contra a boa diplomacia. Na verdade, estamos subornando metade das cabeças coroadas da Europa, mas temos de fingir que isso não acontece. Mas há coisa pior. — Ele olhou para trás, certificando-se de que ninguém ouvia a conversa. — Sabemos que o capitão Lavisser está endividado. Ele joga alto no Almack's. Bem, muitos outros também fazem isso, mas esse fato é preocupante.

Sharpe sorriu para o nobre com cara de pássaro.

— Ele está enfiado em dívidas até as orelhas e vocês o estão mandando com um baú cheio de dinheiro?

— O comandante em chefe insiste, o primeiro-ministro concorda, e nós, do Ministério do Exterior, não podemos sugerir que o honrado John Lavisser seja qualquer coisa que não escrupulosamente honesto. — Pumphrey disse a última palavra muito azedamente, dando a entender o oposto do que acabara de declarar. — Meramente devemos arrumar a situação, tenente, quando o entusiasmo houver morrido. Coisa feia, o entusiasmo. E se as coisas ficarem ruins, gostaríamos que ninguém soubesse o que aconteceu. Não queremos que o duque e o primeiro-ministro fiquem parecendo idiotas completos, não é?

— Não queremos, senhor?

Lorde Pumphrey estremeceu diante da leviandade de Sharpe.

— Se Lavisser fracassar, tenente, quero que o senhor o tire de Copenhague, com o dinheiro, para a segurança do nosso exército. Não queremos que o governo dinamarquês anuncie uma tentativa canhestra de suborno. — Ele pegou um pedaço de papel no bolso. — Se precisar de ajuda em Copenhague, procure este homem. — O lorde estendeu o papel para Sharpe, depois o puxou de volta. — Devo dizer, Sharpe, que fiquei muito preocupado em lhe revelar este nome. O sujeito é valioso. Espero sinceramente que você não precise da ajuda dele.

— Que traição está tramando, senhor? — perguntou Baird em voz alta.

— Estava apenas observando a beleza deste local, Sir David — observou lorde Pumphrey em sua voz aguda —, e fazendo ver ao tenente Sharpe o traçado delicado do cordame dos navios. Gostaria de representar a cena em aquarela.

— Santo Deus, homem, deixe essa coisa para a porcaria dos artistas! — Baird pareceu perplexo. — É para isso que os idiotas servem.

Lorde Pumphrey apertou o pedaço de papel na mão de Sharpe.

— Guarde esse nome, tenente — disse baixinho. — Só você o possui.

A PRESA DE SHARPE

O que significava, pensou Sharpe, que Lavisser não fora informado do nome do sujeito.

— Obrigado, senhor — disse, mas lorde Pumphrey já se afastara, porque o bote do *Cleópatra* havia chegado ao cais que dava acesso ao canal profundo. O baú estava sendo posto no fundo do bote e Baird estendeu a mão para Lavisser.

— Desejo-lhe boa viagem, que Deus o acompanhe e que você tenha boa sorte — disse Baird. — Vou admitir que não me importo se você fracassar, mas não há sentido em soldados de verdade morrerem se um punhado de ouro puder mantê-los vivos. — Em seguida, apertou a mão de Sharpe. — Mantenha nosso oficial da Guarda vivo, Sharpe.

— Farei isso, senhor.

Os dois oficiais não falaram enquanto eram transportados até o *Cleópatra*, que, na pressa de usar vento e maré favoráveis, já estava levantando âncora. Sharpe podia escutar o canto dos marinheiros rodeando o cabrestante e ver o cabo tremer largando gotas d'água e placas de lama enquanto saía do rio cinzento. Os gajeiros já estavam no alto, prontos para soltar as velas superiores. Sharpe e Lavisser subiram pelo costado do navio e foram recebidos pelos apitos dos contramestres e por um tenente agitado que os levou rapidamente para o tombadilho principal, enquanto o corpulento Barker carregava a bagagem para baixo e uma dúzia de marinheiros baixava um cabo para trazer o ouro a bordo.

— O capitão Samuels pede desculpas por se ausentar enquanto zarpamos — disse o tenente — e requisita que fiquem junto à amurada de popa, senhores, até que as velas estejam ajustadas.

Lavisser riu enquanto o tenente saía rapidamente.

— O que quer dizer que o capitão Samuels não nos quer no caminho enquanto se atrapalha para enfunar as velas. E ele está sob os olhos do almirante, nada menos do que isso! É como arrumar a guarda no castelo de Windsor. Imagino que nunca tenha feito isso, não é, Sharpe? Arrumar uma guarda em Windsor.

— Não, senhor.

— Você faz com perfeição, então algum idiota velho e decrépito que viu ação pela última vez ao lutar contra Guilherme, o Conquistador, informa que o guarda Bloggs tem uma pederneira mal-ajustada na espingarda. E, pelo amor de Deus, pare de me chamar de "senhor" — disse Lavisser com um sorriso. — Faz com que me sinta velho, e isso é uma tremenda indelicadeza de sua parte. Então, o que havia naquele papel que o pequeno William lhe deu?

— Pequeno William?

— Lorde Pumps. Ele era um vermezinho pálido em Eton e não melhorou.

— É só o endereço dele. Diz que devo procurá-lo para prestar informe quando voltar.

— Bobagem — disse Lavisser, mas não pareceu ofendido por Sharpe ter mentido. — Se eu for capaz de adivinhar, é o nome de um homem que pode nos ajudar em Copenhague, um nome, devo acrescentar, que os desgraçados cheios de suspeita do Ministério do Exterior se recusaram a me dar. Dividir e governar é o estilo do Ministério do Exterior. Não vai me dizer o nome?

— Se eu lembrar — disse Sharpe. — Joguei o papel na água.

Lavisser riu da inverdade.

— Não diga que o pequeno Pumps lhe pediu que mantivesse segredo! Pediu? Coitadinho do Pumps, vê conspiração em toda parte. Bem, desde que um de nós tenha o nome, acho que não importa. — Ele olhou para cima enquanto as velas de mezena eram soltas. As lonas sacudiram ruidosamente até que os marinheiros as prenderam. Homens deslizaram pelos panos e correram pelas vergas para soltar as velas mestras. Tudo isso era muito familiar para Sharpe depois de sua viagem da Índia para casa. O capitão Samuels, pesado e alto, estava junto à linha branca que separava o tombadilho principal do resto da fragata de convés corrido. Não dizia nada, apenas olhava seus homens.

— Quanto tempo dura a viagem? — perguntou Sharpe a Lavisser.

— Uma semana? Dez dias? Algumas vezes muito mais. Tudo depende de Éolo, nosso deus dos ventos. Que nos sopre rapidamente e com segurança.

A PRESA DE SHARPE

Sharpe grunhiu concordando, depois apenas olhou para a terra, onde os defumadores de arenque provocavam uma névoa. Encostou-se na amurada de popa, subitamente desejando estar em qualquer local que não o mar.

Lavisser se encostou na amurada ao lado.

— Você não está feliz, Sharpe. — Sharpe franziu a testa diante das palavras, que lhe pareceram uma intromissão. Não disse nada, mas tinha uma consciência nítida de Lavisser, tão perto dele. — Deixe-me adivinhar. — O capitão da Guarda ergueu os olhos para as gaivotas que gritavam e fingiu pensar durante um tempo, depois olhou para Sharpe de novo. — Minha opinião, Sharpe, é que você conheceu Lady Grace Hale num navio e que desde então não navegou. — Ele estendeu a mão com cautela ao ver a raiva nos olhos de Sharpe. — Caro Sharpe, por favor, não me entenda mal. Lamento por você, lamento mesmo. Conheci Lady Grace. Deixe-me ver... Deve fazer 12 anos ou mais, e eu era apenas um moleque de 15 anos, mas mesmo na época podia identificar uma beldade. Ela era linda.

Sharpe não disse nada, apenas fitou Lavisser.

— Era linda e inteligente — continuou baixinho o capitão da Guarda —, e então se casou com um velho tedioso. E você, Sharpe, perdoe-me a intromissão, deu-lhe um tempo de felicidade. Não é algo para se lembrar com satisfação? — Lavisser esperou que Sharpe respondesse, mas o fuzileiro ficou quieto. — Estou certo? — perguntou Lavisser com suavidade.

— Ela me deixou num sofrimento desgraçado — admitiu Sharpe. — Não consigo afastá-lo. E, sim, estar num navio traz tudo de volta.

— Por que você deveria afastá-lo? Caro Sharpe, posso chamá-lo de Richard? É gentileza sua. Caro Richard, você deveria estar de luto. Ela merece isso. Quanto maior o afeto, maior o luto. E tem sido cruel para você. Todos os mexericos! Não é da conta de ninguém o que você e Lady Grace faziam.

— Era da conta de todo mundo — disse Sharpe amargamente.

— E vai passar. Mexericos são efêmeros, Richard, desaparecem como orvalho ou fumaça. Seu sofrimento permanece, o resto do mundo esquecerá. Praticamente já esqueceu.

— O senhor não esqueceu.

Lavisser sorriu.

— Estive revirando o cérebro o dia inteiro tentando situar você. Só me veio quando subimos a bordo. — Um barulho de passos os interrompeu enquanto marinheiros vinham à popa prender os panos da mezena. A grande vela estalou sobre a cabeça deles, depois foi controlada, e a fragata ganhou velocidade. A flâmula, azul porque o comandante da frota era um almirante do azul,* estalava ao vento da tarde. — O sofrimento passará, Richard — continuou Lavisser em voz baixa —, passará. Tive uma irmã que morreu, uma criatura querida, e sofri por ela. Não é a mesma coisa, sei, mas não deveríamos ter vergonha de demonstrar o sofrimento. Principalmente quando é sofrimento por uma linda mulher.

— Isso não vai me impedir de fazer meu trabalho — disse Sharpe estoicamente, lutando contra as lágrimas que ameaçavam brotar.

— Claro que não — respondeu Lavisser com fervor. — Nem vai impedi-lo, tenho certeza, de desfrutar os bordéis em Copenhague. São precários e poucos, garanto, mas mesmo assim desfrutaremos.

— Não posso pagar por bordéis.

— Não seja chato, Richard! Estamos viajando com 43 mil guinéus do governo e pretendo roubar o máximo que puder decentemente sem ser apanhado. — Ele deu um sorriso tão largo e com alegria tão contagiante que Sharpe teve de rir. — Pronto! — disse Lavisser. — Dá para ver que serei bom para você!

— Espero que sim. — Sharpe estava observando a esteira ondulante do *Cleópatra*. A maré era vazante e o vento vinha do oeste, de modo que os navios ancorados apresentavam as proas para o tombadilho da fragata. As feias bombardeiras permaneciam baixas na água. Uma se chamava *Trovão*, outra, *Vesúvio*, e ali estava a *Etna*, com a *Zebra* perto. A fragata passou tão perto da *Zebra* que Sharpe pôde olhar dentro do poço, que estava cheio do que pareciam ser rolos de corda, postos ali para aliviar o choque dos dois

---

* Na marinha inglesa do século XIX, um almirante podia ter três níveis, identificados segundo as cores da bandeira inglesa: o mais baixo era chamado "do azul", o intermediário, "do branco", e o mais alto, "do vermelho". (*N. do T.*)

grandes morteiros que se agachavam na barriga do navio. Os morteiros tinham as bocas cobertas por tapas, mas Sharpe supôs que eles lançariam uma bomba com cerca de trinta centímetros de diâmetro e, como o clarão dos disparos saltaria no ar para lançar as bombas num arco alto, os estais dianteiros da *Zebra* não eram feitos de cânhamo, e sim de corrente grossa. Mais oito canhões, que pela aparência eram caronadas, ficavam a ré do mastro principal. Uma embarcação feia, pensou Sharpe, mas um brutamontes com dentes enormes, e havia 16 bombardeiras atracadas ou ancoradas no rio, junto com uma quantidade de brigues, embarcações de pequeno calado armadas com canhões grandes. Não eram navios projetados para lutar contra outros navios, mas sim para atacar alvos em terra.

Agora o *Cleópatra* estava ganhando velocidade à medida que a tripulação ajustava as velas grandes. Inclinou-se para bombordo, e a água começou a gorgolejar e borbulhar na proa. O crepúsculo ia chegando, sombreando os grandes navios de 74 bocas que eram os cavalos de batalha da frota inglesa. Sharpe reconheceu os nomes de alguns, da época de Trafalgar: o *Marte*, o *Minotauro*, o *Órion* e o *Agamenon*, mas a maioria ele jamais vira antes. O *Golias*, negando o nome, parecia um anão ao lado do *Príncipe de Gales*, um monstro de 98 canhões que levava a flâmula do almirante. Uma portinhola de canhão se abriu na proa do *Príncipe de Gales* para responder à salva que o *Cleópatra* disparara ao passar. O som era gigantesco, a fumaça era densa e o tremor do canhão, mesmo estando sem balas, sacudiu o convés sob os pés de Sharpe.

Apenas um navio, outro de 74 bocas, estava do outro lado do *Príncipe de Gales*. Era um navio bonito, e Sharpe havia aprendido o suficiente na volta da Índia para reconhecer que era de construção francesa, um dos muitos que haviam sido capturados do inimigo. A água jorrava de suas bombas enquanto o *Cleópatra* ia passando, e Sharpe ergueu os olhos, vendo os homens interromperem o trabalho para espiar a esguia fragata passando. Então o *Cleópatra* deixou para trás o navio de 74 bocas, e Sharpe pôde ler o nome pintado em ouro na popa. *Pucelle*. Seu coração saltou. O *Pucelle!* Seu navio, o navio a bordo do qual ele estivera em Trafalgar e que era capitaneado por seu amigo, Joel Chase, mas Sharpe não sabia se Chase ainda era capitão, se estava a bordo do *Pucelle* ou mesmo vivo. Só sabia que ele e Grace haviam conhecido a felicidade a bordo do navio que recebera o nome de seus construtores franceses a partir de Joana d'Arc, *la pucelle*, ou a virgem. Quis acenar para o navio, mas estava longe demais para reconhecer qualquer pessoa a bordo.

— Bem-vindos, cavalheiros. — O capitão Samuels, moreno, grisalho e com um muxoxo, viera receber os convidados. — O tenente Dunbar mostrará seus alojamentos. — Ele franziu os olhos para Sharpe, que havia se virado para olhar o *Pucelle* de novo. — Acha minhas observações tediosas, tenente?

— Desculpe, senhor. Já estive a bordo daquele navio.

— O *Pucelle*?

— Ele não tomou o *Revenant* em Trafalgar, senhor?

— E se tomou? Houve tomadas fáceis naquela batalha, tenente. — A inveja de um homem que não havia navegado com Nelson ficou evidente na voz de Samuels.

— O senhor esteve lá? — perguntou Sharpe, sabendo que isso irritaria o capitão.

— Não, mas o senhor também não esteve, tenente, e agora irá demonstrar a cortesia de observar minhas palavras. — Em seguida, passou a falar das regras do navio, que eles não deveriam fumar a bordo nem subir no cordame e não deveriam prestar continência ao pessoal do tombadilho principal. — Farão as refeições com os oficiais e agradecerei se não ficarem no caminho dos tripulantes. Cumprirei meu dever, Deus sabe, mas isso não significa que preciso gostar. Devo colocar vocês e sua carga desgraçada em terra sub-repticiamente, e farei isso, mas ficarei feliz em ver os dois pelas costas e voltar a um trabalho de marinheiro de verdade. — E os deixou tão abruptamente quanto havia chegado.

— Adoro me sentir bem-vindo — murmurou Lavisser.

Sharpe olhou de novo para trás, mas o *Pucelle* estava perdido na escuridão de terra. Tinha sumido, e ele viajava de novo. Indo para uma guerra, ou para impedir uma guerra, ou para ser emaranhado em traições, mas, o que quer que fosse, ainda era um soldado.

Sharpe era um soldado sem armas. Viera a bordo do *Cleópatra* com seu sabre de oficial, mas nada além. Nada útil. Reclamou disso com Lavisser, que disse que Sharpe poderia se suprir amplamente em Vygârd.

— É a casa onde minha mãe cresceu e é bastante bonita. — Ele parecia pensativo. — Meu avô tem qualquer coisa que você possa precisar: pistolas, espadas, tudo, mas realmente duvido que encontremos problemas. Tenho certeza de que os franceses possuem agentes em Copenhague, mas dificilmente tentarão me assassinar.

— Onde fica Vygârd?

— Perto de Køge, onde nosso hospitaleiro capitão deverá nos deixar em terra. — Tinham saído havia 11 dias de Harwich, navegando num mar ensolarado. Lavisser estava encostado na amurada de popa, onde parecia não ter qualquer preocupação no mundo. Não usava chapéu e seus cabelos dourados balançavam ao vento. Tinha olhos azuis e um rosto de traços marcantes, de modo que parecia um de seus ancestrais vikings que haviam navegado neste mesmo mar frio. — Você realmente não vai precisar de armas, Richard — continuou Lavisser. — Simplesmente pegaremos uma carruagem emprestada em Vygârd para levar o ouro a Copenhague, concluir nossos negócios com o príncipe herdeiro e assim ter a satisfação de preservar a paz.

Lavisser havia falado de modo confiante, mas Sharpe se lembrava das dúvidas de lorde Pumphrey de que o príncipe herdeiro dinamarquês fosse um homem aberto ao suborno.

— E se o príncipe herdeiro recusar?

— Não vai recusar — respondeu Lavisser. — Meu avô é camareiro dele e disse que o suborno foi sugestão do próprio príncipe. — Ele sorriu. — Ele precisa de dinheiro, Sharpe, para reconstruir o palácio de Christiansborg, que foi incendiado há alguns anos. Será tudo muito fácil e voltaremos para casa como heróis. Onde está o perigo? Não há franceses em

Vygârd, nenhum na casa de meu avô na Bredgade, e os próprios guardas do príncipe manterão os desgraçados fora do nosso caminho. Você realmente não precisa de armas, Richard. Na verdade, não quero ofendê-lo, mas sua presença, ainda que absolutamente bem-vinda, é também supérflua.

— As coisas podem dar errado — disse Sharpe teimosamente.

— Como isso é verdadeiro! Um terremoto pode devastar Copenhague. Talvez haja uma praga de sapos. Talvez os quatro cavaleiros do apocalipse devastem a Dinamarca. Richard! Estou indo para casa. Vou encontrar um príncipe de quem sou parente distante. Como eu, ele é meio inglês. Sabia disso? A mãe dele é irmã do rei Jorge.

Lavisser era convincente, mas Sharpe sentia-se nu sem armas de verdade, e outros homens que estavam em posição superior a Lavisser haviam achado sensato dar proteção ao oficial da Guarda, assim Sharpe desceu à cabine minúscula que compartilhava com Lavisser e abriu sua sacola. Suas roupas civis estavam ali dentro, as roupas boas que Grace havia comprado para ele, junto com o telescópio que fora um presente de má vontade de Sir Arthur Wellesley. Mas no fundo da bolsa de lona, escondidas e meio esquecidas, estavam suas velhas gazuas. Pegou o embrulho e revelou as gazuas ligeiramente enferrujadas. Grace as havia encontrado uma vez e perguntara que diabo era aquilo. Ela rira incrédula quando ele lhe disse.

— Você poderia ser enforcado por possuir uma coisa dessas! — havia declarado ela.

— Guardo as gazuas em nome dos velhos tempos — explicou Sharpe debilmente.

— Você nunca as usou, não é?

— Claro que já usei!

— Mostre! Mostre!

Ele havia mostrado como arrombar uma fechadura, coisa que fizera dezenas de vezes no passado. Agora estava sem prática, mas as gazuas fizeram um trabalho rápido no cadeado do grande baú onde estava o dinheiro do governo. Havia uma grande quantidade de armas a bordo do *Cleópatra*, mas para conseguir alguma Sharpe sabia que teria de molhar com ouro algumas mãos sujas de alcatrão.

Sharpe tinha dinheiro próprio. Havia tirado 24 libras, oito xelins e quatro pence e meio de Jem Hocking, e o grosso disso era em moedas de cobre e prata que o sargento Matthew Standfast, novo dono do Espeto de Lesma, ficara feliz em trocar por ouro.

— Mas cobro um preço, senhor — havia insistido Standfast.

— Um preço?

— Essa coisa está imunda! — Standfast havia cutucado as sujas moedas de cobre. — Terei de fervê-las em vinagre! O que andou fazendo, tenente? Roubando caixas de esmolas? — Ele havia trocado as 24 libras, oito xelins e quatro pence e meio por 22 reluzentes guinéus que agora estavam muito bem embrulhados numa das mudas de camisa de Sharpe.

Poderia ter usado seu dinheiro para conseguir armas, mas não via motivo para isso. A Inglaterra estava mandando-o à Dinamarca, e eram os inimigos da Inglaterra que ameaçavam Lavisser; portanto, achava que a Inglaterra deveria pagar, e isso significava tirar o ouro do grande baú que ocupava quase metade da cabine que Sharpe e Lavisser compartilhavam. Sharpe tivera de empurrar de lado uma das camas penduradas para abrir a tampa do baú. Dentro havia camadas de sacos de lona cinza amarrados com arame e lacrados com etiquetas de chumbo e cera vermelha. Sharpe levantou três sacos da camada de cima e escolheu um de baixo, que cortou com uma faca.

Guinéus. Os cavaleiros dourados de São Jorge. Levantou um, olhando a imagem do santo cravando a lança no dragão que se retorcia. Moedas de ouro ricas, grossas, e o baú tinha o suficiente para subornar um reino, mas podia ceder um pouquinho ao tenente Sharpe, por isso ele roubou 15 das pesadas moedas, que escondeu nos bolsos antes de recolocar os sacos. Estava pondo o último no lugar quando ouviu o som de passos descendo a escada de tombadilho do lado de fora da cabine. Fechou a tampa do baú e sentou-se em cima para esconder a ausência de cadeado. A porta da cabine se abriu, e Barker entrou com um balde. Viu Sharpe e parou.

Sharpe fingiu estar calçando as botas. Levantou os olhos para o corpulento Barker, que precisava se curvar sob as traves do teto.

— Então você já foi salteador, Barker?

— Foi o que o capitão disse a você. — Barker pousou o balde no chão.

— Onde?

Barker hesitou, como se suspeitasse de uma armadilha na pergunta, depois deu de ombros.

— Bristol.

— Não conheço — respondeu Sharpe tranquilamente. — E agora tomou jeito?

— Tomei?

— Tomou?

Barker fez uma careta.

— Estou procurando a casaca do Sr. Lavisser.

Sharpe podia ver o cadeado num canto da cabine e esperava que Barker não notasse.

— Então, o que você fará se os franceses interferirem conosco?

Barker fez uma careta. Parecia que não entendera a pergunta, ou então que simplesmente odiava falar com Sharpe, mas deu um risinho de desprezo.

— Como eles vão saber que nós estamos lá? O patrão fala dinamarquês, e você e eu vamos ficar de bico calado. — Ele pegou uma casaca num gancho atrás da porta e saiu sem dizer mais palavra.

Sharpe esperou que os passos se afastassem, depois recolocou o cadeado no lugar. Não gostava de Barker, e o sentimento era evidentemente mútuo. Pensando bem, o sujeito era um estranho empregado para Lavisser; no entanto Sharpe havia encontrado um bom número de cavalheiros que gostavam de se misturar com brutamontes da sarjeta. Esses homens gostavam de ouvir as histórias e sentiam-se lisonjeados pelas amizades, e presumivelmente Lavisser compartilhava esse gosto. Talvez, refletiu Sharpe, isso explicasse por que Lavisser estava sendo tão amigável com ele.

No dia seguinte usou dois guinéus para subornar o mestre de armas do navio, que fez o ouro desaparecer num bolso com a velocidade de um feiticeiro, e uma hora depois trouxe a Sharpe um sabre de abordagem bem afiado e duas pistolas regulamentares navais com um bornal de cartuchos.

— Eu ficaria feliz, senhor, se o capitão Samuels não soubesse — disse o mestre de armas —, já que ele gosta de açoitar quando é contrariado. Mantenha isso escondido até chegar a terra, senhor.

Sharpe prometeu que o teria. Não haveria dificuldade em cumprir essa promessa durante a viagem, mas não percebia como iria tirar as armas do navio sem que o capitão Samuels visse, então pensou no baú. Pediu a Lavisser para guardá-las com o ouro.

Lavisser riu ao ver o sabre de abordagem e as pistolas de cano pesado.

— Você não podia esperar até chegarmos a Vygârd?

— Gosto de saber que estou armado.

— Armado? Você vai parecer o Barba Azul se andar com isso! Mas se fica feliz, Richard, por que não? Sua felicidade é minha principal preocupação. — Lavisser pegou a chave do baú num bolso do colete e levantou a tampa. — Uma visão capaz de aquecer seu coração gelado, hein? — disse, indicando os sacos de um cinza monótono. — Há uma fortuna em cada um. Eu mesmo peguei no Banco da Inglaterra e, meu Deus, que confusão! Homenzinhos de casacas cor-de-rosa exigindo assinaturas, chaves suficientes para trancar meio mundo, e uma suspeita profunda. Estou certo de que pensaram que eu ia roubar o ouro. E por que não? Por que você e eu simplesmente não o dividimos e não vamos embora para algum lugar bom de viver? Nápoles? Sempre quis visitar Nápoles, onde me dizem que as mulheres são lindas de partir o coração. — Lavisser viu a expressão de Sharpe e gargalhou. — Para um homem vindo das fileiras, Richard, você é fácil demais de chocar. Mas confesso que me sinto tentado. Sofro o destino cruel de ser o filho mais novo. O desgraçado do meu irmão vai se tornar conde e herdar o dinheiro, ao passo que eu devo me virar sozinho. Acha isso risível, não é? No lugar de onde você vem, todo mundo se vira sozinho, por isso devo fazer o mesmo. — Em seguida, pôs as armas novas de Sharpe sobre os sacos cinza e fechou o baú. — O ouro vai para o príncipe Frederico — disse, fechando o cadeado —, e haverá paz na terra e boa vontade para todos os homens.

BERNARD CORNWELL

Na tarde seguinte a fragata passou pela ponta mais ao norte da Jutlândia. A baixa ponta de terra era chamada de Skaw e se mostrava monótona e nebulosa ao crepúsculo cinza. Um farol ardia na extremidade, e a luz permaneceu à vista enquanto o *Cleópatra* virava para o sul na direção do Kattegat. O capitão Samuels estava claramente preocupado com aquele trecho de água estreita, tendo apenas de três milhas de largura num local, que era a entrada para o Báltico e era guardado na margem sueca pelo grande canhão de Helsingborg, e do lado dinamarquês pelas baterias do castelo Kronborg, em Helsingør. A fragata vira poucos navios entre Harwich e o Skaw, meramente um punhado de barcos de pesca e um lento mercante do Báltico com o convés principal carregado de madeira, mas agora, entrando na garganta estreita entre a Dinamarca e a Suécia, o tráfego era mais pesado.

— O que não sabemos — dignou-se a dizer o capitão Samuels a Sharpe e Lavisser na manhã depois de terem passado pelo Skaw — é se a Dinamarca ainda é neutra. Podemos passar por Helsingør ficando perto da costa sueca, mas mesmo assim os dinamarqueses nos verão passar, e sabemos que não estamos tramando algo bom.

Os suecos, pelo que Sharpe sabia, eram aliados dos ingleses.

— Não que isso signifique muito — disse Lavisser. — O rei deles também é louco. Estranho, não? Metade da porcaria dos reis da Europa é de maníacos que espumam pela boca. Os suecos não lutarão por nós, mas estão do nosso lado, ao passo que os dinamarqueses não querem lutar contra ninguém. São rigidamente neutros, coitadinhos, mas sua esquadra complicou a situação. Terão de lutar para protegê-la ou então aceitar o suborno. Claro, se os franceses já mandaram um suborno maior, talvez já tenham declarado guerra contra a Inglaterra.

Não havia alternativa, a não ser passar pelo estreito. Lavisser e Sharpe deveriam ser desembarcados ao sul de Køge, perto de um povoado com o nome de Herfølge, onde os avós de Lavisser tinham sua propriedade, e a baía de Køge ficava ao sul de Helsingør e Copenhague. Eles poderiam ter evitado Helsingør navegando para o oeste ao redor de Zelândia, a ilha onde ficava Copenhague, mas essa era uma viagem muito mais longa e o tempo era curto.

A Presa de Sharpe

— Temos de ver o príncipe antes que a esquadra e o exército ingleses cheguem — disse Lavisser. — Acha que eles realmente bombardeariam Copenhague?

— Por que não?

— Você realmente consegue imaginar os artilheiros ingleses matando mulheres e crianças?

— Eles vão mirar as muralhas, as defesas — disse Sharpe.

— Não vão! Vão pulverizar a cidade! Mas Cathcart não vai querer. Ele é melindroso. — Cathcart era o general comandante. — Esperemos que o suborno dê certo, não é?

Passaram por Helsingør à tarde. Canhões soaram na fortaleza, mas o ruído era difuso porque não estavam carregados com balas ou granadas, mas apenas respondiam à salva que o capitão Samuels ordenara que fosse disparada em honra à bandeira dinamarquesa. Sharpe olhou a bandeira através do telescópio, vendo uma cruz branca em campo vermelho. O capitão Samuels também olhava para a fortaleza, mas estava procurando os borrifos d'água que trairiam a queda de uma bala rasa. Nenhum apareceu, o que provou que os dinamarqueses estavam apenas saudando.

— Então ainda são neutros — grunhiu o capitão Samuels.

— Farão tudo que puderem para permanecer neutros — opinou Lavisser. — É um país pequeno, capitão, e não quer entrar numa briga, a não ser que seja obrigado. — Ele pegou emprestado o telescópio de Sharpe e olhou para o enorme castelo de Kronborg, que, dessa distância, mais parecia um palácio do que uma fortaleza. A cobertura de cobre de seus pináculos e do teto íngreme brilhava em verde sobre a fumaça branca deixada pelos canhões. Uma fragata, ancorada na enseada de Helsingør, estava ajustando as velas numa tentativa evidente de seguir o *Cleópatra*. — Será que ela procura encrenca? — perguntou Lavisser.

O capitão Samuels balançou a cabeça.

— Não vai nos alcançar — disse sem dar importância. — Além disso, com este vento deve haver uma névoa.

Lavisser olhou de novo para o castelo.

BERNARD CORNWELL

— Há algo de podre no reino da Dinamarca — entoou, portentoso

— Há? — perguntou Sharpe.

O oficial da Guarda riu.

— É de *Hamlet*, caro Richard, que acontece neste mesmo castelo. Fui levado lá na infância e fiquei praticamente convencido de ter visto o fantasma do velho rei caminhando junto às ameias, mas infelizmente era só imaginação. Então, dez anos mais tarde, fiz o papel em Eton. O desgraçado do Pumphrey fez Ofélia, e foi uma garota muito convincente. Eu deveria beijá-lo numa cena, e ele pareceu gostar tanto que espremi seus bagos até ele guinchar como um porco. — Lavisser sorriu da lembrança, depois se encostou na amurada para olhar a costa verde e baixa. — Gostaria que realmente houvesse algo de podre na Dinamarca. É um país sem graça, Richard, sem graça, religioso, tacanho e cauteloso. É habitado por um povo pequeno que leva uma vida pequena.

— Todos devemos parecer assim a você.

Lavisser ficou instantaneamente arrependido.

— Não, não. Desculpe. Eu nasci com privilégios, Richard, e esqueço que outros não nasceram assim.

O *Cleópatra* ficou mais perto da costa sueca, dando a entender, para quem olhasse, que estava passando para Stralsund no norte da Prússia, onde havia uma guarnição britânica estacionada, mas na noite seguinte à sua passagem por Copenhague a fragata abandonou a via marítima muito percorrida e virou a oeste para entrar na baía de Køge. Agora estava sozinha. Há muito a fragata dinamarquesa havia abandonado a perseguição ao navio inglês, e a baía de Køge estava vazia. A lua ocasionalmente se mostrava através de nuvens espalhadas, e os penhascos de calcário, baixos e brancos no litoral que se aproximava, pareciam ter um brilho fantasmagórico. A fragata virou para o norte até que os penhascos se transformaram em praias longas, e foi ali que o capitão Samuels meteu o navio à capa e ordenou que a lancha fosse baixada.

O baú pesado foi descido com o uso de um moitão preso numa verga. Em seguida, Sharpe, Lavisser e Barker desceram à lancha. Sharpe, como seus companheiros, usava roupas civis. Tinha uma casaca marrom, calções pretos e botas, echarpe branca e um tricorne marrom que Grace sempre dissera que o fazia parecer um fazendeiro mal-humorado. O uniforme de fuzileiro estava na sacola pendurada às costas.

A tripulação da lancha remou pela escuridão. A lua havia sumido atrás de nuvens que agora cobriam o céu, ao passo que bem ao norte, para além de Copenhague, uma tempestade agitava a noite. Raios partiam a escuridão com línguas de fogo, mas nenhuma chuva caiu na baía de Køge e o som dos trovões sumia antes de chegar à lancha. Os únicos sons eram os estalos dos remos e as batidas da água no casco da lancha.

Não havia ondas, apenas o quebrar suave de pequenas marolas numa praia inclinada. A quilha da lancha raspou na areia e um marinheiro saltou para manter o barco firme enquanto meia dúzia de homens carregava o baú de ouro para terra. Sharpe, Lavisser e Barker foram atrás, espadanando na água rasa. O aspirante encarregado da lancha desejou-lhes sorte, em seguida a embarcação foi empurrada para longe da praia, e o som dos remos abafados morreu depressa. Um vento frio agitou os grãos de areia contra as botas de Sharpe.

Estava na Dinamarca.

E o capitão Lavisser sacou sua pistola.

CAPÍTULO IV

L avisser hesitou.

— Será que na fragata eles ouviriam um tiro de pistola? — perguntou.

— Provavelmente — disse Sharpe. — O som vai longe sobre a água. Por quê?

— Estou preocupado com a hipótese de a pólvora estar molhada, mas não quero alarmar o *Cleópatra*. Eles podem achar que temos problemas.

— A pólvora não molhou. A água só chegou aos nossos tornozelos.

— Provavelmente você está certo. — Lavisser pôs a pistola no coldre. — Acho melhor você esperar aqui, Richard. Se Samuels nos deixou no lugar certo, Herfølge fica a pelo menos uma hora de caminhada. Verei você ao amanhecer e, com sorte, trarei uma carroça e um cavalo para tirar essa porcaria de ouro daqui. — Ele subiu numa duna. — Pode ficar com o Sr. Sharpe, Barker?

— Ficarei, senhor — respondeu Barker.

— Você sabe o que fazer — disse Lavisser em tom alegre, virando-se.

— Está levando a chave do baú? — gritou Sharpe para o oficial da Guarda.

Lavisser se virou. Não passava de uma sombra na crista da duna.

— Certamente você não precisa dela, não é, Richard?

— Gostaria de pegar aquelas pistolas.

A PRESA DE SHARPE

— Se precisar, Barker tem a chave. Verei você em duas ou três horas. — Lavisser acenou e desapareceu descendo do outro lado da duna.

Sharpe olhou a forma escura de Barker.

— A chave?

— Estou procurando. — A resposta de Barker foi azeda. Começou a remexer numa valise. Enquanto esperava, Sharpe subiu a duna. Fazia frio para o verão, mas ele achava que era porque o mar estava muito gelado. Do topo da duna podia vislumbrar a fragata como um traçado de cordames escuros contra o céu do leste, enquanto na direção de terra havia apenas um fiapo débil e distante de luz nebulosa e tremeluzente. O capitão Samuels tinha dito que era provável a formação de névoa, e o retalho de luz manchada sugeria que ela ia surgindo sobre as baixas terras agrícolas. O chão parecia balançar enquanto Sharpe se acostumava de novo a estar em terra. Podia sentir cheiro de feno, sal e algas.

— Já esteve na Dinamarca, Barker? — gritou para a praia.

— Não.

— Então, onde está a chave?

— Acho que ele não me deu.

— É costume chamar os oficiais de "senhor". — Sharpe não conseguia esconder a aversão pelo serviçal, que fora claramente empregado devido ao seu tamanho e à capacidade de violência, e não por qualquer habilidade como valete. Sharpe remexeu na sacola até encontrar as gazuas, depois voltou à praia, onde se ajoelhou ao lado do baú.

— O que está fazendo, senhor? — perguntou Barker, dando uma tensão sarcástica à última palavra.

— Pegando minhas pistolas — respondeu Sharpe, segurando o cadeado.

Um estalo o fez se virar. A lancha devia ter chegado à fragata, que agora estava ajustando suas velas de traquete para se afastar da costa, e o estalo devia ter sido somente o vento sacudindo o pano, mas isso salvou a vida de Sharpe. Ele viu o brilho na mão de Barker, percebeu que era uma faca em vias de se cravar no seu pescoço e se jogou para o lado antes de se afastar rapidamente do baú. Largou as gazuas, jogou um punhado de areia nos olhos de Barker e desembainhou o sabre, depois ouviu o estalo de uma arma sendo engatilhada e soube que Barker, não se importando com qualquer barulho, devia ter uma pistola escondida sob a casaca comprida. Sharpe simplesmente correu, subindo a duna, onde pegou a sacola e desceu correndo a encosta arenosa, indo para a escuridão atrás da praia.

Mal havia pensado desde que a vela estalando o fizera se virar. Tinha simplesmente reagido, mas agora se agachou no capim áspero e ficou olhando a crista da duna em busca da sombra de Barker. Santo Deus, pensou, tinha sido enganado. Devia ter sabido, quando Lavisser afirmou que Barker possuía a chave do baú. Ninguém confiaria uma fortuna em ouro a um empregado como Barker.

Assim, lorde Pumphrey estava certo ao sugerir que havia algo estranho em toda aquela missão, mas nem em sua imaginação mais louca Sharpe havia pensado que as coisas fossem tão deturpadas. Lavisser o queria morto. O que mais Lavisser queria? Não havia como saber, e agora não era hora de especular, porque Barker havia chegado ao topo da duna e apontava a pistola para as sombras. Estava esperando que Sharpe se mexesse, só esperando, mas a névoa ia ficando mais densa à medida que o vento sul, de verão, atravessava o frio mar do norte. Sharpe ficou imóvel. Mais longe da orla, um sino tocou quatro vezes. A pouca luz havia desaparecido, obscurecida pela névoa cada vez mais forte.

Barker deu alguns passos para o norte. Sharpe saiu da cobertura e correu para o sul. Barker escutou, e era isso que Sharpe queria, porque esperava que Barker tentasse atirar de longe. Uma vez que a arma fosse descarregada, demoraria muito para ser carregada outra vez, e Sharpe estaria em cima do empregado como um terrier sobre um rato, mas Barker não era idiota. Conteve o disparo e em vez disso foi atrás de Sharpe, na esperança de chegar suficientemente perto para que a pistola não errasse.

Sharpe foi para o chão em meio às sombras negras entre duas dunas baixas. A névoa estava desbotando as primeiras sugestões de alvorada e abafando os sons baixos do vento e das ondas. Barker o havia perdido de novo, mas o empregado tinha uma ideia aproximada de onde Sharpe estava, e se agachou, sua silhueta contra o céu no alto da duna. O sujeito não era soldado,

A PRESA DE SHARPE

do contrário teria procurado um terreno mais baixo, porque à noite era impossível enxergar daquela posição. Era possível enxergar para cima, contra o céu, mas não para baixo. Sharpe observou o sujeito corpulento, depois passou os dedos pela areia e o capim até encontrar um pedaço de madeira e duas pedrinhas, que jogou para o sul uma depois da outra. Fizeram ruídos baixos ao cair, e Barker, ouvindo, foi na direção dos sons.

Sharpe voltou em direção ao norte. Esgueirou-se, tateando à frente para se certificar de não tropeçar em nenhum capim duro. Encontrou mais dois pedaços de madeira que jogou para longe, na escuridão nevoenta, esperando atrair Barker mais para o sul, e somente quando perdeu o sujeito de vista levantou-se e atravessou as dunas de volta à praia. Precisava encontrar as gazuas, mas elas haviam desaparecido na areia pisoteada perto do baú. Procurou rapidamente, peneirando punhados de areia, mas não pôde encontrar, e de repente escutou Barker voltando. O empregado havia desistido da caçada e retornava para guardar o ouro, por isso Sharpe abandonou as armas trancadas no baú e voltou pelas dunas.

Foi em direção ao interior até chegar a uma úmida plantação de legumes cercada por uma vala. Seguia para o norte, acompanhando a vala que estava meio assoreada com areia soprada pelo vento. Um pássaro voou de um ninho, espantando-o. Depois Sharpe viu que chegara a uma trilha rústica, cheia de sulcos feitos por rodas de carroças, indo para o interior. Já ia segui-la quando ouviu cascos, por isso voltou rapidamente à vala e ficou deitado no capim úmido.

Os cascos pareciam toda uma tropa de cavalaria, mas Sharpe não podia ver nada na névoa suave. Ficou deitado imóvel, o chapéu escondendo o rosto da fraca luz matinal. Então viu uma forma em meio à brancura, outra, e de repente havia meia dúzia de cavaleiros à vista. Todos usavam compridas casacas vermelhas com golas e punhos azul-claros. Os calções eram pretos com debruns brancos e os chapéus eram bicornes pretos, elaboradamente enfeitados com plumas brancas. As espadas longas e retas pendiam de faixas de seda amarela e sugeriam que eles eram dragões. Um segundo grupo apareceu, todos indo devagar por causa da névoa, e então uma carroça precária se materializou. Era puxada por um pônei de arado e tinha restos de algas pendendo. Sharpe achou que a carroça era normalmente empregada para pegar algas na praia a serem usadas como fertilizante e agora viera buscar o ouro.

Os cavaleiros e a carroça desapareceram na praia. Sharpe correu pela trilha e encontrou abrigo em outra vala. Escutou vozes abafadas e pensou ter detectado raiva. Mas quem estaria com raiva, e por quê? Será que os dragões haviam capturado Lavisser ou teriam sido mandados por ele? Sharpe levantou a cabeça, mas não pôde ver nada. Arrastou-se para o interior, ficando abaixado para não aparecer como uma mancha escura na névoa que ia se dissipando. Que diabo iria fazer? O barulho de uma corrente de arreio o fez se deitar de novo. Evidentemente os cavaleiros haviam se espalhado na névoa para procurá-lo, mas estavam procurando muito ao sul. Gritavam um para o outro, agora parecendo estranhamente animados, e Sharpe sentiu que eram mais um grupo de amigos do que uma unidade militar. Aparentemente todos eram oficiais, a julgar pelas faixas de seda, e nenhum gritava ordens. Riam enquanto instigavam os cavalos pelo solo úmido da plantação de legumes, depois foram para o sul, e Sharpe continuou engatinhando. Vá para o interior, pensou, e encontre abrigo. Encontre árvores. Encontre qualquer coisa que o esconda e depois pense no que fazer. Talvez, pensou, devesse simplesmente esperar. Um exército inglês estaria vindo à Dinamarca, mas a ideia de sair de algum celeiro ou vala para um comitê de boas-vindas composto por oficiais presunçosos era mais do que ele poderia suportar. Diriam que ele havia fracassado de novo, mas o que mais poderia fazer?

As vozes e os sons de cascos soaram de novo, e Sharpe mergulhou na lama. Devia estar mais perto da trilha do que havia pensado, porque pôde ouvir os guinchos e o ribombar da carroça. Então escutou a voz de Barker. Estava se desculpando, mas suas desculpas foram interrompidas por Lavisser:

— É uma pena, Barker — disse o oficial da Guarda —, mas não é uma tragédia. E o que ele pode fazer conosco? Eu até gostava do sujeito, mas mesmo assim é um estorvo e praticamente inútil. Lamentavelmente inútil.

A Presa de Sharpe

Inútil? Sharpe levantou a cabeça para ver que Lavisser estava usando o uniforme dinamarquês. Devia ter voltado à casa do avô, trocado de roupa, se juntado aos amigos e se tornado rico. Tudo em uma ou duas horas. Desgraçado, pensou Sharpe. Desgraçado. Viu a carroça e os cavaleiros desaparecerem na névoa.

Vá para Copenhague, pensou. Tateou o bolso e encontrou o pedaço de papel que lorde Pumphrey lhe dera em Harwich. Havia apenas luz suficiente para ler a letra elegante. "Ole Skovgaard, Ulfedt's Plads", dizia, e Sharpe ficou olhando. Seria um nome? Ou um endereço? Então achou que a vírgula significava que Ole Skovgaard era o nome do sujeito e Ulfedt's Plads era onde ele vivia, e isso, segundo Pumphrey, ficava em Copenhague. Então chegue lá depressa. Seja útil.

Enfiou o pedaço de papel no bolso da casaca, verificou que Lavisser e os outros cavaleiros haviam realmente sumido e se levantou.

E foi então que o dragão acionou a armadilha.

Era um velho truque. Os cavaleiros haviam deixado um para trás, achando que Sharpe se sentiria seguro ao vê-los ir embora e sairia do esconderijo.

Coisa que Sharpe fez obedientemente, e o último dragão, esperando junto às dunas, viu o fuzileiro aparecer como uma forma escura no campo.

O dragão deveria ter gritado imediatamente. Deveria ter chamado os companheiros de volta, mas queria todo o crédito pela captura do inglês desaparecido, por isso desembainhou a espada e esporeou o animal. Sharpe ouviu os cascos, virou-se e viu o grande cavalo sendo esporeado pelo campo lamacento. Xingou-se por ter caído num ardil tão velho, mas viu também que o cavaleiro era destro; percebeu que, portanto, o cavalo iria para a sua direita e soube que o dragão se inclinaria da sela para golpear com a espada, e soube também que não havia tempo para desembainhar o sabre. Ou talvez não soubesse nada disso, mas percebeu instintivamente, no espaço de um batimento cardíaco, e entendeu como deveria reagir.

BERNARD CORNWELL

O cavalariano gritou, mais para amedrontar Sharpe do que para chamar os companheiros, mas estava confiante demais e era inexperiente demais. Acreditou que Sharpe ficaria parado como um espantalho e seria derrubado pela prancha de sua espada. A última coisa que esperava era que o fuzileiro girasse a pesada sacola contra a lateral da cabeça do cavalo. O animal saltou de lado, e o dragão, já golpeando com a espada pesada, descobriu que seu cavalo ia para um lado enquanto ele se inclinava para o outro. Lavisser o havia alertado de que o inglês era perigoso, por isso ele pretendia atordoar Sharpe com o peso da espada reta, mas em vez disso perdeu o equilíbrio e balançou os braços. Sharpe largou a sacola, agarrou o braço do dragão que segurava a espada e simplesmente puxou. O sujeito gritou ao ser arrancado da sela, depois ficou sem fôlego ao cair na lama. Gritou de novo quando Sharpe pulou em sua barriga.

— Idiota desgraçado — disse Sharpe.

O cavalo, balançando a cabeça, havia parado. Havia uma pistola no coldre da sela.

Sharpe estava com raiva. Não era preciso muito para enraivecê--lo desde que Grace havia morrido, e ele bateu com força no sujeito. Com força demais. Encontrou uma pedra do tamanho de um punho na lama e usou-a para quebrar o maxilar do dragão. O sujeito gemeu enquanto o sangue escorria em seu bigode comprido e louro.

— Idiota desgraçado — repetiu Sharpe. Em seguida, levantou-se e chutou o sujeito. Pensou em pegar a espada, porque uma pesada espada de cavalaria era uma arma muito melhor do que um sabre leve, mas a lâmina havia caído a alguns passos de distância e a bainha era presa por uma fivela complicada. E nesse meio-tempo o grito do sujeito devia ter sido ouvido pelos outros dragões, porque uma voz chamou urgente da névoa. Lavisser e seus companheiros estavam retornando, por isso Sharpe recuperou sua sacola e correu até o cavalo. Pôs o pé esquerdo no estribo, apoiou-se desajeitado enquanto o animal se remexia nervoso para longe, e conseguiu subir na sela. Enfiou o pé direito no segundo estribo, virou o cavalo para o norte e bateu com os calcanhares. O homem caído ficou olhando-o, triste.

A PRESA DE SHARPE

Sharpe virou de novo em direção à praia. Podia ouvir cascos e soube que os outros dragões estariam logo em perseguição total. Assim que havia atravessado as dunas e estava na praia, virou para o sul e instigou o cavalo a galopar. Agarrava-se como se sua vida dependesse disso, com a sacola batendo na coxa direita e a bainha do sabre ressoando como um sino rachado. Passou pela confusão de marcas de cascos onde ele e Lavisser haviam desembarcado, depois virou de novo para o interior. Estava cavalgando num círculo, esperando que as mudanças de direção confundissem os perseguidores. Atravessou as dunas, deixou o cavalo encontrar sozinho uma passagem sobre a vala e depois o fez parar no campo de legumes. Prestou atenção, mas não escutou nada, a não ser a respiração áspera do animal.

Instigou o cavalo. Atravessou mais duas valas, depois virou para o norte de novo até chegar à trilha esburacada, onde girou para o oeste, depois para o norte outra vez, onde um caminho se bifurcava entre árvores encurvadas pelo vento. Seus instinto dizia que despistara os perseguidores, mas duvidava que desistissem da caçada por enquanto. Estariam procurando-o e, à medida que o sol subia, a névoa começava a ficar mais rala. Logo o cavalo seria uma desvantagem, porque Lavisser e seus companheiros estariam procurando um cavaleiro naquela paisagem plana e monótona. E assim, com relutância, Sharpe apeou. Desafivelou a barrigueira e tirou a sela do animal, depois bateu na anca para mandá-lo na direção de um pasto. Com sorte os outros cavaleiros simplesmente veriam um cavalo pastando, não uma montaria de cavalaria abandonada.

Jogou a pistola fora. Não estava carregada e a munição devia estar com o cavaleiro, por isso Sharpe atirou-a na vala onde havia escondido a sela e continuou andando para o norte. Agora ia com pressa, usando os últimos vestígios da névoa para encobrir a fuga. No meio da manhã, quando o sol finalmente evaporou a névoa, Sharpe havia se abaixado numa vala, de onde pôde ver os perseguidores. Estavam longe, olhando para os campos. Vigiou-os por uma hora ou mais, até que finalmente eles abandonaram a busca e cavalgaram para o interior.

Esperou para o caso de outro homem ter sido deixado para trás. Estava ficando com fome, mas quanto a isso não havia o que fazer. O céu estava ficando nublado, ameaçando chuva. Continuou esperando até ter certeza de que ninguém o procurava, então saiu da vala e caminhou pelos campos malcuidados, numa terra plana. Mantinha as dunas à direita para garantir que seguia para o norte. Passou por fazendas pintadas de branco com telhados vermelhos e grandes celeiros, atravessou estradas de terra e vadeou largos fossos de drenagem. À tarde, assim que começou a chover, teve de penetrar fundo no interior para rodear uma aldeia de pescadores. Atravessou um riacho e passou por uma floresta de carvalhos até se encontrar no parque de uma vasta mansão com duas torres altas. As janelas estavam fechadas e uma dúzia de homens, as cabeças protegidas da chuva por capuzes de aniagem, ceifavam o grande gramado. Caminhou pela borda do parque, pulou um muro e estava de volta nos campos malcuidados, mas à frente o céu era manchado por uma névoa de fumaça, evidência de uma cidade, e ele rezou para que fosse Copenhague, mesmo sentindo que ainda estava muito ao sul. Só podia avaliar a distância pelo tempo que o *Cleópatra* havia demorado para navegar costa abaixo, e achava que a cidade estaria a dois ou três dias de caminhada.

A cidade, ainda que ele não soubesse, era Køge. Sentiu o cheiro antes de vê-la. Era o fedor familiar de uma cervejaria e o odor pungente de peixe sendo defumado, que aguçou ainda mais sua fome. Pensou em entrar na cidade para pedir ou roubar comida, mas quando chegou perto da extremidade sul de Køge viu dois homens com uniforme escuro parados junto à estrada. Estavam se abrigando da chuva do melhor modo que podiam, mas quando uma carruagem veio chacoalhando pela estrada eles a fizeram parar, e Sharpe viu um dos dois subir no degrau e espiar pela janela. O homem não viu nada suspeito, desceu e fez uma breve saudação. Então estavam procurando alguém, e Sharpe sabia quem era. Lavisser havia feito dele um homem caçado.

Disse a si mesmo que suportara a fome antes, por isso foi de novo para o interior. A chuva caía mais forte à medida que a noite ia baixando, mas escondeu-o enquanto ele andava e andava, sempre mantendo o cheiro

A PRESA DE SHARPE

da cidade e suas poucas luzes fracas do lado direito. Atravessou uma estrada importante, seguiu uma trilha para o norte e atravessou mais campos. As botas estavam cheias de lama, as roupas estavam encharcadas e a sacola feria sua cintura e seus ombros. Caminhou até não conseguir dar mais um passo, então dormiu numa floresta, onde foi acordado por uma chuva forte que golpeou as árvores pouco antes do amanhecer. Sua barriga doía e ele estava tremendo. Lembrou-se do quarto que havia compartilhado com Grace, a lareira e as janelas amplas que davam numa varanda. Fora descuidado, sabia agora, ao pensar que aquele idílio poderia durar para sempre. Havia vendido suas joias da Índia e usado o dinheiro para fazer um porto seguro enquanto os advogados discutiam o testamento do marido dela, mas então Grace morreu, e os mesmos advogados caíram como doninhas sobre a propriedade que Sharpe havia comprado. Ele pusera a casa em nome de Grace, dizendo que ela precisava da segurança de um lar próprio enquanto ele viajava como soldado, e esse galanteio quixotesco lhe fizera perder tudo. Pior, ele a havia perdido. Grace, pensou, e a autocomiseração o dominou a ponto de ele ter de virar o rosto para a chuva, para lavar as lágrimas.

Idiota desgraçado, disse a si mesmo. Seja útil. Tome jeito. A mulher está morta e você não ajuda a lembrança dela desmoronando. Levante-se, ande. Choramingar e sentir pena de si mesmo não adianta nada. Seja útil. Ele se levantou, pegou a sacola e foi até a borda da floresta.

E ali sua sorte mudou. Havia uma fazenda a apenas cerca de cem metros, tinha uma casa comprida, baixa e pintada de branco, dois celeiros, um moinho e uma queijaria. Parecia próspera e movimentada. Havia dois homens levando um grande rebanho de gado em direção à queijaria enquanto uma dúzia de trabalhadores se juntava no pátio. Todos tinham embornais pendurados nos ombros, e Sharpe achou que aquilo era o almoço; pão e queijo, talvez. Olhou da borda da floresta. A chuva amainou. A maioria dos homens foi para o oeste com uma pequena carroça cheia de pás e forcados, mas três desapareceram dentro do celeiro menor. Sharpe esperou, com a fome apertando. O celeiro maior estava com as portas escancaradas. Se entrasse lá, pensou, poderia examinar o resto da fazenda, talvez até entrar na cozinha ou na queijaria para roubar comida. Nenhuma vez pensou nos guinéus que estavam na sacola. Poderia ter comprado comida, mas seu instinto era de não se revelar. Viver como havia aprendido, antes de conhecer Grace.

O rebanho da queijaria foi levado de volta ao pasto e em seguida ninguém se moveu na fazenda durante um tempo, até que duas crianças, com embornais de escola balançando, seguiram pela trilha. Quando haviam sumido, Sharpe saiu da cobertura de árvores e correu pelo pasto úmido, atravessou uma vala e disparou nos últimos metros até entrar no grande celeiro. Esperou um grito de protesto ou que um cão começasse a latir, mas não foi visto. Passou pelas portas e encontrou uma grande carroça cheia de feno. Um embornal, como os que os trabalhadores carregavam, estava largado no banco da carroça, e Sharpe o pegou enquanto subia na lateral alta do veículo, que era uma grade de madeira destinada a manter o feno no lugar. Cavou um buraco no feno, tirou a sacola e o sobretudo, depois abriu o embornal roubado e encontrou pão, queijo, um grande pedaço de presunto, uma salsicha e uma garrafa de pedra que, ao ser destampada, revelou ter cerveja.

Comeu metade do pão e todo o queijo. Achou que poderia ficar ali durante horas, porém era mais importante chegar a Copenhague e encontrar Skovgaard. Já ia descer da carroça quando um ruído estranho soou abaixo dele. Ficou imóvel. O barulho era alto, de madeira batendo em pedra. Ficou perplexo até reconhecer o som como passos. Sapatos de madeira, percebeu finalmente, batendo nas pedras do piso do celeiro. Então uma voz de homem soou em protesto, presumivelmente pelo almoço roubado, outro homem riu, e Sharpe escutou o som pesado de cascos e o tilintar de correntes. Uma parelha estava sendo presa à carroça de feno. As vozes continuaram, e uma mulher disse algo tranquilizador que provocou mais risos ainda. Tudo aquilo pareceu demorar uma eternidade. Sharpe ficou onde estava, meio enterrado na carga da carroça.

Finalmente, o cocheiro estalou o chicote e a carroça avançou enquanto os cavalos sentiam o peso enorme nos arreios. A carroça saiu da sombra do celeiro e foi guinchando, gemendo e chacoalhando enquanto ganhava velocidade no pátio. Um homem e uma mulher gritaram o que Sharpe presumiu que fosse uma despedida.

As nuvens estavam se rasgando, de modo que tiras de azul apareciam enquanto a carroça chacoalhava por uma trilha de fazenda. Estava indo para o interior, e Sharpe ficou satisfeito em ser carregado, mas para onde ela iria quando chegasse à estrada? Rezou para que fosse para o norte. Abaixou-se quando mais vozes soaram, depois espiou de dentro do feno e viu um grupo de homens limpando uma vala, e eles haviam gritado para o cocheiro. Do outro lado crescia um campo de trigo, muito perto da época da colheita.

A carroça virou para o norte. Atravessou chapinhando um vau profundo, gemeu subindo uma encosta e então os cavalos ganharam um passo tranquilo sobre uma estrada boa, larga e vazia. Um cheiro de fumaça de tabaco chegou até Sharpe. O cocheiro devia ter acendido um cachimbo. Então para onde estava indo? Copenhague parecia uma resposta boa, já que a cidade, como Londres, tinha certamente uma demanda insaciável por feno, mas, mesmo que fosse para outro lugar, a carroça ia na direção certa, e Sharpe se enterrou mais fundo, acomodou-se e caiu no sono.

Acordou perto do meio-dia. A carroça, pelo que dava para avaliar, continuava indo para o norte através de um campo suave, de pequenos vilarejos com casas pintadas e igrejas simples, todas com telhados vermelhos. Agora a estrada era mais movimentada, principalmente com pedestres que gritavam cumprimentos ao cocheiro. Outra carroça de feno vinha uns oitocentos metros atrás. A estrada seguia reta na direção de um borrão de fumaça suja no horizonte, e isso disse a Sharpe que a carroça ia para uma cidade. Achava que devia ser Copenhague. Mas disse a si mesmo que Lavisser podia ter chegado à cidade na véspera.

Lavisser. Sharpe não sabia como iria se vingar de Lavisser, mas iria. A raiva estava nele porque fora enganado pela amizade atenciosa do oficial da Guarda no navio. Sharpe havia acreditado na simpatia dele e revelado seus sentimentos, e o tempo todo Lavisser tramava sua morte. Assim, Lavisser iria sofrer. Por Deus, ele iria sofrer. Sharpe estriparia o desgraçado e o faria gritar. Podia ainda não saber como faria isso, mas sabia onde. Em Copenhague.

Chegou à cidade quando a noite caía. A carroça chacoalhou por um bairro de casas luxuosas, cada qual com seu próprio jardim, depois rodeou a extremidade do que parecia um canal amplo que protegia as muralhas. Uma rua passava por um fosso menor chegando a uma das portas, uma gigantesca porta dupla, cravejada de metal, posta num túnel largo que passava pelas fortificações em camadas. A carroça parou em meio a várias outras carroças e carruagens elegantes. Vozes soaram perto. Sharpe desconfiou que houvesse soldados examinando todo o tráfego, mas nesse caso se contentaram em fazer algumas perguntas ao cocheiro. Nenhum se incomodou em subir nas laterais altas da carroça, e depois de um tempo o cocheiro estalou a língua, os cavalos puxaram o peso da carroça e o veículo seguiu lentamente pelo túnel escuro e comprido para emergir no coração da cidade.

Deitado no feno, Sharpe só podia ver empenas, telhados e pináculos. O sol estava baixo no oeste, brilhando em telhas vermelhas e cobre verde. O vento da tarde agitou uma cortina branca numa janela alta. Sharpe sentiu cheiro de café, depois um órgão soou numa igreja, enchendo o ar com grandes acordes. Sharpe vestiu o sobretudo, segurou a sacola e esperou até a carroça entrar numa rua mais estreita, depois passou por cima da treliça de madeira atrás do veículo e pulou nas pedras do calçamento. Uma garota olhou-o de uma porta enquanto ele se livrava dos fiapos de feno que lhe cobriam a roupa. Uma mulher, segurando a mão de uma criança, atravessou a rua estreita para não passar perto dele, e Sharpe, olhando suas calças enlameadas, não ficou surpreso. Parecia um mendigo, mas um mendigo com um sabre.

Era hora de encontrar o homem de lorde Pumphrey, por isso abotoou o sobretudo e foi na direção da rua mais larga. Estava quase escuro, mas a cidade parecia próspera. Vendedores fechavam os estabelecimentos enquanto a luz amarela dos lampiões se derramava de centenas de janelas. Um gigantesco cachimbo de madeira se erguia acima de uma tabacaria; risos e o tilintar de copos vinham de uma taverna. Um marinheiro aleijado, com o rabicho grosso de alcatrão, vinha andando de muletas. Grandes carruagens passavam rapidamente por uma rua larga onde meninos varriam a bosta de cavalo para caixas de madeira. Era como Londres, mas não igual a Londres. Muito mais limpa, para começar. Sharpe olhou boquiaberto para um pináculo altíssimo, formado pelas caudas entrelaçadas de quatro dragões de cobre. Também viu, e isso era mais útil, que cada rua e cada beco eram claramente designados com um nome. Não era como Londres, onde um visitante achava o caminho adivinhando e com a ajuda de Deus.

Um velho barbudo que carregava um punhado de livros presos com barbante viu Sharpe olhando boquiaberto o nome da rua. Disse algo em dinamarquês, e Sharpe apenas deu de ombros.

— *Vous êtes Français?* — perguntou o homem.

— Americano — disse Sharpe. Não parecia sensato admitir que era inglês numa época em que uma esquadra e um exército britânicos vinham atacar a Dinamarca.

— Americano! — O velho pareceu deliciado. — Está perdido?

— Estou.

— Procura uma hospedaria?

— Procuro um lugar chamado... — Como era, diabos? — Elfins Platz? Um homem chamado Ole Stoveguard? — Sabia que dissera os nomes errados e revirou os bolsos à procura do papel que lhe fora dado por lorde Pumphrey. — Ulfedt's Plads. — Sharpe leu desajeitadamente o nome estranho. Agora dois ou três passantes haviam parado, porque parecia que, se alguém estava perdido em Copenhague, os cidadãos achavam que seu dever era oferecer ajuda.

— Ah! Ulfedt's Plads. É pertinho — disse o velho —, mas tudo é pertinho em Copenhague. Não somos como Paris e Londres. Já esteve naquelas cidades?

— Não.

— Washington, então, é grande?

— Bem grande — disse Sharpe, que não fazia ideia.

— Todos os homens usam espada na América? — Não contente em indicar a direção da Ulfedt's Plads, agora o velho caminhava com ele.

— A maioria.

— Na Dinamarca perdemos esse hábito, a não ser pelos soldados, claro, e um punhado de aristocratas que consideram isso um distintivo de classe. — Ele deu um risinho e suspirou. — Infelizmente temo que todos teremos de usar espadas logo.

— Terão? Por quê?

— Fomos alertados de que os ingleses estão voltando. Rezo para que não seja verdade, porque me lembro da última vez em que lorde Nelson veio. Há seis anos! Eu tinha um filho no *Dannebrogue* e ele perdeu uma perna.

— Sinto muito — disse Sharpe sem jeito. Lembrava-se vagamente de ter ouvido falar do ataque de Nelson a Copenhague, mas isso havia acontecido enquanto ele estava na Índia e a notícia provavelmente não provocara muito interesse no regimento.

— Acabou sendo bom — continuou o velho. — Agora Edvard é pastor. Em Randers. É mais seguro, acho, ser pastor do que oficial da marinha. Há luteranos na América?

— Ah, sim — disse Sharpe, sem fazer ideia do que era um luterano.

— Fico feliz em saber. — O velho havia guiado Sharpe por uma rua estreita que saía numa pequena praça. — Esta é a Ulfedt's Plads. — Ele indicou a praça. — Vai ficar bem agora? — perguntou, ansioso.

Sharpe tranqüilizou o velho e agradeceu, depois pescou o pedaço de papel e leu o nome à luz que ia sumindo. Ole Skovgaard. Um dos lados da praça era ocupado por uma destilaria de gim, outro por um enorme armazém, e entre os dois havia pequenas lojas: uma tanoaria, uma oficina de conserto de rodas e uma cutelaria. Caminhou ao longo das lojas, procurando o nome de Skovgaard, então o viu pintado em letras brancas desbotadas no alto do grande armazém.

O armazém tinha um arco alto e, ao lado, uma porta menor com aldrava de latão polido. A porta menor pertencia a uma casa que era evidentemente ligada à loja, já que o "S" do letreiro Skovgaard estava pintado nos tijolos. Lorde Pumphrey havia deixado claro que Skovgaard era um último recurso, mas Sharpe não sabia onde mais procurar ajuda. Bateu de novo, escutou uma janela sendo aberta no alto e recuou, vendo um rosto olhando da escuridão.

— Sr. Skovgaard? — gritou.

— Ah, não — disse o homem, pouco solícito.

— O senhor é o Sr. Skovgaard? — perguntou Sharpe.

Houve uma pausa.

— O senhor é inglês? — perguntou o homem, cauteloso.

— Preciso ver o Sr. Skovgaard.

— É tarde demais! — disse o homem com desaprovação, ignorando a luz que se demorava no céu de verão.

Sharpe xingou baixinho.

— O Sr. Skovgaard está?

— O senhor vai esperar aí, por favor. — A janela foi fechada com força, houve passos na escada e, um instante depois, a porta foi laboriosamente destrancada. Abriu-se revelando um rapaz alto e lúgubre com cabelos castanho-claros e um rosto palidamente ansioso. — O senhor é inglês? — perguntou o homem.

— Você é Ole Skovgaard?

— Ah, não! Não! — O rapaz franziu a testa. — Sou Aksel Bang. O supervisor do Sr. Skovgaard. Esta é a palavra? Agora eu vivo aqui. O Sr. Skovgaard se mudou para Vester Fælled.

— Onde fica isso?

— Vester Fælled não é longe, não é longe. É onde a cidade está crescendo. — Bang franziu a testa para a lama e o feno nas roupas de Sharpe. — O senhor é inglês?

— Meu nome é Sharpe. Richard Sharpe.

Bang ignorou a apresentação.

— O Sr. Skovgaard insiste em que os ingleses sejam levados a ele. É sua regra, entende? Preciso de um casaco e então vou levá-lo a Vester Fælled. O senhor vai ficar aqui, por favor. — Ele desapareceu no corredor e retornou um instante depois com um casaco e um chapéu de aba larga.

— O Sr. Skovgaard residia aqui — explicou enquanto fechava e trancava cuidadosamente a porta —, mas comprou uma casa fora da cidade. Saiu daqui há um mês. Não faz muito tempo, acho, mas Vester Fælled não é muito longe. É onde ficam as casas novas. A menos de cinco anos era tudo uma campina, agora são casas. O senhor acaba de chegar a Copenhague?

— Sim.

— Meu inglês não é muito bom, mas eu treino. Sabe como treino? Lendo as Escrituras em inglês. Isso é bom, acho. Há uma igreja inglesa aqui, sabia?

— Não.

— Há alguma igreja dinamarquesa em Londres?

Sharpe confessou sua ignorância. Estava ficando cada vez mais nervoso, porque sabia que parecia estranho. A casaca estava imunda e as botas, cobertas de lama, mas era o sabre que parecia atrair mais olhares de desaprovação, por isso virou a bainha para cima, sob a axila esquerda, escondendo-a embaixo do sobretudo. Tinha acabado de fazer isso quando um homem saiu correndo de um beco e causou espanto em Sharpe ao tentar abraçá-lo. Aksel Bang fez Sharpe ir em frente.

— Aquele homem é bebedor de vinho — disse, desaprovando. — Um bêbado. Isso é ruim.

— Você nunca ficou bêbado?

— Abomino o álcool. É a bebida do demônio. Nunca toquei numa gota, e com a ajuda de Deus nunca tocarei. Nunca! Não temos muitos bêbados em Copenhague, mas há alguns. — Ele olhou sério para Sharpe. — Confio em que o senhor seja renascido em Cristo Jesus, não?

— Também confio — resmungou Sharpe, esperando que essa resposta detivesse Bang. Sharpe não se importava muito com a própria alma naquele momento, estava muito mais preocupado com a porta da cidade que ficava logo adiante. Espanou a casaca e escondeu o sabre de novo. A porta ficava dentro do longo túnel que passava pelas muralhas grossas e estava escancarada, mas havia homens de uniforme azul parados à luz de duas grandes lanternas suspensas no teto do túnel. Estariam procurando

Sharpe? Parecia provável, mas Sharpe esperava que só estivessem interessados em quem entrava.

— Deus amava tanto o mundo — disse Aksel Bang — que mandou Seu filho único. Certamente o senhor já ouviu essa parte da Escritura, não é?

Agora o túnel estava muito próximo. Um homem de uniforme, com bigode farto e espingarda pendurada no ombro, saiu da casa da guarda, olhou para Bang e Sharpe, em seguida bateu com uma pederneira em aço para acender um cachimbo. Sugou a chama, e seus olhos, refletindo o pequeno fogo, encararam Sharpe rigidamente.

— Como se diz esse versículo em dinamarquês? — perguntou Sharpe a Bang.

— *The Således elskede Gud Verden, at han gav sin Søm den enbårne* — recitou Aksel Bang, feliz — *for at hver den, som tror på ham, ikke skal fortabes, men have et evigt luv.* — Sharpe tentou não olhar para o guarda bigodudo, esperando que o som das palavras em dinamarquês enganasse as sentinelas. A bainha do sabre estava no alto, ao lado do corpo, desajeitadamente presa sob a casaca pelo cotovelo esquerdo. Manteve a cabeça baixa, fingindo que prestava atenção às palavras fervorosas de Bang. Os passos dos dois ecoaram sob o arco. Sharpe sentiu cheiro de tabaco enquanto passava pelo guarda. Sentia-se visível demais, certo de que um dos homens seguraria seu cotovelo, mas nenhum pareceu considerá-lo suspeito, e de repente ele e Aksel Bang estavam fora do túnel da porta, atravessando uma área aberta que ficava entre as muralhas e os lagos que pareciam canais e protegiam as fortificações da cidade voltadas para a terra. Sharpe suspirou aliviado.

— Lindas palavras — disse Bang, feliz.

— De fato — concordou Sharpe, com o alívio fazendo-o parecer fervoroso.

Bang finalmente abandonou a alma de Sharpe.

— Já se encontrou alguma vez com o Sr. Skovgaard?

— Não. — Agora estavam numa rua que atravessava o canal, e finalmente Sharpe se sentia seguro.

— Pergunto porque corre o boato de que a Inglaterra está mandando um exército para tomar nossa esquadra. Acha que é verdade?

— Não sei.

Bang olhou para a bainha do sabre que Sharpe havia deixado cair, já que estavam fora da cidade, no subúrbio menos povoado.

— Acho que o senhor talvez seja soldado — disse Bang.

— Já fui — respondeu Sharpe rapidamente.

— Os botões da sua casaca, não é? E a espada. Eu quis ser soldado, mas meu pai acreditava que eu deveria aprender os negócios, e o Sr. Skovgaard é um professor muito capaz. Acho que tenho sorte. Ele é um bom homem.

— E é rico? — perguntou Sharpe azedamente. Tinham saído da rua para atravessar um cemitério, mas para além do muro baixo do cemitério dava para ver casas grandes em jardins sombreados de árvores.

— É rico, sim, mas em alegria é pobre. Seu filho morreu, assim como a esposa, que Deus tenha suas almas, e também o marido da filha e o filho dela. Quatro mortes em três anos! Agora tudo o que resta é o Sr. Skovgaard e Astrid.

Algo na voz de Bang fez Sharpe olhar para ele. Então era assim. Skovgaard tinha uma filha e não um filho, o que significava que a filha herdaria.

— E a filha não se casou de novo? — perguntou Sharpe.

— Ainda não — respondeu Bang com uma despreocupação estudada, depois abriu o portão do cemitério e fez Sharpe passar.

Seguiram por uma rua ladeada de árvores até chegar a um portão pintado de branco atrás do qual ficava uma das casas grandes. Os tijolos e o telhado vermelho praticamente não eram desbotados, sugerindo que a casa tinha apenas um ou dois anos. Na cidade, um relógio de igreja anunciou as oito e meia, e o som foi ecoado por outros sinos de igreja nos subúrbios enquanto Bang levava Sharpe pela comprida entrada de carruagens.

Um serviçal idoso, sobriamente vestido num terno marrom com botões de prata, abriu a porta. Não pareceu surpreso ao ver Aksel Bang, mas franziu a testa para a lama e o feno na casaca de Sharpe. Bang falou em dinamarquês com o serviçal, que fez uma reverência e saiu.

— O senhor ficará aqui, por favor — disse Bang a Sharpe —, e informarei sua chegada ao Sr. Skovgaard. — Bang desapareceu por um corredor curto forrado de lambri, enquanto Sharpe olhava o saguão com piso de ladrilhos. Um candelabro de cristal pendia no alto, um tapete oriental estava no chão e de uma das portas fechadas vinha o som de música tilintante. Uma espineta ou um cravo, Sharpe não sabia bem. Tirou o chapéu e se viu refletido num espelho com moldura dourada sobre uma mesa de pernas finas onde uma tigela de louça guardava uma pilha de cartões de visita. Fez uma careta para o próprio reflexo, tirou um pouco mais de feno da casaca e tentou ajeitar o cabelo. A música havia parado, e Sharpe, ainda se olhando no espelho, viu a porta atrás dele se abrir.

Virou-se e, pela primeira vez desde a morte de Grace, sentiu o coração saltar.

Uma jovem toda vestida de preto fitava-o com uma expressão de deleite atônito. Era alta, de cabelos muito claros e olhos azuis. Mais tarde, muito mais tarde, Sharpe notaria que ela possuía testa larga, uma boca generosa, nariz longo e reto e um riso rápido, mas naquele momento apenas a encarou, e ela olhou de volta, e a expressão bem-vinda de prazer no rosto da jovem morreu, sendo substituída por uma tristeza perplexa. Ela disse algo em dinamarquês.

— Desculpe — respondeu Sharpe.

— O senhor é inglês? — perguntou ela, parecendo surpresa.

— Sim, senhorita.

Ela o encarou estranhamente, depois balançou a cabeça.

— O senhor se parece demais com alguém. — Ela fez uma pausa. — Alguém que conheci. — Havia lágrimas em seus olhos. — Sou a filha de Skovgaard — apresentou-se. — Astrid.

— Richard Sharpe, senhorita — disse ele. — O seu inglês é bom.

— Minha mãe era inglesa. — Ela olhou pelo corredor. — Veio ver meu pai?

— Espero que sim.

— Então lamento tê-lo perturbado.

— A senhorita estava tocando?

— Não sou boa. — Ela lhe ofereceu um sorriso rápido e embaraçado. — Preciso treinar. — Lançou-lhe um último olhar perplexo, depois voltou para a sala. Deixou a porta aberta e, depois de um momento, algumas notas solitárias soaram de novo.

Dois homens vieram pegar Sharpe. Como o serviçal que havia atendido à porta, ambos vestiam marrom, mas esses homens eram muito mais jovens. Além disso, pareciam em forma e endurecidos. Um deles sacudiu a cabeça, e Sharpe os acompanhou obedientemente pela curta passagem. A porta no final guinchou de modo alarmante, mas se abriu para uma sala elegante, onde Aksel Bang estava de pé ao lado de um homem magro sentado a uma mesa, de cabeça baixa. Sharpe largou a sacola, o sobretudo e o chapéu numa cadeira e esperou. A porta se fechou guinchando atrás dele, depois os dois jovens, evidentemente guardas, ficaram parados não muito atrás.

A sala era um escritório, mas suficientemente grande para se fazer um pequeno baile. Estantes cheias de intimidantes volumes encadernados em couro cobriam duas paredes, a terceira tinha altas portas de vidro dando para um jardim e a quarta era forrada de madeira clara rodeando uma lareira de mármore esculpido sobre a qual pendia um retrato de um homem sombrio, vestindo roupas pretas de pastor com colarinho clerical. Então o homem atrás da mesa pousou a pena, soltou um par de óculos das orelhas e olhou para Sharpe. Piscou com aparente perplexidade ao ver o rosto do visitante, mas escondeu o que quer que o surpreendesse.

— Sou Ole Skovgaard — disse em voz grave —, e Aksel esqueceu seu nome.

— Tenente Richard Sharpe, senhor.

— Um inglês — disse Skovgaard em tom desaprovador. — Um inglês — repetiu —; no entanto se parece com meu pobre genro, que Deus tenha sua alma. Você não conheceu o Nils, conheceu, Aksel?

— Não desfrutei esse privilégio, senhor — respondeu Bang, balançando a cabeça com prazer pelo patrão ter falado com ele.

A PRESA DE SHARPE

111

— Ele se parecia exatamente com esse inglês — disse Skovgaard.
— A semelhança é... qual é a palavra? Extraordinária. — E balançou a cabeça espantado. Tinha bochechas fundas, testa alta e uma expressão de desaprovação severa. Parecia ter 50 e poucos anos, mas o cabelo claro ainda não era grisalho. — Seu nome é escrito com "e"? — perguntou, e, quando Sharpe confirmou a grafia, ele prendeu os óculos nas orelhas e fez uma anotação com uma pena que parecia arranhar o papel. — E é tenente, certo? Da marinha ou do exército? E de que regimento? — Seu inglês era perfeito. Anotou as respostas de Sharpe, soprou a tinta molhada e depois brincou com uma espátula de marfim enquanto olhava Sharpe de alto a baixo. Depois de um tempo, deu de ombros e se virou para Bang. — Talvez, Aksel, você devesse esperar na sala de estar, com a Srta. Astrid.

— Claro, claro. — Bang pareceu absurdamente satisfeito enquanto saía com rapidez.

— Diga, tenente Sharpe — disse Skovgaard —, o que o traz a minha casa?

— Disseram-me que o senhor me ajudaria.

— Quem disse?

— Lorde Pumphrey.

— Nunca ouvi falar de lorde Pumphrey — respondeu Skovgaard num tom sem emoção. A seguir se levantou e foi até um aparador. Estava totalmente vestido de preto e tinha uma faixa de luto na manga direita. Era tão magro que parecia um esqueleto ambulante. Escolheu um cachimbo num suporte, encheu-o de tabaco de uma jarra decorada com o desenho de um dragão e em seguida levou um isqueiro de pederneira de prata de volta à mesa. Acendeu o pavio chamuscado, transferiu a chama para um pedaço de papel enrolado e acendeu o cachimbo. — Por que esse tal de lorde Pumphrey acharia que eu iria ajudá-lo?

— Ele disse que o senhor era amigo da Inglaterra, senhor.

— Foi mesmo? Disse? — Skovgaard sugou o cachimbo. A fumaça subiu enrolando-se até um teto luxuosamente moldado em gesso. — Sou mercador, tenente Sharpe — disse ele, de algum modo fazendo a patente parecer um insulto. — Lido com açúcar, tabaco, juta, café e índigo. Todas essas mercadorias, tenente, devem ser trazidas para cá em navios. Isso sugeriria, não é, que sou a favor da Marinha Real, porque ela ajuda nossa marinha a proteger as vias marítimas. Isso me torna amigo da Inglaterra?

Sharpe olhou nos olhos do mercador. Eram claros, inamistosos e inquietantes.

— Disseram-me, senhor — respondeu sem jeito.

— No entanto a Inglaterra, tenente Sharpe, mandou uma esquadra ao Báltico. Navios de linha, fragatas, bombardeiras, canhoneiras e mais de duzentas embarcações de transporte de tropas, acho que o bastante para vinte mil homens. A esquadra passou pelo Skaw ontem à noite. Aonde o senhor acha que ela vai?

— Não sei, senhor.

— Para a Rússia? Não creio. À pequena guarnição sueca em Stralsund, talvez? Mas a França pode tomar Stralsund quando quiser, e colocar mais homens em suas muralhas apenas os condena. À Suécia? Por que a Inglaterra enviaria um exército aos seus amigos da Suécia? Acho que a frota está vindo para cá, tenente Sharpe, para cá. Para Copenhague. Acha que é uma suposição pouco razoável?

— Não sei, senhor — respondeu Sharpe debilmente.

— O senhor não sabe. — Agora havia ácido na voz de Skovgaard. Ele se levantou de novo, agitado. — Para que outro lugar uma frota assim poderia estar indo? — Ele andou de um lado para o outro na frente da lareira vazia, seguido pela fumaça de tabaco. — No início deste mês, tenente, foi assinado um tratado de paz entre a França e a Rússia. O czar e Napoleão se reuniram em Tilsit e dividiram a Europa entre si. Sabia disso?

— Não, senhor.

— Então vou informá-lo, tenente. Agora a França e a Rússia são amigas, ao passo que a Prússia está reduzida a uma coisa sem valor. Napoleão comanda a Europa, tenente, e todos vivemos à sombra dele. No entanto ele carece de uma coisa: uma esquadra. Sem uma esquadra, ele não pode derrotar a Inglaterra, e só resta uma esquadra na Europa que pode desafiar a Marinha Real.

— A esquadra dinamarquesa — disse Sharpe.

— O senhor não é tão ignorante quanto finge, hein? — Skovgaard parou para acender de novo o cachimbo. — Havia um artigo secreto no Tratado de Tilsit, tenente, pelo qual a Rússia concordou em permitir que a França tomasse a esquadra dinamarquesa. Essa esquadra não é da Rússia, para ser dada, nem da França, para ser tomada, mas essas sutilezas não impedirão Napoleão. Ele enviou um exército à nossa fronteira no continente, esperando que entregássemos a esquadra em vez de lutar. Mas não entregaremos, tenente, não entregaremos! — Ele falava de modo passional, mas Sharpe ouvia o desespero na voz. Como a pequena Dinamarca poderia resistir à França? — Então por que a Inglaterra manda navios e homens ao Báltico?

— Para tomar a esquadra, senhor — admitiu Sharpe e se perguntou como Skovgaard ficara sabendo de um artigo secreto num tratado assinado entre a França e a Rússia. Mas afinal, se lorde Pumphrey estava certo, esse era o negócio de Skovgaard quando não estava importando fumo e juta.

— Nós somos neutros! — protestou Skovgaard. — Mas se a Inglaterra nos atacar, vai nos atirar nos braços da França. É isso que a Inglaterra deseja?

— Ela quer a esquadra fora do alcance dos franceses, senhor.

— Podemos conseguir isso sem sua ajuda — disse Skovgaard.

Mas não se os franceses invadirem e destruírem o exército dinamarquês, pensou Sharpe. O tratado de paz subsequente exigiria a rendição da marinha, e assim Napoleão teria seus navios de guerra, mas não falou nada disso em voz alta, porque achava que Skovgaard conhecia esta verdade tanto quanto ele.

— Então diga, tenente, o que o traz à minha casa?

E Sharpe contou sua história. Falou de Lavisser, do baú de ouro, da missão para com o príncipe herdeiro e de sua fuga da praia perto de Køge. Skovgaard ouviu com rosto inexpressivo, depois quis saber mais. Quem o havia mandado, exatamente? Quando Sharpe ficara sabendo da missão? Quais eram suas qualificações? Qual era a sua história? Pareceu especialmente interessado pelo fato de Sharpe ter subido das fileiras. Sharpe não entendia sequer o porquê da metade das perguntas, mas respondeu do melhor modo que pôde, mesmo se ressentindo da inquirição, que parecia, desconfortavelmente, o interrogatório de um magistrado.

Por fim, Skovgaard terminou as perguntas, pousou o cachimbo e tirou uma folha de papel em branco de uma gaveta da mesa. Escreveu durante algum tempo, sem dizer nada. Quando terminou, secou a tinta com areia, dobrou o papel e pingou um bocado de cera para lacrar. Depois falou em dinamarquês com um dos dois homens que continuavam de pé atrás de Sharpe. A porta se abriu guinchando e, um instante depois, Aksel Bang retornou. Skovgaard estava anotando um endereço acima do lacre vermelho.

— Aksel — disse ele em inglês, presumivelmente para que Sharpe entendesse. — Sei que é tarde, mas poderia fazer a gentileza de entregar este bilhete?

Bang pegou o papel, e uma expressão de surpresa surgiu em seu rosto ao ver o endereço.

— Claro, senhor — respondeu ele.

— Não precisa voltar aqui — disse Skovgaard —, a não ser que haja resposta, coisa que não espero. Verei você no armazém de manhã.

— Claro, senhor — respondeu Bang e saiu rapidamente da sala.

Skovgaard limpou o cachimbo exaurido.

— Diga, tenente, por que o senhor, um oficial do exército sem distinção especial, está aqui? Presumo que o governo britânico empregue homens para travar a guerra de segredos. Esses homens devem falar as línguas da Europa e ter as habilidades do subterfúgio. No entanto enviaram o senhor. Por quê?

— O duque de York queria alguém para proteger o capitão Lavisser, senhor.

Skovgaard franziu a testa.

— O capitão Lavisser é um soldado, não é? Além disso, é neto do conde de Vygârd. Não creio que um homem assim precisaria de sua proteção na Dinamarca. Ou em qualquer outro lugar, por sinal.

— Havia mais do que isso, senhor. — Sharpe franziu a testa, sabendo que estava tendo dificuldade para se explicar. — Lorde Pumphrey não confiava no capitão Lavisser.

— Eles não confiam nele? E o mandaram para cá com ouro? — Skovgaard estava gelidamente curioso.

— O duque de York insistiu — disse Sharpe debilmente.

Skovgaard encarou Sharpe por alguns segundos.

— Se eu fosse resumir sua situação, tenente, o senhor está me dizendo, não é?, que o capitão Lavisser veio à Dinamarca sob falsos pretextos?

— Sim, senhor.

— Está certo, tenente. O senhor está certíssimo! — Skovgaard falava com ênfase e uma evidente aversão por Sharpe. — O honrado John Lavisser, tenente, chegou ontem a Copenhague e se apresentou a Sua Majestade, o príncipe herdeiro. A audiência está descrita no *Belingske Tidende* desta manhã. — Ele pegou o jornal na mesa, desdobrou-o e bateu numa coluna de texto. — O jornal diz que Lavisser veio lutar pela Dinamarca porque, com toda a consciência, não pode apoiar a Inglaterra. Sua recompensa, tenente, é um posto importante na Cavalaria Ligeira de Fyn e uma nomeação como ajudante de campo do general Ernst Peymann. Lavisser é um patriota, um herói. — Skovgaard largou o jornal, e uma ira nova, amarga, penetrou em sua voz. — E é desprezível de sua parte sugerir que ele foi mandado para subornar o príncipe herdeiro! Sua Majestade não é corrupto. Na verdade, ele é a nossa melhor esperança. O príncipe herdeiro vai liderar nosso país contra todos os inimigos, sejam britânicos ou franceses. Se perdêssemos o príncipe, tenente, homens menores, homens tímidos, poderiam fazer um acordo com esses inimigos, mas o príncipe é um baluarte, e o major Lavisser, longe de ter vindo corromper Sua Majestade, está aqui para apoiá-lo.

— Ele trouxe ouro, senhor.

— Isso não é crime — disse Skovgaard, sarcástico. — Então o que, tenente, o senhor quer que eu faça?

— Minhas ordens, senhor, eram para levar o capitão Lavisser e o ouro de volta ao exército britânico caso o príncipe recusasse o suborno.

— E veio aqui esperando minha ajuda nessa empreitada?

— Sim, senhor.

BERNARD CORNWELL

Skovgaard se recostou na cadeira e olhou para Sharpe com expressão de nojo. Seus dedos longos brincaram com a espátula de abrir cartas, depois jogou-a sobre a mesa.

— É verdade, tenente, que às vezes ajudei a Inglaterra. — Ele balançou a mão como a sugerir que essa ajuda fora trivial, mas, na verdade, havia poucos homens no norte da Europa mais valiosos para Londres. Skovgaard era um patriota dinamarquês, mas seu casamento com uma inglesa lhe dera uma ligação forte com um segundo país, e agora essa ligação era tremendamente testada pela expectativa da chegada de uma esquadra inglesa. Skovgaard jamais pretendera se envolver nos negócios lamacentos da espionagem. A princípio havia meramente repassado à embaixada britânica qualquer notícia que recebesse dos comandantes dos cargueiros que passavam pelo Báltico e chegavam ao seu armazém, e com o passar dos anos essas informações haviam crescido até Skovgaard estar pagando as moedas douradas de São Jorge a uma vintena de homens e mulheres no norte da Europa. Londres o valorizava, mas Skovgaard não tinha mais certeza de que quisesse ajudar Londres, agora que uma esquadra britânica se aproximava rapidamente de Copenhague.

— Este é um momento — disse a Sharpe — em que todos os dinamarqueses devem escolher com quem se aliar. Isso é tão verdadeiro para mim quanto para o major Lavisser, um homem de quem não me sinto inclinado a duvidar. Ele subiu alto a serviço de seu país, tenente. Era oficial da Guarda, ajudante de ordens do duque de York e um cavalheiro que, em sã consciência, não pode mais apoiar o que seu país está fazendo. Mas o senhor? O que o senhor é, tenente?

— Um soldado, senhor — respondeu Sharpe diretamente.

— De que tipo? — A pergunta era cáustica. — Quantos anos o senhor tem? Trinta? E ainda é segundo-tenente?

— O que importa é onde a gente começa — disse Sharpe com acidez.

— E onde irá terminar? — Skovgaard não esperou uma resposta; em vez disso, pegou o *Berlingske Tidende*. — O jornal, tenente, conta mais do que os meros fatos da chegada do major Lavisser. Na tarde de ontem, a convite do príncipe herdeiro, o major Lavisser se dirigiu à Comissão de Defesa, e acho que o senhor deveria ouvir as palavras dele. Alertou que a Inglaterra está desesperada e que se rebaixará às medidas mais torpes para enfraquecer a decisão dinamarquesa. "Se for uma questão de cortar cabeças, a Inglaterra pode fazer isso tão bem quanto Madame Guilhotina." Está ouvindo, tenente? Essas são as palavras do major Lavisser. "Ouvi dizer, não posso jurar que seja verdade, que um oficial do exército cuja carreira está perto do fim, um rufião promovido das fileiras que enfrenta a ruína por causa de um escândalo no país de origem, foi despachado à Dinamarca para assassinar o príncipe herdeiro. Recuso-me a acreditar numa coisa dessas, mas mesmo assim encorajaria todo dinamarquês fiel a ficar atento."

— Skovgaard largou o jornal. — E então, tenente?

Sharpe encarou-o, incrédulo.

— E o que o senhor é, tenente? — perguntou Skovgaard. — Um tenente ficando velho, que começou nas fileiras; no entanto quer que eu acredite que a Inglaterra mandaria um homem assim para tratar com um príncipe? O senhor? — Ele olhou Sharpe de alto a baixo com nojo absoluto.

— Eu disse a verdade! — protestou Sharpe com raiva.

— Duvido, mas é bem fácil descobrir. Mandei um bilhete ao major Lavisser pedindo que venha aqui de manhã para confirmar ou negar seu relato.

— O senhor convidou Lavisser! — protestou Sharpe. — Aquele desgraçado tentou me matar!

Skovgaard se enrijeceu.

— Deploro a linguagem baixa. Então, tenente, está disposto a esperar aqui e encarar o major Lavisser?

— O diabo que estou! — Sharpe virou-se para pegar sua sacola e o sobretudo. — E dane-se você, Skovgaard — acrescentou.

Os dois rapazes bloquearam a passagem de Sharpe até a porta, e a voz de Skovgaard o fez se virar para a mesa, onde agora o mercador segurava uma pistola de cano comprido.

BERNARD CORNWELL

— Não estou disposto a arriscar a vida do meu príncipe, tenente. O senhor ficará aqui por livre vontade ou irei detê-lo até que o major Lavisser possa me aconselhar.

Sharpe estava avaliando a distância para a mesa e a probabilidade de a pistola ser precisa, quando um dos dois homens sacou outra arma. Era grande, o tipo de pistola que um homem usaria para sacrificar um cavalo, e seu enorme cano preto estava apontado para a cabeça de Sharpe. Skovgaard disse algo em dinamarquês, e o outro homem, enquanto seu companheiro mantinha a arma firme, pegou o sabre de Sharpe e revistou seus bolsos. Encontrou o ouro que Sharpe havia roubado a bordo do *Cleópatra*, mas Skovgaard lhe ordenou sério que o devolvesse, depois o homem descobriu o pequeno canivete de Sharpe, que foi para uma gaveta da mesa de Skovgaard. Então, com as pistolas ainda o ameaçando, Sharpe foi empurrado para o corredor. Astrid, a filha de Skovgaard, ficou olhando perplexa de sua porta, mas não disse nada.

Sharpe foi empurrado para um cômodo pequeno ligado ao corredor. A porta foi trancada, e ele ouviu uma chave girando na fechadura. O som lembrou-o de que havia perdido as gazuas na praia perto de Køge. Não havia janelas no cômodo e, portanto, nada de luz, mas ele tateou até descobrir que estava numa pequena sala de jantar mobiliada com uma mesa ampla e seis cadeiras. Era o tipo de sala onde podia acontecer um jantar íntimo, aquecida por um grande fogo que arderia na lareira agora vazia. Agora a sala era a prisão de Sharpe.

Estava trancado e sentindo-se um maldito idiota. Lavisser havia se antecipado a ele, criado uma armadilha e derrubado-o. O oficial da Guarda estava 43 mil guinéus mais rico e Sharpe havia fracassado.

CAPÍTULO V

Era no amplo terraço do castelo de Kronborg, em Helsingør, que o fantasma do pai de Hamlet havia assombrado a noite. E agora, sob o quarto crescente do céu de outra noite, uma quantidade de grandes canhões encarava o mar estreito, com os tubos longos sombreados nas canhoneiras profundas.

Sob o terraço, numa cripta em arco, dois homens apertavam os cabos de foles enormes para soprar ar frio num dos três fornos da fortaleza. Outros homens, usando berços de cabos compridos, pinças e atiçadores, rolavam balas de ferro para os carvões que, no coração profundo do fogo, luziam brancos enquanto o ar sibilava através das bocas de ferro dos foles. O forno, escondido na cripta para que sua luz não aparecesse nas muralhas da fortaleza à noite, era como um vislumbre do inferno. A luz vermelha tremulava nos arcos de pedra e brilhava nos torsos nus dos homens trabalhando ao lado daquela incandescência que rugia e fervilhava.

As seis primeiras balas, bolas de ferro de 24 libras de calibre, brilhavam vermelhas.

— Está quente, senhor — gritou um homem encharcado de suor através da passagem tortuosa que saía da cripta do forno.

— Estamos prontos! — gritou um oficial do lado de fora da cripta para a bateria mais próxima.

Os canhões já haviam sido carregados com seus sacos de pólvora sobre a qual tinham sido socadas grossas camadas de feltro encharcado

A PRESA DE SHARPE

121

em água. O feltro estava ali para impedir que a bala ardente acendesse prematuramente a pólvora.

— Tragam a bala! — gritou um homem da bateria.

Vários homens colocaram as balas ardentes nos berços. Os berços pareciam macas, e no centro havia pratos rasos de ferro para segurar a bala aquecida.

— Depressa agora! — disse o oficial, enquanto os homens corriam da cripta e subiam os degraus de pedra até os canhões que esperavam. A bala rasa esfriava depressa, perdendo o brilho, mas o oficial sabia que o calor estava no fundo do coração do ferro e, quando os grandes canhões disparassem, a vermelhidão retornaria. Uma bala de 24 libras bem aquecida podia esfriar durante uma hora e ainda manter fogo suficiente na barriga para acender madeira. Eram mortais contra navios.

— Esperem! — gritou uma voz nova. O comandante do castelo de Kronborg, um general de divisão que fora tirado rapidamente da cama, subiu correndo a escada até a bateria. Usava um gorro de dormir com borlas e um roupão de lã preta sobre a camisola comprida.

— A bala acabou de ser aquecida, senhor — observou respeitosamente o oficial da bateria, um capitão, enquanto os homens do forno baixavam os berços ao lado dos tubos que esperavam, onde os artilheiros tinham pinças gigantes prontas para manobrar as balas para dentro da boca dos canhões. O capitão queria enfiar as primeiras seis balas e ouvir a bucha de feltro chiar. Queria ver a bala vermelha luzir voando sobre o mar, deixando seis tiras de vermelhidão no escuro, mas o comandante da fortaleza não queria dar a ordem de carregar. Em vez disso, o general subiu na borda de uma canhoneira e olhou para o oceano.

Incontáveis navios entravam no canal. Pareciam fantasmagóricos na noite, com as velas brancas tocadas pelo fraco luar. Aparentavam estar imóveis, porque o vento naquela noite era fraco. O general olhou. Havia centenas de navios, um número grande demais para seu punhado de canhões, e aquelas embarcações espectrais traziam canhões, cavalos e homens à Dinamarca. Para além da frota, no litoral da Suécia, algumas luzes esparsas mostravam a cidade de Helsingborg.

— Eles dispararam contra nós? — perguntou ao capitão.

— Não, senhor. — A vermelhidão estava sumindo nas balas que esperavam. — Ainda não, senhor.

Mas nesse momento um estrondo surdo soou vindo da esquadra distante, e o general viu um clarão vermelho iluminar um dos cascos pretos e amarelos.

— Senhor! — O capitão estava impaciente. Queria que seus canhões derramassem o calor vermelho nas barrigas escuras da esquadra britânica. Imaginou aquela esquadra queimando, viu suas velas se retorcendo em chamas e o mar tremendo de calor.

— Espere — disse o general. — Espere.

Outro canhão foi disparado no mar, mas não houve nenhum som de bala redonda no ar nem o chapinhar do tiro caindo na água. Apenas o estrondo surdo de um canhão sumindo na noite, depois se renovando quando um terceiro canhão disparou.

— Estão fazendo uma saudação — disse o general. — Responda. Sem bala.

— Vamos saudá-los? — O capitão parecia incrédulo.

O general apertou a camisola com mais força por causa do frio da noite, depois desceu da canhoneira.

— Ainda não estamos em guerra, capitão — disse em tom de reprovação —, e eles estão nos saudando; portanto, vamos responder ao cumprimento. Quinze canhões, por favor.

A bala ardente esfriava.

Os navios pareciam fantasmas ao sul. Transportavam um exército que viera esmagar a Dinamarca.

E a Dinamarca o saudou.

Sharpe escutava as vozes que vinham da sala do outro lado do corredor, mas a conversa era em dinamarquês, e não entendia nada, mas presumiu que Skovgaard estivesse contando à filha a perfídia da Inglaterra. Um relógio na casa marcou dez horas e foi seguido pela cacofonia dos sinos da cidade.

Uma luz surgiu brevemente por baixo da porta da pequena sala de jantar enquanto Skovgaard e a filha levavam velas para o segundo andar, então Sharpe escutou as janelas da casa sendo fechadas e as trancas batendo. Alguém testou a porta da sala onde ele estava preso e, satisfeito, tirou a chave da porta e foi embora.

Sharpe não estivera à toa. Havia explorado a sala e descoberto uma cômoda com gavetas, mas que não tinham nada de útil, apenas toalhas e guardanapos. Havia tateado em busca de atiçadores na lareira, pensando que poderia usá-los para arrombar a porta, mas a lareira estava vazia. Havia experimentado a porta, mas era sólida, estava trancada e era impossível movê-la.

Por isso, agora estava esperando.

Lavisser iria matá-lo. Skovgaard podia pensar que o oficial da Guarda renegado era um herói, mas Sharpe sabia mais. O honrado John Lavisser era ladrão e assassino. Estava fugindo de dívidas na Inglaterra e não era mais de espantar que o primeiro homem indicado para acompanhá-lo houvesse morrido, porque sem dúvida Lavisser queria um início limpo em seu novo país. Sharpe não passava de sujeira a ser varrida para fora de seu caminho.

E Skovgaard não iria ajudar. O dinamarquês estava fascinado pelo gesto patriótico de Lavisser e absurdamente impressionado por ele ser um cavalheiro com ligações na família real. Então saia daqui, pensou Sharpe. Saia antes que Lavisser traga Barker para fazer seu serviço sujo.

Mas a porta da sala de jantar estava trancada e as paredes eram forradas de painéis sólidos. Sharpe tentou levantar as tábuas do piso, mas estavam muito bem pregadas, e ele não conseguia um ponto de apoio. No entanto havia uma saída.

Não queria tentar. Mas a fuga estava ali, e ele não tinha outra escolha. Ou tinha uma escolha ruim. Podia esperar até de manhã e ser entregue à mercê de Lavisser. Ou podia fazer o que temia.

Uma vez Jem Hocking havia tentado vender o jovem Richard Sharpe para limpar chaminés, só que ele havia fugido. Limpar chaminés era sentença de morte. Alguns garotos ficavam presos em chaminés e sufocavam, ao passo que o resto ficava tossindo sangue dos pulmões muito antes de estar totalmente crescido. Assim, Sharpe havia fugido, e desde então jamais parara de correr. Mas agora precisava tentar subir como um limpador. Esteja certo de que seu pecado irá encontrá-lo. Pensou no texto enquanto se abaixava entrando na lareira ampla. Estava limpa, mas podia sentir o cheiro da fuligem rançosa na chaminé acima. Levantou as mãos até encontrar uma laje de tijolos uns sessenta centímetros acima da boca da lareira. Não queria fazer isso. Receava ficar preso na passagem estreita e negra, mas era a única saída. Ou melhor, esperava que fosse uma saída, mas não podia ter certeza. Talvez a chaminé servisse apenas a uma lareira, caso em que ficaria cada vez mais estreita, e ele seria bloqueado, porém era mais provável que essa chaminé se juntasse a outra. Suba por esta, disse a si mesmo, depois desça por outra. Será fácil, tentou tranquilizar-se, um menino de 10 anos seria capaz de fazer isso.

Içou-se para a laje usando as mãos e procurou com as botas até encontrar algum ponto de apoio nos ladrilhos da lareira. Escorregou algumas vezes, depois conseguiu se empurrar e se puxar pela garganta da chaminé. O ar fedia, mas essa primeira parte foi bastante fácil, e ele subiu na laje e se ajoelhou ali, enquanto tateava de novo para cima e sentia a chaminé ficando mais estreita. A casa tinha apenas uns dois anos, mas isso fora o bastante para deixar um grosso depósito de fuligem que se desfazia sob seus dedos e caía em seus cabelos e seus olhos. Sua boca estava cheia daquilo. Podia ouvir os flocos de fuligem e escória batendo na lareira. E se Skovgaard ainda estivesse no andar de baixo? E se alguém acendesse um fogo? O bom senso dizia ser improvável, mas o medo não ia embora.

Tentou ficar de pé, mas a chaminé se abaulava nas laterais, e a princípio ele não conseguiu se espremer para passar pelos grandes tijolos, por isso se retorceu de lado e tentou de novo. Conseguiu forçar caminho subindo pelo buraco negro, mas a alvenaria dentro da chaminé tinha acabamento grosseiro, e suas roupas ficavam se agarrando ao reboco. Arfou nas duas primeiras vezes em que isso aconteceu e ouviu a casaca se rasgar, mas então o tecido foi apanhado de novo, e ele soube que a chaminé só poderia ficar mais estreita, por isso se ajoelhou de novo, girou e caiu de volta na lareira. Arrastou-se para a sala, onde respirou ofegante e espanou a fuligem dos olhos.

Se aquilo tinha de ser feito, ele teria de fazê-lo nu. Despiu-se, juntou coragem e voltou à lareira. Subiu na laje, torceu-se de lado e se levantou. Agora era mais fácil, porém a alvenaria áspera apertava e arranhava sua pele. A chaminé era tão estreita que os tijolos comprimiam suas omoplatas e seu peito. Era como ser enterrado vivo, pensou. Toda vez que respirava podia sentir o torvelinho de ar nos tijolos na frente dos olhos e sentir o cheiro rançoso de fuligem velha. Não podia ver nada, mas o aperto da chaminé o comprimia, preto e imundo como as paredes frias de um túmulo. Estremeceu. A chaminé mal tinha largura bastante da frente para trás, mas era alguns centímetros mais larga do que seus ombros, e ele usou esse espaço para se empurrar acima. Mal podia dobrar as pernas. A cada vez que queria se mexer, precisava erguer um pé alguns centímetros até encontrar uma laje áspera na chaminé, depois se empurrar para cima. Enfiava os dedos nos pequenos espaços entre os tijolos, remexendo nos grossos depósitos de fuligem que cascateava grossa em seu rosto. Tentou respirar pelo nariz, mas a fuligem o entupiu, e ele foi obrigado a forçar uma respiração sufocante pela boca seca. Não podia olhar para cima porque a chaminé era estreita demais para inclinar a cabeça para trás, por isso estendia a mão, desesperado por encontrar o local onde outra chaminé se juntasse a essa.

Centímetro a centímetro, foi subindo. Escorregou uma vez e só se impediu de deslizar de volta à laje pressionando o ombro na parede. Arrastou o pé pelo tubo, procurando qualquer ponto de apoio, e encontrou um espaço onde uma ponta de tijolo se projetava. Empurrou-se mais alguns centímetros acima, e mais, porém as laterais da chaminé estavam se estreitando. Tinha os braços acima da cabeça, mas agora as laterais do tubo tocavam seus ombros e ele precisava lutar a cada centímetro. Os olhos ardiam, mesmo fechados. A garganta estava seca, a fuligem era azeda na goela e o fedor lhe dava ânsias de vômito. Levantou o pé esquerdo cinco centímetros, tudo que conseguiu, e encontrou um pedaço de alvenaria áspera. Pôs o peso em cima e o reboco se quebrou, caindo com barulho na lareira embaixo. Segurou-se com as mãos, encontrou outra laje minúscula e se empurrou para cima. O cabelo na nuca roçou nos tijolos, e ele sentiu que a chaminé estava se estreitando mais ainda. Sentiu um desespero terrível porque ficaria bloqueado, talvez até entalado, mas então, de repente, sua mão direita tateou no nada. Desequilibrou-se por um instante, depois descobriu que os tijolos acima se inclinavam para longe, e soube que havia chegado ao lugar onde duas chaminés se juntavam. Agora só precisava se arrastar para cima e descer pela segunda chaminé, rezando para que fosse tão larga quanto a primeira. Encontrou um ponto de apoio para o pé, fez força, escorregou e se retorceu subindo, até haver somente um espaço preto e vazio diante de seu rosto. Parou, estendendo a mão para explorar a boca de tijolos onde as chaminés se encontravam, e sentiu uma empolgação feroz. Iria conseguir! Passou as mãos sobre a borda, puxou-se para cima, torceu-se para a barriga deslizar sobre a junção e bateu com a cabeça dolorosamente contra os tijolos.

As chaminés se juntavam formando uma câmara larga, mas muito baixa, e a chaminé que ia até o telhado era muito mais estreita para subir. Pôde sentir um sopro de ar vindo daquela chaminé superior, mas ainda não podia ver nada. Forçou-se a abrir os olhos, que ardiam terrivelmente, mas através das lágrimas não conseguiu ver nenhum brilho de luar vindo da chaminé superior e nenhuma luz do segundo tubo. Tateou no escuro. Havia pensado em subir acima da junção e descer pelo segundo tubo, mas não havia espaço suficiente na câmara. Como diabos eles limpavam as chaminés ali? Talvez meninos pequenos simplesmente varressem os tubos inferiores e vassouras fossem usadas a partir do telhado para limpar os de cima, porque nem mesmo uma criança pequena poderia subir naquela chaminé superior, e Sharpe soube que não poderia passar por cima da junção porque mal havia trinta centímetros de espaço acima. O que significava que teria de se retorcer e mergulhar de cabeça na segunda chaminé.

Cada respiração era uma mistura de ar e fuligem. Estava desesperado por ar puro, por água. Espirrou, depois ficou imóvel, temendo que alguém tivesse escutado. Estava fazendo muito barulho de qualquer modo, já que cada movimento deslocava grandes nacos de fuligem que caíam nas lareiras abaixo. Mas não ouviu nada. Presumivelmente pai e filha tinham ido para seus quartos e os serviçais estariam no sótão ou no porão.

Forçou-se a passar sobre a junção, deslizando de barriga enquanto os tijolos acima arranhavam-lhe as costas. Agora podia sentir a segunda chaminé, mas de repente ficou entalado. Podia dobrar a parte de cima do corpo sobre a junção dos tubos, mas as pernas não iam atrás. Tentou encontrar pontos de apoio para as mãos, para se puxar, mas as pontas de reboco simplesmente se partiam em seus dedos. Não conseguia mexer as pernas. Sacudiu-se e se empurrou de um lado para o outro, sem conseguir nada. Tentou até se empurrar de volta, desesperado por se livrar do aperto negro da câmara rasa, mas estava preso, entalado como um palito na curva de um cachimbo.

Então se vire, disse a si mesmo. Vire-se de modo que as pernas se dobrem nos joelhos e você possa deslizar de costas até a segunda chaminé. Tentou, e havia apenas espaço suficiente para se torcer um pouco, mas então se entalou de novo. Entretanto era o único modo. Caso contrário, morreria ali, sufocado pela fuligem. Xingou baixinho, depois se retorceu de novo, e dessa vez forçou o quadril contra os tijolos acima e, quando se entalou, torceu-se novamente, usando o peso para girar o quadril. Tijolos e reboco cortaram-no. Podia sentir sangue escorrendo pela pele lacerada, mas trincou os dentes e fez força repetidamente, a cada vez ganhando uma fração de centímetro e cortando a carne ainda mais fundo. E de repente havia conseguido, tinha se virado, e estava deitado de costas com a barriga encostada na chaminé de cima. Com isso pôde deixar a cabeça cair de modo a ficar inclinado na segunda chaminé. Deslizou para baixo e o peso da cabeça e do peito puxaram os quadris enquanto o sangue corria quente pela barriga. Estendeu as mãos para baixo, encontrou uma junta áspera nos tijolos e puxou. E então estava meio caindo, meio se retorcendo, e as pernas finalmente puderam se dobrar sobre a junção das chaminés.

BERNARD CORNWELL

Estava caindo, mas pressionou as mãos e a coluna contra os tijolos. Rasgou as palmas das mãos, arrancando pele e carne, mas conteve a queda. Agora estava descendo de cabeça pela segunda chaminé, e era muito mais fácil do que subir. Só precisava usar as mãos ensanguentadas para frear o movimento, e assim deixou-se descer centímetro a centímetro até que não havia como parar, por isso simplesmente se soltou.

Caiu numa lareira vazia. O ar era fresco e maravilhoso. Enrolou-se, sentindo a fuligem cair em flocos sobre o corpo, e simplesmente ficou tremendo por alguns segundos. Havia pensado que morreria lá em cima. Lembrou-se do aperto dos tijolos, do manto preto ao redor, e quis permanecer enrolado.

— Grace. — Disse o nome dela em voz alta como se o seu espírito pudesse vir e lhe dar forças. — Grace. — Não acreditava que ela havia ido para sempre. Parecia que pairava acima, um anjo da guarda.

Arrastou-se para fora da lareira e descobriu que estava no escritório de Skovgaard. Um luar muito fraco atravessava as janelas mais altas. As mais baixas estavam fechadas. Atravessou o cômodo, encolhendo-se devido à dor nos quadris, e levantou a barra que trancava uma janela. Os postigos eram pesados, tanto que ele percebeu que eram feitos de ferro. Skovgaard, pensou, era um homem muito cauteloso. A janela servia como porta para o jardim, e ele a destrancou, depois se encolheu quando as dobradiças guincharam. O ar frio da noite era maravilhoso.

Havia luar apenas o suficiente para que ele visse sua sacola, o sobretudo, o chapéu e o sabre ainda na cadeira do escritório. Seu uniforme estava dentro da sacola, e ele percebeu que teria de usar a casaca verde, porque a chave da pequena sala de jantar fora levada e ele não sabia como voltar ao cômodo onde havia deixado as roupas rasgadas sem acordar toda a casa. Perderia os guinéus que havia roubado a bordo do *Cleópatra* e teria de se virar sem botas, mas isso era melhor do que ser vítima de Lavisser. A coisa a fazer, disse a si mesmo, era dar o fora dali, mas antes de se vestir queria lavar a imundície da pele lacerada. Foi para o jardim e viu uma grande pipa de coleta de água de chuva sob uma calha. Levantou a tampa e descobriu que estava quase cheia, por isso entrou nela, abaixando-se com cuidado, porque a água estava fria e porque o som dela se derramando sobre a borda seria alto demais caso ele simplesmente se soltasse.

Abaixou-se, esfregando a pele, o cabelo e os cortes sangrentos nos quadris. Bebeu a água, em seguida simplesmente ficou agachado no barril enorme. Precisava ir embora, sabia disso, mas e depois? Supunha que não tinha opção além de esperar a chegada do exército britânico e depois se arrastar de volta a Sir David Baird como um fracassado.

Saiu da água e, pingando, voltou ao escritório. Abriu a sacola, tirou uma camisa suja e o uniforme de fuzileiro. Talvez não fosse sensato usar um uniforme daqueles tão perto de Copenhague, mas poderia cobri-lo com o sobretudo. Vestiu a calça preta, abotoou a casaca verde e em seguida amarrou a faixa vermelha e o cinto do sabre na cintura. Era soldado de novo, e a sensação era boa. Realmente boa. Desgraça, pensou, mas faria Lavisser pagar.

Só que não via como se vingar do oficial da Guarda. Por enquanto, precisava simplesmente fugir, mas achava que teria tempo de revistar o escritório de Skovgaard em busca de algo útil. Foi até o aparador onde o dinamarquês guardava os cachimbos e acendeu uma luz com o isqueiro de pederneira. Acendeu duas velas e se agachou perto da mesa com tampo de couro.

As sete gavetas estavam trancadas, mas o atiçador da lareira serviu como um forte pé de cabra, que partiu com facilidade a primeira fechadura. Ela estalou ruidosamente e Sharpe se imobilizou, esperando alguma evidência de que o som havia acordado alguém. Não ouviu nada, por isso arrombou as outras gavetas e trouxe as velas mais para perto.

Seis gavetas tinham apenas papéis, mas na sétima encontrou seu canivete e a pistola que Skovgaard havia usado para ameaçá-lo. Na verdade, era um par de pistolas, armas lindamente equilibradas, canos envernizados com acabamento de prata. A princípio achou que eram pistolas de duelo, mas quando sondou um dos canos, descobriu que era raiado. Aquele não era um brinquedo aristocrático, e sim uma máquina de matar; cara e mortal. Abriu o fuzil e viu que a arma estava escorvada. Puxou a vareta e enfiou-a nos dois canos para verificar que as pistolas estavam carrega-

BERNARD CORNWELL

130

das, depois olhou na gaveta em busca de mais munição, que encontrou numa caixa de couro trabalhada onde havia um polvorinho de prata e uma dúzia de balas. O bico do polvorinho tinha uma câmara de medida para garantir que as pistolas fossem carregadas com a quantidade exata de pólvora. Pôs o polvorinho e as balas num bolso e em seguida enfiou as duas pistolas no cinto.

— Obrigado, Skovgaard — disse baixinho.

Pôs o sobretudo e o chapéu. Restava pouca coisa na sacola que ele precisasse, por isso simplesmente colocou os 22 guinéus, o kit de costura e o telescópio nos bolsos do sobretudo, e deixou a sacola onde estava. Um ruído súbito o fez se virar, alarmado, mas era apenas o relógio sobre a lareira ronronando para tocar as badaladas da meia-noite.

Soprou as velas e voltou ao jardim. Fechou os postigos e as portas de vidro e em seguida atravessou um terraço com piso de pedra e desceu por uma encosta gramada. Havia uma dúzia de outras casas à vista, mas todas a uma boa distância e todas escuras. Um muro de tijolos cercava o jardim de Skovgaard, mas havia um portão perto do estábulo, que ele achou que daria num beco. Virou-se e olhou para trás, vendo uma única luz acesa, fraca, atrás dos postigos fechados. Por algum motivo decidiu que devia ser do quarto de Astrid, e teve uma visão súbita da testa alta e pálida, dos cabelos louros e dos olhos brilhantes. Então sentiu-se culpado, pensando em Grace.

Vá embora, disse a si mesmo. Vá para o oeste, penetrando no país, roube um par de botas e espere a chegada das forças britânicas. Não queria fazer isso porque significaria retornar a Sir David Baird com o rabo entre as pernas, mas que opção havia? Então escutou um som baixo e raspado.

Um gato? Agachou-se. Não era um gato, porque pôde ouvir passos. Alguém estava andando pela casa e tentando fazer o mínimo de ruído possível. Um empregado, talvez, verificando se a casa estava em segurança? Obviamente alguns empregados moravam na cocheira ao lado do estábulo e talvez, como um serviço final, um deles patrulhasse a casa de Skovgaard. Mas, ainda que os passos parecessem ser de mais de um homem, nenhum deles carregava lanterna e moviam-se com cautela deliberada. Sharpe foi para a sombra escura de um arbusto e esperou. A lua em quarto crescente estava coberta de névoa e meio escondida atrás de alguns pinheiros altos, mas lançava luz suficiente para Sharpe ver seis formas escuras aparecendo na lateral da casa. Vinham devagar, passando pela tina de água da chuva. Um deles chutou inadvertidamente a tampa de madeira que Sharpe havia deixado no caminho, e os seis ficaram imóveis. Esperaram pelo que pareceu um longo tempo, então um experimentou a porta dos fundos, descobriu que estava trancada e passou para as altas janelas do escritório. Ali descobriram a porta de vidro destrancada e os postigos abertos. Pararam, suspeitando de uma armadilha, mas então, depois de consultas sussurradas, todos entraram. Sharpe não tinha visto rostos, mas o corpanzil de um dos homens sugeria que era Barker, e a altura de outro indicava que podia ser Lavisser. Mas por que Lavisser viria como um ladrão no meio da noite? Havia recebido um convite. Poderia esperar até de manhã. Sharpe não conseguia entender, por isso simplesmente ficou onde estava. Ouviu o guincho abafado da porta do escritório se abrindo. Os homens logo descobririam sua fuga e presumivelmente sairiam. Duvidava que revistassem o jardim, mas na certa iriam procurá-lo nas estradas próximas, por isso achou que estaria seguro naquele esconderijo. Não seria uma longa espera, disse a si mesmo, então viu o brilho de uma luz numa janela do andar de cima. Ela tremulou brevemente, depois sumiu como se alguém estivesse levando uma vela por um corredor.

Vá agora, pensou, enquanto eles estão no andar de cima. Mas então escutou um grito. Foi breve, uma voz de mulher, interrompido assim que soou. Mais luzes apareceram nas janelas do andar de cima. Um homem gritou peremptoriamente, e Sharpe simplesmente ouviu, perplexo. Não tinham vindo atrás dele, e sim de Skovgaard! Então não poderia ser Lavisser. Quem seria? Os próprios dinamarqueses? Mas por que viriam à noite? E homens que vinham à noite sugeriam algo ruim, o que significava que Skovgaard precisaria de ajuda, e Sharpe precisava de Skovgaard para não fracassar por completo. Assim, abandonou a decisão de fugir para o oeste e em vez disso foi em direção à casa, tirando o sobretudo que o atrapalhava.

BERNARD CORNWELL

Parou um instante junto à janela do escritório, mas não conseguiu escutar nada do outro lado dos postigos, por isso entrou. O cômodo estava escuro, mas uma luz fraca aparecia na porta do corredor.

Atravessou o escritório, encolhendo-se sempre que uma tábua rangia sob os tapetes. O corredor estava vazio e a luz vinha do patamar superior, onde podia ouvir vozes exaltadas e raivosas. Falavam em dinamarquês, e ele não fazia ideia do que era dito. Foi pelo corredor até a sala íntima onde Astrid estivera tocando cravo. Dentro havia uma escuridão de breu, mas ele se achatou ao lado da porta e prestou atenção.

Parecia que todas as pessoas da casa, inclusive os empregados, estavam sendo arrebanhadas escada abaixo. Então alguém chutou a porta da sala de estar, deixando entrar um jorro de luz amarela, mas felizmente ninguém entrou, e Sharpe teve tempo de ir para trás de um biombo pintado com moinhos de vento e patos. Acidentalmente chutou um penico com pintura floral, mas ninguém ouviu por causa do barulho do lado de fora. Esperou de novo.

Então escutou a voz de Lavisser. Tinha certeza de que era Lavisser, mas não estava falando dinamarquês nem inglês. Francês? Sharpe quase teve certeza de que era francês. Estava dando ordens e, um instante depois, uma lâmpada foi trazida para a sala, e Sharpe ouviu passos. Havia um espelho entre as duas janelas fechadas, e no reflexo ele pôde ver duas camareiras, ambas com camisolas e toucas, sendo empurradas para a sala. O empregado idoso veio em seguida, depois Astrid entrou e, atrás dela, um homem com uma pistola. Lavisser falou com ele em francês.

— Quer que eu entre aí, senhor? — perguntou uma voz em inglês. Era Barker.

— Não. Pegue Sharpe — respondeu Lavisser. E então, ainda usando o inglês, falou com Astrid: — A senhorita não será ferida, prometo.

— Mas meu pai! — Astrid estava abalada, o que não era de espantar. Usava uma camisola comprida e o cabelo louro caía solto sobre seus ombros. — Quero ficar com meu pai!

— Seu pai enriqueceu lutando contra a França — respondeu uma voz. Não era Lavisser quem falava, e sim uma mulher. Outro mistério numa

A PRESA DE SHARPE

133

noite estranha. — E seu pai deveria saber das consequências dessa tolice — encerrou a mulher. Tinha sotaque. Francês?

A porta se fechou. Astrid sentou-se no banco do cravo, chorando, enquanto o francês sinalizava para as três empregadas aterrorizadas seguirem para o sofá. Sharpe devia ser visível para ele pelo espelho, mas estava em sombras profundas, e o francês não suspeitou de nada. Nem olhou atrás do biombo; simplesmente se encostou na porta fechada com a pistola apontada para baixo. Bocejou. O que tinha a temer? Três mulheres e um velho?

Sharpe tirou uma pistola do cinto. Então Lavisser trabalhava com os franceses? A ideia era repugnante, mas fazia sentido. O inimigo devia ter agentes em Londres, e qual seria o melhor modo de atrair idiotas do que os encontrar jogando cartas no Almack's e nos outros clubes de jogatina ricos? E haviam atraído uma figura importante. Mas se agora Lavisser estava planejando matar Skovgaard, Sharpe não tinha muito tempo. Enrolou a pistola na bainha da casaca para abafar o som nítido da pederneira sendo engatilhada. Estivera fora de seu elemento desde a chegada à Dinamarca, suportando insultos, religião e prisão, mas agora sabia o que estava fazendo. Estava de volta ao seu lugar e sorriu enquanto saía de detrás do biombo.

Segurou a pistola com o braço estendido, e o francês demorou pelo menos dois segundos para registrar sua presença, e nesse ponto a arma estava a apenas um metro da cabeça dele. Sharpe sinalizou com a mão esquerda.

— Baixe a arma, senhor — falava baixinho.

O homem parecia a ponto de gritar.

— Por favor — disse Sharpe. — Faça um barulho para eu poder matá-lo, por favor. — Ainda estava sorrindo.

O francês tremeu ligeiramente. Havia algo nos olhos do sujeito de casaca verde que lhe disse que a morte pairava muito perto naquela sala confortável. E assim, sensatamente e muito devagar, ele pousou a pistola no chão. Astrid e os empregados estavam olhando boquiabertos. Sharpe chutou a pistola do francês pelo piso encerado.

— Deite-se — disse ao sujeito, indicando com a mão esquerda o que queria.

O homem se deitou de barriga para baixo, girando ansiosamente a cabeça para ver o que Sharpe estava fazendo.

— Eu não olharia isso, senhorita — disse Sharpe a Astrid, depois pôs um dedo sobre os lábios fechados para mostrar que ela deveria ficar em silêncio.

Agora tinha um problema. O francês vira Sharpe pôr o dedo sobre os lábios e devia ter percebido que o barulho era seu melhor amigo, o que significava que Sharpe não estava querendo matá-lo, porque o som da pistola traria os outros invasores para a sala. O sujeito respirou fundo, e Sharpe, desesperado, chutou sua garganta com força brutal. Machucou o pé, porque estava sem botas, mas machucou ainda mais o francês. Astrid ofegou, e o sujeito começou a sufocar, enquanto segurava o pescoço e seus pés batiam no chão. Sharpe se abaixou sobre as costas dele para imobilizá--lo. Precisava deixá-lo sem sentidos, mas isso exigiria muita violência e inevitavelmente faria mais barulho. As pistolas caras de Skovgaard, ainda que mortais, não eram suficientemente pesadas para que ele as usasse como porretes. O francês, recuperando o fôlego, tentou empurrá-lo das costas, e Sharpe o acertou com força, fazendo seu crânio ricochetear nas tábuas do piso, mas mesmo assim ele continuou tentando se livrar, retorcendo-se. Sharpe o acertou de novo, desta vez com tanta força que o sujeito ficou momentaneamente imóvel, dando a Sharpe a chance de pôr a pistola no chão. Em seguida pegou o canivete e abriu a lâmina.

— Olhos fechados, moça — disse, sério.

— O que...

— Shhh — fez Sharpe. — Diga aos outros que fechem os olhos. Depressa, agora.

Astrid sussurrou algo em dinamarquês enquanto Sharpe sentia o homem se retesar embaixo dele. O francês ia fazer outro esforço para afastá-lo, mas Sharpe golpeou uma vez com o canivete de lâmina curta. Foi necessário apenas um golpe, bem na base do crânio, e o francês deu um espasmo surpreendentemente forte e pareceu suspirar. Foi o único barulho que fez e houve surpreendentemente pouco sangue. Sharpe levantou a gola do defunto para esconder o ferimento, enxugou o canivete na casaca do cadáver e se levantou.

— Podem abrir os olhos — disse.

Astrid o encarou, depois olhou o morto.

— Ele está só dormindo — disse Sharpe. Em seguida, pegou a pistola do sujeito. Era um negócio desajeitado, em comparação com as armas sofisticadas de Skovgaard, mas estava carregada, o que lhe garantia três tiros. Restavam quatro homens e uma mulher.

— Há alguma arma nesta sala? — perguntou a Astrid.

Ela balançou a cabeça.

Sharpe se ajoelhou perto do cadáver e revistou suas roupas, mas o sujeito não tinha outras armas. De modo que eram três tiros e cinco alvos. Foi até a porta e encostou o ouvido na madeira. Pôde escutar vozes. Então ouviu o som de uma chave sendo virada numa fechadura. Houve uma pausa e o ruído súbito de pés no piso do corredor. Sharpe esperou um instante, em seguida abriu dois centímetros da porta da sala de estar.

— Ele sumiu! — disse Barker.

— Não pode ter sumido. — Era a voz de Lavisser.

— Ele sumiu! — insistiu Barker.

Sharpe imaginou Lavisser olhando os postigos. Aquela janela oportunamente aberta só poderia ser justificada pela ausência inexplicável de Sharpe.

— Olhem lá fora — disse Lavisser —, e tenham cuidado.

A mulher falou em francês, então Lavisser falou em dinamarquês. Houve uma pausa. Em seguida Skovgaard, porque não podia ser mais ninguém, deu um grito que se transformou num gemido e um ganido de dor. Astrid ofegou, e Sharpe girou rapidamente pondo o dedo sobre os lábios.

Skovgaard gritou de novo. Era o som que os homens faziam no campo de batalha quando estavam feridos e não queriam gritar. Era involuntário, uma exalação de dor sem palavras. Sharpe apontou para Astrid.

— Fique aqui — disse com firmeza, depois abriu a porta da sala. Barker provavelmente já estaria no jardim, de modo que restavam quatro alvos e três tiros. De que Baird o havia chamado? De tugue. Então agora

BERNARD CORNWELL

136

seria um tugue, e um tugue tremendamente bom. Atravessou o corredor e viu que a porta do escritório estava aberta. Não ousou empurrá-la mais, porque as dobradiças rangiam muito, mas desejou ser capaz de ver mais do que acontecia lá dentro. Só podia vislumbrar que Skovgaard fora amarrado a uma cadeira atrás da escrivaninha sobre a qual havia um lampião, e à luz dele conseguiu ver que a frente da camisola de Skovgaard estava encharcada de sangue. Então viu um homem se inclinar adiante e forçar a boca do dinamarquês a se abrir. O homem segurava um alicate. Estavam obrigando-o a falar.

Um segundo homem apareceu, para ajudar Skovgaard a abrir a boca. O dinamarquês tentou fechar a mandíbula, mas o segundo homem usou uma faca para forçar os dentes a se separarem. A mulher falou. Skovgaard balançou a cabeça, e as pontas do alicate se fecharam sobre um dos seus dentes. Skovgaard gemeu e fez um esforço enorme para sacudir a cabeça, mas um dos homens acertou seu crânio com força. Então o dinamarquês gemeu, enquanto o alicate começava a apertar.

Sharpe disparou contra o homem do alicate.

Usou uma das pistolas de Skovgaard, que era tão precisa quanto bela. Esperava que o cano longo desse um coice forte na arma, por isso havia mirado um pouco baixo, mas a arma tinha um equilíbrio tão perfeito que mal estremeceu. Ejetou fumaça até o meio do escritório enquanto a bala acertava o pescoço do homem. Um jato de sangue espirrou na mesa de Skovgaard. Sharpe largou a arma, pegou a segunda pistola de Skovgaard no cinto e abriu a porta totalmente. O homem que estivera segurando a cabeça de Skovgaard era rápido, incrivelmente rápido, e já estava levantando uma pistola. De modo que Sharpe, que desejava acertar Lavisser no segundo tiro, em vez disso disparou contra ele. A fumaça ficou densa no cômodo, amortalhando os alvos de Sharpe, mas agora ele empunhava a terceira pistola e apontou contra Lavisser, que havia segurado a mão da mulher e a puxava na direção da janela aberta. Sharpe disparou. A pistola pesada do francês escoiceou como uma mula e fez muito mais barulho do que as armas caras. Ele ouviu o som de vidro quebrando.

Alguém gritou de dor, então Lavisser e a mulher desapareceram na noite. A fumaça se espalhou na sala enquanto Sharpe corria para perto de Skovgaard. O dinamarquês ficou olhando atônito, com sangue escorrendo pelo queixo comprido. Sharpe se abaixou sob a mesa, não querendo servir de alvo para alguém que estivesse no jardim. O segundo homem em quem havia atirado estava caído junto à parede, retorcendo-se, e sua pistola estava no assoalho. Sharpe pegou a arma e em seguida jogou o lampião na lareira. O vidro se espatifou e o escritório foi mergulhado em escuridão.

Foi até a janela, ajoelhou-se e examinou o jardim. Não pôde ver ninguém, por isso fechou os postigos de metal e prendeu a barra. Parecia que Lavisser havia fugido. Os três tiros, vindo em sucessão tão rápida, deviam tê-lo convencido de que estava enfrentando mais de um homem.

— Sr. Sharpe? — disse Skovgaard no escuro. Sua voz estava engrolada.

— Não está satisfeito porque a Inglaterra mandou um tenente velho? — perguntou Sharpe com selvageria. Em seguida, foi até a mesa e se apoiou nela, de modo a ficar com o rosto perto do de Skovgaard. — E dane-se você, seu desgraçado idiota. — Cuspiu as palavras. — Dane-se até o inferno e por todo o caminho de volta, mas não fui mandado para matar o príncipe herdeiro.

— Acredito — respondeu Skovgaard humildemente. Sua voz estava densa por causa do sangue na boca.

— E aquele era o seu herói, o Lavisser, seu desgraçado cabeçudo.

Ainda com raiva, Sharpe foi até a sala de estar.

— Seu pai precisa de água e toalhas — disse rápido a Astrid, depois pegou o lampião e voltou ao escritório.

Soaram gritos do lado de fora da casa. Os cocheiros e os cavalariços evidentemente haviam sido acordados pelos tiros e agora estavam querendo saber sobre Skovgaard e a filha.

— São os dois homens que estavam com o senhor antes? — perguntou Sharpe a Skovgaard, que ainda estava amarrado à cadeira.

Skovgaard balançou a cabeça na direção das janelas.

— São eles — disse vagamente.

— São guardas?

— Um cocheiro e um cavalariço.

Sharpe cortou as amarras de Skovgaard, e o dinamarquês foi até a janela para tranquilizar os homens do lado de fora, enquanto Sharpe se ajoelhava junto ao francês ferido, que agora já estava morto. Sharpe xingou.

Skovgaard franziu a testa.

— Tenente...

— Eu sei, o senhor odeia linguagem grosseira, mas, depois do que fez comigo, não dou a mínima. Esperava que este aqui estivesse vivo. Ele poderia nos contar quem estava com Lavisser. Mas o desgraçado está morto.

— Sei quem eram eles — disse Skovgaard amargamente, depois sua filha entrou no escritório e gritou ao ver o pai. Correu até ele, que a apertou contra a camisola ensanguentada e ficou dando tapinhas em suas costas. — Está tudo bem, querida. — Skovgaard falava em inglês, depois viu as marcas de fuligem no grande tapete. Seus olhos se arregalaram, e ele olhou espantado, primeiro para as pegadas pretas, depois para Sharpe.

— Foi assim que o senhor escapou?

— Foi.

— Santo Deus — disse Skovgaard debilmente. Uma empregada havia trazido água e toalhas, e Skovgaard sentou-se à mesa e lavou a boca.

— Só me restavam seis dentes, e agora são apenas quatro. — Os dentes ensanguentados estavam na mesa ao lado dos da dentadura de marfim e das lentes quebradas de seus óculos de leitura.

— O senhor deveria ter me ouvido quando cheguei — resmungou Sharpe.

— Sr. Sharpe! — censurou Astrid.

— É verdade — disse o pai.

Astrid voltou um olhar perturbado para Sharpe.

— O homem está lá. — Ela indicou a sala. — Ainda está dormindo.

— E não vai acordar — disse Sharpe.

— Três mortos? — Skovgaard parecia incrédulo.

— Eu gostaria que tivessem sido cinco. — Sharpe colocou as pistolas boas sobre a mesa. — Suas armas. Eu ia roubá-las. Por que não tinha um par em seu quarto?

— Eu tinha, só que eles pegaram Astrid primeiro. Disseram que iriam machucá-la se eu não saísse.

— E quem eram eles? — perguntou Sharpe. — Sei que um é o seu patriota Lavisser. E os outros?

Skovgaard parecia cansado. Cuspiu uma mistura de sangue e saliva numa tigela, depois deu um sorriso débil quando uma empregada lhe trouxe um roupão, que ele enrolou sobre a camisola ensanguentada.

— A mulher chama-se madame Visser. É da embaixada francesa. Ostensivamente é apenas mulher do secretário do embaixador, mas na verdade procura informações. Reúne mensagens de todo o Báltico. — Ele hesitou. — Ela faz para os franceses, tenente, o que eu faço, o que eu fazia, para os britânicos.

— Uma mulher faz isso? — Sharpe não conseguiu esconder a surpresa, ganhando um olhar de censura de Astrid.

— Ela é muito inteligente — disse Skovgaard. — E impiedosa.

— E o que ela queria?

Skovgaard lavou a boca de novo, depois bateu nos lábios com uma toalha. Tentou colocar a dentadura postiça, mas as gengivas feridas estavam muito doloridas e o fizeram se encolher.

— Queriam que eu desse nomes. Os nomes dos meus correspondentes.

Sharpe andou de um lado para o outro. Sentia-se frustrado. Havia matado três homens e ferido um quarto, se o sangue no pequeno tapete perto das janelas servia de indicação, mas tudo acontecera depressa demais, e sua raiva ainda estava no auge, ainda descontrolada. Então Lavisser era pago pelos franceses? E Lavisser quase havia entregado o principal espião britânico no Báltico ao inimigo, se um fuzileiro não estivesse esperando.

— E agora? — perguntou Sharpe a Skovgaard.

O dinamarquês deu de ombros.

— Vai contar às autoridades sobre isso? — Sharpe acenou para os mortos atrás da mesa de Skovgaard.

— Duvido que alguém acreditasse em nós. O major Lavisser é um herói. Eu sou um mercador e o senhor é o quê? Um inglês. E meu antigo afeto pela Grã-Bretanha é bem conhecido na Dinamarca. Se o senhor fosse autoridade, em quem acreditaria?

— Então vai simplesmente esperar que eles tentem de novo?

Skovgaard olhou para a filha.

— Vamos nos mudar de volta para nossa casa na cidade. Lá será mais seguro, acho. Os vizinhos ficam mais próximos e é ao lado do armazém, de modo que não preciso ficar viajando. Acho que é muito mais seguro.

— Fique aqui — sugeriu Sharpe.

Skovgaard suspirou.

— O senhor se esquece, tenente, de que seu exército está vindo. Eles vão sitiar Copenhague, e esta casa fica fora das muralhas. Em uma semana, suspeito, haverá oficiais ingleses aquartelados aqui.

— Então o senhor estará seguro.

— Se Copenhague tiver de sofrer — disse Skovgaard com um traço de sua antiga aspereza —, vou compartilhar o sofrimento. Como posso olhar o rosto dos meus empregados se deixá-los suportando o cerco sozinhos? E o senhor, tenente, o que fará?

— Ficarei com o senhor — disse Sharpe, amargo. — Fui mandado para proteger alguém dos franceses, e agora esse alguém é o senhor. E Lavisser continua vivo. Portanto, tenho trabalho a fazer. E para começar preciso de uma pá.

— Uma pá?

— O senhor tem três cadáveres em casa. No lugar de onde venho, nós os enterramos.

— Mas... — Astrid começou um protesto, porém sua voz ficou no ar.

— Isso mesmo, senhorita — disse Sharpe. — Se não pode explicar, esconda.

Demorou a maior parte do que restava da noite, mas cavou uma trincheira rasa no solo macio perto do muro dos fundos do jardim e pôs os três franceses dentro. Bateu a terra e cobriu-a com alguns tijolos que encontrou ao lado da cocheira.

E então, num alvorecer cinzento e exausto, dormiu.

Dezoito quilômetros ao norte da casa de Ole Skovgaard ficava o insignificante povoado de Vedbæk. Era próximo ao mar, na metade do caminho entre Copenhague e a fortaleza de Helsingør. O vilarejo tinha um punhado de casas, uma igreja, duas fazendas e uma pequena frota de barcos pesqueiros. Barracões alcatroados se enfileiravam na praia, onde as redes pendiam para secar em mastros altos e o carvão aceso dos defumadores de arenque deixava o ar tremulando acima da areia.

O trabalho começava cedo em Vedbæk. Havia vacas a ordenhar e barcos de pesca a puxar até o mar, mas esta manhã, ao alvorecer, ninguém trabalhava. Os fogos dos defumadores estavam se apagando e as pessoas do povoado ignoravam suas tarefas. Em vez disso, estavam de pé na baixa encosta gramada junto à praia. Diziam pouca coisa, simplesmente olhavam para o oceano.

Onde uma esquadra aparecera durante a noite. Mais perto da praia havia brigues armados e bombardeiras que haviam lançado âncoras, de modo que seus grandes canhões e morteiros podiam ameaçar qualquer tropa dinamarquesa que aparecesse na costa. Para além daquelas embarcações pequenas estavam fragatas e, mais longe ainda, os grandes navios de linha, todos com as portinholas dos canhões abertas. Não havia inimigo ameaçando a esquadra, mas as armas estavam prontas.

Entre os navios de linha e as fragatas estava ancorada uma quantidade de barcos de transporte de tropas e ao redor de cada um deles, uma flotilha de tênderes, lanchas e escaleres, que se juntavam aos cascos maiores como leitões mamando. Cavalos iam sendo tirados dos porões e postos nos botes. Ninguém em Vedbæk já vira tantos navios ao mesmo tempo. Pelo menos uma dúzia de moradores do povoado haviam sido marinheiros, mas nem eles tinham visto uma esquadra assim, não em Copenhague, Londres, Hamburgo ou qualquer outro grande porto.

Alguém começou a tocar o sino da igreja como alarme, mas o pastor voltou correndo ao povoado para silenciá-lo.

— Já mandamos um mensageiro — disse ele ao entusiasmado tocador de sino. — Sven foi a cavalo para Hørsholm.

Havia um alojamento da polícia em Hørsholm, mas o pastor não imaginava para que serviria a polícia. Ela não poderia prender todo um exército, mas sem dúvida mandaria um aviso a Copenhague.

Pessoas de Hørsholm e de povoados menores nas proximidades já vinham para Vedbæk, ver os navios. O pastor se preocupou com a hipótese de os espectadores parecerem um exército e fez o máximo para dispersá-los.

— Jarl! Suas vacas estão mugindo. Elas precisam ser ordenhadas.

— Tenho garotas para fazer isso.

— Então vá encontrá-las. Há trabalho a fazer.

Mas ninguém se mexeu. Em vez disso, todos ficaram olhando os primeiros barcos pequenos vindo para a costa.

— Será que vão nos matar? — perguntou uma mulher.

— Só as feias — respondeu alguém, e houve risos nervosos. O homem que fizera a piada ruim fora marinheiro e tinha um grande telescópio, que havia apoiado no ombro da esposa. Podia ver uma peça de campanha sendo tirada do porão de um navio e baixada por amarras até uma das lanchas maiores. — Agora estão mandando um canhão para atirar em Ingrid — anunciou. Ingrid era sua sogra, e era grande como uma vaca Holstein.

Um jovem tenente com o uniforme azul da milícia dinamarquesa chegou a cavalo. Era filho de um fabricante de rodas em Sandbjerg e os únicos tiros que já ouvira haviam sido cargas de espingarda esvaziadas nas dunas de areia durante os treinos da milícia.

— Se vai lutar contra eles — disse o pastor —, talvez devesse descer à praia. Caso contrário, Christian, tire a casaca para não perceberem que você é soldado. Como vai sua mãe?

— Continua tossindo. E algumas vezes sai sangue.

— Mantenha-a aquecida durante o próximo inverno.

— Faremos isso, faremos isso. — O tenente tirou a casaca do uniforme.

Ninguém falou enquanto as primeiras lanchas se aproximavam da costa. Os marinheiros nos remos tinham rabichos compridos surgindo sob os chapéus alcatroados, e todos os passageiros usavam uniforme vermelho e tinham grandes barretinas pretas que os faziam parecer muito altos. Um homem segurava uma bandeira, mas como havia pouco vento a bandeira apenas pendia frouxa. As lanchas pareciam estar apostando corrida pela honra de ser a primeira em terra. Balançavam nas ondas pequenas perto da praia, então a primeira quilha raspou na areia e os homens de casacas vermelhas saltaram por cima da amurada.

— Forme-os, sargento!

— Pois não, pois não, senhor.

— Você não é uma porcaria de marinheiro, sargento. Um simples sim basta.

— Pois não, pois não, senhor.

Mais barcos chegaram a terra. Os soldados saíam depressa e os marinheiros já empurravam as lanchas para longe da praia, virando-as e remando de volta para os navios de transporte. Um tenente-coronel com um bicórnio preto subiu pela praia. Estava acompanhado por um major e quatro capitães. Os moradores do povoado se afastaram educadamente enquanto o tenente-coronel apontava para uma pequena colina oitocentos metros terra adentro.

— Três companhias para fazer piquete naquele terreno elevado, John. Vou mandar a primeira bateria a terra para lhe dar apoio. Colin, seus homens ficarão aqui, para o caso de alguém nos enfrentar.

Colin, um dos capitães, olhou para os moradores.

— Eles parecem ter boa disposição, senhor.

— Mantenha-os assim. Certifique-se de que os homens se comportem.

O tenente-coronel se virou para olhar o barco que trazia seu cavalo. O pastor se aproximou dele.

— Posso perguntar por que estão aqui? — indagou em bom inglês.

— Bom dia! — O coronel tocou a ponta enfeitada do bicórnio. — É um belo dia, não é?

— Os senhores pretendem nos fazer mal? — perguntou o pastor, nervoso.

— Nicolson! — gritou o tenente-coronel para um soldado surpreso, parado na primeira fila de uma companhia formada na praia. — Ombro arma! Apontar para o céu! Engatilhar! Fogo!

Nicolson apontou obedientemente a espingarda para um fiapo de nuvem e puxou o gatilho. A pederneira caiu numa câmara vazia.

— Não está carregada, padre — disse o tenente-coronel ao pastor. — Não viemos aqui matar pessoas decentes, principalmente numa manhã tão linda. Viemos esticar as pernas. — Ele sorriu para o pastor. — Este é o seu povoado?

— Sou pastor aqui, sim.

— Acho que terão soldados como companhia o dia inteiro; portanto, mantenham os fogões acesos, padre, porque os malandros gostam de tomar chá. E se algum homem lhes causar problema, qualquer problema, apenas fale com um oficial, e mandaremos enforcar o desgraçado. Bom dia. — Ele tocou de novo o chapéu e voltou pela praia até onde seu cavalo estava sendo posto em terra. O animal havia navegado durante mais de duas semanas e cambaleou como se estivesse bêbado ao chegar à areia. O ordenança do tenente-coronel o fez andar de um lado para o outro durante um tempo, depois o segurou enquanto seu superior montava.

— Para o interior! — gritou o coronel.

As três primeiras companhias marcharam para o interior, subindo o terreno elevado. Agora mais barcos chegavam. Uma bateria de peças de campanha estava sendo posta em terra e mais cavalos davam os primeiros passos inseguros. Um cavalo, mais agitado do que os outros, escapou de seu condutor e correu trotando até a praia, onde parou, aparentemente surpreso com os espectadores. Um artilheiro correu até ele e segurou as rédeas. O soldado piscou para algumas jovens paradas a alguns passos de distância. Elas soltaram risinhos.

A PRESA DE SHARPE

Duas companhias de soldados com casacas verdes desembarcaram mais perto do povoado, o que fez com que muitos habitantes corressem de volta, para o caso de suas casas estarem sendo saqueadas, mas quando chegaram à rua principal simplesmente descobriram os homens de casacas verdes montando guarda junto às portas. Havia um oficial andando pela rua coberta de areia.

— Estas propriedades todas são privadas — estava gritando ele —, e o general Cathcart deu ordens para que qualquer homem apanhado roubando qualquer coisa, não importa o quanto seja pequena ou sem valor, seja enforcado. Estão ouvindo? Vocês serão enforcados! Dançarão no ar! Portanto, fiquem com as mãos junto ao corpo! Vocês demonstrarão respeito para com todos os civis! Fuzileiro! Você, o alto! Qual é o seu nome? — Ele conhecia todos os homens de sua companhia, mas o sujeito alto era de outra.

O fuzileiro, com bem mais de 1,90m, fingiu perplexidade por ser escolhido.

— Eu, senhor? Sou Pat Harper, senhor, do Donegal.

— O que há nesta sacola?

O fuzileiro Harper virou-se com uma expressão inocente para uma sacola encostada na parede de uma casa logo atrás dele.

— Nunca vi antes na vida, capitão Dunnett. Deve ter sido deixada por um dos moradores.

Dunnett parecia suspeitoso, mas aceitou a explicação.

— Vocês montarão guarda aqui até sermos revezados — disse aos homens. — Se pegarem qualquer homem tentando roubar alguma coisa, vão prendê-lo e trazê-lo a mim, para que tenhamos o prazer de enforcá-lo.

O capitão Dunnett continuou andando pela rua, repetindo as ordens. Outro fuzileiro olhou para Harper.

— O que há no saco, Pat?

— Três frangos, Cooper, estão mortos e são meus, e se puser suas mãos de ladrão neles enfio as penas pela sua goela até você começar a cagar asas de anjo. — O fuzileiro Harper sorriu.

— Onde achou?

— Onde procurei, claro.

— Olhem só aquela garota! — disse um sujeito chamado Harris. Todos se viraram para olhar uma jovem com cabelo parecendo ouro fino, andando pela rua. Ela sabia que estava sendo admirada, por isso ergueu bem a cabeça e balançou os quadris enquanto cantarolava diante dos fuzileiros. — Acho que atiraram em mim e fui para o céu — disse Harris.

— Vamos gostar daqui, pessoal — disse Harper —, desde que não enforquem a gente.

— Aposto dez contra um que você vai ser enforcado, Harper. — Era o capitão Murray, o comandante da companhia de Harper, que havia aparecido ao lado da casa e espiado dentro da sacola.

— Isso não é meu, Sr. Murray — disse Harper —, o que quer que seja. E eu não contaria uma mentira ao senhor.

— Nem pense, Harper, nem ao menos pense, mas ainda espero ganhar uma coxa do que não é seu.

Harper riu.

— Muito bom, senhor.

Agora havia três batalhões na praia. As primeiras peças de campanha, atreladas aos cavalos, iam para o terreno elevado e mais navios ainda surgiam como fantasmas, ao vento fraco do norte. Nenhum tiro fora disparado e ninguém oferecera qualquer resistência. Os primeiros generais estavam em terra e seus auxiliares abriam mapas na areia, enquanto um esquadrão da 1ª Cavalaria Ligeira levava seus cavalos inseguros até o povoado, onde uma bomba enchia um comprido cocho com água.

— Ei, moça! — Um fuzileiro abordou uma mulher que havia acabado de olhá-lo cheia de medo. — Chá? — disse o sujeito, apresentando um punhado de folhas soltas. — Pode ferver água?

O marido dela, que havia trabalhado num navio mercante no Báltico e fizera várias viagens a Leith e Newcastle, entendeu.

— Lenha custa dinheiro — resmungou ele.

— Aqui. — O fuzileiro ofereceu uma moeda de cobre. — É moeda boa! Dinheiro inglês, não como o seu lixo estrangeiro. Chá, hein?

Assim os fuzileiros tiveram seu chá, o terreno elevado estava seguro e o exército britânico estava em terra.

A PRESA DE SHARPE

CAPÍTULO VI

Finalmente as nuvens fugiram de Copenhague, deixando um céu azul lavado. Um sol de fim de verão fazia brilhar os telhados de cobre e tremeluzia no porto, onde uma enorme quantidade de navios mercantes, temendo a esquadra britânica que havia ancorado dez milhas ao norte, havia buscado refúgio.

O palácio de Amalienborg ficava a oeste do porto. Na verdade, eram quatro palácios pequenos agrupados ao redor de um pátio, e era mais gracioso do que grandioso, íntimo e não intimidante, e era ali, num andar elevado que dava para o porto, que o príncipe herdeiro estava se despedindo dos notáveis da cidade. Sua Majestade retornaria a Holstein. Estivera naquela província do sul durante todo o verão, mas havia retornado a Copenhague ao saber que a frota britânica fora em direção ao Báltico. Voltara para encorajar os cidadãos. Disse que a Dinamarca não desejava lutar. Não havia iniciado a briga e não tinha nada contra a Inglaterra, mas, se os britânicos persistissem em sua ultrajante exigência de tomar a esquadra dinamarquesa, a Dinamarca resistiria. E isso, como sabia o príncipe herdeiro, significava que Copenhague ia sofrer, porque era no seguro porto da capital que a esquadra se abrigava.

Mas os britânicos, insistia o príncipe herdeiro, não poderiam ter sucesso. Era tarde naquele ano para iniciar um cerco. Demoraria semanas para criar uma abertura nas grandes muralhas, e mesmo então não poderia haver certeza de que um ataque teria sucesso. Além disso, muito antes que

A PRESA DE SHARPE

qualquer abertura pudesse ser criada, o príncipe traria o exército dinamarquês de volta de Holstein e derrotaria as forças sitiantes.

— Portanto, os britânicos não atacarão a cidade — disse o príncipe com ênfase. — Vão apenas ameaçá-la. Isso é um blefe, senhores, um blefe. Não há tempo para um cerco.

— Há tempo suficiente para um bombardeio — observou sombrio o general Peymann, que fora nomeado comandante da guarnição de Copenhague.

— Não! — O príncipe virou-se para o general. — Não, não, não! — O príncipe sabia muito bem que Copenhague temia um bombardeio com morteiros e obuseiros, que poderiam passar sobre a muralha e deixar a cidade como uma ruína fumegante. — Os ingleses não são bárbaros — insistiu — e não vão se arriscar numa ação que mereceria a condenação de todos os povos civilizados. Não haverá bombardeio. Os britânicos vão ameaçar fazer isso, assim como ameaçam um cerco, mas é tudo blefe. — Em vez disso, previu ele, os ingleses bloqueariam a capital e esperariam que a fome convencesse a guarnição a ceder. — Portanto, devemos encher a cidade de comida — disse ao general Peymann —, e o senhor deve suportar o bloqueio deles até o fim do outono. Então trarei o exército de volta de Holstein. — Era em Holstein que o grosso do exército dinamarquês guardava a fronteira sul, ameaçada por um exército francês.

Peymann, um velho, levantou-se pesadamente. Tinha cabelos brancos, era corpulento e jamais havia liderado tropas em batalha, mas tinha uma presença tranquilizadora. Havia algo em Ernst Peymann, de 73 anos, que sugeria que ele não podia ser dobrado, e o príncipe tinha certeza de que Peymann, mais do que todos os outros generais, podia dar confiança à cidade, mas as palavras seguintes de Peymann cheiravam a nervosismo.

— Seria melhor se Vossa Majestade viesse mais cedo.

— Não pode ser. Não pode ser. — O príncipe foi até uma janela que dava para o porto. Três pequenos navios, todos arriados na água por causa do peso dos grãos que traziam à cidade, estavam atracando em meio ao enxame de canhoneiras dinamarquesas sendo preparadas para a batalha. O príncipe olhou para uma mesa em que fora aberto um mapa, para captar a luz da janela. Um valete o acompanhava, segurando seu chapéu, a espada e a faixa, mas o príncipe o ignorou. — A marinha britânica — explicou — certamente vai bloquear a Zelândia, e não poderemos trazer o exército em balsas se os navios ingleses estiverem esperando.

Peymann olhou sombrio para o mapa, como se procurasse inspiração. Encontrou-a no simples tamanho da Zelândia, a ilha onde ficava Copenhague.

— Oito mil quilômetros quadrados — disse. — Eles não podem vigiar toda a costa.

— Só precisam vigiar os portos, senhor — observou respeitosamente o capitão, agora major, Lavisser.

— E isso eles podem fazer com navios de sobra — acrescentou o príncipe —, mas eles não são gatos, Peymann, não são gatos.

— Certamente não são, senhor — disse Peymann. O general estava obviamente confuso com a declaração do príncipe, mas não queria admitir a perplexidade.

— Eles não enxergam no escuro — explicou o príncipe mesmo assim —, o que significa que, quando chegarem as longas noites do inverno, podemos trazer o exército de volta a Zelândia. — Ele baixou a cabeça para que o valete pudesse passar a faixa sobre seu ombro, depois levantou os braços para que o cinto da espada fosse preso. — O que significa que o senhor deve defender Copenhague durante dois meses, general, apenas dois meses.

— Podemos nos segurar por dois meses desde que eles não bombardeiem — disse Peymann com firmeza.

— Não farão isso — respondeu o príncipe igualmente firme. — Os ingleses não desejarão ter na consciência a morte de civis inocentes.

— Sei que o general lorde Cathcart se opõe ao bombardeio — disse o major Lavisser —, mas sem dúvida alguns de seus subordinados irão insistir para que ele faça isso.

— Lorde Cathcart lidera o exército, não é? — perguntou o príncipe. — Então esperemos que ele exerça sua autoridade.

— Poderíamos mandar as mulheres e crianças para longe — sugeriu Peymann, o rosto se iluminando com o pensamento. — Haveria menos bocas a alimentar.

— Faça isso e convidará os ingleses a bombardear a cidade — disse o príncipe. — Não, as mulheres ficam; e os ingleses, garanto, não cometerão uma chacina contra inocentes. Dois meses, general! Sustente os muros por dois meses, e trarei o exército de volta, e iremos esmagá-los como piolhos! Como piolhos! — O príncipe calçou luvas brancas. Seu otimismo era genuíno. Até a esquadra britânica ter zarpado, a maior ameaça para a Dinamarca era o exército francês na fronteira sul, mas a chegada dos ingleses certamente deteria qualquer ataque francês. Por que os franceses atacariam a Dinamarca quando os ingleses estavam transformando-a na nova aliada da França? Portanto, não haveria luta em Holstein, e quando as noites mais longas cegassem a esquadra inimiga o exército poderia ser trazido de volta à Zelândia, onde estaria em número tremendamente maior do que as forças britânicas. — Vamos vencer — disse o príncipe a Peymann — desde que o senhor se sustente durante dois meses. E pode se sustentar, general. As muralhas são grossas, os canhões são em número suficiente!

Peymann assentiu. Como todos os outros no salão, agora ele desejava que o governo tivesse gastado mais nas defesas de Copenhague nos últimos anos, mas mesmo assim as fortificações eram adequadas. As muralhas eram grossas e reforçadas com baluartes, baterias e fortes. A oeste, a cidade olhava por cima de seus subúrbios ricos, mas entre aquelas casas e a cidade havia um espaço aberto para os canhões matarem os atacantes e um círculo de lagos parecendo canais, que serviam como um fosso amplo. As muralhas não estavam nas melhores condições de conservação, mas tinham quase duzentos canhões, ao passo que nos subúrbios, onde quer que o terreno elevado pudesse oferecer às baterias britânicas um ponto vantajoso, novas defesas estavam sendo construídas com terra, pedra e madeira. A cidade tinha uma guarnição de cinco mil e quinhentos soldados, o que bastava para ocupar todos aqueles novos fortes, mas Peymann possuía quatro mil marinheiros bem treinados, tripulantes dos navios de guerra que se encontravam no porto de Copenhague, e a milícia estava apinhada de voluntários.

— Podemos nos sustentar muito bem durante dois meses — declarou Peymann.

— Desde que não sejamos traídos — interveio o recém-promovido major Lavisser. Suas palavras cortaram o clima de otimismo no salão. Ele deu de ombros, como a sugerir que relutava em trazer más notícias. — Há espiões ingleses na cidade, majestade — explicou. — E devemos cuidar deles.

— Espiões? — Os olhos protuberantes do príncipe exageraram sua expressão de alarme.

— Fiz indagações antes de sair de Londres, senhor — mentiu Lavisser —, e consegui um nome. Gostaria de ter descoberto outros, caso existam, mas mesmo assim peço que esse homem seja preso, posto nas celas de Gammelholm e interrogado.

— De fato! — concordou o príncipe vigorosamente. — Quem é ele?

— Um homem chamado Skovgaard — disse Lavisser.

— Não é Ole Skovgaard — estrondeou Peymann. — Está falando de Ole Skovgaard?

— Sim. — Lavisser ficou pasmo com o súbito vigor de Peymann.

— Pode ficar tranquilo, porque ele não é espião — disse o general, cheio de confiança. — Ele me escreveu hoje cedo — agora Peymann estava falando com o príncipe — e confessou que ajudou os britânicos no passado, mas apenas na luta deles contra a França, e ouso dizer que nesta sala há uma dúzia de homens que fizeram o mesmo.

O príncipe olhou para o mapa. Sua mãe era inglesa e fora bem conhecida por seus sentimentos a favor da Inglaterra, mas ele não queria ser lembrado dessas coisas agora.

— Skovgaard me garante sua lealdade — continuou Peymann, impassível —, e acredito nele. Conheço sua reputação. É um homem digno, adora Nosso Salvador, é Comissário dos Pobres e, como todos nós, está enojado com o comportamento dos britânicos. Prender esse homem não ajudaria a melhorar o moral na cidade, senhor. Esse ataque deve nos unir, não nos dividir.

O príncipe bateu os dedos no mapa.

— Tem certeza da lealdade dele?

— Ele adora Nosso Salvador! — repetiu Peymann, como se isso respondesse à pergunta do príncipe. — E deu essa informação de livre vontade, senhor. Não é espião, mas apenas um mercador cujos negócios sofreram com as depredações dos franceses. Tentou se proteger ajudando os inimigos da França. Deveríamos punir um homem por isso?

— Não — decidiu o príncipe. — Vamos deixá-lo em paz. — Em seguida, sorriu para Lavisser. — Os homens estão encontrando suas verdadeiras lealdades nestes tempos difíceis, major. O senhor fez isso! E o mesmo vale para este Skovgaard. Então, não nos preocupemos com alianças do passado, certo? Vamos dar as mãos para lutar contra o verdadeiro inimigo! — Em seguida, levou seu séquito para a ampla escadaria. — Sustente-se por três meses — insistiu com Peymann, acrescentando um mês às expectativas —, e não se esqueça de que temos Castenschiold!

— Castenschiold — exclamou Peymann. O general Castenschiold estava juntando tropas no sul da Zelândia, mas Peymann duvidava de que houvesse um número suficiente para fazer diferença.

— Tenho grandes esperanças em Castenschiold — declarou o príncipe. — Ele pode atacar as linhas britânicas. Pode incomodá-las. Nossos inimigos não têm noção de Castenschiold! — Ele sorria enquanto saía da porta do palácio para ser recebido por gritos de comemoração.

Uma gigantesca multidão de cidadãos de Copenhague viera se despedir do príncipe. Enchia o cais e apinhava cada janela que dava para o porto enquanto alguns mais jovens haviam até mesmo subido nas duas gruas que se erguiam acima dos pináculos mais altos da igreja.

Ole Skovgaard e sua filha haviam sido convidados para ficar em um bom ponto de observação na varanda do armazém da Companhia das Índias Ocidentais, de onde podiam ver o príncipe caminhar até a beira d'água. Sharpe havia insistido em acompanhar os Skovgaard, vestido de novo com suas roupas civis rasgadas e sujas de fuligem e lama. Ole Skovgaard não queria que ele viesse.

— Aqui é Copenhague — disse. — Estamos seguros.

— E estavam seguros há duas noites? — perguntou Sharpe acidamente. Então Astrid, pacificadora por natureza, implorou ao pai que deixasse Sharpe ir, e Skovgaard concordou com relutância.

Sharpe sabia que não tinha nada a temer da parte de Lavisser naquela manhã, porque o oficial da Guarda estava entre os dignitários uniformizados que acompanhavam o príncipe. Sharpe observou o renegado através de seu telescópio e não pôde ver qualquer evidência de que Lavisser estivesse ferido, o que significava que sua última bala provavelmente acertara a francesa. Corria o boato de que todo o pessoal da embaixada francesa havia saído da cidade, indo para Coldin, na Jutlândia, onde o louco rei dinamarquês e sua corte estavam morando. Olhando pelo telescópio, Sharpe viu Lavisser rindo de alguma pilhéria do príncipe.

— Lavisser vai para Holstein? — perguntou em voz alta.

— Não se estiver como auxiliar de Peymann — respondeu Skovgaard.

— Quem é Peymann?

— O homem alto perto de Sua Majestade. É o comandante da cidade.

Lavisser evidentemente iria ficar. Fez uma saudação ao príncipe, inclinou-se e apertou a mão real. O príncipe se virou para a multidão, que aplaudiu e gritou mais alto ainda, depois desceu um lance de degraus de pedra até onde uma lancha esperava para levá-lo a uma fragata. A fragata, a mais veloz da esquadra dinamarquesa, iria levá-lo de volta a Holstein e ao exército. O resto da esquadra dinamarquesa estava no porto interno, e Sharpe podia ver seus mastros acima dos telhados de alguns armazéns na margem oposta.

— O que não entendo — disse ele — é por que vocês simplesmente não partem com toda a esquadra.

— Para onde? — perguntou Skovgaard azedamente. Seu rosto ainda estava inchado e branco de dor. — Para a Noruega? Lá não existem portos tão bem protegidos como o de Copenhague. Poderíamos mandá-la para o mar, acho, mas seria interceptada por uma esquadra britânica. Não, este é o lugar mais seguro. — O porto não ficava na periferia da cidade, mas sim enfiado em seu próprio centro, e para alcançá-lo os ingleses teriam de passar por fortes, muralhas, redutos, canhões e baluartes. — Ela está aqui porque aqui é seguro.

Algumas pessoas próximo ouviram a linguagem e franziram a testa para Sharpe.

— Americano — disse ele.

— Bem-vindo a Copenhague!

Os canhões da bateria de Sixto estrondearam uma salva de 21 tiros enquanto o príncipe subia à fragata.

— Ouviu dizer que o seu exército desembarcou? — perguntou Skovgaard. — Chegou ontem de manhã, não está muito longe — ele indicou o norte —; portanto, chegará aqui em alguns dias. Acho que o senhor deveria se juntar a ele.

— E deixá-lo à mercê de Lavisser?

— Esta é minha cidade, tenente, não sua, e já tomei medidas para garantir minha segurança.

— Que medidas?

— Escrevi a Peymann garantindo minha lealdade.

— Tenho certeza de que o general Peymann vai convencer os franceses a esquecê-lo.

— Há homens que podem ser contratados — disse Skovgaard com voz gelada. Estava obviamente irritado pela companhia constante de Sharpe. Na manhã anterior, antes de enterrar os três franceses, Sharpe havia acompanhado Ole Skovgaard até um dentista, enquanto Astrid e as empregadas arrumavam os pertences dos moradores numa carroça que iria levá-los à antiga casa na Ulfedt's Plads.

O dentista era um homem obeso, que estremeceu ao ver a condição da boca de Skovgaard. Havia enchido os buracos na gengiva com musgo de esfagno e depois lhe dera óleo de cravo para passar e prometera fazer uma dentadura nova. Aparentemente, havia muitos dentes de verdade no mercado naqueles dias, importados depois da guerra em que a França havia derrotado a Áustria e a Rússia. Dentes de Austerlitz, como eram chamados. O resto do dia fora passado transportando móveis, roupas de cama, livros e documentos para a casa antiga. O empregado idoso foi deixado para cuidar da casa nova, enquanto os cocheiros e cavalariços foram se juntar à milícia, levando consigo os cavalos de Skovgaard.

— Não preciso de carruagem na cidade — explicara Skovgaard a Sharpe —, e nosso governo necessita de cavalos para puxar as carroças de munição.

— O senhor precisa de proteção — disse Sharpe — e acaba de perder todos os serviçais homens.

— A cidade precisa deles mais do que eu. E Aksel prometeu me arranjar alguns homens. Serão aleijados, provavelmente, mas um homem com uma perna só consegue disparar uma espingarda. — Skovgaard pareceu amargo. — E há muitos aleijados em Copenhague, tenente, graças ao último ataque de vocês.

A amargura havia intrigado Sharpe.

— Por que não rompeu com a Grã-Bretanha então?

Skovgard deu de ombros.

— Minha querida esposa estava viva. Além disso, quando Nelson atacou, pude ver alguma justiça na causa britânica. Estávamos lhes negando o comércio, e o sangue de uma nação é o comércio. Mas agora? Agora não estamos lhes negando nada, a não ser o que é inegavelmente nosso. Além do mais, nunca fiz nada para prejudicar a Dinamarca. Simplesmente ajudei a Inglaterra a combater a França, só isso. Agora, infelizmente, seremos aliados da França.

Dois homens de preto, carregando valises cheias de papel, esperavam Skovgaard quando este retornou após ter assistido à partida do príncipe. Sharpe ficou de imediato desconfiado, mas evidentemente Skovgaard conhecia os homens e chamou-os rapidamente ao seu escritório.

— São do governo — disse Aksel Bang a Sharpe.

— O que eles querem?

— Talvez tenham vindo atrás do senhor, tenente.

Sharpe ignorou a provocação. Caminhou pelo corredor central do grande armazém.

— Aonde isto leva? — Apontou para uma escada que desaparecia nos caibros empoeirados do teto alto. Queria verificar cada porta e janela, procurando qualquer lugar onde alguém pudesse invadir as instalações.

— À minha câmara superior — disse Bang, querendo dizer um sótão —, onde durmo, agora que o Sr. Skovgaard retornou.

— Perdeu sua casa, não foi?

— Não me importo — disse Bang em tom untuoso. — A casa não é minha e é uma bênção ter a Srta. Astrid de volta.

— Uma bênção para você ou para ela?

— Para nós dois, acho. É como as coisas estavam antes de se mudarem. É bom.

Sharpe não conseguiu encontrar pontos fracos no armazém. Havia muita coisa de valor guardada ali, e Skovgaard praticamente o tornara à prova de roubos para proteger os sacos de índigo, as pilhas de juta e os barris de especiarias de odor penetrante que fizeram Sharpe se lembrar da Índia.

— Então o que o governo quer com Skovgaard? — perguntou a Bang.

— Querem saber se alguma mercadoria desta pertence a comerciantes ingleses.

— Por quê?

— Porque irão confiscá-las, claro. Estamos em guerra, tenente.

Sharpe olhou os compartimentos empoeirados cheios de barris, sacos e caixotes.

— E alguma dessas coisas é inglesa?

— Não. Não guardamos mercadorias para outros comerciantes. Tudo é nosso.

— Bom — disse Sharpe, querendo dizer que não havia desculpas para mais visitas de autoridades. Virou-se para Bang. — Diga, quando você entregou a carta do Sr. Skovgaard, encontrou-se com Lavisser?

Bang piscou surpreso diante do tom incisivo de Sharpe.

BERNARD CORNWELL

— Encontrei o major Lavisser, sim. Ele foi muito gentil.

— E fez alguma pergunta?

Bang assentiu.

— Queria saber sobre o Sr. Skovgaard, por isso falei que ele é um bom comerciante e um cristão fervoroso.

— Só isso?

— É tudo que Deus pede de nós.

Sharpe sentiu vontade de dar um soco em Bang. O sujeito não passava de um escriturário metido a besta, mas tinha um orgulho maroto e irritante.

— O que mais ele perguntou sobre Skovgaard?

Bang tirou o cabelo comprido de cima dos olhos.

— Perguntou se o Sr. Skovgaard tinha muito a ver com a Inglaterra. Eu disse que sim. Disse que ele tinha muitos amigos lá e que escrevia para lá. Que fora casado com uma inglesa. Isso importa?

— Não.

Lavisser devia ter adivinhado que Sharpe entraria em contato com o homem cujo nome lhe fora dado por lorde Pumphrey, de modo que quando a carta de Skovgaard chegou simplesmente confirmou essa suspeita. E, com os franceses a ponto de evacuar sua missão diplomática, devia ter parecido imperativo agir imediatamente.

— Não entendo por que o senhor me faz essas perguntas — protestou Bang. Estava genuinamente confuso pelo motivo de Skovgaard ter se mudado de volta para a cidade, e a explicação de que seu patrão só queria evitar a chegada dos ingleses se tornava inadequada devido à presença de Sharpe, e mais ainda pelo rosto inchado de Skovgaard. — Acho — disse Bang a Sharpe — que o senhor atraiu o Sr. Skovgaard para algo inconveniente.

— Você só precisa saber que o Sr. Skovgaard corre perigo. De modo que se algum estranho vier aqui, me chame. Não deixe entrar. E se alguém lhe perguntar sobre o Sr. Skovgaard, não conte nada. Nada! Nem diga que ele é cristão, porque não é da conta de ninguém.

Bang pareceu lamentar o tom de Sharpe.

A Presa de Sharpe

— Ele corre perigo? Então talvez a Srta. Astrid também corra perigo, não é?

— A Srta. Astrid também. Portanto, fique alerta. Orar e vigiar, certo?

— Então talvez eu devesse acompanhar a Srta. Astrid. — De repente, Bang pareceu animado. — Ela vai ao orfanato.

— Vai aonde?

— Ao orfanato! Vai todo dia. Posso ir com ela, não é?

— Você? — Sharpe não conseguia afastar o desprezo da voz. — E o que você fará se ela for atacada? Vai rezar por ela? Diabos, Bang, se alguém vai com ela, sou eu.

Bang não protestou, mas havia ressentimento em seu rosto quando, naquela tarde, Sharpe e Astrid saíram juntos do armazém. Sharpe havia escovado as roupas e escondido as duas boas pistolas de Skovgaard embaixo do sobretudo. Usava o sabre. Notou que mais homens usavam armas. De repente haviam entrado na moda, desde o desembarque inglês.

Além disso, levava um cesto grande que continha cevada amassada, arroz e arenque.

— Vamos levar ao orfanato — explicou Astrid.

— Orfanato?

— É um orfanato e hospital de crianças. É onde meu filho morreu.

— Lamento muito.

— Ele era muito pequeno, nem tinha um ano. Chamava-se Nils, como o pai. — Havia lágrimas nos olhos dela, mas Astrid forçou um sorriso e disse que eles fariam o caminho mais longo, indo pelo cais, onde o príncipe havia embarcado de manhã. O primeiro instinto de Sharpe foi protestar, dizendo que seu trabalho era protegê-la e que poderia fazer isso melhor se fossem direto ao orfanato e voltassem para casa, depois percebeu que não queria voltar ao armazém sombrio de Skovgaard. O próprio Skovgaard estava em segurança, o que significava que Sharpe não precisaria voltar correndo. Além do mais, preferia caminhar com Astrid, por isso os dois foram passeando ao sol, mas eram obrigados a parar a intervalos para cumprimentar os amigos ou conhecidos de Astrid. Ela o apresentou

BERNARD CORNWELL

como um marinheiro americano, o que não provocou surpresa, apenas boas-vindas entusiasmadas. — É uma cidade muito pequena — explicou depois de outro encontro desses —, e a maioria das pessoas se conhece.

— Parece uma boa cidade — disse Sharpe.

Ela assentiu.

— E gosto de morar dentro das muralhas. A casa em Vester Fælled às vezes é muito solitária. — Ela parou para mostrar a Sharpe as paredes queimadas do que já fora um grande prédio. — Aquele era o palácio de Christianborg — disse com tristeza. — Onde o rei morava antes do grande incêndio.

— Outra guerra?

— Apenas um incêndio. Um grande incêndio. Quase um terço da cidade foi queimado. E nem tudo foi consertado. — O palácio em ruínas estava envolto por um emaranhado de andaimes, enquanto cabanas improvisadas, construídas nos restos de grandes salões, mostravam onde pessoas evidentemente ainda se abrigavam. — Pobre Copenhague. — Astrid suspirou.

Passaram pelo palácio de Amalienborg, de onde o príncipe herdeiro havia partido. Um caminho público passava pelo pátio central, e o punhado de guardas com casacas azuis não ligava para as pessoas caminhando ao sol da tarde. Uma dúzia de carroças de fazendas, atulhadas de grãos ou nabos, estava parada diante do palácio. A cidade juntava provisões para um cerco.

Algumas centenas de metros depois do palácio ficava um pequeno jardim público dominado pela grande cidadela que guardava o canal do porto. O jardim, que era principalmente um gramado com algumas árvores espalhadas, era a esplanada do forte; a área de matança para os canhões que podiam ser vislumbrados nas altas canhoneiras. Na grama estavam empilhadas balas rasas e montes de carroças de munição, mas mesmo ali as pessoas tomavam ar, ignorando os soldados que separavam as balas rasas e as granadas segundo seus calibres. Sharpe suspeitou que os dinamarqueses planejavam criar uma nova bateria ali, uma bateria que pudesse disparar atravessando a boca do porto, onde, num pequeno cais de madeira, havia uma dúzia de homens pescando placidamente.

— Eles estão sempre aqui — disse Astrid —, mas nunca os vi pegarem nada. — Ela apontou para o norte, onde, no horizonte, uma massa cinza e suja parecia uma nuvem baixa. Sharpe vira aquilo na manhã de Trafalgar. Era uma esquadra. — Seus amigos — disse Astrid com tristeza. — E estão vindo para cá.

— Eu gostaria que não estivessem.

Ela se sentou num banco de frente para o mar.

— O senhor se parece muito com Nils.

— Isso deve ser difícil.

Ela confirmou com a cabeça.

— Ele se perdeu no mar. Não sabemos como. Era capitão, sabe? Chamou seu navio de *Astrid* e estava transportando açúcar das Índias Ocidentais. Quando não voltou para casa, pensei que talvez seu navio estivesse sendo consertado, mas não era isso. Ouvimos dizer que havia zarpado e que houve uma grande tempestade alguns dias depois. Esperamos, mas ele jamais voltou. Mas eu costumava vê-lo todo dia. Via um estranho na rua e pensava: é o Nils! Ele voltou. Então o estranho se virava e não era Nils. — Ela não estava olhando para Sharpe enquanto falava, e sim para o mar, e Sharpe se perguntou se Astrid viera ali no início da viuvez procurar o marido. — Então vi o senhor em casa — ela virou os olhos grandes para Sharpe — e soube que era o Nils. Por um momento, fiquei tão feliz!

— Sinto muito — disse Sharpe sem jeito. Sabia como ela se sentia, porque desde a morte de Grace via alguma mulher de cabelos escuros na rua e pensava que era Grace. Sentia o mesmo salto no peito e conhecia a mesma dor opaca depois da frustração.

Gaivotas gritavam acima do canal do porto.

— Acha que estamos mesmo em perigo? — perguntou Astrid.

— A senhorita sabe o que seu pai faz?

Ela assentiu.

— Ajudei-o nos últimos anos. Desde que mamãe morreu. Ele se corresponde, tenente, só isso. Ele se corresponde.

— Com pessoas na Inglaterra e pela Europa.

— Sim. — Ela olhou a esquadra inglesa. — Ele faz negócios por todo o Báltico e pelos estados germânicos do norte, por isso muitos homens lhe escrevem. Se uma coluna de artilharia francesa passar por Magdeburg, ele saberá dentro de uma semana.

— E conta aos ingleses?

— Sim.

— Trabalho perigoso.

— Na verdade, não. Seus correspondentes sabem como escrever com segurança. Por isso ajudo meu pai, porque seus olhos não são tão bons como antigamente. Alguns dos melhores lhe mandam jornais. Os franceses não se importam com a entrada de jornais na Dinamarca, em especial se forem de Paris e cheios de elogios ao imperador, mas se o senhor abrir o jornal e segurá-lo contra uma janela, verá que alguém enfiou um alfinete centenas de vezes nas páginas. Cada furo está sob uma letra, e basta ler as letras em ordem e lá está a mensagem. — Ela deu de ombros. — Não é tão perigoso.

— Mas agora os franceses sabem quem ele é. Querem saber quem escreve para ele, quem enfia os alfinetes nos jornais. Querem acabar com as mensagens, e seu pai pode lhes dar os nomes. Portanto, é perigoso.

Astrid ficou calada durante um tempo. Olhou para uma canhoneira que estava sendo tirada do porto a remos. Havia uma grande barreira de estacas presas com correntes, protegendo a passagem, mas fora puxada de lado para deixar que a canhoneira passasse. O navio tinha um mastro alto, onde a vela estava enrolada, mas o vento fraco soprava contra a embarcação desajeitada, por isso uns vinte homens davam remadas longas para sair do canal. O barco tinha uma proa feia, onde estavam montados dois canhões pesados e de tubos muito compridos. Balas de 24 libras, supôs Sharpe. Canhões que podiam atirar longe e acertar com força, e havia uma quantidade de outras canhoneiras atracadas no cais do outro lado, onde a pólvora e as balas estavam sendo descarregadas de carroças. Outros barcos traziam comida para a cidade.

— Eu esperava que o perigo tivesse passado, agora que os franceses se foram — disse Astrid depois de longo tempo. — Mas pelo menos isso não deixa que a vida fique monótona.

— A vida é monótona?

Ela sorriu.

— Vou à igreja, faço a contabilidade e cuido do meu pai. — E deu de ombros. — Deve parecer muito monótona para o senhor.

— Minha vida ficou monótona — respondeu Sharpe, pensando no trabalho como intendente.

— O senhor! — Ela estava provocando-o, com os olhos brilhantes. — O senhor é soldado! Sobe por chaminés e atira em pessoas! — Astrid estremeceu. — Sua vida é empolgante demais!

Sharpe olhou para a canhoneira. Os remadores, nus da cintura para cima, estavam remando com força, mas o barco fazia pouco progresso. Dava para ver a maré ondulando contra os atracadouros do cais e a canhoneira lutava contra o fluxo, mas os remadores trabalhavam como se cada músculo queimando ajudasse a empurrar os ingleses para longe.

— Tenho trinta anos — disse ele — e sou soldado há 14. Antes disso, era criança. Não era nada.

— Ninguém é nada — protestou Astrid.

— Eu era nada! — Sharpe parecia com raiva. — Nasci para o nada, fui criado no nada, não esperava fazer nada. Mas tinha um talento. Sei matar.

— Isso não é bom.

— Por isso virei soldado e aprendi quando matar e quando não matar. Tornei-me alguma coisa, um oficial, mas agora eles não me querem. Não sou um cavalheiro, certo? Não sou como Lavisser. Ele é um cavalheiro. — Sharpe sabia que estava parecendo ciumento e com raiva, e ficou sem graça. Havia esquecido, também, o motivo para estar com Astrid, e se virou cheio de culpa, olhando para as pessoas que tomavam o ar de verão na esplanada do forte, mas ninguém parecia estar notando os dois de modo indevido. Nenhum francês espreitava e não havia sinal de Barker ou Lavisser. — Desculpe, senhora.

BERNARD CORNWELL

— Desculpe o quê?

— A maré virou — disse Sharpe, mudando de assunto e apontando para a canhoneira com um gesto de cabeça. — Agora aqueles rapazes estão fazendo algum progresso.

— Devemos fazer algum progresso também — disse Astrid, levantando-se. Depois riu. — O senhor faz com que eu me sinta muito rica.

— Rica? Por quê?

— Por ter um serviçal carregando a cesta! Apenas as pessoas que moram em Amaliegade e Bredgade podem se dar a esses luxos. — Caminharam para o oeste, rodeando o fosso da vasta cidadela até chegar a um bairro mais pobre da cidade, mas mesmo ali as casas eram arrumadas e limpas. As construções de apenas um andar haviam sido construídas com um padrão, estavam bem pintadas e em boas condições. — Este é o bairro dos marinheiros — disse Astrid a Sharpe. — Chama-se Nyboder. Todos têm fornos! Um forno para cada duas casas. Acho bom.

— Muito bom.

— Meu pai é filho de um marinheiro. Cresceu naquela rua ali, Svanegaden. Era muito pobre, sabe? — Ela olhou para ele com os olhos grandes, evidentemente tentando tranquilizá-lo ao dar a entender que não era mais bem-nascida do que ele. Mas Sharpe achou que a Svanegaden era um paraíso comparado a Wapping.

— Você acha que esta é uma área pobre?

— Ah, sim — disse Astrid, séria —, e sei dessas coisas. Papai é um dos comissários dos pobres e eu o ajudo no orfanato.

O orfanato ficava nos limites de Nyboder, perto do cemitério dos marinheiros, onde o filho de Astrid fora enterrado. Astrid arrumou a pequena sepultura, depois baixou a cabeça, e Sharpe sentiu vontade de abraçá-la ao ver as lágrimas em suas bochechas. Em vez disso, recuou, dando-lhe privacidade, e ficou olhando as gaivotas circularem sobre as fortificações da cidadela. Pensou em Grace e se perguntou que pássaros voariam acima de sua sepultura. Ela fora enterrada numa igreja em Lincolnshire, em meio à família do falecido marido e sob uma lápide memorial registrando as virtudes de lorde William Hale. Sharpe imaginou o espírito de Grace pairando sobre ele. Será que ela aprovaria sua atração por Astrid? Virou-se e olhou para a viúva curvada sobre a sepultura minúscula e soube que estava se apaixonando. Era como se brotos verdes estivessem surgindo do ódio e da fúria que o obcecara desde a morte de Grace.

Astrid se levantou e sorriu para ele.

— Venha, você precisa conhecer as crianças. — Em seguida guiou-o ao hospital onde seu filho havia morrido, e Sharpe mal pôde acreditar que aquilo também era um orfanato. Não se parecia nem um pouco com a Brewhouse Lane. Não havia muro alto nem portão com pontas, mas todas as janelas de cima tinham barras de ferro. — Isso é para impedir que os meninos façam travessuras — explicou Astrid. — Algumas vezes os mais velhos querem subir no telhado.

— Então não é uma prisão?

— Claro que não! — Ela riu da ideia, e de fato o orfanato não se parecia nem um pouco com uma prisão. O prédio de dois andares era pintado de branco e construído num pátio onde flores cresciam em canteiros bem-arrumados. Havia uma pequena capela com um órgão de tubos, um altar simples e um vitral que mostrava Cristo rodeado por crianças pequenas e de cabelos dourados.

— Cresci num lugar assim — disse Sharpe a Astrid.

— Num orfanato?

— Um lar de enjeitados. A mesma coisa. Mas não era como isto. Eles nos obrigavam a trabalhar.

— As crianças daqui também trabalham — disse ela, séria. — As meninas aprendem a costurar e os meninos devem aprender a ser marinheiros, sabe? — Ela o levou de volta ao pátio, onde apontou para um alto mastro de bandeira com cordame igual ao de um mastro de navio. — Os meninos devem aprender a subir nele e as meninas fazem todas aquelas bandeiras.

Sharpe ouviu um som de risos.

— Não era assim — disse ele. Uma dúzia de crianças, todas com vestidos ou calções cinza, estava fazendo um complicado jogo de pega-pega ao redor do mastro da bandeira. Três crianças aleijadas e uma retardada

— uma menina com a cabeça tombada de lado, que estremecia, babava e soltava pequenos miados — olhavam em cadeiras de vime com rodas. — Eles parecem felizes — disse Sharpe.

— Isso é importante. Uma criança feliz tem mais probabilidade de ir para o lar de uma boa família. — Ela o guiou para o andar de cima, onde o hospital ocupava dois cômodos grandes. Sharpe esperou na varanda enquanto Astrid entregava a comida e pensou em Jem Hocking e na Brewhouse Lane. Lembrou-se do medo de Hocking e sorriu.

— Por que está sorrindo? — perguntou Astrid, retornando à varanda.

— Estava me lembrando de quando era criança — mentiu ele.

— Então era uma época feliz?

— Não. Eles nos espancavam demais.

— Estas crianças apanham se roubam ou contam mentiras — disse Astrid. — Mas não é frequente.

— Eles nos chicoteavam até o sangue escorrer.

Astrid franziu a testa como se não soubesse se deveria acreditar.

— Minha mãe sempre disse que os ingleses eram cruéis.

— O mundo é cruel.

— Então devemos tentar ser gentis — disse Astrid com firmeza.

Sharpe levou-a para casa. Bang fez uma careta quando passaram pela porta, e Ole Skovgaard, vendo a felicidade da filha, lançou um olhar de suspeita para Sharpe.

— Precisamos encontrar dinamarqueses para nos proteger — disse Skovgaard à filha naquela tarde, mas os homens eram necessários na milícia, e a milícia estava ocupada levantando as novas fortificações nos subúrbios. E assim, com relutância, e principalmente a pedido da filha, Skovgaard permitiu que Sharpe ficasse na Ulfedt's Plads. No domingo, o fuzileiro foi com os moradores à igreja, onde os hinos trovejavam e o sermão era interminável, e Sharpe adormeceu até que Aksel Bang cravou o cotovelo indignado em suas costelas. Na manhã seguinte, Sharpe escoltou Skovgaard até um banco e à tarde acompanhou Astrid de volta ao orfanato, e em seguida a um armazém de açúcar em Amager, a pequena ilha em

A PRESA DE SHARPE

que a metade oriental de Copenhague era construída. Atravessaram uma ponte levadiça sobre a parte mais estreita do porto e passaram pela vasta barreira de troncos que protegia o porto interno, onde estava guardada a esquadra dinamarquesa que corria perigo. Sharpe contou 18 navios de linha e um número igual de fragatas, brigues e canhoneiras. Dois grandes navios estavam sendo construídos no estaleiro, os cascos enormes erguendo-se nas rampas como esqueletos de madeira semivestidos. Aqueles navios eram a última esperança de Napoleão de invadir a Inglaterra, motivo pelo qual os britânicos estavam na Dinamarca e os franceses se postavam na fronteira de Holstein. Marinheiros se ocupavam tirando os grandes canhões dos navios de linha e levando-os em balsas para terra, onde seriam acrescentados à artilharia que já estava nas muralhas da cidade.

Depois de entregar uma conta de venda no armazém de açúcar, Astrid levou-o às fortificações voltadas para o mar, onde subiram até a área de tiro entre dois gigantescos baluartes. O vento agitava a água e levantava o cabelo louro do pescoço de Astrid enquanto ela olhava para o norte, onde os mastros da frota inglesa pareciam uma floresta no horizonte.

— Por que eles estão ao norte?

— Leva tempo para desembarcar um exército — disse Sharpe. — Muito tempo. Vão se passar um ou dois dias antes de virem para cá.

O estrondo oco de um canhão pareceu indiferente no calor da tarde. Sharpe olhou para o leste e viu uma mancha de fumaça branco--acinzentada subir no mar distante. A fumaça voou no vento, revelando o casco baixo de uma canhoneira, depois uma segunda canhoneira disparou, formando uma nova nuvem branca. As canhoneiras estavam espalhadas através do amplo canal que passava pela cidade, e um navio havia entrado no seu alcance. Uma terceira canhoneira disparou, então uma sequência de tiros martelou como trovão sobre as águas tocadas pelo sol. Sharpe pegou o telescópio no bolso, estendeu os tubos e viu as velas do navio apanhado na armadilha estremecerem enquanto seu capitão virava contra o vento. Então a bandeira, que era inglesa, desceu da mezena.

— O que é? — perguntou Astrid.

— Um navio mercante inglês.

BERNARD CORNWELL
168

O comandante devia ter vindo do interior do Báltico e provavelmente não fazia ideia de que seu país estava em guerra com a Dinamarca até os navios começarem a disparar. Os barcos dinamarqueses, baixos na água, haviam cessado o fogo enquanto o navio inglês enfunava as velas.

Sharpe deu o telescópio a Astrid, que o apoiou na muralha.

— O que vai acontecer agora? — perguntou ela.

— Vão trazê-lo. É uma presa.

— Então estamos em guerra? — Ela parecia incrédula. O exército britânico podia ter desembarcado, a cidade podia estar montando uma milícia e construindo fortes, mas, mesmo assim, uma guerra lhe parecia inimaginável. Não na Dinamarca, e certamente não contra a Inglaterra.

— Estamos em guerra — disse Sharpe.

Na volta à Ulfedt's Plads, fizeram um desvio para ver as grandes casas na Bredgade. Era bastante fácil ver qual casa pertencia ao avô de Lavisser, porque uma pequena multidão esperava do lado de fora para um vislumbre de seu novo herói. Mulheres levavam flores e alguém havia pendurado uma bandeira dinamarquesa no lampião sobre a porta da frente. Sharpe ficou do outro lado da rua e olhou as janelas, mas não havia sinal do renegado. Lavisser desaparecera, como se a noite na casa de Skovgaard não tivesse acontecido. No entanto Lavisser e seus amigos franceses voltariam, Sharpe tinha certeza.

No dia seguinte a cidade se encheu com a notícia de que os britânicos finalmente marchavam para o sul. Foi o mesmo dia em que Sharpe retornou do orfanato e descobriu Aksel Bang uniformizado. Usava uma casaca azul simples, com botões de prata manchados e uma única barra de prata em cada ombro.

— Sou tenente da milícia — disse Bang com orgulho. Levava uma antiga espada com bainha preta coberta de tecido. Meia dúzia de homens, todos com espingardas, esperavam nas sombras do armazém. Eram idosos, os restos da força de trabalho de Skovgaard, que haviam entrado para a milícia com Bang. — Eles estão estacionados aqui — disse Bang — porque agora este é um armazém oficial de comida da cidade. Estamos de guarda. E agora que temos espingardas podemos dar proteção ao Sr. Skovgaard.

Sharpe olhou os seis homens.

— E são bem-treinados?

— Vamos nos sair bem — disse Bang, confiante. — Há outra coisa, Sr. Sharpe.

— Continue.

— O senhor é inglês, certo?

— Continue.

Bang deu de ombros.

— O senhor é inimigo. Por lealdade ao Sr. Skovgaard não fiz nada a respeito, mas isso não pode continuar. Terei de prendê-lo.

— Agora? — Sharpe sorriu.

— Se não sair da cidade, sim. Agora sou oficial. Tenho responsabilidades.

— O que você tem, Aksel, é uma coceira nos calções.

No entanto Sharpe sabia que o sujeito estava certo. Ficou surpreso porque ninguém viera prendê-lo, pois certamente não era segredo que Skovgaard tinha um inglês em casa. No entanto Copenhague era tão civilizada, estava tão pronta a acreditar que nenhum mal lhe aconteceria, que as autoridades o haviam tolerado.

Na manhã seguinte, quando Sharpe acordou no armazém, ouviu o som distante de espingardas. Era muito longe, mas inconfundível. E uma hora depois, quando estava se lavando sob a bomba d'água no pátio dos fundos, ouviu o estrondo percussivo dos grandes canhões disparando. Então finalmente o exército havia chegado. Ole Skovgaard, com o inchaço na boca bastante reduzido, veio ao pátio e franziu a testa para Sharpe.

— Acho que deve nos deixar, tenente.

— O senhor se sente seguro com Aksel e seus alegres companheiros?

— Seguro com relação a quem? — Skovgaard olhou para o céu, onde faixas de nuvens brancas se estendiam de leste a oeste. — A meus amigos, os ingleses? — perguntou, sarcástico.

— A seus novos amigos, os franceses.

— Ficarei aqui no armazém. E Astrid também ficará. Aksel e seus homens serão suficientes, acho. — Skovgaard ouviu o som distante dos tiros por alguns segundos. — Agora Aksel é oficial, e a presença do senhor é um embaraço para ele.

— Imagino a razão — disse Sharpe, pensando em Astrid.

Skovgaard devia saber o que Sharpe estava pensando, porque ruborizou ligeiramente.

— Aksel é um bom dinamarquês — disse acalorado —, e o senhor é inimigo, Sr. Sharpe.

— Inimigo? — Sharpe vestiu a camisa. — Passei as últimas duas tardes brincando de bilharda com crianças num orfanato. É isso que um inimigo faz?

Skovgaard franziu a testa.

— O senhor é inglês e Aksel está certo. O senhor me deixa numa situação difícil. Pode ficar com as duas pistolas, mas insisto em que parta.

— E se eu não partir?

Por um momento Skovgaard pareceu com raiva, depois baixou a cabeça como se estivesse pensando.

— Perdi muito na vida, tenente. — Falava surpreendentemente baixo, ainda olhando para o chão. — Minha mulher, meu filho, meu genro e meu neto. Deus me castigou. Fui atrás de objetivos mundanos, tenente. — Agora ele ergueu os olhos para Sharpe. — Preferi o sucesso à vontade do Senhor. Seu país me recompensou grandemente em troca de ajuda. Por isso pude comprar a casa de Vester Fælled, mas ela é fruto do pecado. Lamento, tenente, mas para mim o senhor representa o mal. As vontades, as ações, as ambições de seu país são todas erradas.

— O senhor acha que os franceses...

Skovgaard antecipou as palavras de Sharpe:

— Acho que os franceses são ruins, se é que não piores, mas é com minha alma que devo me preocupar. Devo pôr a fé em Deus, onde ela deveria estar durante todos esses meses. Esta é uma família temente a Deus, tenente, sempre foi, e o senhor, acho, não é temente a Deus. Vejo... — Skovgaard hesitou e franziu a testa, depois juntou coragem para continuar: — Vejo o interesse da minha filha pelo senhor. Isso não me surpreende, porque se parece com Nils, mas o senhor não pode ser bom para ela.

A PRESA DE SHARPE

— Eu... — Sharpe tentou falar.

— Não! — interrompeu Skovgaard outra vez. — Diga, tenente, o senhor é salvo em Jesus Cristo?

Sharpe encarou o rosto fino de Skovgaard, depois suspirou.

— Não.

— Então deve nos deixar, porque esta é uma casa temente a Deus e sua presença nos perturba.

— Acha que Deus irá protegê-lo de Lavisser?

— Ele pode fazer o que quiser, tenente. Irá nos abrigar de todos os males do mundo se for Sua vontade.

— Então é melhor rezar, Sr. Skovgaard, é melhor rezar mesmo.

Não havia o que fazer. Sharpe trocou de roupa e vestiu o uniforme, que cobriu com o sobretudo. Pôs o telescópio num bolso, os guinéus em outro, prendeu o sabre à cintura e enfiou as pistolas boas no cinto, depois desceu à cozinha, onde Astrid havia acabado de servir um prato de mingau de cevada a Aksel Bang.

— Soube que o senhor vai nos deixar — disse Bang, feliz.

— Não é o que você queria, Aksel?

— Podemos nos virar sem os ingleses — respondeu Bang, animado.

— Vai comer o desjejum, tenente? — perguntou Astrid.

— Só vim me despedir.

— Irei à porta com o senhor. — Ela tirou o avental e ignorando Bang, que a observava como um cão olhando um osso, levou Sharpe ao pátio. Sharpe havia pensado que ela queria dizer que iria com ele à porta dos fundos do armazém, que dava para a Skindergade, mas ela devia ter falado de uma das portas da cidade, porque foi andando pela rua com ele.

— A senhorita não deveria estar aqui fora sozinha — disse Sharpe, já que, assim que se despedisse, ela teria de voltar sem acompanhante à casa do pai.

— Ninguém está me procurando nesta manhã — respondeu ela sem dar importância. — Todo mundo está vigiando os ingleses. — Em seguida, passou com ele pela catedral, que ficava perto do armazém. — Lamento que o senhor vá embora.

— Eu também.

— E as crianças vão sentir falta do amigo americano. — Ela sorriu.

— Gosta de crianças?

— Desde que sejam bem cozidas. Não suporto cruas.

— O senhor é um homem horrível, tenente.

— Richard.

— Você é um homem horrível, Richard. — Astrid passou a mão pelo cotovelo de Sharpe. — Como vai passar pelos portões da cidade?

— Dou um jeito.

Pararam perto da porta Nørre. As fortificações acima do túnel estavam apinhadas de gente olhando para o oeste. Espingardas ainda espocavam nos subúrbios da cidade e de vez em quando um canhão maior martelava. Um jorro constante de milicianos passava pela porta e Sharpe achou que poderia se misturar à multidão. Mas não queria ir. Olhou para Astrid.

— Tenha cuidado.

— Somos uma nação cuidadosa — disse ela com um sorriso. — Quando isso acabar... — E parou.

— Virei procurá-la.

Ela assentiu.

— Eu gostaria. — Em seguida estendeu a mão. — Lamento que seja assim. Meu pai? Não tem sido feliz desde que minha mãe morreu. E Aksel? — Ela deu de ombros, como se não pudesse encontrar explicação para Bang.

Sharpe ignorou a mão dela. Em vez disso, inclinou-se e beijou seu rosto.

— Vejo você em breve.

Ela assentiu de novo, em seguida se virou abruptamente e foi andando depressa. Sharpe olhou-a e, para qualquer um que observasse, teria parecido mais um homem se despedindo da esposa. Ela se virou quando estava a vinte passos e o viu olhando-a, e Sharpe soube que ela não queria que ele fosse, mas que opção havia? Foi até a porta, onde suas armas o fizeram parecer qualquer outro miliciano. Virou-se uma última vez para procurar Astrid, mas ela havia sumido. A multidão o empurrou, e ele emergiu do túnel da porta vendo uma nuvem suja acima dos telhados e das árvores dos subúrbios a oeste. Era fumaça de pólvora.

Parou do lado de fora e olhou de volta para o túnel, esperando um último vislumbre de Astrid. Estava confuso. Havia se apaixonado por uma mulher que não conhecia, mas sabia que a lealdade dela estava com o inimigo. Mas a Dinamarca não parecia inimiga, mesmo sendo. E ele ainda era soldado e sabia que os soldados lutavam pelos que não podiam lutar por si mesmos, e isso significava que deveria estar lutando pelo povo de Astrid, e não pelo seu. Mas esse era um problema grande demais para ser contemplado.

Por isso estava simplesmente confuso.

Um sargento agarrou o cotovelo de Sharpe e o empurrou na direção de um grupo crescente de homens que eram arrumados às pressas perto do lago que parecia um fosso. Sharpe se deixou ser puxado. Um oficial estava junto a um muro baixo arengando ao redor de trezentos homens, na maioria milicianos confusos, ainda que houvesse um núcleo de marinheiros armados com pesadas espingardas da marinha. Sharpe não entendia uma palavra, mas pelo tom do oficial e pelos gestos dos homens, percebeu que os ingleses estavam ameaçando algum lugar a sudoeste, e esse meio batalhão improvisado deveria expulsar os invasores. Um rugido de aprovação recompensou o que quer que o oficial houvesse dito, então todo o grupo, com Sharpe no meio, seguiu pela rua. Sharpe não fez qualquer esforço para deixar o grupo. Não tinha opção além de se juntar de novo ao exército britânico, e cada passo o levava mais para perto.

O oficial os guiou através do fosso, passando por um cemitério, uma igreja, um hospital e depois por ruas com casas novas. O som das espingardas ficou mais alto. Canhões maiores martelavam ao norte, nublando o céu com fumaça de pólvora. O oficial parou junto a um grande muro de tijolos e esperou enquanto seus mal-ajambrados seguidores se reuniam ao redor, depois falou com urgência, e o que quer que tenha dito deve ter

BERNARD CORNWELL

estimulado os homens, porque eles soltaram um rugido de concordância. Um homem virou-se para Sharpe e fez uma pergunta.

— Americano — disse Sharpe.

— Você é americano?

— Marinheiro.

— Acho que é bem-vindo. Sabe o que o capitão disse?

— Não.

— Os ingleses estão no jardim — o homem assentiu para o muro —, mas não são muitos, e vamos expulsá-los. Vamos formar uma nova bateria aqui. Já lutou antes?

— Sim.

— Então ficarei com você. — O homem sorriu. — Sou Jens.

— Richard. — Sharpe pegou uma das pistolas e fingiu que verificava o escorvamento. A arma estava descarregada, e ele não tinha intenção de carregá-la. — O que você faz? — perguntou a Jens, que era um rapaz de rosto agradável e cabelos louros, com nariz arrebitado e olhos alegres.

Jens levantou sua velha espingarda com um gesto floreado. O fecho estava enferrujado, a coronha, rachada e faltava uma das baçadeiras do cano.

— Mato ingleses.

— E quando não está matando ingleses?

— Sou... como é que se diz? Faço navios.

— É carpinteiro naval.

— Carpinteiro naval — concordou Jens. — Estamos trabalhando num novo navio de guerra, mas ficou inacabado. Primeiro vamos fazer isto.

O capitão espiou através do portão, depois indicou que os homens deveriam segui-lo. Passaram pelo portão, e Sharpe se viu num amplo jardim que parecia um parque. Caminhos de cascalho levavam a bosques, e numa pequena colina havia uma elegante casa de verão branca, um conjunto de empenas, varandas e pináculos. O jardim parecia uma versão mais suave dos Vauxhall Gardens, em Londres. Uma companhia de soldados dinamarqueses regulares estava agachada perto da casa de verão, mas não havia sons de espingardas por perto e nenhum sinal de soldados ingleses. O capitão da milícia, sem saber o que fazer, correu a consultar o oficial regular e seus homens sentaram-se na grama. Longe, ao norte, trilhas de fumaça riscavam o céu. Granadas, presumiu Sharpe. Uma explosão surda soou à distância.

-— Mesmo que eles tomem aqueles lugares — disse Jens, balançando a mão para indicar os subúrbios —, jamais entrarão na cidade.

— E se a bombardearem?

Jens franziu a testa.

— Quer dizer, com canhões? — Ele pareceu chocado. — Não farão isso! Há mulheres na cidade.

O capitão da milícia voltou, seguido por dois homens a cavalo, um deles oficial da cavalaria e o outro civil. Sharpe levantou-se com os outros, depois viu que os cavaleiros eram Barker e Lavisser. Os dois estavam a poucos metros de distância, e Sharpe deu as costas quando Lavisser começou a arengar com os soldados civis.

— Devemos avançar — traduziu Jens para Sharpe.

Lavisser, com a espada desembainhada, havia ocupado seu lugar como chefe da milícia enquanto Barker ficava atrás deles. Sharpe puxou o chapéu marrom sobre os olhos e desejou ter uma pistola carregada. Agora era tarde demais, porque a milícia estava indo rapidamente para oeste, na direção das árvores. Todos seguiram em grupo, e, se os ingleses tivessem um canhão ali, seria um massacre.

— Vamos atacar o lado deles — disse Jens.

— O flanco?

— Espero que sim. Quando isso acabar, você pode pegar uma arma inglesa, não é? Melhor do que essa pistolinha.

Lavisser guiou-os para o bosque. Um caminho sinuoso descia o morro, e Lavisser, evidentemente confiando em que nenhuma tropa inglesa estaria por perto, esporeou o cavalo. Claramente havia algum tipo de batalha acontecendo ao norte, porque as espingardas espocavam em rajadas altas, mas nada acontecia nesta parede do jardim, onde a milícia, confiando em que circulava para o flanco sul dos ingleses, acompanhava Lavisser até um vale suave, onde um riacho alimentava um lago ornamental. Lavisser gritou para os milicianos, evidentemente ordenando que formassem fileiras. O grupo de marinheiros, todos com chapéus de palha e rabichos, deu o exemplo, formando quatro fileiras, e os dois sargentos empurraram o resto, fazendo filas irregulares. Lavisser, com o cavalo arrancando grandes torrões de terra, gritou empolgado.

— Ele diz que os inimigos não são muitos — Jens traduziu.

— Como ele sabe? — pensou Sharpe em voz alta.

— Porque é um oficial de verdade, claro — respondeu Jens.

Lavisser não havia olhado na direção de Sharpe, e Barker ainda estava seguindo os trezentos homens, que agora começavam a subir a encosta oeste, onde sua coesão foi imediatamente rompida pelas árvores. O som de espingardas vinha da direita de Sharpe, mas agora era esporádico. Talvez esse meio batalhão improvisado, com entusiastas sem organização, pudesse pegar pelo flanco os ingleses que se aproximavam, mas Sharpe ficou aliviado por estar nas filas de trás e do lado esquerdo, mais longe de Lavisser e do som de batalha. Estava tentando carregar a pistola enquanto andava e imaginando se conseguiria agarrar Lavisser e arrastá-lo até as linhas britânicas.

Então um tiro de espingarda soou logo adiante. Os dinamarqueses ainda estavam entre as árvores, mas havia terreno aberto uns cem passos adiante. Sharpe viu um fio de fumaça de espingarda na borda daquele espaço ensolarado, depois mais espingardas soaram. Lavisser cravou as esporas no animal e a massa irregular começou a correr.

Sharpe corria bem à esquerda. Agora podia ver casacas vermelhas, mas apenas um punhado. Achou que haveria uma linha de escaramuça inglesa na borda da floresta, e isso significava que um batalhão inteiro não estaria longe. Os dinamarqueses gritavam empolgados, então Sharpe viu claramente um casaca vermelha e as dragonas do sujeito. Era uma companhia ligeira, de modo que as outras nove companhias estavam por perto, formadas e prontas para atirar. Os dinamarqueses, não sabendo o que os esperava, só viam as escaramuças britânicas recuando e confundiram isso com a vitória. Lavisser devia ter pensado a mesma coisa, porque estava gritando como se aquele fosse um campo de caça e segurava o sabre pronto para acertar um fugitivo.

A PRESA DE SHARPE

A companhia ligeira dos casacas vermelhas disparava e recuava. Um homem se ajoelhou, apontou e disparou enquanto seu companheiro recarregava a arma, então o que havia disparado correu alguns passos para trás para deixar o companheiro cobri-lo enquanto recarregava. Um dinamarquês estava esparramado no chão, retorcendo-se, outro estava encostado numa árvore, olhando o sangue que jorrava de um ferimento na coxa. Outros dinamarqueses disparavam suas espingardas enquanto corriam, as balas voando sem pontaria, altas nas árvores. Um apito soou adiante, chamando as escaramuças de volta às outras nove companhias do batalhão britânico. Lavisser devia ter visto aquelas companhias, porque girou o cavalo com tanta força que os olhos do animal ficaram brancos e os cascos escorregaram no mofo das folhas. Gritou freneticamente para seus homens pararem à beira da floresta e apontar as espingardas.

Então chegou a descarga dos ingleses.

O batalhão havia esperado até que os dinamarqueses estivessem na beira das árvores e então as nove companhias dispararam. As balas lascaram a casca das árvores, rasgaram folhas, derrubaram homens e acertaram coronhas de espingardas. O próprio Lavisser ficou milagrosamente intocado.

— Fogo! — gritou ele em inglês, esquecendo-se. — Fogo!

A maioria dos dinamarqueses o ignorou. Ainda achavam que estavam vencendo, por isso correram mais para o terreno aberto, até ver uma linha vermelha de homens atrás de uma trincheira a cerca de cinquenta metros. A linha estava recarregando. Varetas giravam no ar e baixavam fazendo um som raspado. Havia pequenas chamas na grama onde a bucha das espingardas inglesas havia provocado fogo. Um oficial de casaca vermelha, chapéu baixado sobre os olhos, estava cavalgando com as costas eretas atrás da linha. Sharpe viu as espingardas se firmando nos ombros dos casacas vermelhas. Então a milícia estava finalmente percebendo a encrenca, e os que ainda tinham espingardas carregadas apontaram contra os ingleses. Outros continuaram correndo, então viram que estavam isolados e hesitaram. A carga de Lavisser já era um caos, e os ingleses ainda não haviam disparado sua segunda descarga.

BERNARD CORNWELL

— Pelotão, fogo! — Sharpe ouviu o oficial inglês claramente. Segurou Jens pelo ombro e o arrastou para o chão.

— O quê! — protestou Jens.

— Baixe a cabeça! — rosnou Sharpe, então o primeiro pelotão disparou e o segundo o seguiu imediatamente. O ruído era ensurdecedor enquanto a fumaça cinza e suja rolava pela frente do batalhão e as balas se chocavam contra a milícia desorganizada. Sharpe apertou o rosto contra a grama e ouviu as descargas, uma depois da outra, cada uma cuspindo umas cinquenta balas contra os perplexos dinamarqueses. Era a primeira vez que Sharpe se encontrava do lado oposto de espingardas inglesas, e se encolheu debaixo daquilo. Jens disparou sua espingarda, mas tinha os olhos fechados, e sua bala deve ter passado uns três metros acima das barretinas dos casacas vermelhas.

Jens se ajoelhou para recarregar a arma, porém nesse instante outro regimento de ingleses apareceu saindo de algumas árvores à direita e soltou um volteio de batalhão que soou como o destroçar dos portões do inferno. Uma das balas arrancou a espingarda das mãos de Jens, despedaçando a coronha, então o novo batalhão se encaixou no fogo de pelotão que parecia uma máquina, e os dinamarqueses só puderam se encolher sob as duas linhas de tiro. Sharpe se arrastou para trás, permanecendo abaixado, saindo do fogo emaranhado dos dois batalhões. Procurou Barker, mas o sujeito havia desaparecido; no entanto Lavisser estava bastante visível. O renegado galopava de um lado para o outro atrás da milícia em frangalhos, gritando para cerrar fileiras e atirar de volta contra os ingleses. Disparou suas duas pistolas contra a nuvem de fumaça que encobria o batalhão de casacas vermelhas mais próximo, então Sharpe viu o cavalo de Lavisser saltar e escorregar de lado quando uma bala acertou sua anca. O animal tentou permanecer nas quatro patas, mas outras balas fizeram seu pelo brilhante ficar vermelho e ele se abaixou nas patas traseiras enquanto Lavisser livrava os pés dos estribos. Outra bala empurrou de lado a cabeça do cavalo num jorro de sangue. Lavisser conseguiu se afastar do animal agonizante, depois se deitou na grama, enquanto um jorro de balas sibilava sobre sua cabeça. Sharpe continuou se arrastando para trás, viu-se numa pequena

A PRESA DE SHARPE

depressão e correu para as árvores. Iria procurar cobertura, esperar o fim da luta e se juntar aos casacas vermelhas.

Jens havia seguido Sharpe. O carpinteiro naval parecia atordoado. Encolhia-se ao ouvir cada descarga das armas.

— O que aconteceu? — perguntou.

— Eles são soldados de verdade — respondeu Sharpe azedamente. Viu os marinheiros dinamarqueses tentando organizar uma fileira que pudesse responder ao fogo britânico, mas o segundo batalhão inglês havia marchado dez passos à frente e disparou contra o flanco dos marinheiros, que se agacharam como se estivessem se abrigando de uma tempestade. Um homem atirou de volta, mas havia deixado a vareta dentro do cano, e Sharpe a viu dando cambalhotas na grama. Um homem ferido se arrastou para trás, puxando a perna despedaçada. Dois batalhões de casacas vermelhas estavam dando a um grupo indisciplinado de amadores uma lição implacável do que era ser soldado. Faziam a coisa parecer fácil, mas Sharpe sabia quantas horas de treino eram necessárias para torná-los tão eficientes.

Nesse momento, Jens empurrou Sharpe de lado.

— Que diabo... — começou a dizer Sharpe, mas então uma pistola disparou perto, e a bala acertou numa árvore ao lado. Sharpe se virou e viu que era Barker, atrás dele e a cavalo. Apontou sua pistola, puxou o gatilho e a arma não disparou. Ainda não a havia escorvado. Jogou a arma no chão, puxou o sabre da bainha e correu para Barker, que virou o cavalo e o esporeou descendo o morro. O grandalhão se abaixou sob alguns galhos e subitamente puxou as rédeas virando o animal, e Sharpe viu que ele estava com uma segunda pistola. Virou-se de lado, esperando um tiro, mas Barker não disparou.

Sharpe se agachou no meio de alguns arbustos. Embainhou o sabre e sacou sua segunda pistola. Demoraria para recarregar porque o polvorinho era um negócio complicado, mas mesmo assim começou. Barker não estava longe. Sharpe arriscou um olhar rápido e só viu o cavalo sem cavaleiro. Então Barker estava se esgueirando a pé. Mova-se, disse a si mesmo, porque agora Barker sabia onde ele estava, por isso enfiou o polvorinho num bolso e correu atravessando uma clareira, enfiou-se entre as árvores, desceu correndo uma encosta íngreme e se deitou de novo atrás de alguns loureiros. Ouviu os passos de Barker acima, mas achou que havia ganhado tempo suficiente para carregar a pistola. As descargas inglesas atordoavam o céu acima dele. Alguns tiros, errando os dinamarqueses, chicoteavam as árvores no topo da encosta.

Sharpe derramou pólvora na pistola, em seguida cuspiu a bala, depois ouviu som de passos e levantou os olhos, vendo Barker correr a toda, encosta abaixo. O grandalhão tinha visto Sharpe no meio dos loureiros e queria terminar o confronto. A pistola de Sharpe ainda não estava escorvada, mas Barker não sabia disso, de modo que Sharpe se levantou, apontou a arma e sorriu.

Barker engoliu a isca, levantando sua arma e disparando rápido demais. A bala passou assobiando por Sharpe, que enfiou a pistola sob o braço esquerdo enquanto abria a pequena tampa deslizante que deixava um fio de pólvora escorrer para o medidor. Barker viu o que ele estava fazendo e desembainhou uma espada. E Sharpe, sabendo que não tinha tempo para escorvar a arma, largou a pistola e o polvorinho. Desembainhou o sabre.

— Acha que pode me vencer com uma espada, Barker?

Barker girou a espada para um lado e para o outro. Era uma arma fina, uma das espadas antigas de Lavisser, e ele parecia enojado com a flexibilidade do aço. Sabia usar armas de fogo, gostava de facas e era mortal com um porrete, mas a espada lhe parecia frágil.

— Eu nunca poderia usar essas porcarias — disse ele. Sharpe apenas ficou olhando o grandalhão, imaginando se tinha escutado direito. Barker jogou a espada nos loureiros e franziu a testa para Sharpe. — Você estava na cidade o tempo todo?

— Estava.

— Ele achou que você tinha partido.

— Não procurou muito, porque eu não estava escondido.

— Ele andou ocupado. E agora você vai voltar para o exército?

— Vou.

— Então dê o fora — disse Barker, balançando a cabeça na direção do morro.

Perplexo, Sharpe deixou a ponta do sabre baixar.

— Venha comigo.

Barker pareceu ofendido com o convite.

— Não vou dar o fora.

— Então por que não quer me matar?

Barker deu um olhar de desprezo para a espada.

— Não com isso. Não sou bom com essas porcarias de espadas. Nunca aprendi, sabe? Então você ia acabar me talhando, não é? Não faz muito sentido. Mas não estou com medo — acrescentou, sério. — Não ache que estou com medo. Se eu encontrar você de novo na cidade, acabo com sua vida. Mas não sou uma porcaria de um cavalheiro. Só luto quando sei que posso ganhar. — Ele recuou e balançou a cabeça de novo na direção do morro. — Então dê o fora, tenente.

Sharpe recuou, preparando-se para aceitar o convite inesperado, mas nesse momento uma voz chamou Barker lá de cima, do meio das árvores. Era Lavisser. Barker lançou um olhar de aviso para Sharpe, então a voz gritou de novo:

— Barker!

— Aqui embaixo, senhor! — gritou Barker, depois olhou para Sharpe. — Ele vai estar com uma arma, tenente.

Sharpe ficou. Tinha visto Lavisser disparar suas duas pistolas e duvidava que alguma estivesse recarregada. Havia uma chance, pensou, uma chance muito pequena de segurar Lavisser ali até que os casacas vermelhas chegassem.

Os casacas vermelhas deviam chegar logo, porque no topo do morro os dinamarqueses estavam morrendo. Só os marinheiros tinham a disciplina para recarregar as armas, mas também tinham o bom senso de recuar. Agarravam seus feridos e os puxavam de volta para o bosque. E, um a um, o resto dos milicianos tentou segui-los. O fogo dos pelotões socava os tímpanos enquanto a fumaça pairava densa e fedorenta na grama ensanguentada, onde ardiam os fogos minúsculos. Um dos dois sargentos dinamarqueses tentou estimular os homens encolhidos, mas foi acertado na garganta. Fez uma pirueta, com os pés embolados, enquanto o sangue saía num jato de sua goela. Continuou a girar enquanto caía, então desmoronou e sua espingarda escorregou pela grama. Balas batiam em cadáveres, sacudindo-os.

— Parem de atirar! — gritou uma voz.

— Cessar fogo!

— Baionetas, carregar!

— Escaramuças, avançar!

Lavisser havia encontrado o cavalo abandonado de Barker e montou nele, descendo o morro até ver seu empregado diante de Sharpe. O renegado pareceu surpreso, depois riu.

— Que diabos está fazendo aqui, Richard? — Ele parecia estranhamente animado.

— Vim pegá-lo.

Lavisser olhou morro acima. Os restos de suas forças iam fugindo, e os ingleses deviam estar se aproximando das árvores, mas ele parecia bastante despreocupado.

— Milícia desgraçada. Mas os casacas vermelhas são bons. Como vai, Richard?

— Virou dentista? — zombou Sharpe. — Fracassou como uma porcaria de soldado e agora arranca dentes?

— Ah, Richard. — Lavisser pareceu desapontado. — Você devia deixar as tentativas de gozação para os espirituosos.

Sharpe levantou o sabre quando Barker se remexeu, mas o grandalhão só estava se posicionando entre ele e Lavisser.

— Você não está lutando pela Dinamarca — disse Sharpe a Lavisser —, e sim pelos comedores de lesma.

— Dá no mesmo, Richard — respondeu Lavisser, animado. Em seguida, desembainhou uma pistola e tirou um cartucho do bolso. — A Dinamarca é um país pequeno — explicou Lavisser enquanto abria o cartucho com os dentes — e sempre será estuprado pela Inglaterra ou pela França. A Inglaterra teve o prazer antes, mas tudo que fará é entregar a Dinamarca nos braços da França, e realmente não posso imaginar que o imperador queira deixar o obtuso Frederico como príncipe herdeiro. Não, ele estará procurando algum jovem esplêndido e vigoroso para ser seu governante aqui. — Lavisser derramou pólvora no cano. Barker deu um passo à frente na direção de Sharpe, que girou o sabre para mantê-lo à distância. — Está tudo certo, Barker. Eu cuido do tenente.

— Eu disse que ele podia ir embora — disse Barker. — Ele esteve na cidade, senhor, mas está partindo.

Lavisser ergueu as sobrancelhas.

— Você é generoso, Barker. — Em seguida, olhou para Sharpe. — Eu realmente não queria matá-lo, Richard. Gosto de você. Isso o surpreende? Acho que não é importante, é? O importante é que agora o Sr. Skovgaard está sem guarda. Esta é uma suposição segura?

— Suponha o que quiser.

— Que gentileza a sua, Richard! — Lavisser empurrou a bala no cano, depois parou e ficou pensativo. — Um homem enjoativamente chato, o nosso Ole. É o tipo de sujeito de quem realmente desgosto. É tão empinado, tão trabalhador, tão desgraçadamente devoto! É uma afronta para mim. — Ele ergueu o cão para escorvar a arma. — Mas tem uma filha bonita.

Sharpe praguejou. Lavisser riu, depois um grito no topo do morro fez com que ele se virasse. Uma linha de escaramuça havia aparecido entre as árvores. Sharpe estivera esperando por isso.

— Aqui embaixo! — gritou. — Aqui embaixo! Depressa!

Uma espingarda disparou, e a bala despedaçou folhas acima de Lavisser. Homens vinham descendo depressa, e Lavisser não havia terminado de escorvar a pistola, mas simplesmente virou o cavalo.

— *Au revoir*, Richard! — gritou ele.

Os dois homens fugiram. Sharpe começou a ir atrás. Então uma dúzia de tiros acertou o loureiro, e ele se agachou. Barker e Lavisser desapareceram.

Sharpe tirou o sobretudo e pegou de volta a pistola que havia largado. Um grupo de casacas vermelhas desceu a encosta. As casacas tinham vivos em azul, eram *fusiliers* galeses, e suas espingardas estavam apontadas para Sharpe. Então um sargento viu o uniforme de Sharpe e empurrou para baixo a arma mais próxima. Era um homem baixo, o rosto largo incrédulo ao ver a casaca verde.

— Não estou bêbado, Harry, estou? — perguntou a um soldado.

— Não mais do que o normal, sargento.

— Parece um fuzileiro!

Sharpe embainhou o sabre.

— Bom dia, sargento.

— Senhor! — O galês deu um tremor que era um gesto na direção de ficar em posição de sentido. — Se não se importa que eu pergunte, senhor, o que a porcaria dos fuzileiros estão fazendo aqui?

— Eu me perdi, sargento.

Um capitão desceu a encosta com um grupo de homens que mantinham Jens como prisioneiro.

— Que diabo está acontecendo, sargento Davies?

— Achamos um fuzileiro perdido, senhor.

— Tenente Sharpe apresentando-me ao serviço, senhor — disse ele. — Saberia dizer onde está Sir David Baird?

— Sir David?

— Ele me espera — mentiu Sharpe. — E esse sujeito está comigo. — Indicou Jens. — Estávamos fazendo reconhecimento na cidade. Bela manhã, não é? — Ele começou a subir o morro e o capitão foi atrás.

— Você esteve na cidade?

— É um bom lugar — respondeu Sharpe —, mas com igrejas muito exageradas. É melhor rezar para que Deus não tome partido, capitão, porque há um número terrível de dinamarqueses sacudindo os tímpanos Dele. — Em seguida, riu para Jens. — Você está bem?

— Sim. — De modo pouco surpreendente, Jens estava perplexo.

— Você estava com os dinamarqueses? — perguntou o capitão.

— Eram apenas milicianos, mas havia uma companhia de tropas de verdade no morro seguinte. Só que sem artilharia. — Sharpe chegou ao topo do morro, onde havia um horror de corpos. Músicos da banda galesa cuidavam dos feridos dinamarqueses enquanto alguns prisioneiros arrasados permaneciam de pé no meio da fumaça que ia se esvaindo. — O senhor saberia onde está Sir David? — perguntou Sharpe ao capitão.

— Está na brigada, acho. Por lá. — Ele apontou para além da vala. — Na última vez em que o vi, ele estava perto de algumas estufas.

— Você vem, Jens? — perguntou Sharpe, e pareceu muito mais alegre do que se sentia. Porque era hora de encarar a música.

E de confessar que havia fracassado.

CAPÍTULO VII

Sharpe afastou Jens da carnificina. Assim que passaram da trincheira e ficaram fora das vistas dos dois batalhões de casacas vermelhas, apontou na direção da cidade.

— Vá para aquele terreno mais baixo. — Mostrou a Jens como se esguerar rodeando o flanco dos *fusiliers*. — E depois continue andando.

Jens franziu a testa.

— Você não é americano?

— Não.

Jens pareceu relutante em ir embora.

— Sabia o que ia acontecer lá?

— Não. Mas não era difícil adivinhar, não é? Eles são soldados de verdade, garoto. Treinados para isso. — Sharpe tirou do cinto a pistola que restava. — Conhece a Ulfedt's Plads?

— Claro.

— Lá há um homem chamado Skovgaard. Dê esta arma a ele. Agora depressa, antes que os ingleses capturem o resto do parque. Mantenha-se naquelas árvores de baixo e depois vá direto ao portão. Entendeu?

— Você é inglês?

— Sou inglês. — Sharpe empurrou a arma não escorvada na mão de Jens. — E obrigado por salvar minha vida. Agora vá. Depressa.

Jens lançou um olhar perplexo para Sharpe e correu. Sharpe ficou olhando até que o dinamarquês estivesse escondido em segurança entre as árvores, depois pendurou o sobretudo nos ombros e foi andando. Fracassado, pensou. Absolutamente fracassado.

Subiu um morro baixo. A trincheira recém-cavada, de onde os *fusiliers* haviam disparado suas cargas, evidentemente fora o início de uma nova fortificação dinamarquesa capturada antes que eles pudessem erguer muros ou montar canhões, e agora engenheiros dos casacas vermelhas estavam no topo do morro, de onde direcionavam telescópios para as muralhas da cidade. Obviamente estavam considerando o morro como local para uma bateria de canhões. O mar podia ser visto ao sul, ao passo que no lado norte do morro, numa ravina, um jardineiro levava cuidadosamente plantas para uma estufa. Para além da ravina, a terra se erguia até uma crista baixa, de onde um grupo de oficiais ingleses montados observava mais um batalhão avançar para a floresta. Uma fumaça densa manchava o ar a leste. Os dinamarqueses, recuando dos subúrbios mais próximos da cidade, haviam incendiado algumas casas, presumivelmente para que os ingleses não pudessem usá-las como postos avançados. Mais ao norte, fora das vistas, havia um pouco de artilharia pesada trabalhando, porque o ar era socado pelos estrondos percussivos e o céu estava riscado e meio coberto de fumaça.

O general de divisão Sir David Baird tinha um ferimento de espingarda na mão esquerda e outro fio de sangue onde uma bala havia raspado seu pescoço, mas estava empolgado. Havia liderado uma brigada no parque, expulsado alguns soldados regulares dinamarqueses, massacrado alguns idiotas corajosos da milícia, e agora olhava seus homens ocupando o terreno sul, que finalmente isolaria Copenhague do resto da Zelândia. O capitão Gordon, seu ajudante de ordens e sobrinho, estivera gastando o fôlego censurando o general por se expor a perigo desnecessário, mas Baird estava se divertindo. Teria gostado de manter o avanço até os subúrbios do oeste, atravessar os lagos e entrar na cidade propriamente dita.

— Poderíamos ter a esquadra ao anoitecer — afirmou.

Lorde Pumphrey, o auxiliar civil do Ministério do Exterior, parecia alarmado diante da belicosidade do general, mas o capitão Gordon fez o máximo para conter Sir David.

— Duvido que lorde Cathcart desejaria um ataque precipitado, senhor — observou o ajudante de ordens.

— Isso porque Cathcart é uma porcaria de uma velha — resmungou Baird. Cathcart era o general-comandante do exército. — Uma porcaria de uma velha — repetiu Baird, depois franziu a testa para lorde Pumphrey, que estava tentando atrair sua atenção. — O que é? — resmungou ele, depois viu para onde o nobre estava apontando. Um oficial fuzileiro vinha subindo o caminho desde a estufa.

— É o tenente Sharpe, Sir David — disse Pumphrey.

— Santo Deus! — Baird olhou para Sharpe. — Santo Deus! Gordon, cuide dele. — O general, não querendo se associar a um fracasso, esporeou o cavalo para mais longe, na encosta.

Gordon apeou e, acompanhado por lorde Pumphrey, foi andando para encontrar Sharpe.

— Então escapou da cidade? — perguntou Gordon.

— Estou aqui, senhor — respondeu Sharpe.

Gordon ouviu a amargura na voz. Levou Sharpe para os fundos da estufa, onde o ordenança do general tinha um fogo aceso e uma chaleira fervendo.

— Ouvimos falar de Lavisser — disse ele gentilmente. — Lemos o *Belingske Tidende*.

— Ele deu a entender que você era um assassino — disse lorde Pumphrey com um tremor. — Muito perturbador para você. Mandamos uma carta a Sua Alteza Real negando a alegação, claro.

— É tudo muito perturbador — concordou Gordon —, e lamento muito você ter se envolvido, Sharpe. Mas como iríamos saber?

— Vocês não sabem de nada — disse Sharpe com raiva.

— Não? — perguntou Gordon afavelmente. Em seguida, parou para providenciar algumas xícaras de chá. — O que ficamos sabendo no dia seguinte à partida de vocês da Inglaterra, tenente — Gordon se virou de novo para Sharpe —, é que o capitão Lavisser, além de ter dívidas, iria sofrer um processo por quebra de promessa. Uma mulher, claro. Ela afirma que a data do casamento estava marcada. Suspeitamos que também esteja grávida. Sem dúvida ele estava ansioso por fugir do país, mas foi muito inteligente em convencer o Tesouro a financiar a fuga.

— O Ministério do Exterior aconselhou contra isso — interveio lorde Pumphrey.

— O que, sem dúvida, o senhor vai nos lembrar com frequência — disse Gordon. E deu de ombros. — Sinto muito, Sharpe. Se soubéssemos, jamais teríamos deixado que ele fosse.

— A coisa é pior — disse Sharpe.

— Ah! O chá! — disse Gordon. — A doce cura da natureza. Não, o sono é que é, não? Mas o chá vem logo em seguida. Obrigado, Boswell. — Gordon pegou uma caneca de estanho com o ordenança do general e entregou a Sharpe.

Lorde Pumphrey ignorou o chá oferecido. O nobre não usava mais uma pinta falsa no rosto e havia abandonado a vestimenta com renda branca em troca de uma simples casaca marrom, mas mesmo assim parecia deslocado. Cheirou uma pitada de rapé e estremeceu quando um prisioneiro dinamarquês desceu o morro. O sujeito estava sangrando de um ferimento no couro cabeludo e dois *fusiliers* tentavam mantê-lo imóvel enquanto faziam um curativo em sua cabeça, mas o homem ficava se sacudindo para se soltar e cambaleando alguns passos descontrolados.

— Conte o que não sabemos — disse lorde Pumphrey, dando as costas para o ferido.

Então Sharpe contou como Barker havia tentado matá-lo, como tinha ido procurar Skovgaard, que o havia traído com Lavisser, falou dos franceses e da batalha na casa que não ficava muito longe, ao norte. Contou sobre madame Visser, os três mortos, as gengivas sangrentas de Skovgaard e os dentes caídos na mesa.

— Lavisser está trabalhando para os franceses — disse Sharpe. — É um traidor desgraçado.

Lorde Pumphrey recebeu a notícia com uma calma surpreendente. Durante um tempo não disse nada, simplesmente ficou ouvindo o som pesado da artilharia ao norte.

— Canhoneiras — disse em tom indiferente. — Fico eternamente perplexo com os militares. O orçamento deles cresce a cada ano, mas as armas nunca são adequadas. Por acaso as canhoneiras dinamarquesas são muito melhores do que as nossas. Deslocam menos água e carregam material mais pesado, e os resultados não são nem um pouco bonitos. — Ele ficou olhando enquanto os *fusiliers* finalmente obrigavam o dinamarquês a se deitar, depois deu alguns passos delicados em direção ao norte para escapar dos gemidos do sujeito. — Então o capitão Lavisser continua na cidade?

— Estava aqui neste parque há um minuto — disse Sharpe amargamente. — O desgraçado me disse que Bonaparte vai querer um novo governante para a Dinamarca. Alguém como ele, mas, na última vez em que vi o desgraçado, ele estava fugindo como um cervo.

— Claro que negaremos que qualquer coisa dessas aconteceu — disse Gordon.

— Negaremos! — Sharpe falou alto demais.

— Caro Sharpe — admoestou Gordon. — Não podemos permitir que se saiba que o duque de York tinha um ajudante de ordens que estava na folha de pagamento dos franceses. Seria uma revelação desastrosa.

— Calamitosa — concordou lorde Pumphrey.

— Portanto, acho que podemos confiar em sua discrição, não é? — perguntou Gordon.

Sharpe tomou um gole de chá e ficou olhando os rastilhos de fumaça no céu ao norte. Eram densos demais para serem estopins de granadas, por isso decidiu que deviam ser foguetes. Não via foguetes desde a Índia.

— Se eu ainda for oficial fuzileiro, serei discreto. Os senhores podem ordenar que eu seja discreto. — Era uma tentativa de chantagem. Sharpe havia abandonado seu posto no alojamento em Shorncliffe e podia esperar pouca misericórdia do coronel Beckwith, a não ser que Sir David Baird falasse por ele, mas Baird só lhe prometera apoio caso ele tivesse sucesso em Copenhague. E Sharpe havia fracassado, mas estava claro que ninguém queria que esse fracasso fosse conhecido.

A PRESA DE SHARPE

— Claro que você ainda é oficial dos fuzileiros — disse Gordon com ênfase —, e Sir David ficará feliz em explicar as circunstâncias ao seu coronel.

— Desde, claro, que você fique quieto — completou Pumphrey.

— Ficarei calado.

— Mas fale de Skovgaard — disse lorde Pumphrey. — Acha que ele está correndo perigo?

— Pelos infernos, sim, senhor — respondeu Sharpe vigorosamente —, mas não quis deixar que eu ficasse porque não está feliz com a Inglaterra neste momento. Tem meia dúzia de homens velhos com espingardas mais velhas ainda guardando-o, mas eles não durarão dois minutos contra Lavisser e Barker.

— Espero que você esteja errado — disse lorde Pumphrey em voz baixa.

— Eu queria ficar, mas ele não deixou. Disse que confiava em Deus.

— Mas agora sua participação está encerrada — declarou Gordon. — Lavisser é um renegado, o ouro se foi e fomos completamente fornicados. Mas a culpa não é sua, Sharpe, de jeito nenhum. Você se comportou corretamente e informarei isso ao seu coronel. Sabe que seu regimento está aqui?

— Achei que estaria, senhor.

— Está ao sul, perto de um lugar chamado Køge, acho. É melhor você ir para lá.

— E Lavisser?

— Desconfio que nunca mais iremos vê-lo — respondeu Gordon, desanimado. — Ah, vamos capturar a cidade, mas não tenho dúvida de que o honrado John vai se esconder de nós e dificilmente poderíamos revistar cada sótão e porão em busca dele. E não creio que o Tesouro de Sua Majestade possa suportar a perda de 43 mil guinéus, não acha? Há muita comida na cidade?

— Comida? — Sharpe ficou momentaneamente perplexo com a mudança de assunto.

— Eles têm boa provisão de víveres?

— Sim, senhor. Carroças e navios chegavam o tempo todo em que estive lá. Atulhados de grãos.

— Trágico — murmurou Gordon.

Sharpe franziu a testa ao perceber por que Gordon fizera a pergunta. Se a cidade tinha comida suficiente, poderia se sustentar contra um bloqueio prolongado. Mas havia uma alternativa ao bloqueio ou, de fato, ao cerco, e Sharpe estremeceu.

— Vocês não podem bombardear aquele lugar, senhor.

— Não? — Foi lorde Pumphrey quem fez a pergunta. — Por quê?

— Há mulheres e crianças, senhor.

Lorde Pumphrey suspirou.

— Mulheres, crianças e navios, Sharpe. Por favor, não esqueça os navios. Por isso estamos aqui.

Gordon sorriu.

— A boa notícia, Sharpe, é que encontramos no subsolo canos que levam água doce para a cidade. Por isso os cortamos. Talvez a sede force uma rendição, não é? Mas não podemos esperar demais. O clima no Báltico fará nossa esquadra correr para casa antes que se passem muitas semanas. Os navios são coisas frágeis. — Ele pegou um caderno no bolso, arrancou uma folha e escreveu algumas palavras. — Pronto, Sharpe, o seu passe. Se caminhar para o norte, vai encontrar uma grande casa de tijolos vermelhos que serve de quartel-general para nós. Alguém saberá se há alguma unidade indo para o sul e vão garantir que você vá com eles. Peço desculpas, profundamente, por tê-lo envolvido nesse absurdo. E lembre-se de que nada disso aconteceu, hein? — Ele jogou fora a borra do chá.

— Foi um pesadelo, tenente — disse Pumphrey, depois ele e Gordon voltaram para perto de Baird.

— Dispensaram-no? — perguntou Baird a Gordon.

— Mandei-o de volta ao seu regimento, senhor, e o senhor vai assinar uma carta de recomendação que enviarei ao coronel dele.

Baird franziu a testa.

— Vou? Por quê?

— Porque assim ninguém irá associá-lo a um homem que por acaso era ajudante de ordens do duque de York e espião francês.

— Fogo do inferno! — disse Baird.

— Exatamente — concordou lorde Pumphrey.

Sharpe caminhou para o norte e Jens foi para o leste, mas o jovem carpinteiro naval não seguiu o conselho. Deveria ter continuado andando na direção da cidade, como Sharpe havia aconselhado, mas não pôde resistir a caminhar para o norte por entre as árvores para descobrir a fonte de algumas descargas esporádicas de espingardas. Algumas escaramuças da Legião Germânica do Rei o viram. Eram Jägers, caçadores, equipados com carabinas raiadas. Viram a pistola na mão de Jens e acertaram três balas em seu peito.

Nada ia bem. Mas Copenhague estava cercada, a esquadra dinamarquesa estava presa e Sharpe havia sobrevivido.

O general Castenschiold recebera ordens de incomodar o flanco sul das forças britânicas que bloqueavam Copenhague, e não era homem de ignorar essas ordens. Sonhava com a glória e temia a derrota, e seu humor oscilava entre o otimismo e uma tristeza profunda.

O núcleo de suas forças era um punhado de soldados regulares, mas a maioria dos seus 14 mil homens pertencia à milícia. Alguns eram bem-treinados e tinham armas decentes, mas a grande maioria era de novos recrutas, alguns ainda usando tamancos de madeira e a maioria carregando armas que tinham mais a ver com fazendas do que com campos de batalha. Eram rapazes do campo, ou então das pequenas cidades dinamarquesas do sul da Zelândia.

— São entusiasmados — disse um auxiliar ao general.

Isso só deixava Castenschiold mais preocupado ainda. Homens entusiasmados correriam para a batalha sem conhecer suas realidades, mas o dever e o patriotismo exigiam que ele levasse essa força inadequada para o norte e atacasse as tropas britânicas que cercavam a capital. E tentou se convencer de que havia uma chance verdadeira de surpresa. Talvez pudesse penetrar tão fundo no terreno ocupado pelos britânicos que poderia chegar à área do cerco ao redor de Copenhague antes que os casacas vermelhas soubessem de sua presença, e em seus sonhos secretos e ligeiramente culpados imaginava seus homens trucidando o inimigo impotente e derrubando suas baterias recém-montadas, mas no fundo do coração sabia que o resultado não seria tão feliz. Mas precisava tentar e não ousava deixar que seu pessimismo aparecesse.

— Há algum inimigo ao sul de Roskilde? — perguntou a um ajudante.

— Alguns — foi a resposta superficial.

— Quantos? Onde? — perguntou selvagemente Castenschiold e esperou enquanto o ajudante folheava as dúzias de mensagens mandadas por pessoas leais. Esses informes diziam que tropas inimigas apareceram em Køge, mas não muitos soldados. — O que significa "não muitos"? — perguntou Castenschiold.

— Menos de cinco mil, senhor. O professor da escola em Ejby diz que são seis mil, mas tenho certeza de que ele exagera.

— Em geral os professores sabem contar — disse Castenschiold azedamente. — E quem lidera essas tropas?

— Um homem chamado... — o auxiliar parou enquanto procurava o pedaço de papel certo — Sir Arthur Wellesley.

— Quem quer que seja ele — disse Castenschiold.

— Ele lutou na Índia, senhor, pelo menos é o que diz o professor. Parece que alguns oficiais se alojaram na escola, e eles dizem que Sir Arthur obteve uma certa reputação na Índia. — O auxiliar largou a carta escrita cuidadosamente pelo professor. — Tenho certeza de que não é difícil derrotar os indianos.

— Tem? — perguntou Castenschiold com sarcasmo. — Esperemos que esse tal de Sir Arthur nos subestime como nós o subestimamos. — O sonho de Castenschiold, de romper as linhas britânicas ao redor de Copenhague, estava morrendo depressa, porque mesmo um punhado de soldados britânicos bastaria para detectar sua aproximação e alertar os companheiros. E se os cinco ou seis mil homens estivessem sob o comando de um general experiente, Castenschiold duvidava que ao menos passasse por eles. Mas precisava tentar, o príncipe herdeiro havia ordenado, e assim Castenschiold deu a ordem para se moverem em direção ao norte.

Era um glorioso dia de fim de verão. O exército de Castenschiold marchava em três estradas, enchendo o ar quente com poeira. Possuíam um punhado de peças de campanha, mas eram todas muito velhas, e o capitão que comandava a bateria não tinha certeza de que os canos suportariam muito fogo.

— Elas foram usadas com fins cerimoniais, senhor — disse ao general. — Para salvas pelo aniversário do rei. Não tiveram uma bala de verdade na goela durante 15 anos.

— Mas vão disparar bem? — perguntou Castenschiold.

— Devem disparar, senhor — respondeu o capitão, mas sua voz transpareceu dúvida.

— Então certifique-se de que disparem — disse o general rispidamente. A presença dos canhões dava confiança aos seus homens, mas fazia pouco pelo próprio Castenschiold. Preferiria ter uma bateria de artilharia nova, mas todas as novas peças de campanha estavam em Holstein, esperando uma invasão francesa que agora parecia improvável. Por que os franceses invadiriam a Dinamarca quando os ingleses estavam forçando os dinamarqueses a se tornarem aliados da França? O que significava que as melhores tropas e armas do exército dinamarquês estavam presas em Holstein e a marinha britânica as bloqueava longe da ilha da Zelândia. E o general Castenschiold era realista o bastante para saber que os melhores generais dinamarqueses também estavam em Holstein, o que significava que as esperanças da Dinamarca dependiam de um general de meia-idade e formalista, que tinha apenas uma antiga bateria de artilharia indigna de confiança e 14 mil soldados sem treinamento. E, mesmo assim, ousava sonhar com a glória.

Um esquadrão de cavalaria trotou pelos campos de feno ceifado. Pareciam ótimos, e o som de seus risos era tranquilizador. Adiante, no horizonte norte, havia uma pequeníssima nuvem cinza. Castenschiold fantasiou que era a fumaça dos grandes canhões de Copenhague, mas não podia ter certeza.

BERNARD CORNWELL

As esperanças de Castenschiold cresceram à tarde, quando suas patrulhas de cavalaria informaram que as tropas britânicas sob o comando de Sir Arthur Wellesley haviam se retirado de Køge. Ninguém sabia por quê. Tinham vindo, passado a noite e marchado para fora de novo, e a estrada para Copenhague estava evidentemente aberta. O sonho de Castenschiold, de atravessar a barriga macia das tropas britânicas, ainda estava vivo, e ficou mais forte ainda quando seu pequeno exército chegou a Køge naquele fim de tarde e descobriu que os informes da cavalaria estavam corretos. Os britânicos tinham ido embora e a estrada estava mesmo aberta. O comandante da milícia local, um enérgico fabricante de velas, havia passado o tempo desde a partida dos britânicos cavando trincheiras ao redor da pequena cidade.

— Se eles voltarem, senhor, vamos acertá-los, vamos acertá-los direitinho!

— Tem alguma evidência de que eles irão voltar? — perguntou Castenschiold, imaginando por que outro motivo o fabricante de velas teria cavado trincheiras tão impressionantes.

— Espero que voltem! Vamos acertá-los! — O fabricante de velas disse que só tinha visto três regimentos britânicos, dois de casacas vermelhas e um de verde. — Não deviam ser mais de dois mil homens, acho.

— Canhões?

— Tinham alguns, mas agora também os temos. — O fabricante de velas sorriu enquanto os canhões dinamarqueses entravam ruidosos na cidade.

Os homens de Castenschiold acamparam aquela noite em Køge. Havia relatórios de cavaleiros nos campos a oeste, mas quando o general chegou ao local onde os homens estranhos tinham sido vistos, eles haviam sumido.

— Eles usavam uniforme? — perguntou, mas ninguém tinha certeza. Talvez fossem homens da localidade. Castenschiold temia que fosse uma patrulha inimiga, mas os piquetes não viram mais aqueles cavaleiros. A maior parte do exército acampou nos campos onde um riacho serpenteava entre bosques e campos de restolho ou nabos, enquanto os soldados mais

A Presa de Sharpe

197

sortudos encontravam abrigo na cidade e o próprio general se alojava na casa do pastor atrás da igreja de São Nicolau, onde tentou tranquilizar o anfitrião dizendo que tudo ficaria bem.

— Deus não vai nos abandonar — afirmou Castenschiold, e seu otimismo devoto pareceu justificado quando, à meia-noite, foi acordado por uma patrulha de cavalaria que retornou depois de conseguir chegar até Roskilde, onde descobriu que a guarnição da cidade estava intacta. O general decidiu que mandaria uma mensagem a Roskilde de manhã, exigindo que seus defensores marchassem para o leste na direção de Copenhague. Isso distrairia os ingleses enquanto ele seguia rapidamente pela estrada costeira aberta. Esqueceu os vagos informes de cavaleiros não identificados no crepúsculo anterior, porque o sonho estava de novo tomando forma.

O desjejum do general, com arenque frio, queijo e pão, foi tomado muito antes do amanhecer. O exército estava acordando, preparando-se para marchar. Um dos coronéis da milícia veio à casa do pastor com um relatório sombrio de que seus homens haviam recebido munição de calibre errado.

— Ela entra — informou o coronel —, mas as balas chacoalham no cano. Tem vento demais, acho que é como se diz. — O coronel era um queijeiro de Vordingborg e não tinha muita certeza de que desejava liderar seus soldados com tamancos de madeira contra as tropas britânicas regulares.

Castenschiold ordenou que um auxiliar resolvesse o problema, depois prendeu o cinto da espada e ouviu as gaivotas gritando na praia comprida. Hoje, pensou, iria se tornar famoso ou infame. Hoje deveria marchar com seus homens por aquela longa estrada litorânea, sempre flanqueado pelo mar com sua ameaça da marinha britânica, e devia ter esperança de penetrar fundo nas tropas inimigas que cercavam a capital.

— Martelos e cravos — disse a um auxiliar.

— Martelos e cravos, senhor?

— Para encravar os canhões ingleses, claro — disse rispidamente Castenschiold, imaginando se teria de pensar em tudo no exército. —

Cravos macios, se puder arranjar. E revire a cidade em busca de machados. Para quebrar os raios das rodas dos reparos dos canhões — acrescentou rapidamente, antes que o auxiliar pudesse perguntar para que ele queria machados.

— O senhor tem tempo para orações? — perguntou o pastor.

— Orações? — Castenschiold estivera imaginando se a água em algum lugar junto à costa seria funda o bastante para permitir que os navios ingleses chegassem suficientemente perto para usar suas terríveis bordadas contra a estrada.

– O senhor seria muito bem-vindo em nossas orações familiares — explicou o pastor.

— Preciso ir andando — disse Castenschiold rapidamente —, mas reze por nós, reze mesmo por nós. — Depois montou em seu cavalo e, seguido por meia dúzia de ajudantes, cavalgou para o norte através da névoa que ia se dissipando. A alvorada começava a surgir acima do mar ao leste quando ele chegou à borda norte do acampamento e convocou seus comandantes. — Quero seus homens nos dois flancos hoje — disse aos dois oficiais da cavalaria. — Mandem patrulhas adiante, claro, mas mantenham o grosso dos homens perto. E hoje não haverá paradas. Levem forragem se precisarem, e digam aos homens que ponham comida nos alforjes. Velocidade, senhores! — Agora se dirigia a todos os oficiais. — Velocidade é essencial. Temos de alcançar o inimigo antes que ele saiba que estamos indo!

Falava com os oficiais no topo de uma pequena encosta. À direita, surpreendentemente próximo, ficava a praia comprida e, adiante, a estrada para Copenhague seguia entre campos largos que desciam na direção de um emaranhado de cercas vivas e árvores que produziam enormes sombras. O sol ainda estava abaixo do horizonte, mas ao longe, silhuetado contra o leste que ia clareando, dava para ver um navio de linha.

— A infantaria regular irá na vanguarda da marcha — decretou Castenschiold. — Em seguida a artilharia, e depois a milícia. Quero estar lutando ao meio-dia! — Ao meio-dia ele deveria estar perto de Copenhague e planejava manter a cavalaria e a infantaria regulares para lutar contra quaisquer casacas vermelhas que pudessem se opor a ele,

A PRESA DE SHARPE

mas soltaria a milícia no meio das baterias. Ela inutilizaria os canhões, quebraria as rodas dos reparos e queimaria a pólvora. Podia ver isso agora, a fumaça subindo das baterias despedaçadas, podia se ver como herói. — Certo, senhores! Vamos nos preparar! Marcharemos em trinta minutos! — Apontou dramaticamente para o norte, um gesto condizente com suas grandes ambições. Alguns oficiais se viraram olhando para onde ele apontava e viram um retalho escuro de sombra se mover onde a estrada desaparecia no meio de algumas árvores. Castenschiold também viu a sombra e pensou que era um cervo, ou talvez uma vaca, depois viu que era um homem a cavalo.

— Quem mandou nossas patrulhas? — perguntou.

— Não é um dos nossos, senhor — respondeu um oficial da cavalaria.

Agora eram seis cavaleiros na estrada e eles haviam parado, provavelmente porque tinham visto o leve brilho das fogueiras do acampamento dinamarquês aparecendo sobre a encosta onde Castenschiold tentara inspirar seus homens. Castenschiold pegou seu telescópio no alforje. A luz ainda era ruim, por isso ele apeou e mandou um ajudante ficar à frente, para usar o ombro do sujeito como apoio para o telescópio.

Eram homens de cavalaria. Podia ver bainhas de sabre, mas não eram dinamarqueses, os chapéus tinham a forma errada. Curvou-se ligeiramente, deixando o telescópio ir além dos cavaleiros, até onde a estrada seguia ao lado da praia distante. Por um tempo só conseguiu ver cinza e preto, névoa e sombras, então a luz do sol escondido aumentou, e o general viu homens marchando. Era escuridão em movimento, uma massa de homens, colunas de homens pisoteando seu sonho. Largou o telescópio.

— Vamos ficar aqui — disse em voz baixa.

— Senhor? — Um dos auxiliares achou que havia escutado mal.

— A infantaria regular fica aqui — disse Castenschiold, indicando a crista baixa que dominava a estrada. — Dragões na praia, dragões ligeiros no flanco esquerdo. A milícia vai formar uma reserva entre este lugar e a cidade. A artilharia bem aqui, na estrada. — Falava cheio de decisão, sabendo que qualquer sinal de incerteza destruiria o moral dos homens.

Porque os ingleses estavam chegando. Não haveria ataque contra o cerco ao redor de Copenhague. Em vez disso, o destino decretara que o general Castenschiold deveria lutar diante de Køge. Então que nos ataquem aqui, decidiu Castenschiold. Não era uma posição ruim. Suas tropas regulares dominavam a estrada, seu flanco direito estava garantido pelo mar e as novas trincheiras estavam às suas costas, se precisasse recuar.

Os seis batedores da cavalaria inimiga haviam desaparecido, levando a notícia da presença dinamarquesa para os ingleses que avançavam. O sol chamejou no horizonte, inundando de ouro o mar enrugado. Seria um lindo dia, pensou Castenschiold, um lindo dia para a matança. Seus pensamentos sombrios foram interrompidos pela chegada de uma pequena carroça vinda de Køge. Era puxada por um pônei velho e acompanhado por um auxiliar animado.

— Martelos e cravos, senhor! E 43 machadinhas.

— Leve de volta — disse Castenschiold. — Leve de volta.

— Senhor?

— Leve de volta! — rosnou ele. Porque o sonho estava morto. Castenschiold estendeu o telescópio de novo e viu a infantaria inimiga saindo da floresta. Alguns homens usavam casacas vermelhas, outros usavam verde. Verde? Nunca ouvira falar de qualquer infantaria britânica usando verde. Agora o inimigo estava se espalhando ao longo de sua frente, muito longe para o alcance de qualquer canhão, mas esperando que seus próprios canhões chegassem, e por alguns instantes Castenschiold sentiu-se tentado a atacá-lo. Estava em número maior do que os britânicos, dava para ver, e brincou com a ideia de soltar seus homens encosta abaixo, mas resistiu à tentação. Tropas inexperientes lutavam melhor quando defendiam uma posição, por isso ele deixaria o inimigo em menor número subir a colina comprida em direção aos dentes de seus canhões. E, mesmo que não conseguisse acabar com o cerco a Copenhague, talvez pudesse dar uma vitória à Dinamarca.

Os dinamarqueses colocaram seus canhões em bateria, a bandeira foi erguida e a infantaria formou fileiras.

Estavam prontos para lutar.

— Que diabo você está fazendo aqui? — perguntou o capitão Warren Dunnett ao intendente do batalhão. Jamais havia gostado do sujeito. Ele viera das fileiras e, na opinião de Dunnett, tinha uma ideia inflada de sua própria competência e, pior, servira na Índia e, portanto, acreditava que sabia alguma coisa sobre ser soldado.

— O coronel me mandou, senhor. Disse que o senhor estava precisando de um tenente.

— E onde, diabos, você esteve, afinal? — O capitão Dunnett se curvou para o espelho de mão que havia enfiado na lasca do topo de um moirão de cerca. Passou uma navalha pela bochecha, evitando cuidadosamente a ponta do bigode fino. — Não vejo você há semanas.

— Estava em missão especial, senhor.

— Missão especial? — perguntou Dunnett acidamente. — Que diabo é isso?

— Estava trabalhando para o general Baird.

E que diabo Sir David Baird quereria com um homem como Sharpe? Dunnett não iria perguntar.

— Só não fique no caminho — disse peremptoriamente. Sacudiu a água da navalha e passou a mão no queixo. Intendente desgraçado, pensou.

Os fuzileiros cortaram lenha de um bosque e fizeram pequenas fogueiras para preparar o chá. Os casacas verdes estavam espalhados ao longo de uma série de cercas vivas e de madeira que limitavam os dois lados da estrada litorânea. Atrás deles, em campos onde a colheita estava arrumada em medas, dois batalhões de casacas vermelhas esperavam. De vez em quando um oficial de um daqueles dois batalhões chegava às posições dos fuzileiros e olhava para a encosta baixa em cujo topo havia um exército dinamarquês arrumado. A bandeira inimiga, uma cruz branca em campo vermelho, balançava ao vento fraco que trazia o cheiro do mar. Havia cavaleiros de casacas azuis nos dois flancos dinamarqueses e uma bateria de peças de campanha no centro. Os homens faziam suposições sobre a força inimiga, a maioria achando que haveria entre dez e 12 mil dinamarqueses na colina, ao passo que os britânicos eram cerca de três mil. E a maioria dos casacas vermelhas e dos casacas verdes estava feliz com esses números.

— Estamos esperando o quê? — resmungou um homem.

— Estamos esperando, Hawkins, porque o general Linsingen está marchando ao redor do flanco deles — respondeu o capitão Dunnett.

Esse, pelo menos, era o plano. O general Wellesley imobilizaria o inimigo ameaçando um ataque. E Linsingen, da Legião Germânica do Rei, marcharia até a retaguarda deles para prendê-los numa armadilha. Só que uma ponte havia caído, e os homens de Linsingen ainda estavam a cinco quilômetros de distância, do lado errado de um rio, e nenhuma mensagem havia chegado, de modo que ninguém sabia que o plano já falhara.

Uma série de estrépitos e ribombos anunciou a chegada de uma bateria de canhões de 9 libras que se desengataram na estrada.

— Apagar fogos! — gritou um oficial da artilharia para os homens agachados ao redor das pequenas fogueiras. Estava preocupado porque iria empilhar sacos de pólvora ao lado de seus canhões.

— Artilheiros desgraçados — reclamou um fuzileiro.

Um capitão do 43º, de olhos vermelhos e pálido, pediu uma caneca de chá a um grupo de fuzileiros. O 43º era um regimento galês que havia treinado com os casacas verdes no alojamento de Shorncliffe, e os dois batalhões eram amigáveis um com o outro.

— Vou dar um conselho a vocês, rapazes — disse o capitão.

— Senhor?

— Evitem a aquavit. Evitem. Quem a prepara é o diabo, e os dinamarqueses bebem. Deus sabe como. Parece água.

Os fuzileiros riram, e o capitão se encolheu quando um gaiteiro de saiote, do 92º, começou a domar seu instrumento produzindo uma série de gemidos, ganidos e guinchos.

A PRESA DE SHARPE

— Ah, meu Deus — gemeu o capitão. — Isso não, por favor, Deus, isso não.

Sharpe ouviu as gaitas e sua mente saltou de volta à Índia, a um campo empoeirado com redemoinhos de homens, cavalos e canhões pintados onde os escoceses haviam despedaçado um inimigo.

— Não sei se esse barulho amedronta os dinamarqueses — disse uma voz atrás dele —, mas me aterroriza.

Sharpe virou-se e viu que Sir Arthur Wellesley examinava o inimigo através de um telescópio. O general estava a cavalo e não falava com Sharpe, mas sim com seus dois ajudantes. Wellesley girou o telescópio para a esquerda e a direita, depois fechou os tubos e se viu olhando para um oficial dos fuzileiros. Um olhar de surpresa misturada com embaraço apareceu em seu rosto.

— Sr. Sharpe — disse insipidamente, incapaz de evitar o reconhecimento da presença dele.

— Senhor.

— Vejo que ainda está conosco.

Sharpe não disse nada. Não via o general havia três anos, desde a Índia, e não detectou o embaraço dele porque tinha uma percepção aguda de sua desaprovação. Grace era prima de Wellesley. Certo, era uma prima muito distante, mas a inimizade da família havia se espalhado muito, e Sharpe tinha certeza de que Sir Arthur devia compartilhá-la.

— Está gostando dos Fuzileiros, Sharpe? — Wellesley estava olhando para a estrada enquanto falava.

— Sim, senhor.

— Achei que gostaria, achei que gostaria. E hoje veremos como suas novas armas são úteis, hein? — O general, como a maioria dos oficiais do exército britânico, jamais vira as carabinas em ação. — Onde, diabos, está Linsingen? Nem mesmo uma mensagem! — Olhou para os dinamarqueses pelo telescópio. — Vocês diriam que eles estão prontos para se mover? — Havia perguntado aos ajudantes, e um deles disse que achava ter visto uma carroça de bagagem atrás dos canhões inimigos. — Então que se danem — disse Wellesley. — Vamos nos virar sem Linsingen. Aos seus regimentos, senhores. — Estava falando com os oficiais da infantaria dos casacas vermelhas que haviam se reunido perto dos canhões. — Bom dia, Sharpe! — Em seguida virou o cavalo e o esporeou.

— Você o conhece bem? — O capitão Dunnett estava com ciúme porque o general havia falado com Sharpe e não pôde resistir à pergunta.

— Sim — respondeu Sharpe, curto e grosso.

Desgraçado, pensou Dunnett, enquanto Sharpe pensava que realmente não conhecia o general nem um pouco. Havia conversado com ele com bastante frequência, havia salvado sua vida uma vez e tinha recebido o telescópio como recompensa por esse favor, mas não o conhecia. Havia algo frio e amedrontador demais em Sir Arthur, mas mesmo assim Sharpe ficou feliz por ele estar no comando hoje. Ele era bom, simplesmente. Era bom.

— Fique à direita com o sargento Filmer — ordenou Dunnett.

— Sim, senhor.

Dunnett queria perguntar por que Sharpe estava carregando uma carabina, mas conseguiu resistir. O sujeito provavelmente ainda achava que pertencia às fileiras. Como oficial, Sharpe não deveria carregar uma arma longa, mas gostava da carabina Baker e havia apanhado uma com o cirurgião do regimento, que tinha um pequeno arsenal de armas dos pacientes. A carabina era muito menos desajeitada do que uma espingarda, muito mais precisa e tinha uma eficiência atarracada e brutal que atraía Sharpe.

O sargento Filmer cumprimentou Sharpe com a cabeça.

— Fico feliz em vê-lo de volta, senhor.

— O capitão Dunnett mandou que eu cuidasse de você.

Filmer riu.

— Vai fazer chá, senhor? Vai colocar a gente na cama?

— Só vou dar uma volta com você, Grandão. Direto morro acima.

Filmer olhou para o inimigo distante.

— Eles são bons?

— Deus sabe. A milícia não é, mas aqueles parecem soldados regulares.

— Vamos descobrir logo. — Filmer era um homem muito baixo, por isso era conhecido por todo o regimento como Grandão. Também era muito competente. Limpou o fornilho de um cachimbo de barro, depois abriu a bolsa e ofereceu a Sharpe um pedaço de favo de mel. — É fresco, senhor. Encontrei umas colmeias no último povoado.

Sharpe chupou o mel.

— Vão enforcar você se o pegarem, Grandão.

— Enforcaram uns dois sujeitos ontem, não foi? Os desgraçados idiotas foram apanhados. — Filmer cuspiu cera no capim. — É verdade que há uma cidade depois daquele morro, senhor?

— Chama-se Køge — respondeu Sharpe, pensando que devia ter estado bem perto desse local quando escapou de Lavisser.

— Eles têm uns nomes tremendamente esquisitos aqui, senhor. — Filmer segurou o gatilho da carabina e moveu o cão para trás e para a frente. — Coloquei um pouco de óleo — explicou — porque acho que ficou meio úmido no mar. — Em seguida olhou para seus homens. — Não comecem a dormir, seus desgraçados preguiçosos, vocês vão ter trabalho daqui a um minuto.

Os artilheiros haviam carregado seus canhões e agora estavam parados, prontos para atirar, enquanto o 92º, junto à praia, formava fileiras. O 43º, imediatamente atrás de Sharpe, fazia o mesmo. Dois regimentos de casacas vermelhas e um de casacas verdes. Era uma força pequena, muito menor que a do inimigo, mas Sharpe sabia o que aqueles soldados regulares podiam fazer e sentiu pena dos dinamarqueses. Olhou para a cruz branca em campo vermelho. Não deveríamos estar fazendo isso, pensou. Deveríamos estar lutando contra os franceses, não contra os dinamarqueses. Pensou em Astrid e sentiu culpa por causa de Grace.

— Veremos se tudo vai dar certo agora, senhor — disse Filmer, empolgado.

— Veremos — concordou Sharpe. Veriam se os meses de treino duro em Shorncliffe tinham valido a pena. O exército sempre havia empregado escaramuças, homens que corriam à frente das formações rígidas para provocar e enfraquecer o inimigo que esperava, mas agora empregava fuzileiros para tornar essas escaramuças mais mortais. Muitos diziam que a experiência era uma perda de tempo e dinheiro, porque as carabinas eram muito mais difíceis de recarregar do que as espingardas de cano liso, de modo que um casaca verde só podia disparar um tiro, enquanto uma espingarda disparava três ou até quatro. Os céticos afirmavam que os fuzileiros seriam trucidados enquanto recarregavam suas armas caras, mas aquelas armas podiam matar a distâncias quatro vezes maiores do que uma espingarda. Era precisão versus quantidade.

Os dois exércitos esperavam. Os regimentos de casacas vermelhas estavam enfileirados, os canhões estavam a postos e os dinamarqueses não davam sinal de recuar. O capitão Dunnett encontrava-a à direita de sua linha.

— Você sabe o que fazer, Grandão.

— Arrancar o couro deles, senhor — respondeu Filmer.

— Mantenham a cabeça no lugar! — gritou Dunnett aos homens. — Mirem direito! — Já ia acrescentar outros encorajamentos, mas nesse instante um apito agudo soou em toques curtos e urgentes. — Avançar! — gritou Dunnett.

Os casacas verdes se espalharam à frente do exército britânico, de modo que os dois batalhões teriam o benefício de suas carabinas. Eles avançaram, e os homens de Filmer derrubaram uma cerca baixa que dividia uma campina de uma plantação pontilhada de trigo amarrado em medas. As companhias leves do 43º e do 92º avançaram com os fuzileiros, um punhado de casacas vermelhas em meio aos verdes. As escaramuças ficaram fora da estrada, porque era ali que os canhões ingleses disparariam.

Sharpe subiu a encosta baixa e viu as escaramuças dinamarquesas avançarem de suas posições. Eram soldados regulares, não milicianos, e suas cartucheiras brancas se destacavam nas casacas azul-claro. Os dinamarqueses se espalharam ao longo da colina, esperando que as escaramuças britânicas chegassem ao alcance.

— Botas desgraçadas — disse o sargento Filmer a Sharpe. A sola da bota direita do sargento havia acabado de se soltar e estava balançando. — E era uma porcaria de um par novo, senhor! Botas desgraçadas!

A Presa de Sharpe

Um toque de apito conteve as escaramuças. Só haviam avançado cem passos, mas agora se ajoelharam em meio ao trigo empilhado. Estavam fora do alcance das espingardas, mas dentro da distância em que uma carabina poderia matar. Sharpe viu um oficial dinamarquês segurando o chapéu enquanto corria encosta abaixo.

— Eles não têm escaramuças suficientes — disse. Ainda que os ingleses não tivessem mostrado as carabinas, o inimigo mandara muito poucos homens à frente, o que significava, talvez, que estava contando com a eficiência das descargas de seu batalhão, mas só o exército britânico treinava com munição de verdade e, tiro a tiro, Sharpe duvidava que os soldados dinamarqueses pudessem se comparar aos casacas vermelhas. Coitados, pensou.

— Vamos tirar o couro deles, senhor. — Filmer arrancou a sola da bota e enfiou-a num bolso. Olhou encosta acima e engatilhou sua carabina. — Vamos tirar o couro.

As armas inglesas dispararam.

Era como se antes os dois exércitos estivessem prendendo o fôlego. Agora a fumaça saía em jatos e crescia sobre a estrada enquanto as balas rasas gritavam morro acima. Os artilheiros já estavam limpando os canos quando Sharpe viu um torrão de terra preta voando no céu perto da bandeira dinamarquesa, então ouviu os apitos de novo.

— Certo, rapazes — gritou Filmer —, vamos derrubar os desgraçados.

Os casacas verdes pegaram os dinamarqueses de surpresa. As escaramuças inimigas haviam esperado que os britânicos avançassem até chegar ao seu alcance, mas de repente as balas assobiavam ao redor delas e homens eram empurrados para trás.

— Mirem nos oficiais! — gritou Filmer. — E não tenham pressa! Mirem direito!

Os fuzileiros sabiam exatamente o que fazer. Lutavam em pares. Um homem apontava e disparava, então o outro protegia o primeiro enquanto este recarregava. As escaramuças dinamarquesas estavam se recuperando da surpresa e descendo o morro para chegar ao alcance das espingardas, mas eram muito poucos, e quanto mais perto chegavam mais rapidamente eram acertados. As carabinas, diferentemente das espingardas de cano liso, tinham mira, e muitos fuzileiros usavam insígnias que mostravam serem excelentes atiradores. Apontavam, disparavam e matavam, e os dinamarqueses eram acertados com força a uma distância que ninguém consideraria mortal. Filmer apenas olhava.

— Bons rapazes — murmurou —, bons rapazes.

As escaramuças casacas vermelhas estavam disparando agora, mas eram os fuzileiros que causavam danos.

— Isso funciona, Grandão! — gritou Sharpe.

— Funciona mesmo, senhor! — respondeu Filmer, empolgado.

O oficial inimigo que estivera segurando o chapéu estava no chão. Um homem correu até ele e foi acertado por duas balas. Os fuzileiros anunciavam seus alvos uns aos outros.

— Está vendo aquele covarde molenga, grande e manco?

Sharpe ficou estranhamente surpreso com o barulho. Estivera em batalhas maiores do que esta, muito maiores, mas nunca havia percebido como eram barulhentas. Os estrondos das peças de campanha, capazes de estourar os ouvidos, eram sobrepostos pelos estampidos das carabinas e a tosse brutal das espingardas. E aqueles eram apenas as escaramuças. Nenhum dos batalhões principais havia disparado ao menos uma carga, no entanto Sharpe precisava gritar se quisesse que Filmer o escutasse. Sabia que simpatizava com os dinamarqueses. A maioria deles, a maioria absoluta, jamais teria participado de uma batalha, e somente o barulho era uma agressão aos sentidos. Martelava e ecoava, interminável, jorros estrondosos de fumaça suja misturadas com fogo vermelho. E por cima, como um contraponto, os gritos dos feridos e agonizantes. As balas rasas levantavam grandes repuxos de terra da encosta, transformaram em lascas a roda de um canhão dinamarquês e arrancaram a cabeça de um homem numa explosão de sangue.

Os fuzileiros estavam pressionando, indo de uma meda de trigo à outra. Pequenos incêndios deixados pelas buchas ardiam no restolho. As escaramuças casacas vermelhas acrescentavam seu fogo, mas não era necessário. Os fuzileiros estavam vencendo, e as tropas leves dinamarquesas recuavam para suas fileiras.

— Avançar! — ordenou Filmer.

— Dois à direita! — gritou Sharpe.

— Cuidem deles! Maddox! Hart! Peguem aqueles desgraçados!

Os reparos das peças de campanha britânicas estavam abrindo sulcos na estrada enquanto as armas escoiceavam. A fumaça se adensou até que os artilheiros disparavam às cegas, mas mesmo assim os tiros acertavam. Agora os casacas verdes podiam disparar contra as fileiras dinamarquesas. Procuravam oficiais como haviam sido treinados para fazer, miravam, matavam e procuravam de novo. Os soldados rasos dinamarqueses se remexiam desconfortáveis, despreparados para esse tipo de fuzilaria distante. Então, em meio ao inferno dos outros ruídos, Sharpe escutou a cantiga selvagem das gaitas de foles e viu que o 92º estava avançando pela encosta longa. Os canhões britânicos prosseguiam martelando o centro do inimigo. Os canhões dinamarqueses haviam permanecido em silêncio, mas agora uma grande nuvem de fumaça surgiu no topo da colina, só que o som era totalmente errado. Um canhão havia explodido.

— Avançar! Avançar! — gritou Dunnett. — Mais perto! — Agora o 43º estava avançando. Não haveria nada sutil ali. Os galeses e os escoceses estavam alinhados e subindo diretamente a encosta. Marchariam até chegar ao alcance das espingardas, depois disparariam uma carga e calariam as baionetas. — Continuem matando! — gritou Dunnett. — Continuem matando! Quero os oficiais mortos!

Um cavalo sem cavaleiro galopou pela frente das tropas dinamarquesas com casacas azuis. Homens eram jogados para trás por balas de carabinas, e os encarregados de cerrar as fileiras empurravam soldados para preencher as lacunas. Os fuzileiros estavam trabalhando. Meu Deus, pensou Sharpe, aquilo era assassinato. Sua carabina estava carregada, mas ele não a disparou.

— Podem trazer os comedores de lesmas, hein, senhor? — disse Filmer. — Podem trazer a porcaria dos comedores de lesmas!

Wellesley ordenou que a cavalaria avançasse contra o flanco direito ao lado da praia. Eram hussardos alemães e jorraram das dunas deixando uma trilha de poeira, as lâminas desembainhadas brilhando, e a visão deles devia ter convencido os dinamarqueses de que a posição estava perdida, porque, muito antes que os batalhões de casacas vermelhas chegassem ao alcance, eles começaram a desaparecer da crista. O fogo foi morrendo enquanto os alvos sumiam. Havia corpos espalhados no campo, mas apenas um casaca verde havia caído.

— Pegue as botas dele — disse Filmer a um homem. — Era o Hopkins Horrível — informou ele a Sharpe. — Foi acertado no olho.

— Avançar! Avançar! — A voz de Wellesley soou aguda. Os artilheiros estavam novamente engatando os canhões dos armões. Os hussardos alemães tinham voltado para o centro da linha, já que sua mera presença havia bastado para deslocar o inimigo. Os escoceses com saiotes já estavam na crista do morro, e os fuzileiros à direita da estrada subiram correndo até o topo e viram Køge adiante. Telhados baixos, chaminés, torres de igreja e um moinho. Poderia ser uma cidade em seu país natal se os telhados não fossem tão vermelhos, mas o que atraiu o olhar de Sharpe foram as trincheiras que rasgavam os arredores de Køge. Os dinamarqueses não haviam fugido, tinham apenas recuado para fortificações. A infantaria britânica avançava, mas subitamente a cavalaria dinamarquesa saiu num jorro das trincheiras e ameaçou rodear a extremidade direita da linha de Wellesley.

Houve um clamor de trompas e apitos. O 43º parou. Não formou um quadrado, mas cada homem meio que esperava a ordem. Os fuzileiros, vulneráveis a uma carga de cavalaria, voltaram correndo para a proteção das espingardas galesas, mas então os hussardos alemães apareceram de novo, desta vez no flanco interno, e os cavaleiros dinamarqueses, em número menor, interromperam o avanço. Sharpe, com a carabina engatilhada e pronto para enfrentar a carga de cavalaria, percebeu que Sir Arthur Wellesley devia ter antecipado a manobra dinamarquesa e estava com seus cavaleiros prontos.

A PRESA DE SHARPE

As gaitas de foles recomeçaram, e Sharpe viu que o 92º era mandado direto contra as trincheiras. Nem mesmo estavam esperando a artilharia, simplesmente marchavam ao som dos tambores e da música louca das gaitas.

— Desgraçados pagãos — disse Filmer num tom admirado.

Sharpe estava se lembrando de Assaye, dos escoceses marchando muito calmos para o coração do inimigo. Achou que os dinamarqueses estariam perturbados devido à retirada rápida da crista do morro e agora ficavam diante de um ataque ousado que fedia a confiança. Podiam ver a artilharia britânica se desengatando os canhões dos armões, então teve certeza de que o segundo batalhão de casacas vermelhas se preparava para seguir o primeiro, mas com toda a probabilidade isso não seria necessário, porque havia algo absolutamente implacável nos escoceses. Eles pareciam enormes com os gorros pretos de pele, enquanto avançavam para um ângulo das trincheiras. Os defensores eram em número muito maior, mas as trincheiras haviam sido cavadas depressa demais, e os escoceses atacavam um canto saliente, de modo que as espingardas em massa puderam derrubar com fogo uma pequena parte das defesas. Os homens mais adiante nas trincheiras estavam longe demais para ajudar.

— Eles vão fugir — disse Sharpe.

— Acha? — Filmer não tinha certeza.

— Uma descarga e as baionetas, depois todos vão sair correndo.

Os dinamarqueses abriram fogo. Tinham perdido a artilharia, mas a descarga de espingardas era pesada.

— Cerrar! Cerrar! — Sharpe ouviu a familiar litania da batalha. — Cerrar! — Os escoceses pareciam ignorar o fogo, simplesmente andavam na direção das pilhas de terra cobertas de fumaça. Alguns corpos ficaram atrás do batalhão. Fitas amarelas voavam nas gaitas de foles.

— Alto! — O 92º parou.

— Presente! — Pareceu que cada homem se virava um pouquinho à direita enquanto as espingardas eram apoiadas nos ombros.

— Fogo! — Uma descarga. Um estrondo de fumaça fedorenta.

— Calar baionetas!

Houve um silêncio estranho em que Sharpe conseguiu ouvir o estalo das baionetas sendo caladas nos canos fumegantes.

— Avançar! — A linha se moveu penetrando em sua própria fumaça e apareceu de novo depois da nuvem irregular. — Carga!

Os escoceses, liberados, soltaram um grito, e Sharpe viu defensores saindo atabalhoadamente das trincheiras e correndo para o sul. De repente o ar estava cheio do som de trompas e apitos.

— Não deixem que eles fujam! — gritou Wellesley para o comandante do 43º. Havia mais tropas surgindo a oeste e um oficial galês gritou um alerta, mas os recém-chegados eram alemães sob o comando do general Linsingen. Cavaleiros se deslocaram das colunas de Linsingen para começar a perseguição.

— Diabos — disse Filmer —, isso foi rápido.

— Fuzileiros! — gritou uma voz. — Companhias em coluna. Na estrada!

Os casacas verdes, como todos os homens do exército de Wellesley, tinham esperado entrar na cidade, onde havia comida, álcool e mulheres, mas apenas duas companhias foram com os escoceses limpar as ruas de Køge, enquanto o resto recebia ordem de ir para o sul, atrás da cavalaria que perseguia o inimigo. Marcharam durante uma hora, passando por cadáveres deixados nos campos pelos cavaleiros sedentos de sangue e ouvindo o estalo ocasional de carabinas distantes. Alguns mortos dinamarqueses usavam tamancos de madeira. Muitos prisioneiros eram acompanhados para o norte. Ao meio-dia a coluna em marcha se aproximou de um povoado e descobriu que finalmente havia alcançado a cavalaria. Os cavaleiros alemães haviam apeado, porque uma retaguarda do inimigo estava defendendo teimosamente uma igreja e um cemitério. Os cavaleiros disparavam clavinas e pistolas a uma distância muito grande, desperdiçando as balas contra muros de pedras cobertos pela fumaça das espingardas dinamarquesas.

— Será um serviço para nós — disse o sargento Filmer. — Esperem só.

A Presa de Sharpe

213

E esperaram. Os oficiais superiores do batalhão queriam avaliar quantos inimigos estavam no pequeno povoado, e isso demorou. Os fuzileiros ficaram deitados no campo, fumando cachimbo ou dormindo. Sharpe caminhou de um lado para o outro. De vez em quando uma espingarda era disparada da igreja ou de uma das casas das proximidades, mas a cavalaria havia saído do alcance e as balas assobiavam inúteis no alto. O mais incongruente de tudo era um grupo de cavaleiros civis que evidentemente assistia ao confronto de uma distância segura. Parecia a nobreza local que viera assistir a uma batalha, mas durante boa parte do início da tarde eles não viram nada. Mas então Sir Arthur Wellesley e seus ajudantes chegaram, e houve uma agitação de gritos, apitos e palavrões dos sargentos.

— Eu falei que o serviço seria nosso — disse Filmer. E franziu a vista para a igreja. — Por que eles não podem simplesmente cair fora? Os desgraçados idiotas perderam, não perderam?

Os casacas verdes espalhados numa linha de escaramuça avançaram em seguida até estar a uma centena de passos da fortaleza improvisada.

— Fogo! — gritou Dunnett, enquanto as balas de sua companhia e dos fuzileiros batiam nas pedras. Sharpe olhou a igreja, as casas mais próximo e o muro do cemitério, e não pôde ver fumaça de espingardas respondendo.

Dunnett devia ter visto a mesma coisa.

— Companhia dois! Avançar! Avançar! — gritou Dunnett e liderou seus homens até o muro da igreja, em seguida parou um segundo e pulou por cima. Os fuzileiros foram atrás, conscientes de que estavam sendo observados por cavaleiros civis e pelo general Wellesley. Homens agacharam-se atrás das lápides, mas parecia que os dinamarqueses tinham ido embora.

— Ficaram entediados esperando por nós — disse Filmer.

— Para a rua! — gritou Dunnett. As outras companhias estavam envolvendo o povoado, enquanto a cavalaria, de novo montada, ia atrás.

Sharpe rodeou a igreja e se viu num povoado pequeno e bem-cuidado. Havia uns vinte homens na outra extremidade da rua, correndo para longe.

— Encorajem-nos — gritou Dunnett, e alguns de seus fuzileiros correram até o centro da rua, ajoelharam-se e dispararam uma carga de despedida contra os fugitivos.

O sargento Filmer pegou seu cachimbo.

— Estou com bolhas no calcanhar — disse a Sharpe. — São as botas do Hopkins, está vendo? Não cabem. — Ele apertou o fumo no fornilho de barro. — Os garotos mantiveram a cabeça no lugar, não foi? Fizeram muito bem, eles... — E não terminou a frase. Simplesmente tombou para a frente na rua empoeirada, onde o sangue espirrou na argila branca de seu cachimbo quebrado.

O tiro viera por detrás. Sharpe virou-se e viu fumaça saindo de uma abertura na torre da igreja. Um sino pendia nas sombras.

— Não fique aí parado de boca aberta! — rosnou Dunnett para ele. O capitão, como o resto da companhia, havia se abrigado entre as casas.

Então um homem apareceu na torre, sua silhueta contra o sino. Ele ergueu uma espingarda e Sharpe levantou a carabina. Filmer fora atingido nas costas, e Sharpe não sentiu nada enquanto apertava o gatilho. A bala ressoou contra o sino, mas havia atravessado o homem primeiro. A espingarda caiu, batendo com ruído no pórtico da igreja, depois o corpo tombou nas telhas vermelhas e escorregou até o cemitério.

— Disse alguma coisa, capitão? — perguntou Sharpe enquanto apanhava um novo cartucho no bolso.

Dunnett se afastou. Sharpe terminou de carregar a carabina e foi até o fim da rua, onde havia um cocho para cavalos. Curvou-se e bebeu. Jogou água no rosto, depois pendurou a carabina no ombro e olhou para o sul. O terreno descia suave. À esquerda o sol fazia piscar uma miríade de reflexos no oceano, onde as velas de um navio de guerra britânico estavam enfunadas, brancas. Sharpe se perguntou se seria o *Pucelle* com seus velhos amigos a bordo. À frente a cavalaria arrebanhava os fugitivos e à direita, a cerca de oitocentos metros num pequeno vale sombreado por árvores densas, havia uma casa que lhe pareceu absolutamente linda. Era grande, mas não grandiosa, baixa e ampla, pintada de branco com grandes janelas dando para uma entrada de carruagens, um lago e um jardim. Arbustos escuros haviam sido aparados, formando quadrados e cones bem-feitos. Parecia confortável e amigável, e por algum motivo Sharpe pensou em Grace e sentiu lágrimas ardendo em seus olhos.

Um velho saiu do chalé mais próximo. Olhou nervoso para os casacas verdes e decidiu que não fariam mal, por isso foi para perto de Sharpe. Espiou o rosto do fuzileiro, fez um gesto de cabeça cumprimentando-o e olhou para a casa.

— Vygârd — disse com orgulho.

O nome demorou um instante para ser registrado, então Sharpe olhou para o velho.

— Aqui é Herfølge? — perguntou, acenando em direção ao povoado.

— *Ja*, Herfølge — disse o velho em tom feliz, indicando o povoado, depois apontou para a casa. — Vygârd.

A casa do avô de Lavisser. Vygârd.

E Lavisser havia chegado a Copenhague muito depressa, depressa demais para alguém que levasse um pesado baú de ouro. E sem dúvida, pensou Sharpe, Lavisser não desejaria o ouro preso numa cidade que poderia ser capturada pelo inimigo, não é?

— *Tak* — disse com fervor —, *mange tak*.

Muito obrigado. Porque ia para Vygârd.

CAPÍTULO VIII

Os portões de Vygârd estavam fechados, mas não trancados. A princípio Sharpe pensou que a casa estava deserta, de tão silenciosa, depois percebeu que ninguém deixaria uma casa vazia com os postigos abertos. Rosas vermelhas cresciam entre as janelas. O gramado da frente fora aparado recentemente, o verde liso com marcas de onde a ponta da foice deixara curvas amplas e quase imperceptíveis, e o ar da tarde estava pleno do cheiro de grama.

Rodeou a casa, passou pelos grandes estábulos e pela cocheira, por um jardim onde abelhas zumbiam, depois sob um arco cortado numa cerca viva e se viu num amplo gramado que descia até um lago. No meio do gramado, sob um grande guarda-sol branco, uma mulher de cabelos escuros estava reclinada numa cadeira. Usava um vestido branco. Havia um chapéu de palha, enfeitado com uma fita branca, junto de um jornal, uma sineta e um cesto de trabalhos manuais sobre uma pequena mesa de vime. Sharpe parou, esperando que ela o questionasse ou chamasse empregados, mas então percebeu que a mulher estava dormindo. Parecia extraordinário: uma mulher dormindo na tarde sonolenta, enquanto, a menos de um quilômetro e meio, cavaleiros perseguiam fugitivos aterrorizados através de valas e matagais.

Os fundos da casa eram cobertos de glicínias, entre as quais uma porta pintada de branco se destacava convidativamente aberta. Havia um cesto de peras e maçãs na soleira. Sharpe passou por cima da cesta e entrou

A PRESA DE SHARPE

no ar fresco de um comprido corredor com piso de pedras e paredes cheias de pinturas de igrejas e castelos. Num cabide havia uma dúzia de bengalas e dois guarda-chuvas. Um cão dormia numa alcova. O animal acordou quando Sharpe passou, mas, em vez de latir, simplesmente bateu o rabo no chão.

Ele abriu uma porta ao acaso e se viu numa sala comprida, elegantemente mobiliada e com uma grande lareira de mármore branco que o fez estremecer ao se lembrar do sofrimento nas chaminés de Skovgaard. As janelas da sala davam para a mulher adormecida, e Sharpe ficou parado entre as cortinas grossas imaginando quem ela seria. Prima de Lavisser? Era jovem demais para ser sua avó. Parecia ter uma destoante espingarda encostada na cadeira. Então Sharpe viu que era um par de muletas. O jornal na mesa de vime, preso pelo cesto de trabalho, balançou ao vento.

Então onde Lavisser havia posto o ouro? Não nesta sala com suas poltronas estofadas, tapetes grossos e retratos com molduras douradas. Sharpe foi para o corredor principal. Uma escada branca, em curva, ficava à direita. E, em seguida, uma porta aberta. Espiou pela porta e encontrou uma pequena sala que fora transformada em quarto. Presumivelmente a mulher de muletas não podia subir a escada, de modo que uma cama fora posta sob a janela. Havia livros empilhados no parapeito da janela, pintado de branco. Jornais estavam espalhados na cama e numa pesada valise de couro transbordando de anáguas largadas. Havia iniciais douradas na tampa da valise. MLV.

Imaginou se o L seria de Lavisser, depois descartou a ideia, e nesse momento o nome Visser lhe ocorreu. Lavisser, Visser, madame Visser. E na casa de Skovgaard sua última pistola havia acertado em alguém, provocando um grito de dor e deixando sangue no chão. A mulher no jardim tinha muletas.

Examinou a valise e não encontrou nada que tivesse um nome. Abriu os livros; nenhum tinha o nome do dono escrito, mas todos eram em francês. Voltou à sala grande e olhou pela janela aberta a mulher adormecida. Era a cúmplice de Lavisser, era francesa, era inimiga. Sharpe admitiu que poderia passar o dia inteiro revistando a casa em busca do ouro, mas por que se incomodar quando madame Visser provavelmente poderia lhe dizer onde ele estava?

Voltou ao corredor, onde o cão abanou o rabo dando-lhe as boas--vindas pela segunda vez, atravessou o gramado, parou atrás da cadeira e tirou a carabina pendurada ao ombro.

— Madame Visser? — perguntou.

— *Oui?* — Ela pareceu espantada, depois ficou quieta quando ouviu a arma sendo engatilhada. Virou-se muito devagar.

— Nós nos conhecemos na semana passada — disse Sharpe. — Sou o homem que atirou na senhora.

— Então espero que sofra os tormentos do inferno — respondeu ela com calma. Falava inglês bem. Era uma mulher perturbadoramente bela, pensou Sharpe, com rosto elegante, cabelo castanho e olhos de caçadora. Aqueles olhos, em vez de demonstrar medo, agora pareciam divertidos. O vestido branco tinha uma renda delicada no pescoço e nas bainhas, e parecia tão feminino que Sharpe precisou se lembrar do veredicto de Ole Skovgaard sobre a mulher. Implacável, dissera ele. — Então, o que deseja?

— Onde está o ouro de Lavisser?

Ela riu. Não um riso fingido, mas sim uma gargalhada genuína.

— Tenente Sharpe, não é? O major Lavisser me disse seu nome. *Sharp*: inteligente, em inglês. Não é muito adequado, é? — Ela o encarou de alto a baixo. — Então, estava lutando lá no morro?

— Não foi propriamente uma luta.

— Não imagino que tenha sido. Tropas de verdade contra rapazes do campo, o que seria de esperar? Mas meu marido ficará muito desapontado. Ele e seu amigo foram a cavalo assistir. O senhor os viu? Talvez tenha atirado em dois cavalheiros montados enquanto eliminavam os camponeses. — Ela continuava desajeitadamente retorcida na cadeira. — Por que não fica na minha frente, onde eu possa ver seu rosto direito?

Sharpe se moveu, mantendo a carabina apontada.

Madame Visser ainda parecia mais divertida do que com medo da ameaça da arma.

A PRESA DE SHARPE

— Realmente veio procurar o ouro? O major Lavisser provavelmente o levou. E se foi para isso que veio pode muito bem ir embora de novo.

— Acho que ele está aqui.

— Então é um idiota — disse ela e estendeu a mão para a pequena sineta na mesa de vime. Pegou-a, mas não tocou. — Então, o que vai fazer, idiota? Atirar em mim?

— Já fiz isso uma vez, por que não faria de novo?

— Acho que não fará — disse ela, depois tocou a sineta vigorosamente. — Pronto — exclamou. — Ainda estou viva.

Sharpe achou o olhar dela inquietante. Baixou o cano da carabina.

— Onde foi que eu a acertei?

— Na perna. O senhor me deixou com uma cicatriz na coxa, e acho que o odeio.

— Deveria ter sido na cabeça.

— Mas o ferimento vai bem. Obrigada por perguntar. — Ela se virou enquanto uma serviçal de olhos sonolentos saía da casa. Madame Visser falou com a jovem em dinamarquês. A empregada fez uma reverência e voltou correndo para dentro. — Mandei pedir ajuda — disse madame Visser. — Portanto, se tiver algum bom senso, o senhor deveria partir agora.

Ela estava certa, pensou Sharpe. Ele deveria partir, mas o ouro era uma atração, e encontrá-lo seria uma doce vingança contra Lavisser.

— Estou procurando o ouro do desgraçado — disse ele —, e a senhora pode mandar chamar todos os empregados que quiser. — Em seguida usou o cano da carabina para abrir o cesto de trabalho que estava sobre o jornal.

— Acha que eu guardo mil guinéus aí? — perguntou madame Visser num tom divertido.

Sharpe estava procurando uma pistola, mas as únicas coisas no cesto eram papéis dobrados e um alfinete de chapéu mortalmente comprido. Recuou.

— Mil guinéus? Que tal os outros 42 mil?

Pela primeira vez, desde que a havia acordado, madame Visser pareceu perplexa.

— Quarenta e dois mil?

— Lavisser roubou 43 mil guinéus. O que foi que ele contou? Que eram mil? — A mulher não disse nada, e Sharpe soube que a havia surpreendido. — Então, que quarto ele usava aqui?

Ela deu de ombros.

— No andar de cima, acho. — E franziu a testa. — Quarenta e três mil? — Ela parecia incrédula.

— Menos 15 guinéus que roubei.

— Imagino que ele tenha levado para Copenhague.

— Ou escondido aqui.

Ela assentiu.

— Há porões e sótãos. — E deu de ombros. — O que o senhor fará com o dinheiro?

— Vou devolver aos ingleses.

Madame Visser sorriu.

— Acho, tenente, que vai guardá-lo. E o meu silêncio lhe custará cinco mil.

Ele recuou.

— Você é barata, não é?

Ela apenas sorriu e jogou-lhe um beijo. Sharpe continuou recuando, sem saber se ela teria uma pistola escondida no meio das saias, mas a mulher não se mexeu, só ficou olhando-o voltar para a casa.

Sharpe subiu para o andar de cima. Pensou em revistar os quartos, mas decidiu que Lavisser não deixaria uma fortuna num lugar onde algum serviçal pudesse surrupiá-la, por isso procurou a escada do sótão e encontrou-a atrás de uma pequena porta. O sótão era empoeirado, mas iluminado por pequenas águas-furtadas, e além disso estava atulhado de baús, valises e caixotes. Suas esperanças cresceram.

Não havia ouro. Havia baús cheios de papéis antigos, caixotes com brinquedos velhos e pilhas de roupas comidas por traças. Havia um trenó de criança, um cavalinho de balanço e um modelo de navio com cordame de teias de aranha. Mas nenhum guinéu. Ele não podia revistar todas as caixas, mas podia levantá-las e determinar, pelo peso, se havia ouro dentro, e não havia. Desgraça, pensou. Então ia procurar nos porões. Madame Visser havia mandado pedir ajuda, e, ainda que ninguém o tivesse perturbado por enquanto, ele sabia que não tinha muito tempo.

Desceu correndo a escada do sótão, estreita e sem carpete, atravessou o patamar e desceu a grande escadaria em curva. E ali, no saguão, estava o capitão Warren Dunnett. Havia meia dúzia de fuzileiros com ele, os uniformes sujos parecendo deslocados no cenário elegante. Dunnett sorriu quando Sharpe desceu a escada.

— Você está preso, tenente.

— Não seja idiota — respondeu Sharpe. Viu a surpresa no rosto de Dunnett, depois passou pelos seis fuzileiros, que pareceram embaraçados.

— Sharpe! — gritou Dunnett.

— Não amole — respondeu Sharpe. Em seguida foi pelo corredor, passou pelo cão e saiu no jardim dos fundos, onde madame Visser estava sendo atendida pelo capitão Murray e dois civis de casacas pretas, calções e botas de montaria. A empregada, supôs Sharpe, devia ter corrido até o povoado e apelado aos britânicos.

O capitão Murray, um homem decente que comandava uma companhia de casacas verdes, balançou a cabeça, triste.

— O que você estava pensando, Sharpe?

— Em nada — protestou Sharpe. Dunnett e seus homens o haviam acompanhado até o gramado. — Sabem quem é esta mulher? — perguntou Sharpe a Murray.

— É minha esposa, tenente — respondeu um dos civis —, e sou um diplomata francês.

— Na semana passada — disse Sharpe — vi essa vaca arrancar os dentes de um homem porque ele era agente britânico.

— Não seja ridículo — reagiu Dunnett rispidamente. Em seguida foi na direção de Sharpe e estendeu a mão. — Dê-me sua pistola, tenente, e seu sabre.

— Capitão! — disse madame Visser reprovando. — Talvez o tenente Sharpe tenha sido afetado pela batalha. Disseram-me que ela deixa alguns homens insanos. Acho que deveria colocá-lo num hospital.

— Vamos prendê-lo, senhora — disse Dunnett, entusiasmado. — Dê-me sua carabina, Sharpe.

— Venha pegar. — A raiva estava subindo perigosamente em Sharpe.

— Richard — disse o capitão Murray de modo afável. Em seguida segurou o cotovelo de Sharpe e demonstrou surpresa quando sua mão foi afastada bruscamente. — Este não é o lugar, Sharpe — disse em voz baixa. — Podemos resolver as coisas no povoado.

— Não há nenhuma porcaria a resolver! Eu não fiz nada aqui!

— Você invadiu uma propriedade, Richard, e isso é uma ofensa séria.

— Tenente Sharpe! — Dunnett estava ficando impaciente. — Dê-me suas armas agora ou ordenarei que meus homens as tomem.

— Vamos com calma, Warren, com calma — sugeriu Murray.

Madame Visser observava Sharpe com simpatia fingida e um meio sorriso. Tinha vencido e estava desfrutando a humilhação dele. Então uma voz nova soou irada, vindo do arco na cerca viva.

— Que diabo está acontecendo? — perguntou a voz, e o grupo no gramado se virou e viu que Sir Arthur Wellesley, seguido por três auxiliares, havia chegado à casa. — Alguém me disse que havia um oficial saqueando aqui. — O general estava claramente furioso enquanto vinha pelo gramado. — Meu Deus, não admitirei saques, especialmente feito por oficiais. Como se pode esperar obediência dos homens quando os oficiais são corruptos?

— Não peguei nada! — protestou Sharpe.

— É você — disse Wellesley em tom distante. Madame Visser, espantada com a boa aparência do general, estava sorrindo para ele, enquanto seu marido fazia uma reverência rígida e se apresentava. Wellesley falou com eles em francês fluente, Dunnett e Murray ficaram para trás, e Sharpe olhou para a mesa de vime e xingou sua própria impulsividade.

A PRESA DE SHARPE

Wellesley voltou os olhos frios para Sharpe.

— Monsieur Visser disse que você estava incomodando a esposa dele.

— Eu cravei uma bala na perna dela, senhor, se foi isso que ela quis dizer.

— Fez o quê? — perguntou Wellesley rispidamente.

— Na semana passada, senhor, em Copenhague. Na ocasião, ela estava arrancando os dentes de um homem, e ele era um dos nossos agentes.

Wellesley o encarou. Madame Visser deu um risinho.

— Ele está louco, senhor — disse o capitão Dunnett.

— Temo que o sol ou então a tensão da batalha tenha prejudicado a cabeça dele, Sir Arthur — disse madame Visser gentilmente. — Machuquei minha perna ao cair de um cavalo. Caso contrário, teria ido com meu marido testemunhar sua grande vitória. Em vez disso, fiquei aqui, e o tenente Sharpe me ameaçou com uma carabina, depois disse que revistaria a casa à procura de ouro. — Ela deu de ombros. — Acho triste, mas talvez vocês não paguem bem aos seus oficiais, não é?

— É verdade, Sharpe? — A voz de Wellesley estava fria como Sharpe jamais ouvira.

— Claro que não, senhor. — Sharpe não estava olhando para Sir Arthur, e sim para o cesto de vime. Um alfinete de chapéu, pensou, ela guardava um alfinete de chapéu no cesto de trabalho. Meu Deus, era uma chance louca, mas talvez a única que tivesse. Sir Arthur, confrontado por uma mulher atraente, estava falando com ela em francês e sem dúvida acreditando em tudo que ela dizia, e num instante confirmaria a ordem de Dunnett para prender Sharpe, e assim, enquanto o general estava distraído, Sharpe se curvou e tirou o jornal de debaixo do cesto de trabalho. Era um exemplar do *Beligske Tidende*, nada estranho nisso, mas mesmo assim madame Visser fez um gesto ineficaz para pegá-lo de volta.

Wellesley franziu a testa.

— Que diabo... — começou, depois olhou enquanto Sharpe desdobrava o jornal e o erguia para o sol. Minúsculos pontos de luz brilhavam na página. Monsieur Visser e o outro civil recuaram, como a sugerir que não tinham nada a ver com o que acontecesse em seguida, e Sharpe apenas olhou para os pontos de luz do sol e sentiu um enorme jorro de alívio. Estava em segurança.

— Senhor? — disse ele.

Wellesley veio ficar ao seu lado, depois pegou o jornal e o segurou no alto. Olhou por longo tempo os furos. Dunnett, sem entender o que acontecia, ficou se remexendo. Madame Visser permaneceu sentada imóvel, sem dizer nada. O general continuou examinando os minúsculos pontos de luz.

— Fiquei sabendo, senhor — disse Sharpe —, que cada furo embaixo de uma letra é...

— Sei como o sistema funciona, obrigado, Sharpe — disse Wellesley com frieza. Leu cada letra decifrando a mensagem oculta, depois finalmente baixou o jornal. — Você foi empregado em algum negócio obscuro para Sir David Baird, estou certo?

— Sim, senhor.

— E lorde Pumphrey estava envolvido no caso, certo?

— Sim, senhor.

— Ele me acordou em Londres para pedir minha opinião a seu respeito, Sharpe.

— Foi, senhor? — Sharpe não conseguiu esconder a surpresa.

— A mensagem está em francês, Sharpe — disse o general, dobrando cuidadosamente o papel —, e, pelo que posso ver, orienta os agentes deles na cidade a obedecer às instruções do príncipe herdeiro para queimar a esquadra. Imagino que o general Cathcart ficará interessado. — Wellesley devolveu o jornal dobrado a Sharpe. — Leve o jornal a ele, Sharpe. Parece que seu trabalho não terminou. Ainda é capaz de montar?

— Sim, senhor.

— Você nunca montou bem. Rezemos para que tenha melhorado um pouco. — Em seguida, virou-se para um dos seus ajudantes. — Vocês arranjarão para que o tenente Sharpe vá para o norte agora. Neste momento! Madame? A senhora é diplomata, portanto, devo deixá-la intocada.

A Presa de Sharpe

— Que pena — disse madame Visser, claramente fascinada por Sir Arthur.

O capitão Dunnett fumegava, Murray sorria e madame Visser simplesmente balançava a cabeça para Sharpe.

Que lhe jogou um beijo.

Depois cavalgou para o norte.

O jantar acontecia numa das grandes casas dos subúrbios de Copenhague, uma casa muito semelhante àquela onde Skovgaard perdera dois dentes. Havia uma dúzia de homens sentados ao redor da mesa presidida pelo general Sir William Cathcart, décimo barão de Cathcart e comandante do exército de Sua Majestade britânica na Dinamarca. Era um homem pesado e sombrio, com um perpétuo ar de preocupação, exacerbado pelo homem magro e intenso sentado à sua direita. Francis Jackson era do Ministério do Exterior e fora mandado a Holstein para negociar com o príncipe herdeiro muito antes que as forças de Cathcart houvessem deixado a Inglaterra. Os dinamarqueses tinham recusado as exigências de Jackson e agora ele viera a Copenhague insistir em que Cathcart bombardeasse a cidade.

— Não gosto dessa ideia — resmungou Cathcart.

— Não precisa gostar — disse Jackson. Em seguida olhou para o cordeiro e os nabos em seu prato como se tentasse deduzir exatamente o que lhe haviam servido. — Devemos simplesmente fazer.

— E depressa — apoiou lorde Pumphrey. O pequeno Pumphrey, parecido com um pássaro, estava sentado à esquerda de Cathcart, assim completando o cerco do Ministério do Exterior ao general. O nobre havia escolhido uma casaca branca com acabamento de renda de ouro que lhe dava uma aparência vagamente militar, mas isso era estragado pela pinta falsa que fora colada de novo na bochecha. — Logo o clima se tornará nosso inimigo. Não é verdade, Chase?

O capitão Joel Chase, da marinha real, sentado na outra extremidade da mesa, assentiu.

BERNARD CORNWELL

— O Báltico fica muito adverso no fim do outono, senhor — respondeu Chase em seu forte sotaque de Devonshire. — Névoas, vendavais, todos os incômodos de sempre. — Chase fora convidado a terra para jantar com Cathcart, uma cortesia estendida toda noite a algum oficial da marinha, e havia trazido seu primeiro-tenente, Peel, que bebera demais e agora estava dormindo a sono solto na cadeira. Chase, que tomara o cuidado de se sentar ao lado de Sharpe, agora se inclinou para o fuzileiro. — O que acha, Richard?

— Não deveríamos fazer isso — respondeu Sharpe. Estava suficientemente longe de Cathcart para que seu comentário não fosse ouvido.

— Mas faremos — respondeu Chase baixinho. O capitão alto e louro comandava o *Pucelle*, o navio em que Sharpe servira em Trafalgar, e havia encontrado Sharpe com um deleite óbvio.

— Caro Richard! Que bom vê-lo. E sinto muitíssimo. — Os dois não se encontravam desde a morte de Grace; e fora a bordo do navio de Chase que Sharpe havia amado de modo tão passional. — Eu escrevi — disse Chase a Sharpe —, mas a carta foi devolvida.

— Perdi a casa — respondeu Sharpe com a voz apagada.

— É duro, Sharpe, é duro.

— Como vão as coisas no *Pucelle*, senhor?

— Vamos lutando, Sharpe, vamos lutando. Deixe-me pensar, de quem você se lembra? Hopper ainda é meu contramestre, Clouter se vira com alguns dedos faltando e o jovem Collier faz prova para tenente no mês que vem. Deve passar, desde que não se confunda com a trigonometria.

— O que é isso?

— Um negócio tedioso que você esquece um dia depois da prova para tenente. — Chase havia insistido em se sentar ao lado do fuzileiro, mesmo que o posto devesse situá-lo muito mais perto de lorde Cathcart. — O sujeito é um chato — disse a Sharpe —, cauteloso e chato. É tão ruim quanto o almirante. Não, não tanto. Gambier é um rato de Bíblia. Vive perguntando se já fui lavado no sangue do Cordeiro.

— E já foi?

A PRESA DE SHARPE

— Banhado, mergulhado, encharcado, molhado e chafurdado, Sharpe. Estou fedendo a sangue. — Chase havia sorrido. Agora ouviu a conversa na outra extremidade da mesa antes de se inclinar de novo para perto de Sharpe. — A verdade, Richard, é que eles não querem atacar a cidade com homens, porque é muito bem murada. Por isso vamos mandar os morteiros. Não há muita escolha. É isso ou deixar vocês atacarem uma abertura.

— Há mulheres e crianças dentro — protestou Sharpe alto demais.

Lorde Pumphrey, que fora responsável por trazer Sharpe ao jantar, entreouviu o comentário.

— Há mulheres, crianças e navios, Sharpe, navios.

— É, mas ainda haverá navios? — perguntou Chase.

— É melhor que haja a porcaria dos navios — resmungou Sir David Baird.

Cathcart ignorou Baird, em vez disso encarou Chase, cuja pergunta havia provocado alarme ao redor da mesa. Jackson, o diplomata mais importante, empurrou um pedaço gorduroso de cordeiro para o canto do prato.

— Os dinamarqueses certamente relutarão em queimar sua esquadra — sugeriu ele. — Vão esperar até o último minuto, não é?

— Até o último minuto ou não — disse Chase energicamente. — Vão queimá-los, e os navios queimam depressa. Lembra-se do *Aquiles*, Richard?

— Do *Aquiles*? — perguntou Pumphrey.

— Um francês de 74 bocas, senhor, incendiado em Trafalgar. Num minuto estava lutando, no outro era um destroço incandescente. — Ele pronunciou cada sílaba com animação. — Arriscamos uma cidade cheia de mulheres e crianças mortas em troca de uma pilha de cinzas molhadas.

Cathcart, Jackson e Pumphrey franziram a testa para ele. O tenente Peel acordou abruptamente, roncando, e olhou ao redor da mesa, espantado.

— A mensagem oculta no jornal — disse lorde Pumphrey — é presumivelmente endereçada a Lavisser, não?

— Podemos supor que sim — concordou Jackson, cortando em migalhas um pedaço de pão.

— E ela dá permissão de seus senhores franceses para ele cumprir as ordens dinamarquesas de nos privar da esquadra.

— Concordo — disse Jackson cuidadosamente.

— A boa notícia — interveio Cathcart — é que graças ao Sr.... — ele parou, incapaz de se lembrar do nome de Sharpe — ... graças à atenção do tenente, interceptamos a mensagem.

Lorde Pumphrey sorriu.

— Podemos ter bastante certeza, senhor, de que mais de uma cópia foi enviada. Seria o usual, nessas circunstâncias, tomar essa preocupação sensata. Também podemos ter certeza de que, como monsieur e madame Visser são protegidos por acordo diplomático, estão livres para mandar mais mensagens como esta.

— Exatamente — disse Jackson.

— Ah. — Cathcart deu de ombros e se recostou na cadeira.

— E pareceremos notavelmente idiotas — continuou lorde Pumphrey, afável — se capturarmos a cidade e descobrirmos, como diz de modo tão delicado o capitão Chase, uma pilha de cinzas molhadas.

— Desgraça, homem — disse Cathcart. — Nós queremos os navios!

— Dinheiro pelas presas de guerra — sussurrou Chase a Sharpe. — Mais vinho?

— Mas como impedir que os navios sejam incendiados? — perguntou Pumphrey à mesa em geral.

— Reze pela chuva — sugeriu o tenente Peel, depois ruborizou. — Desculpe.

O general Baird franziu a testa.

— Eles já devem estar com os fardos incendiários a postos — observou.

— Pode explicar isso, Sir David? — perguntou Jackson.

A PRESA DE SHARPE

— Devem ter enchido os navios de fardos incendiários — disse Baird. — Fardos de lona cheios de salitre, pólvora grossa, enxofre, resina e óleo. — Baird listou os ingredientes com um prazer indecente. — E assim que as espoletas forem acesas aqueles barcos serão pura chama em três minutos. Pura chama! — Ele sorriu, depois usou uma vela para acender um charuto escuro.

— Santo Deus — murmurou Jackson.

— Então provavelmente não basta remover o capitão Lavisser da cidade, não é?

— Removê-lo? — perguntou Cathcart, espantado.

Lorde Pumphrey, tão pequeno e frágil, passou um dedo pela garganta, depois deu de ombros.

— A mensagem sugere que nosso renegado é o oficial encarregado de dar a ordem para incendiar a esquadra, mas infelizmente, se ele se ausentar, alguém mais certamente dará a ordem.

Todo mundo olhou para o minúsculo Pumphrey. Baird, aprovando a ideia de matar Lavisser, sorriu, mas a maioria dos outros oficiais pareceu chocada. Jackson simplesmente balançou a cabeça com tristeza.

— Desejaríamos fervorosamente que uma solução tão simples resolvesse nosso problema, mas infelizmente os dinamarqueses devem ter outros homens para iniciar a conflagração. — Ele suspirou e olhou para o teto. — Será uma derrota terrível se chegarmos tão longe e perdermos o prêmio.

— Mas, diabos, os comedores de lesma não vão pegar os navios! — protestou Cathcart. — Esse é o ponto, não é?

— Uma derrota covarde — disse Jackson, ignorando as palavras do general —, porque todos os cavalos e todos os homens do rei terão vindo tão longe apenas para provocar uma fogueira. Seremos objeto de risos da Europa. — Ele fez essa última observação para Cathcart com a insinuação óbvia de que o nobre seria o desfecho da piada.

O general Baird sinalizou a um garçom para que trouxesse a jarra de vinho do Porto.

— Os navios estarão totalmente tripulados? — perguntou.

Ninguém respondeu, mas a maioria olhou para Chase em busca de resposta. O capitão da marinha deu de ombros, como a sugerir que não sabia. Sharpe hesitou, depois disse:

— Os marinheiros devem ter sido juntados à guarnição, senhor.

— Então quantos homens restam a bordo? — perguntou Baird.

— Dois ou três — opinou Chase. — Os navios não correm perigo onde estão; assim, por que ter tripulantes a bordo? Além disso, tenho certeza de que estão *en flûte*.

— Estão o quê? — perguntou Baird.

— *En flûte*, Sir David. Os canhões devem ter sido levados a terra para aumentar o equipamento da guarnição, de modo que as portinholas estão vazias como os buracos de uma flauta.

— Por que não disse isso?

— E os navios *en flûte* — continuou Chase — não precisam de tripulantes, apenas uns dois sujeitos para ficar de olho nas amarras, bombear os porões e estar preparados para acender espoletas.

— Uns dois sujeitos, hein? — perguntou Baird. — Então a pergunta, acho, é como colocarmos alguns dos nossos sujeitos no porto interno. — Cathcart apenas o encarou de olhos arregalados. Jackson tomou um gole de vinho do Porto. — E então? — indagou Baird com beligerância.

— Estive lá na semana passada — disse Sharpe. — Entrei a pé. Não há guardas.

— Vocês não podem mandar homens para a cidade! Eles não vão durar uma hora! — protestou Cathcart.

— Sharpe durou — disse lorde Pumphrey em sua voz delicadamente aguda. Estava olhando para o lustre, aparentemente fascinado com um fio de cera que ameaçava pingar na tigela da sobremesa. — Você durou uns bons dias, não foi, Sharpe?

— Foi? — Cathcart encarou Sharpe.

— Fingi ser americano, senhor.

— E fez o quê? Cuspiu tabaco em toda parte? — Ele havia feito nome na guerra da independência americana e se considerava especialista nas antigas colônias.

A PRESA DE SHARPE

— Mas mesmo que nossos homens possam sobreviver na cidade — disse o capitão Chase —, como vamos mandá-los para dentro?

Francis Jackson, elegante num terno preto e camisa de seda branca, cortou a ponta de um charuto.

— Como os dinamarqueses infiltram seus mensageiros na cidade?

— Barcos pequenos, bem perto de terra, noites escuras — disse Chase.

— Há um pequeno cais — disse Sharpe, hesitante. — Um pequeno píer de madeira perto da cidadela, aonde as pessoas vão pescar. É bem perto da fortaleza. Talvez perto demais.

— E bem embaixo dos canhões da bateria de Sixto — observou um dos assessores de Cathcart.

— Mas numa noite escura? — Chase estava subitamente entusiasmado. — Remos com abafadores. Barcos enegrecidos. Sim, por que não? Mas por que desembarcar no cais? Por que não ir até lá dentro?

— Há uma barreira de troncos atravessando o porto externo — respondeu Sharpe — e atravessando o interno, mas o cais fica do lado de fora da barreira.

— Ah. Então é o cais. — Chase sorriu, depois olhou para Cathcart do outro lado da mesa. — Mas precisaríamos da permissão do almirante para mandar uma lancha, senhor, e, se posso sugerir com toda a humildade, este é um serviço que seria mais bem-feito por marinheiros. A não ser, claro, que o senhor tenha soldados que possam achar o caminho num porto escuro à noite.

— Cite um versículo da Bíblia que justifique esta expedição — observou lorde Pumphrey em voz baixa —, e tenho certeza de que lorde Gambier permitirá.

Um ou dois homens sorriram, os outros se perguntaram por que o almirante meticuloso realmente autorizaria esse tipo de jogo.

— Ele dará permissão quando souber que seu dinheiro decorrente das presas de guerra dependerá dela — resmungou Baird.

Houve um silêncio embaraçado. O dinheiro decorrente das presas de guerra, ainda que muito apreciado, quase nunca era reconhecido abertamente. Todo oficial superior, do exército e da marinha, poderia fazer uma pequena fortuna caso os dinamarqueses se recusassem a se render, porque então os navios seriam presas de guerra e valeriam dinheiro de verdade.

— Acho que o tenente Sharpe deveria ir com os marinheiros — sugeriu lorde Pumphrey. — Ele tem um certo conhecimento da cidade.

— Certamente vamos recebê-lo bem — disse Chase, em seguida olhou o amigo. — Você viria?

Sharpe pensou em Astrid.

— Sim, senhor.

— Mas se isso for realmente feito — disse lorde Pumphrey — seria recomendável que fosse logo. Seus homens estariam prontos para iniciar o bombardeio dentro de um ou dois dias, não é?

— Se bombardearmos — resmungou Cathcart.

— Devemos — insistiu Jackson.

A discussão voltou ao rumo antigo, se deveriam ou não bombardear a cidade. Sharpe bebericou o vinho do Porto, ouviu os sinos de Copenhague marcar as horas e pensou em Astrid.

O diabo se arrastou encosta acima e ficou agarrado no topo.

— Pelo amor de Deus, empurrem, seus pagãos desgraçados! — rosnou um sargento, enlameado até a cintura, para seus homens. — Empurrem! — Os oito cavalos do diabo foram chicoteados, os homens fizeram força empurrando as rodas e o diabo ameaçou escorregar pelo monte de argila. — Ponham as porcarias das costas nele! — berrou o sargento. — Empurrem!

— É doloroso demais de se olhar — disse lorde Pumphrey, virando-se de costas. Era a manhã seguinte ao jantar de Cathcart, e o nobre sentia-se claramente frágil. Ele e Sharpe estavam numa duna não muito longe de onde o diabo estava atolado, e o lorde tinha um cavalete no qual havia grudado um pedaço de papel muito pequeno. Além disso, tinha uma caixa de aquarelas, uma jarra d'água e um jogo de pincéis com o qual fazia

A PRESA DE SHARPE

uma pintura do horizonte de Copenhague. — Agradeço ao Senhor porque nunca tive jeito para o exército — continuou ele, encostando um pincel no papel. — É barulhento demais.

O diabo avançou centímetro a centímetro por sobre o monte de barro e desceu chacoalhando até a bateria. Era uma carroça grotescamente pesada, feita para o transporte de morteiros. O berço do morteiro ia sobre a carroça enquanto o cano ficava pendurado atrás do eixo traseiro. A bateria já estava com seis canhões de tubos longos de 24 libras, deixados em terra por um navio de linha; agora estava sendo equipada com um número equivalente de morteiros.

Eram armas de aparência maligna. Na verdade, não passavam de potes de metal, atarracados, gordos e curtos. O berço era um pedaço de madeira em que o pote era colocado de modo a apontar bem para o alto, com uma cunha na frente para mudar a elevação, mas a maioria dos artilheiros preferia ajustar o alcance da arma variando a quantidade de pólvora na carga. Sharpe, vendo-os manobrar o diabo para baixo da cabrilha de três pernas que levantaria o tubo pesado e o colocaria sobre o berço, tentou imaginar aquela arma sendo disparada. Não haveria coice, porque o berço não tinha rodas nem falca, e o morteiro não seria disparado horizontalmente, de modo que em vez de saltar para trás a massa atarracada de madeira e ferro simplesmente tentaria se enterrar no chão. Os morteiros que eram reunidos naquela bateria eram todos armas de 25 centímetros, não eram as maiores, mas ele imaginou as bolas fumegantes voando em arco na direção do céu nublado e caindo dentro de Copenhague.

Lorde Pumphrey devia ter adivinhado seus pensamentos.

— Esses canhões vão disparar contra a cidadela, Sharpe. Isso aplaca sua consciência sensível?

Sharpe se perguntou se deveria contar a Pumphrey sobre os órfãos da cidade, mas decidiu que uma descrição daquelas seria desperdiçada com o nobre.

— Parece que o general Cathcart também não deseja bombardear a cidade, senhor.

BERNARD CORNWELL

234

— O general Cathcart fará o que seus senhores políticos ordenarem — observou Pumphrey —, e na ausência de qualquer ministro da coroa, ele terá de ouvir o Sr. Jackson, queira ou não.

— Não ao senhor? — perguntou Sharpe maliciosamente.

— Sou apenas um lacaio, Sharpe — observou Pumphrey, tocando o pincel na pintura e franzindo a testa para a imagem. — Sou uma figura subalterna absolutamente sem qualquer importância. Mas, claro, usarei toda a pequena influência que tiver para encorajar Cathcart a bombardear a cidade. Começando amanhã à noite, espero.

— Amanhã? — Sharpe ficou surpreso ao saber que seria em tão pouco tempo.

— Por que não? Os canhões devem estar preparados e quanto mais cedo isso for feito, melhor, para sermos poupados desse desconforto pavoroso e voltarmos a Londres. — Pumphrey olhou interrogativamente para Sharpe. — Mas por que você está se mostrando tão escrupuloso? Sua reputação não sugere esse tipo de escrúpulos.

— Não me importo em matar homens, mas jamais gostei de trucidar mulheres e crianças. É fácil demais.

— As vitórias fáceis são as melhores, e geralmente as mais baratas. E o barato, você deve se lembrar, é o maior desejo dos governantes. Refiro-me, claro, ao gasto deles, não aos seus emolumentos. Se um homem no governo não puder enriquecer, não merece os privilégios do cargo. — Ele passou rapidamente o pincel no topo do papel, espalhando nuvens na pintura cinzenta. — O problema é que eu nunca soube quando terminar.

— Terminar?

— De pintar, Sharpe, de pintar. Se passar do ponto, a pintura ficará pesada. A aquarela deve ser leve, sugestiva, nada além. — Ele recuou e franziu a testa para a pintura. — Acho que estou quase lá.

Sharpe olhou.

— Acho que está muito boa, senhor. — E achava mesmo. Pumphrey havia captado maravilhosamente a aparência quase mágica da cidade com seus pináculos e cúpulas verdes e os telhados vermelhos. — Acho realmente boa.

— Como você é gentil, Sharpe, como é gentil! — Pumphrey parecia genuinamente satisfeito, depois estremeceu quando o sargento xingou os homens que puxavam as cordas que ergueriam o cano do morteiro. Agora havia 15 baterias cercando o lado oeste da cidade, as mais próximas bem perto do canal protetor, ao passo que no mar as bombardeiras inglesas estavam ancoradas num arco diante da cidadela e da bateria de Sixto, que juntos guardavam a entrada do porto. As canhoneiras dinamarquesas estavam dentro de casa. Nos primeiros dias elas haviam causado danos sérios aos navios da marinha real, porque deslocavam menos água e levavam artilharia mais pesada, porém o estabelecimento das baterias britânicas em terra as havia atraído para longe e agora a cidade estava efetivamente fechada num abraço de metal.

O estrondo das peças pesadas era constante, mas eram todas dinamarquesas, já que os canhões nas muralhas da cidade mantinham um fogo constante contra as baterias britânicas mais próximas, mas os tiros estavam se cravando nos grandes anteparos de faxinas cheias de terra que protegiam os canhões e morteiros. Sharpe, de seu ponto de observação na duna, podia ver a fumaça amortalhando a muralha. Os pináculos de cobre e os telhados vermelhos da cidade apareciam por cima da nuvem agitada. Mais perto dele, em meio às grandes casas e aos jardins, a terra estava marcada pelas baterias britânicas recém-cavadas. Uma dúzia de casas pegava fogo, provocado por granadas dinamarquesas que sibilavam por cima do canal. Três moinhos de vento estavam com as pás amarradas por causa do vento forte que soprava a fumaça para oeste e agitava a esquadra ancorada que preenchia as vias marítimas ao norte de Copenhague. Mais de trezentos navios de transporte de tropas estavam ancorados lá, uma verdadeira cidade de madeira flutuante. O *Pucelle* era um dos grandes navios mais próximo, e Sharpe estava esperando que sua lancha viesse a terra, de modo que naquela noite, se as nuvens se adensassem a ponto de obscurecer a lua, eles tentariam entrar na cidade. Olhou de novo para os pináculos e pensou em Astrid. Era estranho que não pudesse conjurar o rosto dela à lembrança, mas também jamais conseguira ver Grace na mente. Não tinha nenhum retrato.

— Os dinamarqueses, claro, poderiam se render agora — disse Pumphrey. — Seria a coisa sensata a fazer. — Ele estava pondo pequenas manchas de verde mais claro para enfatizar os pináculos da cidade.

— Como soldado, aprendi uma coisa — disse Sharpe. — As coisas sensatas jamais são feitas.

— Caro Sharpe — Pumphrey fingiu estar impressionado —, ainda faremos de você um oficial do estado-maior.

— Que Deus não permita, senhor.

— Não gosta do estado-maior, Sharpe? — Pumphrey estava provocando.

— O que eu gostaria, senhor, é de uma companhia de fuzileiros e de lutar de verdade contra os comedores de lesmas.

— Sem dúvida terá seu desejo realizado.

Sharpe balançou a cabeça.

— Não, senhor. Eles não gostam de mim. Vão me manter como intendente.

— Mas você tem amigos em postos elevados, Sharpe.

— Elevados e escondidos.

Pumphrey franziu a testa para a pintura, subitamente insatisfeito com ela.

— Sir David não se esquecerá de você, isso posso garantir, e Sir Arthur, acho, está de olho em você.

— Ele gostaria de me ver pelas costas, senhor — disse Sharpe sem esconder a amargura.

Lorde Pumphrey balançou a cabeça.

— Acho que você confunde a frieza costumeira dele com relação a todos os homens com uma aversão particular por você. Pedi a ele uma opinião a seu respeito, e foi muito boa, Sharpe, muito boa. Mas admito que ele é um homem difícil. Muito distante, não acha? E, por falar em distância, lady Grace Hale era uma prima muito remota. Duvido que ele se importe de um modo ou de outro.

— Estávamos falando disso, senhor?

— Não, Sharpe, não estávamos. E peço desculpas.

Sharpe ficou olhando enquanto o morteiro era baixado sobre o berço.

— E o senhor? — perguntou ele. — O que um civil faz como ajudante de ordens de um general?

— Ofereço bons conselhos, Sharpe, ofereço bons conselhos.

— Isso não é comum, é, senhor?

— Bons conselhos são de fato muito raros.

— Não é comum um civil receber um cargo no estado-maior, não é, senhor?

Lorde Pumphrey estremeceu em seu sobretudo pesado, ainda que o dia não estivesse particularmente frio.

— Pode-se dizer, Sharpe, que fui imposto a Sir David. Sabia que ele estava com problemas?

— Ouvi dizer, senhor.

A carreira de Baird havia sofrido depois da Índia. Ele fora capturado por um corsário francês a caminho de casa, passara três anos como prisioneiro e depois de libertado fora enviado como governador ao cabo da Boa Esperança, onde, idiotamente, permitira que um subordinado fizesse um ataque sem autorização a Buenos Aires, a um oceano de distância, e a aventura desastrada levara a exigências da dispensa de Baird. Ele fora exonerado, mas a mancha da desgraça ainda permanecia.

— O general — disse lorde Pumphrey — tem todas as virtudes marciais, menos a prudência.

— E é isso o que o senhor lhe dá?

— O duque de York foi insensato o bastante para pedir a ajuda de Sir David na facilitação do esquema ultrajante de Lavisser. Nós aconselhamos contra, como você sabe, mas também mexemos um ou dois pauzinhos para garantir que alguém ficasse de olho na situação. Sou esse olho que tudo vê. E, como disse, dou conselhos. Não queremos mais aventuras irresponsáveis.

Sharpe sorriu.

BERNARD CORNWELL

— Motivo pelo qual está me mandando de volta a Copenhague, não é?

Pumphrey devolveu o sorriso.

—· Se Lavisser ficar vivo, tenente, inevitavelmente espalhará histórias sobre o duque de York. E o governo britânico, em sua sabedoria infinita, não quer que os jornais franceses se encham de histórias caluniosas sobre Mary Ann Clarke.

— Mary Ann Clarke?

— Uma criatura muito linda, Sharpe, mas infelizmente não é a esposa do duque. A duquesa é uma princesa prussiana e, tenho certeza, possui muitos méritos, mas parece carecer das habilidades mais lúbricas da Srta. Clarke.

Sharpe viu uma lancha aparecer entre as duas chalupas bombardeiras.

— Então o senhor deseja que Lavisser seja morto?

— Eu jamais presumiria dar uma ordem dessas — disse Pumphrey em tom afável. — Meramente observo que você tem uma reputação de homem de recursos e, portanto, conto com você para fazer o que for necessário. E será que devo lembrar que vários milhares de guinéus estão desaparecidos? Soube que você procurou por eles em Vygârd, não foi?

— Ia devolvê-los ao senhor.

— Jamais me passou pela ideia que você não faria isso, Sharpe — disse Pumphrey com um sorriso. Em seguida olhou uma bala rasa disparada da cidadela voar sobre as ondas pequenas e finalmente afundar pouco antes de uma canhoneira inglesa. — Por acaso há outro serviço que poderia nos prestar em Copenhague. Sabe aquela mensagem que interceptou de modo tão inteligente? Falava de mais coisas do que incendiar a esquadra, Sharpe. Havia uma frase gnômica no fim, dizendo que Paris ainda exige a lista de nomes. Suspeito que isso signifique Skovgaard, não é?

— Tenho certeza que sim.

— Você disse que ele tomou precauções?

— Ele acha que sim. Acha que Deus está cuidando dele. E acha que sou maligno.

A PRESA DE SHARPE

— Abomino o entusiasmo religioso, mas faça contato com ele, por gentileza. Só para me certificar de que continua vivo. — Pumphrey franziu a testa. — O mais importante, Sharpe, não é o ouro. Não é a vida miserável de Lavisser, nem mesmo a chance infeliz de que os jornais parisienses espalhem o mexerico sobre a Srta. Clark. O importante é que os franceses não descubram a identidade dos correspondentes de Skovgaard. É uma pena que tenham descoberto a identidade dele, porque temo que o sujeito não possa ser mantido em segurança quando formos embora daqui. Mas assim que este negócio estiver terminado tentarei convencê-lo a se mudar para a Inglaterra.

— Duvido que ele queira.

— Acho que a maioria dos homens prefere viver a morrer. — Lorde Pumphrey recuou para olhar a pintura. Balançou a cabeça desapontado, largou o pincel, esvaziou a jarra d'água e fechou a caixa de tintas, evidentemente abandonando os esforços. — Será triste perder os serviços de Skovgaard, mas sem dúvida outro homem poderá ser encontrado para receber mensagens. Acha que aquela é a sua lancha? Então será que posso lhe desejar o júbilo da caçada em Copenhague? — Pumphrey estendeu a mão para Sharpe.

— Há uma recompensa para essa caçada, senhor?

— O ouro não basta? Então talvez sua recompensa seja o júbilo de pegar a presa.

— Estou cansado de ser intendente, senhor.

— Ah! Você procura promoção! — Pumphrey sorriu. — Vejamos o que posso lhe oferecer, Sharpe, mas talvez você não goste.

— Não goste? — Sharpe ficou perplexo.

— Depois de você ter saído de Harwich, Sharpe — disse lorde Pumphrey com diversão evidente —, e antes de embarcarmos num navio extremamente desconfortável, chegou um estranho relatório de Londres. Um perturbador assassinato em Wapping, imagine só. Não há nada de estranho nisso, claro, só que uma dúzia de testemunhas jura que o criminoso era oficial do exército. O que acha disso, Sharpe? — Ele esperou uma resposta, mas Sharpe ficou quieto. Pumphrey deu de ombros. — Cuide da minha tarefa trivial, Sharpe, e garantirei que permaneça sendo oficial do exército, mesmo que um desprezível intendente. Quanto a permanecer como intendente, bem, tenho certeza de que no devido tempo seus méritos vão elevá-lo muito acima desse posto e prevejo que observarei sua carreira com orgulho, sabendo que a preservei num tempo de crise. E garanto que farei o máximo, dentro de minhas possibilidades triviais, para ajudar em seus interesses. — Ele olhou para o céu. — Está ficando lindamente nublado. Perdoe se não fico para me despedir. Contrairei minha morte numa gripe, se ficar.

— Senhor... — começou Sharpe.

Pumphrey o silenciou, estendendo a mão. Em seguida dobrou o cavalete e pegou a caixa de tintas.

— O homem em Wapping foi decapitado, dizem, decapitado! Dê minhas lembranças a John Lavisser, está bem?

E se afastou.

Desgraçado, pensou Sharpe, desgraçado. Mas gostava dele. Em seguida se virou e foi andando até o barco. O aspirante Collier estava no comando. Havia crescido desde Trafalgar e agora era um rapaz que sorriu com prazer genuíno ao ver Sharpe.

— Sabíamos que iríamos fazer algum trabalho sujo quando ouvimos dizer que o senhor vinha. Lembra-se do Hopper?

— Hopper é inesquecível — disse Sharpe, rindo para o contramestre da tripulação, que repuxou o topete. — E Clouter! — Sharpe viu o negro enorme cuja mão direita era agora uma garra mutilada, com apenas dois dedos, legado de Trafalgar. — Como vai, Clouter?

— Muito bem, senhor.

— Podemos ir? — perguntou Collier. Sharpe observava lorde Pumphrey caminhar meticulosamente pelas dunas. Esteja certo que seu pecado irá encontrá-lo, pensou Sharpe.

Então agora deveria retornar à cidade e cometer assassinato.

E encontrar o ouro. E procurar Astrid. E essa última tarefa pareceu a mais importante.

Entrou no barco, ainda confuso.

CAPÍTULO IX

A lancha, em vez de levar Sharpe ao *Pucelle*, transportou-o apenas até a *Vesúvio*, uma bombardeira ancorada muito mais perto da boca do porto. O capitão Chase esperava a bordo, para apreensão evidente do comandante da *Vesúvio*, um mero tenente, que estava pasmo por ter um genuíno capitão-de-mar-e-guerra a bordo de seu navio. Sharpe e Collier, sendo oficiais, receberam apitos formais ao chegar a bordo no centro da bombardeira enquanto a tripulação da lancha subia pela proa.

— Achei que passaríamos o dia aqui — explicou Chase. — Estou mandando minha tripulação à cidade com você, Sharpe, e é muito mais perto ir daqui do que do *Pucelle*. Trouxe o jantar.

— E armas, senhor?

— Hopper está com o seu arsenal.

Sharpe ainda tinha a carabina que apanhara emprestada em Køge, mas havia pedido mais armas a Chase, e Hopper as trouxera do *Pucelle*. Havia um sabre de abordagem pesado, duas pistolas e uma das enormes armas de sete canos que Sharpe havia usado em Trafalgar. Era uma arma naval de ferocidade atordoante e utilidade limitada. Os sete canos, cada um com 13mm de diâmetro, eram unidos, de modo que poderiam ser disparados juntos, mas a arma, que fora projetada para disparar do alto, do cordame contra o convés de um inimigo, demorava séculos para ser recarregada. Mesmo assim, usada uma vez e usada do modo certo, era devastadora. Sharpe pendurou a arma atarracada e pesada ao lado da carabina, no ombro, e prendeu o sabre na cintura.

— É bom ter uma espada de verdade outra vez. Então, você vem à cidade, Hopper?

— O capitão queria os melhores, senhor — disse Hopper, depois hesitou. — Os rapazes e eu, senhor...

— Você é o melhor.

— Não, senhor. — Hopper balançou a cabeça, indicando que Sharpe havia entendido mal. Era um homem enorme, com rabicho alcatroado e pele coberta de tatuagens, que agora ruborizou. — Eu e os rapazes, senhor — disse ele, remexendo-se desajeitado e incapaz de encarar Sharpe —, nós queríamos dizer que sentimos muito, senhor. Ela era uma verdadeira dama.

— Era mesmo. — Sharpe sorriu, emocionado com as palavras. — Obrigado, Hopper.

— Eles iam mandar um presente para o seu filho — disse Chase alguns instantes depois, quando estavam enfiados na pequena cabine de popa da *Vesúvio*. — Fizeram um berço com madeiras do *Pucelle*, quebradas em Trafalgar. Provavelmente foi queimado no fogão da cozinha quando eles ficaram sabendo da notícia. Dias tristes, Richard, dias tristes. Então. Está pronto para esta noite?

— Sim, senhor.

— O jovem Collier está encarregado do grupo de desembarque. Eu queria ir também, mas o almirante recusou a permissão. O desgraçado disse que eu era valioso demais!

— E está certo, senhor.

— Ele é um chato que deveria estar no comando de uma capela lamurienta em vez de uma frota, Richard. Mas Collier sabe o que faz. — Sharpe tinha dúvidas de que um oficial jovem como Collier devesse comandar a equipe de desembarque, mas Chase sentia bastante confiança. Os homens, assim que chegassem a terra, deveriam ir até o porto interno e abordar um navio. Qualquer navio, disse Chase, porque, uma vez que estivessem a bordo em segurança, iriam se esconder nos conveses inferiores. — De fato, se os navios estão em depósito, que significa que não há ninguém a bordo, a não ser, talvez, alguns sujeitos para acender espoletas, e vocês podem apostar dez anos de salário contra um vintém que eles vão estar refestelados nos alojamentos dos oficiais. Os rapazes do Collier podem esperar embaixo, e o único risco, francamente, é que os dinamarqueses estejam fazendo algum serviço a bordo. Bastaria um carpinteiro no poço do navio e teríamos de começar a cortar gargantas.

— Quando eles vão cortar as espoletas?

— Collier terá de avaliar o momento — disse Chase, e a resposta descuidada preocupou Sharpe, mesmo que aquilo não fosse da sua conta. Ele iria à cidade caçar Lavisser, e o corte de espoletas da esquadra dinamarquesa era responsabilidade de Collier. E de novo Sharpe se perguntou se o jovem aspirante seria realmente o homem certo, mas Chase não admitiu qualquer dúvida. — Ele se sairá esplendidamente, Richard, esplendidamente. Agora, que tal jantarmos? Trouxe lombo, língua e chouriço frio de porco.

— Chouriço de porco?

— Comida de Devonshire, Sharpe, comida de verdade!

Naquela tarde Sharpe dormiu, acalentado em sonhos pelas ondas pequenas. Quando acordou, era um crepúsculo chuvoso e o navio estava cheio de gritos, do som de um cabrestante estalando e das batidas de pés dos homens. Parecia que o navio estava sendo ajustado. Os dois enormes morteiros da barriga da *Vesúvio* foram fixados, de modo que, para apontar seus obuseiros, todo o navio precisava ser virado para o alvo, e isso era conseguido apertando ou afrouxando as amarras das quatro âncoras que mantinham a canhoneira numa teia retesada.

— Ali! Não! Ficou longe demais! — gritou um aspirante. — Âncora de proa a bombordo, soltar dois passos!

— Devem fazer isso duas vezes por dia — disse Chase. — Parece que a maré afeta.

— O que eles estão mirando?

— Aquela grande fortaleza. — Chase apontou para a cidadela que se erguia acima do pequeno cais de pesca onde Sharpe esperava desembarcar à noite. — Vão largar as bombas direto na goela. Vamos terminar a língua no jantar? Então você poderá partir à meia-noite.

A lancha ia sendo preparada. Os pinos do leme estavam sendo engraxados para não guinchar, e os toletes, que seguravam os remos, foram enrolados em trapos enquanto o casco e os remos eram pintados de preto com alcatrão de Estocolmo. Os tripulantes da lancha pareciam piratas, porque estavam cheios de armas e todos vestiam roupas escuras. Um marinheiro dinamarquês, da equipe de bombordo do *Pucelle*, fora feito membro honorário da tripulação da lancha para a expedição.

— Você confia no sujeito? — perguntou Sharpe a Chase.

— Ponho a mão no fogo por ele, Richard. Ele está no *Pucelle* há mais tempo do que eu. E Collier precisa de alguém que fale a língua.

A noite caiu. As nuvens a deixaram absolutamente escura, tão negra que Sharpe se perguntou se a lancha encontraria o caminho na boca do porto, mas Chase o tranquilizou. Apontou para um lampião distante que luzia azul-claro.

— Aquilo está pendurado numa das vergas do *Pucelle* e vamos colocar outra lanterna no mastro de proa da *Vesúvio*, e enquanto o jovem Collier mantiver as duas luzes alinhadas irá reto como uma flecha. A marinha tenta prever esse tipo de problema. — Ele fez uma pausa. — Você se importaria muito, Richard, se eu não ficasse para a sua saída? Estou me sentindo meio enjoado. É só alguma coisa que comi. Preciso dormir. Está se sentindo bem?

— Muito.

— Desejo-lhe sorte, Richard — disse Chase, que bateu no seu ombro e foi para a popa.

Era uma despedida abruptamente estranha, e não parecia certo que Chase estivesse dormindo quando a tripulação da lancha saísse, mas Sharpe suspeitou de que a doença de Chase tivesse tanto a ver com o nervosismo quanto com problemas estomacais. O próprio Sharpe estava nervoso. Tentaria penetrar numa fortaleza inimiga, e faria isso numa lancha que não oferecia esconderijo caso fossem descobertos. Viu Chase ir para os alojamentos de popa, depois foi esperar no poço da *Vesúvio*, onde os grandes morteiros se agachavam e onde Hopper e seus homens afiavam facas e sabres de abordagem.

Séculos pareceram se passar até que Collier ordenou que embarcassem, e depois demorou mais um tempo enorme até que todos os homens, atrapalhados pelas armas e levando sacos de comida e odres de água, descessem pelo costado da bombardeira para a lancha que fedia a alcatrão. Os homens estavam estranhamente empolgados, quase rindo, tanto que Collier mandou que se calassem, depois verificou, sensatamente, que nenhum estivesse com armas carregadas, porque temia a descarga acidental de uma pistola ou uma espingarda. A chuva começara a cair. Não era forte, apenas uma garoa insistente que abriu caminho pela gola erguida de Sharpe.

A lancha estava apinhada. Em geral levava uma tripulação de 12 homens, mas agora tinha 15. Haviam embarcado pelo lado da *Vesúvio* que ficava mais longe da cidade e, sob a ordem de Collier, agora os homens davam algumas remadas para se afastarem da bombardeira. Os grandes remos estavam silenciosos nos toletes, mas assim que se afastaram alguns metros da *Vesúvio* Collier ordenou que parassem de remar.

— A maré nos levará — sussurrou para Sharpe. Não havia necessidade de sussurrar, porque ainda estavam a mais de meia milha da margem, porém já se sentiam vulneráveis.

A lancha seguiu à deriva. De vez em quando os remos de proa ou de popa faziam uma breve correção para manter as lanternas azuis alinhadas. O azul era muito pálido, quase branco, e, retorcendo-se no banco da popa, Sharpe se maravilhou pensando em como os homens podiam distinguir aquelas duas luzes de todas as outras da esquadra. Na maioria do tempo a tripulação ficava imóvel e em silêncio, tentando ouvir o espadanar ou os estalos que denunciariam a presença de um barco de guarda dinamarquês. Deveria haver pelo menos um barco inimigo patrulhando a barreira do porto para impedir exatamente uma incursão como esta, da lancha enegrecida do *Pucelle*.

Havia algumas luzes acesas na cidade, os reflexos brilhando longos e trêmulos na água negra. Um vento soprou frio do leste, jogando pequenas marolas contra a lancha. Sharpe estremeceu. Agora sentia o cheiro do porto, a água fétida por causa de todo o esgoto e da podridão represada pelos longos cais. Uma pequena chama se acendeu e morreu nas fortificações da cidadela, e Sharpe supôs que fosse uma sentinela acendendo um cachimbo. Virou-se e viu que agora as lanternas da esquadra britânica estavam muito longe e turvadas pela chuva, então um sibilo vindo da proa da lancha fez todo mundo se imobilizar. Sharpe ouviu um espadanar próximo e o rangido de um remo em sua forqueta. Um barco de guarda inimigo estava perto, e Sharpe esperou, mal ousando respirar, mas o chapinhado seguinte foi mais fraco. Pensou ter visto um clarão de água branca provocado por um remo, mas não tinha certeza. Collier e seus homens estavam curvados como se pudessem se esconder da patrulha inimiga na escuridão da superfície do mar.

Nesse ponto um brilho avermelhado surgiu acima das fortificações da cidadela, lançado pelas lanternas do pátio central. Agora a lancha ia mais rapidamente, carregada pela forte maré. Sharpe não podia ver o cais e tentou não pensar nos grandes canhões dinamarqueses nas canhoneiras acima. Apenas uma boca de fogo, carregada com lanterneta, poderia transformar a lancha numa confusão de lascas ensanguentadas. O primeiro relógio da cidade marcou uma hora.

Então a lancha bateu num obstáculo. Sharpe agarrou a amurada, pegajosa com a cobertura de alcatrão. O primeiro pensamento foi que haviam se desviado para a cadeia de troncos, ou talvez acertado uma pedra, então percebeu que os homens da proa estavam saindo da lancha. Haviam chegado ao cais, guiados sem erro pelas luzes azuis. Ouviu ruídos surdos quando os grandes sacos de comida e munição foram erguidos.

— Vamos deixar o barco aqui — sussurrou Collier. — Pode ficar à deriva.

Sharpe tateou para achar o caminho, depois subiu desajeitadamente até o cais de madeira que cheirava a peixe.

— Para onde, agora, Richard? — perguntou uma voz baixa.

Sharpe virou-se, perplexo.

— Senhor?

— Shh. — O capitão Chase riu no escuro. — O almirante Gambier acha que estou doente, mas eu não poderia deixar que esses rapazes viessem sem mim. — Todos os rapazes estavam rindo. Sabiam que o capitão vinha, motivo pelo qual se mostravam tão empolgados ao sair da *Vesúvio*. — Então, Richard, para onde?

— O senhor não deveria estar aqui — disse Sharpe enfaticamente.

— Nem você, pelo amor de Deus. Além do mais, é meio tarde para dizer isso, não acha? — Chase estava usando seu uniforme, mas agora pendurou uma capa naval sobre os ombros. — Mostre o caminho, Richard, mostre o caminho.

Sharpe levou-os pelo cais, sempre cônscio dos enormes canhões a menos de cem passos de distância, depois seguiu pelo caminho onde havia passeado com Astrid. As botas pareciam fazer barulho. Então, a menos de vinte passos do cais, uma voz gritou do jardim onde uma bateria de peças de campanha fora posta atrás de faxinas.

O marinheiro dinamarquês de Chase respondeu. Houve um riso breve na escuridão, depois outro jorro de palavras. Os outros marinheiros haviam parado, com as mãos nas armas, mas o tom da conversa era tranquilizador e Chase mandou que continuassem andando.

— O que você lhe disse? — perguntou o capitão quando estavam longe da bateria.

— A verdade — respondeu o sujeito. — Disse que éramos marinheiros ingleses que tínhamos vindo capturar a frota.

— Foi? — Chase pareceu alarmado.

— Minha mãe disse que eu iria para o inferno se mentisse, senhor. Então falei que surgiu um vazamento no nosso barco e estávamos voltando. Ele acha que somos a tripulação do barco de guarda.

Chase deu um risinho. Havia apenas luz suficiente escorrendo dos lampiões da cidade para lançar um brilho úmido na rua ao lado do cais do porto, que estava atulhado de barris de comida acumulados para o cerco.

— Isso lhe parece muito estranho, Richard? — perguntou Chase.

— Sim, senhor.

— Meu Deus, estamos numa fortaleza inimiga! — Chase espiava pelos becos, claramente desapontado porque havia muito pouco a ver. A cidade parecia adormecida, não somente os civis, mas também a guarnição. Havia uma inocência ali, pensou Sharpe. Copenhague podia estar sob cerco, mas continuava querendo levar a vida comum. Ninguém desejava a guerra, e Sharpe sentia que as pessoas acreditavam, perversamente, que ela sumiria se a ignorassem. Tudo que a Dinamarca pedia era para ser deixada em paz enquanto a Europa enlouquecia, mas os dinamarqueses tinham navios, por isso deveriam ter guerra, quer desejassem ou não.

Passaram pelo palácio de Amalienborg. Devia haver sentinelas ali, mas nenhuma questionou o grupo de homens cujos passos ecoavam nas paredes do palácio. Um gato miou em algum lugar e ratos correram na escuridão. O cais, que estivera quase vazio no dia em que o príncipe herdeiro partira para Holstein, agora estava apinhado de embarcações atracadas, na maioria navios mercantes que haviam se refugiado da esquadra britânica. O vento inclinava a chuva insistente através dos cordames.

— Fico pensando que vou acordar e descobrir que é um sonho — disse Chase.

— Ainda não estamos no porto interno — alertou Sharpe. Certamente os dinamarqueses guardariam sua esquadra, não? No entanto a ponte não tinha sentinelas. Os mastros e o cordame dos navios de guerra emaranhavam a escuridão, fracamente iluminados por um braseiro que luzia do lado de fora de uma casa de guarda perto dos dois navios meio construídos sobre as rampas do estaleiro. Sharpe presumiu que era uma casa de guarda, porque havia uma pequena cabine coberta para uma sentinela, mas a cabine estava vazia.

Chase levou-os pelo cais de madeira que separava os portos interno e externo. De repente, tudo era ridiculamente fácil. Os dinamarqueses haviam atulhado sua esquadra na bacia, costado a costado, e as proas dos navios de guerra tocavam o cais, de modo que os gurupés erguiam-se altos sobre as pedras. Chase indicou o primeiro navio e, com facilidade treinada, seus homens subiram no cordame sob o beque. Então, um a um, desapareceram na proa. Sharpe esperou até que o último fardo tivesse passado, depois foi atrás, mais desajeitadamente.

O navio estava escuro como uma tumba. Ninguém os questionou. Desceram pelas escadas de tombadilho até chegarem ao vazio convés inferior. E ali, como ladrões na noite, esperaram.

O general Peymann olhou para a carta que fora trazida à cidade por dois oficiais britânicos sob uma bandeira de trégua. Os oficiais esperavam sua resposta do lado de fora de um dos portões.

A carta era em inglês e o domínio dessa língua por parte do general não era suficiente para entender as cortesias elaboradas exigidas pela diplomacia, por isso entregou o papel a Lavisser.

— Poderia traduzir, major?

Lavisser leu sua tradução em voz alta. Passou rapidamente pelos elogios floreados, depois diminuiu o ritmo quando chegou ao que era pouco mais do que uma exigência de rendição por parte da cidade.

— "Nós, abaixo assinados, neste momento em que nossas tropas estão diante de seus portões, e com as baterias prontas para abrir fogo, renovamos a oferta dos mesmos termos conciliatórios vantajosos que propusemos através dos ministros de Sua Majestade à sua corte." Nada de novo nisso, senhor — comentou Laviser. — "Se consentirem em entregar a esquadra dinamarquesa e que a levemos embora, ela será mantida em depósito para Sua Majestade dinamarquesa e será devolvida, com todos os equipamentos, no mesmo estado em que foi recebida, assim que as provisões da paz geral removam a necessidade que ocasionou esta demanda." Está assinada pelo almirante Gambier e pelo general Cathcart, senhor — disse Lavisser, largando a carta.

Peymann sentou-se à mesa e olhou sombrio para a carta.

— Não dizem nada sobre bombardear a cidade?

— Não explicitamente, senhor.

— Mas vão bombardear?

— Não ousarão — respondeu outro ajudante. — Sofreriam o escárnio de toda a Europa.

— Mas se bombardearem — interveio um terceiro ajudante — teremos de suportar. As brigadas de incêndio já estão prontas.

— Que brigadas de incêndio? — perguntou Lavisser com sarcasmo. — São apenas sete bombas para toda a cidade.

— Sete? Apenas sete? — Peymann ficou alarmado.

— Duas estão sendo consertadas, senhor.

— Sete não bastam!

— Queime a esquadra — sugeriu Lavisser. — Quando eles virem que a presa não existe mais, senhor, irão embora.

— Estamos aqui para proteger a esquadra. Vamos queimá-la se necessário, mas somente no último instante. — Ele suspirou, depois sinalizou a um escrivão para que redigisse uma resposta à exigência britânica. — Senhores — ditou, depois pensou um momento. — Permanecemos convencidos de que nossa esquadra, que é indiscutivelmente propriedade nossa, está tão segura nas mãos de Sua Majestade dinamarquesa quanto jamais estará nas mãos do rei da Inglaterra. — Isso, pensou, era um bom achado. Será que deveria mencionar a possibilidade de um bombardeio? Decidiu, pensando bem, que deveria tentar provocar a consciência britânica. — Nosso monarca jamais pretendeu qualquer hostilidade contra o dos senhores, e se tiverem a crueldade de tentar destruir uma cidade que não lhes deu a menor causa para tal tratamento, ela deve se submeter ao destino. — Ele olhou o escrivão anotar. — Eles não vão bombardear — disse quase para si mesmo. — Não vão.

— Não podem — concordou um ajudante.

— Seria bárbaro — disse outro.

— Será um cerco, tenho certeza — observou Peymann, esperando estar certo.

Esta seria a última coisa que Chase e seus homens desejariam, porque teriam de ficar escondidos até a cidade se render, e até mesmo o sempre otimista Chase não acreditava que a sorte deles poderia se manter durante as semanas ou meses de um cerco prolongado. Chase só ousara vir à cidade porque acreditava que a rendição dinamarquesa aconteceria rapidamente, assim que os morteiros começassem a trabalhar.

— Pense bem — disse a Sharpe de manhã —, provavelmente poderíamos viver aqui durante meses. O porão está cheio de carne de porco salgada. Há até mesmo alguns barris de água. Meio salobra, mas nada pior do que a que costumamos beber. — O amanhecer revelara que estavam a bordo do maior navio da esquadra dinamarquesa, o *Christian VII*, de 96 canhões. — É quase novo — disse Chase a Sharpe — e belamente construído. Lindo! — O navio estava sem tripulação, canhões ou munição, mas grandes fardos incendiários de lona tinham sido postos em todos os conveses, com pavios levando ao castelo de proa. Não havia dinamarqueses a bordo, mas à tarde, quando a maioria dos entediados homens de Chase dormia, houve um barulho de passos. Os homens, escondidos no paiol de proa, pegaram as armas enquanto o alarmado Chase encostava um dedo nos lábios.

Os passos desceram ao convés imediatamente acima deles. Pareciam ser duas pessoas, talvez vindo verificar os pavios ou talvez sondar o poço do navio, mas um dos dois intrusos gargalhou e cantou um pedaço de uma cantiga. Era uma voz de mulher e, um instante depois, novos sons revelaram por que o casal viera a bordo.

— Se eles lutam tanto quanto... — sussurrou Collier, mas Chase silenciou o aspirante.

Por fim o casal foi embora e os homens de Chase comeram pão e chouriço de porco.

— Florence manda os chouriços para mim — comentou Chase — e disse que estes foram feitos dos nossos próprios porcos. Delicioso, hein? Então — ele cortou outra fatia do chouriço claro e gordo —, o que planeja fazer, Richard?

— Preciso caçar um homem.

E uma mulher, acrescentou a si mesmo. Durante o longo dia ficara tentado a ir à Ulfedt's Plads, mas a prudência havia sugerido que esperasse o escurecer.

Chase pensou um momento.

— Por que não espera até a cidade se render?

— Porque até lá ele vai estar escondido, senhor. Mas esta noite será seguro. — Em especial, pensou Sharpe, se o bombardeio começasse.

Chase sorriu.

— Seguro?

— Quando as granadas começarem a cair, senhor, seria possível marchar com o 1º Regimento de Infantaria da Guarda nu pelo centro da cidade e ninguém notaria.

— Se bombardearem — disse Chase. — Talvez os dinamarqueses tenham bom senso antes. Talvez se rendam, não é?

— Rezo para que sim — respondeu Sharpe com fervor, mas suspeitava que os dinamarqueses seriam teimosos. Seu orgulho estava em jogo e talvez eles não percebessem realmente que os britânicos usariam os morteiros e obuseiros.

O sol saiu naquela tarde. Secou a cidade encharcada de chuva, fez brilhar os telhados de cobre e lançou sombras finas da fumaça dos canhões dinamarqueses. Esses canhões haviam martelado o dia inteiro, levantando a terra e as faxinas ao redor das baterias britânicas. Os grandes canhões navais, trazidos dos navios vazios, estavam montados a barbeta, o que significava que não havia canhoneiras suficientes para protegê-los, de modo que as armas disparavam diretamente por cima do parapeito da muralha e os oficiais artilheiros britânicos olhavam famintos aquelas peças através dos telescópios. Canhões a barbeta eram destruídos facilmente.

Os morteiros britânicos se encontravam agachados em seus berços. Suas bombas já estavam com as espoletas cortadas. Agora só era necessária uma decisão de usá-los.

O sol afundou do outro lado da Zelândia, deixando um céu flamejante. O último raio brilhou sobre uma bandeira dinamarquesa com a cruz branca, que pendia do mastro mais alto da cidade. A bandeira luziu, depois a sombra da terra engolfou-a e outro dia se foi. Os canhões dinamarqueses pararam de atirar e sua fumaça se dissipou lentamente enquanto fluía para o oeste. Na igreja de Nosso Salvador, que tinha uma bela escada serpenteando por fora do altíssimo pináculo, uma reunião para orações invocava Deus para poupar a cidade e imbuir de sabedoria o general Peymann. O general Peymann, sem saber das orações, sentava-se para jantar sardinhas. Três bebês, nascidos naquele dia no hospital-maternidade que ficava entre a Bredgade e a Amaliegade, dormiam. Uma das mães teve febre, e os médicos a envolveram em flanela e lhe deram uma mistura de conhaque com pólvora para tomar. Mais conhaque e barris de aquavit estavam sendo bebidos nas tavernas da cidade, cheias de marinheiros liberados de seus serviços nas muralhas. O sistema de combate a incêndios da cidade, grandes tanques de metal montados sobre sete carroças de quatro rodas com monstruosas bombas de alavancas duplas, esperavam em esquinas. Outra reunião de orações, esta na igreja de Holman, o templo dos marinheiros, implorava para que o sistema contra incêndio não fosse necessário, ao passo que no arsenal em Tojhusgade os últimos mosquetes recondicionados eram entregues aos mais novos voluntários da milícia. Se os britânicos abrissem uma brecha e atacassem a cidade, aqueles empregados de tavernas, escriturários, carpinteiros e pedreiros teriam de defender seus lares. Em Toldboden, numa pequena oficina ao lado da Alfândega, um tatuador trabalhava nas costas de um marinheiro, fazendo um desenho intricado que mostrava o leão britânico sendo afogado por um par de marinheiros dinamarqueses.

— Há regras de guerra — disse o general Peymann aos seus convidados para o jantar —, e a Inglaterra é uma nação cristã.

— É, é sim — concordou o capelão da universidade —, mas os ingleses também são um povo muito competidor.

— Mas não tratarão mulheres e crianças como combatentes — insistiu Peymann. — Principalmente mulheres e crianças cristãs. E estamos no século XIX! — protestou o general. — E não na Idade Média.

— Estas sardinhas são excelentes — disse o capelão. — Imagino que tenha conseguido na Dragsteds, não?

Em 15 baterias britânicas, a bordo de 16 bombardeiras e em dez lanchas que haviam sido preparadas de modo especial para levar morteiros menores, os oficiais olhavam os relógios. Foguetes, que deviam disparar de estruturas triangulares, estavam arrumados ao lado das baterias terrestres.

Ainda não estava totalmente escuro, mas pelo menos o suficiente para esconder as baterias dos observadores nas muralhas da cidade, que não viam as pesadas faxinas protegendo os canhões longos que eram arrastados de lado.

As nuvens se abriam e as primeiras estrelas apareceram sobre a cidade. Um bota-fogo luziu vermelho numa bateria avançada.

— Eles ameaçam se comportar de modo abominável — declarou o general Peymann — e esperam que acreditemos na ameaça. Mas o bom senso e a humanidade prevalecerão. Deverão prevalecer.

— O cristianismo deve prevalecer — insistiu o capelão da universidade. — Um ataque direto contra civis seria uma ofensa contra o próprio Deus. Isso é trovão? E eu achava que o céu estava limpando.

Ninguém respondeu e ninguém se mexeu. Aquilo soara como trovão, mas Peymann sabia a verdade. Um canhão havia disparado. Foi longe, mas o som era forte, uma percussão que fazia a barriga vibrar, o som de um morteiro de grande calibre.

— Que Deus nos ajude — disse o general em voz baixa, rompendo o silêncio ao redor da mesa.

A primeira bomba subiu em arco, a espoleta acesa riscando uma fina linha vermelha de fagulhas e uma tênue trilha de fumaça. Era um sinal, e de todos os pontos ao redor da borda oeste da cidade e dos barcos ancorados no estreito os outros morteiros dispararam. Obuseiros davam coices em suas flechas para lançar as granadas depois das bombas dos morteiros.

As espoletas acesas das bombas chegaram ao ponto mais alto, fagulhas vermelhas se curvando na noite.

Os artilheiros estavam recarregando. As primeiras bombas pareciam lívidas estrelas cadentes. Então, enquanto começavam sua queda com um grito agudo, os rastilhos das bombas convergiram. Deus não havia demonstrado misericórdia, os britânicos não possuíam nenhuma, e Copenhague devia sofrer.

A primeira bomba atravessou um telhado com uma cascata de telhas se lascando, passou por um teto de gesso e se alojou num patamar do andar superior onde, por um instante, ficou ali com a espoleta soltando fumaça.

Então, batendo e soltando fumaça, rolou por um lance de escada para se alojar num patamar intermediário. Não havia ninguém em casa.

Por um momento parecia que o projétil não explodiria. A espoleta ardeu até a tapa de madeira e a fumaça simplesmente morreu. Flocos de gesso caíram do teto despedaçado. A bomba, uma bola preta de 33 centímetros, simplesmente ficou ali, mas a espoleta permanecia viva, queimando pelo último centímetro de salitre, enxofre e pólvora moída até a fagulha encontrar a carga e a bomba arrebentar o andar de cima, no momento em que as outras bombas da primeira descarga despencavam nas ruas mais próximas. Uma menina de 7 anos, levada para a cama sem jantar porque havia rido durante as orações da família, foi a primeira habitante da cidade a morrer, esmagada por uma bomba de morteiro de 28 centímetros que atravessou o teto de seu quarto.

Os primeiros incêndios começaram.

Oitenta e dois morteiros estavam disparando. O alcance era ajustado variando-se a quantidade de pólvora na carga, e os artilheiros haviam especificado as quantidades das diferentes baterias para garantir que todas as bombas caíssem nas mesmas áreas da cidade. No norte elas largavam projéteis no interior da cidadela, ao passo que ao sul as bombas se chocavam contra as ruas mais próximas da muralha. As equipes de bombeiros empurravam suas máquinas pesadas em direção aos primeiros incêndios, mas eram atrapalhadas pelas pessoas que tentavam escapar das bombas. Uma bomba de 33 centímetros caiu no meio de uma multidão, milagrosamente sem tocar ninguém. O pavio luziu vermelho e um homem tentou apagá-lo com a bota, mas a bomba explodiu, e o pé do homem, levando uma trilha de sangue, voou em arco por cima da rua cheia de gritos. Havia sangue e carne nas fachadas das casas. Famílias tentavam levar seus bens de valor para longe da área ameaçada, congestionando ainda mais os becos. Algumas pessoas procuravam refúgio nas igrejas, acreditando que haveria abrigo contra o inimigo dentro das paredes sagradas, mas as igrejas queimavam tão facilmente quanto as casas. Uma bomba explodiu num coro de órgão, espalhando tubos como se fossem canudinhos de palha. Outra matou dez pessoas numa nave. Algumas bombas não explodiam, e ficavam negras e malévolas onde haviam caído. Um artista, juntando rapidamente papel, lápis e carvão, teve o teto atravessado por uma pequena bomba, que ficou soltando fumaça ao lado de sua cama desfeita. Ele pegou o penico, que ainda não fora esvaziado da noite anterior, e o derramou sobre o projétil. Houve um chiado enquanto a espoleta se apagava, e depois um fedor horrível.

Uma quantidade de incêndios teve início. Os mais ferozes atravessavam telhados enquanto mais bombas caíam nas chamas. Agora os britânicos haviam começado a disparar carcaças, projéteis vazios destinados a queimar, em vez de explodir. As maiores, disparadas dos grandes morteiros de 33 centímetros, pesavam tanto quanto um homem e eram cheias de salitre, enxofre, antimônio e piche. Queimavam com uma intensidade de fornalha, com o fogo saindo por buracos feitos nas cascas de metal, e uma simples carroça com um tanque d'água não podia aplacar aqueles horrores. Ainda havia um vestígio de luz da tarde no céu de aquarela através do qual as espoletas das bombas em mergulho deixavam rastilhos de fumaça, que oscilavam, misturavam-se ao vento e desapareciam, sendo renovados enquanto mais bombas e carcaças tombavam. Então as trilhas foram tocadas de vermelho enquanto chamas brotavam da fumaça mais densa e fervilhante que subia de uma cidade com ruas cheias de crateras, caibros partidos e casas pegando fogo. Estilhaços dos projéteis assobiavam nas ruas da cidade. As primeiras carroças do sistema contra incêndios chegavam ruidosas, com as mangueiras de couro pulsando enquanto homens desesperados moviam as alavancas das bombas d'água, mas os jorros eram inúteis. E as bombas continuavam chegando e a borda oeste da cidade estava cercada pelo ruído e pelos clarões das baterias. As bombardeiras estremeciam quando seus morteiros disparavam, cada clarão iluminando os cordames feitos de correntes com uma luz de um vermelho profundo, envolta em fumaça. Os canhões longos dos britânicos disparavam contra a muralha, tendo os alvos convenientemente delineados pelo clarão dos incêndios, enquanto os foguetes se acendiam e sibilavam levando suas cabeças explosivas em trajetórias loucas que mergulhavam indiscriminadamente em ruas da cidade.

BERNARD CORNWELL

Sharpe foi andando para a cidade. Levava a carabina num ombro e a arma de sete canos no outro, mas ninguém prestava atenção a ele. Homens corriam em direção aos incêndios, famílias fugiam e toda a cidade reverberava com os estrondos das bombas. Sharpe estava se dirigindo ao armazém de Skovgaard porque não sabia aonde mais poderia ir. Havia pouco sentido em visitar a Bredgade porque tinha certeza de que Lavisser estaria com seu general ou então nas muralhas da cidade, e Sharpe não sabia como encontrá-lo.

Assim Lavisser poderia viver mais um dia e Sharpe procuraria Astrid. Era o que desejava, o que viera pensando o dia inteiro enquanto esperava no convés inferior fétido e escuro do navio de guerra dinamarquês. Não podia ter certeza de que Astrid iria recebê-lo bem enquanto as bombas inglesas sacudiam a cidade, mas o instinto lhe dizia que ela ficaria satisfeita. Seu pai quase certamente desaprovaria, ao passo que Aksel Bang iria fumegar, mas que se danassem os dois.

Agora estava escuro, mas a cidade estava iluminada de vermelho. Sharpe podia ouvir os estalos e rugidos das chamas pontuados pelo estrondo das bombas caindo através de caibros e madeiras de piso, e pelos estrondos que sacudiam a barriga quando as cargas de pólvora explodiam. Viu um foguete caído ziguezaguear por uma rua, lançando fagulhas e aterrorizando um cavalo que arrastava barris de água do mar, vindo do porto. Havia um pináculo silhuetado em vermelho e rodeado de fumaça. Sharpe se perdeu momentaneamente no emaranhado de becos, depois sentiu o cheiro da destilaria de gim e acompanhou o nariz até a Ulfedt's Plads, que ficava bem fora da região onde as bombas caíam. Bateu com força na porta de Skovgaard, como havia feito na noite em que chegara a Copenhague.

Ouviu uma janela sendo aberta e recuou.

— Sr. Skovgaard! — gritou.

— Quem é? — foi Astrid quem respondeu.

— Astrid!

Houve uma pausa.

— Tenente Sharpe? — Havia incredulidade na voz, mas não desaprovação. — É você? Espere! — O instinto de Sharpe estivera certo, porque ela sorria ao abrir a porta, mas depois franziu a testa. — Você não deveria estar aqui!

— Mas estou.

Ela o encarou por um instante, depois virou-se para o corredor.

— Vou pegar um casaco — disse enquanto ia até um armário. — Meu pai não está aqui. Foi a uma reunião de orações com Aksel, mas eu queria ir ao orfanato e prometi a papai que não iria sozinha. Agora você está aqui. — Ela sorriu pela segunda vez. — Por que veio?

— Para ver você.

— Acho que vocês, ingleses, são tão loucos quanto cruéis. Preciso achar uma chave. — Ela encontrou a chave da porta da frente. — Por que estão nos bombardeando?

— Porque são todos loucos.

— Isso é errado — disse ela com ferocidade. — Não acredito que esteja acontecendo. É medonho! Preciso deixar um recado para papai. — Ela desapareceu no escritório do armazém por um momento, depois se aproximou usando casaco e chapéu. Trancou a porta da frente e, como se fossem velhos amigos, passou o braço pelo dele. — Venha — disse levando-o na direção da luz vermelha infernal e dos rugidos dos incêndios. — Eu deveria estar com raiva de você.

— Eu estou com raiva deles.

— Eles não sabem que há mulheres e crianças aqui?

— Sabem.

— Então por quê? — Ela fez a pergunta com ferocidade.

— Porque não querem que a esquadra de vocês fique cheia de franceses tentando invadir a Inglaterra.

— Nós queimaríamos a esquadra antes que os franceses a tomassem. Antes que vocês a tomassem, também — disse Astrid, depois segurou o braço dele com força enquanto três bombas explodiam em rápida sucessão. — Se o incêndio estiver perto do hospital, teremos de tirar as crianças. Você vai ajudar?

— Claro.

O som das bombas ficou mais alto enquanto os dois se aproximavam da cidadela. Os projéteis caíam no forte dinamarquês transformando seu centro num caldeirão. As pequenas ruas próximo dali estavam intocadas pelo bombardeio e cheias de pessoas olhando a fumaça avermelhada que saía em rolos das muralhas da cidadela. O hospital infantil estava intocado. Astrid levou Sharpe para dentro, mas não era necessário ajudar, porque uma dúzia de outras mulheres viera acalmar as crianças, agora reunidas no dispensário ouvindo uma história. Sharpe ficou no pátio, meio escondido nas sobras sob o balcão, e ainda estava ali quando meia dúzia de oficiais dinamarqueses passou pelo portão em arco do orfanato. Eram liderados por um homem idoso, atarracado, com capa escura e chapéu com enfeites dourados. Parecia ter vindo verificar se havia danos ao hospital, nada mais. Alguns de seus auxiliares olharam curiosamente para Sharpe, que ainda estava com as duas armas nos ombros e seu sobretudo claramente não era um uniforme dinamarquês, mas pareceram tranqüilizados quando Astrid voltou ao pátio e se juntou a ele.

— Aquele é o general Peymann — sussurrou ela.

O general estava falando com o administrador do hospital, enquanto seus ajudantes esperavam perto do mastro de bandeira com cordame. Lavisser não estava entre eles.

— Pergunte onde Lavisser está — disse Sharpe a Astrid.

— Não posso fazer isso!

— Por quê? Diga que quer parabenizar Lavisser por ter trocado de lado.

Astrid hesitou, depois fez o que Sharpe queria. Um dos assessores a abordou e claramente queria saber quem era Sharpe, porque olhou para o fuzileiro enquanto falava. Astrid lhe disse alguma coisa, depois fez uma reverência para o general Peymann, que tirou o chapéu e cumprimentou-a com a cabeça. Seguiu-se uma longa conversa, e Sharpe tinha experiência suficiente da cidade para entender que eles estavam falando de conhecidos comuns, mas finalmente acabou, o general fez outra reverência de cabeça e depois levou seus homens de volta à rua.

— Eu disse a ele que você era do navio americano que está no porto — contou Astrid.

— Há um navio americano no porto?

— O *Phoebe*, de Baltimore.

— E de que mais vocês falaram?

— A prima da mulher dele é casada com o tio do nosso pastor — disse ela, depois viu que estava sendo provocada. — Perguntei sobre Lavisser, e esta noite ele não está em serviço oficial, mas o general acha que deve estar ajudando a apagar os incêndios. — Ela segurou o braço de Sharpe e guiou-o para a rua, onde as mulheres estavam diante das casas olhando os incêndios e as bombas que caíam. Ficaram boquiabertas quando uma carcaça passou no alto. O conteúdo da esfera já havia pegado fogo e ela girava enquanto voava, derramando grandes espirais de chamas, parecendo um furioso dragão voador mergulhando para a cidadela. Astrid se encolheu quando um paiol de pólvora de bateria explodiu na fortaleza. Uma constelação de fagulhas subiu na noite, riscando a fumaça numa luz lívida. O céu fedia a pólvora, um cheiro tão denso quanto num campo de batalha. Os canhões dinamarqueses nas muralhas disparavam de volta, acrescentando seu ruído e sua fumaça à noite. Astrid levou Sharpe ao cemitério dos marinheiros onde seu filhinho estava enterrado. — Meu pai disse que se os ingleses bombardeassem a cidade ele nunca mais trabalharia para a Inglaterra de novo.

— Independentemente do que fizer, ele continua correndo perigo. Os franceses vão querer a lista de nomes.

— Aksel cuida dele.

— Então ele está em muito mais perigo do que imagina.

Astrid sorriu disso.

— Você não gosta de Aksel?

— Não. E você?

— Não — confessou Astrid —, mas hoje cedo meu pai sugeriu que eu me casasse com ele.

— Por quê?

Ela deu de ombros. Ficou quieta alguns segundos, encolhendo-se quando uma sucessão de grandes projéteis se despedaçou na cidadela. Cada explosão relampejava uma luz lívida na fumaça e lançava sombras das lápides. Sharpe podia ouvir os estilhaços de carcaças despedaçadas batendo nas muralhas da cidadela ou assobiando no alto para depois chacoalhar nos telhados das pequenas casas de Nyboden.

— É o armazém — disse Astrid finalmente. — Se meu pai morrer, eu o herdarei, e ele não acha que uma mulher seja capaz de cuidar dos negócios.

— Claro que você pode cuidar.

— E ele gostaria de saber que o negócio está a salvo, antes de morrer — continuou ela, como se Sharpe não tivesse falado. — Por isso quer que eu me case com Aksel.

— Case-se com outro.

— Não faz muito tempo desde a morte de Nils, e eu não quis ninguém. A não ser o Nils. — Ela continuava com o braço passado no dele, mas os dois não caminhavam mais. Em vez disso, estavam parados sob uma árvore, como se os galhos fossem protegê-los das bombas que assobiavam acima. — Seria lindo, se não fosse tão triste. — Astrid estava pensando no céu do norte iluminado pelo clarão intermitente dos morteiros a bordo das bombardeiras. Cada descarga inundava a noite como raios vermelhos de verão e as luzes espocavam uma depois da outra, enchendo o céu. — É como as luzes de inverno.

— Então você vai se casar com Aksel?

— Quero que papai fique feliz. Ele não é feliz há muito tempo.

— Um homem que ama seus negócios mais do que a filha não merece ser feliz.

— Ele trabalhou duro — disse Astrid, como se isso explicasse tudo.

— E tudo será por nada se ficar aqui — alertou Sharpe. — Porque os franceses virão atrás dele.

— O que mais ele pode fazer?

— Mudar-se para a Inglaterra. Seus velhos amigos do Ministério do Exterior querem isso.

— Querem?

A PRESA DE SHARPE

— Pelo menos foi o que me disseram.

Astrid balançou a cabeça.

— Depois disto? Não, ele não irá para a Inglaterra. Meu pai é um dinamarquês leal.

— E você?

— Eu?

— Você deve ter parentes na Inglaterra, não?

Astrid assentiu.

— A irmã da minha mãe mora em Hampshire. Eu a visitei há muito tempo. Foi muito bom, eu achei.

— Então vá para Hampshire

Um estilhaço de granada atravessou os galhos acima deles. Pássaros estavam cantando, seu sono perturbado pelo barulho.

— E o que eu faria em Hampshire?

— Isso — disse Sharpe e beijou-a. Por um instante Astrid pareceu resistir, depois ele percebeu que era apenas a surpresa, porque ela pôs os braços ao redor dele e devolveu o beijo com uma ferocidade espantosa. Beijaram-se de novo, depois ela encostou a cabeça em seus ombros e não disse nada, apenas se agarrou a ele por longo tempo. Mais seis bombas caíram. Agora as chamas apareciam acima das muralhas da cidadela, então uma granada acertou outro paiol de pólvora de bateria, e Astrid estremeceu nos braços de Sharpe enquanto toda a cidade tremia.

— Eu não poderia ir para a Inglaterra — disse Astrid baixinho —, pelo menos enquanto papai viver. — Ela se afastou para fitá-lo nos olhos. — Você poderia vir para cá?

— É um bom lugar.

O que restava dele.

— Você seria bem-vindo. — O rosto dela, de olhos sérios, foi iluminado pelas chamas. — Você seria realmente bem-vindo.

— Não por Aksel — respondeu Sharpe com um sorriso.

— Não, não por Aksel. — Ela sorriu de volta. — Eu deveria voltar para casa — disse, mas não se mexeu. — Você realmente ficaria aqui?

— Ficarei.

BERNARD CORNWELL

Ela franziu a testa.

— Mas não conheço você, não é?

Ele a beijou de novo, desta vez com ternura.

— Você me conhece.

— Devemos confiar no coração, é?

— Confie no coração — disse Sharpe, e ela sorriu, depois garga-lhou. Puxou-o da árvore.

— Realmente não conheço você. — Ela estava segurando sua mão enquanto caminhavam. — Mas você é como Nils. Ele praguejava terrivelmente.

— Um dinamarquês? Praguejando?

Ela riu.

— Ele também me fazia rir. — Em seguida girou na mão de Sharpe, subitamente incapaz de conter o júbilo que borbulhava por dentro apesar da cidade queimando ao redor. — E você? Nunca foi casado?

— Não.

— Nem chegou perto?

— Bastante perto — disse ele e contou sobre Grace, e essa história os levou até perto da Ulfedt's Plads, onde Astrid parou e o abraçou.

— Acho que nós dois precisamos de um pouco de felicidade.

— Seu pai não ficará feliz. Ele não gosta de mim. Não sou religio-so o bastante.

— Então deve lhe dizer que está procurando Deus. — Astrid cami-nhou mais alguns passos, encolhendo-se enquanto mais bombas sacudiam a noite. — Não é somente religião. Papai acha que qualquer homem irá me levar para longe dele, mas se eu disser que você vai ficar aqui talvez ele não fique com raiva.

— Ficarei — disse Sharpe e sentiu-se pasmo ao ver que uma de-cisão que mudaria sua vida pudesse ser tomada com tanta facilidade. Mas por que não?, imaginou. O que o esperava na Inglaterra? Poderia voltar a Shorncliffe, mas seria intendente de novo, desprezado por homens como Dunnett porque havia nascido no lugar errado. E gostava de Copenhague. O povo era tediosamente devoto, mas esse parecia um preço pequeno a pagar pela felicidade que desejava. E não havia pensado em trabalhar para Ebenezer Fairley na Inglaterra? Então por que não trabalhar para Ole Skovgaard na Dinamarca e em troca pegar a filha dele? E com um pouco de sorte poderia levar uma pilha de dourados guinéus ingleses para essa vida nova.

Uma luz fraca brilhava nas janelas da casa na Ulfedt's Plads.

— Papai deve estar em casa — disse Astrid. A casa e o armazém continuavam em segurança porque ficavam bem longe dos grandes incêndios que ardiam no oeste da cidade e na cidadela. Astrid destrancou a porta, deu um sorriso torto para Sharpe, como a dizer que eles deveriam suportar alguma hostilidade da parte de seu pai, depois puxou-o pela soleira. — Papai! — gritou. — Papai!

Uma voz respondeu em dinamarquês, então uma luz apareceu no topo da escada lançando sombras oscilantes da balaustrada, mas não era Ole Skovgaard que trazia o lampião. Era Aksel Bang. O dinamarquês estava usando seu uniforme mal-ajambrado e tinha uma espingarda pendurada no ombro e uma espada à cintura. Parecia estar reprovando Astrid enquanto descia, depois viu Sharpe, e seus olhos se arregalaram, incrédulos.

— Tenente!

Sharpe assentiu sem dizer nada.

— O senhor não deveria estar aqui! — disse Bang, sério.

— Todo mundo está dizendo isso esta noite — respondeu Sharpe.

— O Sr. Skovgaard não iria querê-lo aqui! Vai ficar com raiva.

— Então o próprio Sr. Skovgaard pode me dizer isso.

— Ele não voltará esta noite. Está ajudando a apagar os incêndios.

— E você não o está vigiando?

— Ele está em segurança. Está com outros homens.

Astrid tentou reduzir a tensão entre os dois.

— Vamos fazer chá — disse ela. — Gosta de chá, Richard?

— Adoro chá.

Bang vira a expressão no rosto dela ao falar com Sharpe e se enrijeceu.

— Você não deve ir ao pátio — disse a Astrid.

— Por quê?

BERNARD CORNWELL

— Quando voltei para cá, havia homens que tinham recolhido bombas que não explodiram. Bombas inglesas. — Ele cuspiu as últimas duas palavras para Sharpe. — Queriam um lugar seguro para guardá-las, por isso deixei que usassem o pátio. De manhã vamos tirar as espoletas.

— Por que eu não iria ao pátio? — perguntou Astrid. Em seguida passou por Bang, que ainda olhava furioso para Sharpe. Sharpe foi atrás e, enquanto passava pelo dinamarquês recalcitrante, sentiu cheiro de gim no hálito dele. Aksel Bang bebendo? Era extraordinário o que um bombardeio podia fazer.

Entraram na sala íntima, onde Astrid tocou uma sineta para chamar uma empregada. Sharpe foi até a janela e puxou as cortinas para olhar a cidade se incendiando. A cúpula da catedral refletia as chamas que rugiam em direção ao céu, saindo das paredes pretas das casas partidas. O céu pulsava com os clarões dos canhões, rendado pelos fios vermelhos das espoletas que caíam e enlouquecido pelas trilhas ferozes dos foguetes. Um sino de igreja, incongruente em meio ao tumulto, marcou a meia hora, e então Sharpe escutou o fecho da espingarda estalar.

Virou-se. Bang, com o rosto pálido, estava apontando a espingarda para a garganta de Sharpe. Era uma arma velha, de cano liso e imprecisa, mas a três passos nem mesmo o bêbado Bang poderia errar.

— Aksel! — gritou Astrid em protesto.

— Ele é inglês — disse Bang — e não deveria estar aqui. As autoridades deveriam prendê-lo.

— Você é autoridade, não é, Aksel? — perguntou Sharpe.

— Sou da milícia, sim. Sou tenente. — Vendo que Sharpe estava calmo, Bang ficou mais confiante. — O senhor vai tirar as duas armas do ombro, Sr. Sharpe, e entregá-las a mim.

— Você andou bebendo, Aksel.

— Não andei! Não tomo álcool! Srta. Astrid, ele mente! A verdade não está nele.

— O gim está em você — disse Sharpe. — Você está fedendo.

— Não o ouça, Srta. Astrid — disse Bang, depois sacudiu a espingarda. — Vai me entregar as armas, tenente, e depois o seu sabre.

A PRESA DE SHARPE

Sharpe riu.

— Não tenho muita opção, tenho? — Ele tirou a arma de sete canos do ombro com uma lentidão deliberada, segurando-a bem longe do gatilho para mostrar que não pretendia nada ruim. As bombas ecoavam na cidade, as explosões sacudindo as janelas. Sharpe sentia o cheiro da fumaça de pólvora, que parecia feder a ovo podre. — Aqui — disse, mas em vez de entregar a arma jogou-a com toda a força. Bang se encolheu e, antes que ele se recuperasse, Sharpe tinha dado dois passos, empurrado o cano da espingarda para o lado e cravado o pé direito na virilha de Bang.

Astrid gritou. Sharpe ignorou-a. Arrancou a espingarda da mão de Bang, que não resistiu, e chutou-o de novo, desta vez no rosto, de modo que o dinamarquês voou para trás e bateu contra a porta. Sharpe segurou-o pelas lapelas e o largou numa cadeira.

— Se quer brincar de soldado, aprenda primeiro a lutar.

— Estou cumprindo o meu dever — disse Bang com os dentes trincados.

— Não, Aksel, você está encharcado em gim. — Sharpe tirou a espada do sujeito e rapidamente o revistou em busca de mais armas. Não havia. — Diabos, homem, não estou aqui para lutar contra você nem contra a Dinamarca.

— Então por que veio?

— Para ficar.

— É verdade — disse Astrid, séria. — Ele vai ficar. — Ela estava parada junto à porta, onde havia ordenado que uma empregada fizesse o chá.

Bang olhou de Astrid para Sharpe e então, pateticamente, começou a chorar.

— Está bêbado como um gambá — disse Sharpe.

— Ele não bebe — insistiu Astrid.

— Mas encheu a cara esta noite. Pode sentir o cheiro nele. Vai vomitar logo, logo.

Sharpe alternou entre carregar e arrastar Bang para baixo, e o colocou para dormir numa pilha de sacos do armazém. Voltando para cima, na sala, virou a espingarda de Bang para baixo e bateu rapidamente contra as tábuas do piso. A bala e a pólvora, depois de um momento de relutância, simplesmente caíram.

— Pobre Aksel — lamentou Astrid. — Devia estar apavorado.

— É difícil, se a pessoa não está acostumada — disse Sharpe, falando mais do bombardeio do que do gim. Foi até a janela. Agora as bombas eram mais esporádicas e ele achou que as baterias deviam estar ficando sem munição. Viu uma espoleta atravessar a nuvem de fumaça, ouviu a explosão e olhou as chamas rugindo famintas. — Vai parar em breve, e eu vou sair.

— Vai sair?

Sharpe se virou e sorriu para ela.

— Não sou desertor. Vou escrever uma carta ao exército britânico dizendo que podem ficar com minha patente de volta. Agir do modo legal, certo? Mas primeiro tenho algo a fazer. E são negócios ingleses, não dinamarqueses.

— O major Lavisser?

— Se ele estiver morto, seu pai ficará mais seguro.

— Vai matá-lo? — Astrid pareceu surpresa.

— É o meu trabalho. Por enquanto.

— Por enquanto? Quer dizer que logo vai parar de matar?

— Aqui não há muita oportunidade para matar. Terei de encontrar outro tipo de trabalho, não é?

Mas primeiro encontraria Lavisser e o mataria. O renegado estava de licença esta noite, mas Sharpe duvidava que ele permanecesse em casa. Estaria olhando os incêndios e as bombas, mas finalmente retornaria à cama, e Sharpe achava que essa seria a hora de encontrá-lo. Por isso atuaria como invasor de propriedade em nome da Inglaterra. Esperaria Lavisser na casa da Bredgade, iria matá-lo quando ele retornasse e pegaria o ouro como presente para a vida nova na Dinamarca.

Os relógios da cidade marcavam a meia-noite quando ele desceu a escada. Levava as duas pistolas e a arma de sete canos, mas havia deixado a carabina e o sabre de abordagem no andar de cima. Bang estava dormindo de boca aberta. Sharpe parou, imaginando se o sujeito acordaria

A PRESA DE SHARPE

e decidiria ir para a cidade e encontrar alguns soldados que poderiam ajudá-lo a prender o inglês que retornara de modo tão inconveniente, mas decidiu que Bang provavelmente estava apagado pelo gim pouco familiar. Deixou-o roncando, destrancou a porta da frente com a chave dada por Astrid, trancou-a cuidadosamente outra vez e em seguida se virou para o norte através de ruas que cheiravam a batalha. As bombas haviam parado, mas os incêndios continuavam ardendo. Caminhou rápido, seguindo as orientações de Astrid, mas mesmo assim se perdeu nos becos sombrios, então viu um grupo de pessoas levando apressadas três feridos para o norte e se lembrou de ela ter dito que a Bredgade ficava perto do hospital King Frederick. "Você não vai errar", havia dito ela. "Tem telhado preto e uma imagem do Bom Samaritano acima da porta." Acompanhou os feridos e viu as telhas pretas do hospital brilhando à luz das chamas.

Foi primeiro à frente da casa de Lavisser. Duvidava que conseguisse entrar por ali, e sem dúvida as janelas estavam trancadas. A bandeira dinamarquesa comemorando a chegada de Lavisser ainda estava pendurada no lampião. Ele contou as casas, depois voltou, entrando num beco largo que passava por trás das moradias ricas. Contou de novo até chegar a um portão que iria deixá-lo no pátio dos fundos.

O grande portão estava trancado. Olhou para cima e viu pontas de ferro no topo do portão e brilhos de luz sobre o muro. Havia cacos de vidro encravados ali, mas os donos de casa nunca faziam o trabalho direito, e Sharpe simplesmente foi até a casa vizinha e descobriu que o portão estava destrancado. O muro entre as duas propriedades não tinha vidro em cima e um depósito conveniente lhe deu acesso ao topo. Subiu, parou e olhou para o quintal dos fundos de Lavisser.

Estava vazio. Havia um estábulo e uma cocheira, depois um curto lance de escada levando à casa, numa escuridão de breu. Saltou o muro e destrancou o portão dos fundos de Lavisser para ter uma rota de fuga, depois se agachou perto do estábulo e examinou a casa de novo. Havia um buraco escuro sob os degraus de pedra, e ele suspeitou que aquilo daria no porão. Começaria por ali, mas primeiro olhou para a casa de novo. As janelas de cima não tinham postigos e três delas estavam entreabertas, mas nenhuma luz aparecia ali, a não ser os reflexos tremeluzentes dos incêndios no vidro. Tudo estava imóvel e num silêncio absoluto, mas de repente seus instintos se retesaram como uma pele de tambor. Havia algo errado. Três janelas entreabertas? Todas com o mesmo tamanho de abertura? E havia sido fácil demais até agora e tudo estava excessivamente quieto. Aquelas janelas abertas. Olhou-as. Tinham sido abertas apenas o suficiente para permitir a passagem de espingardas. Haveria homens ali? Ou será que ele estava imaginando coisas? No entanto sentia que estava sendo observado. Não conseguia explicar, mas tinha certeza de que a coisa nem de longe era tão fácil quanto havia imaginado.

A casa já não parecia escura e vulnerável. Era uma ameaça. Uma parte de sua mente dizia que estava imaginando coisas, mas ele havia aprendido a confiar nos instintos. Estava sendo vigiado, espreitado. Havia um modo de descobrir, pensou, por isso tirou a grande arma do ombro, engatilhou-a e se posicionou de modo a só conseguir ver a janela da direita. Se estivesse sendo observado, o homem lá em cima esperaria que ele atravessasse o pátio, que estivesse no espaço aberto que serviria como área de matança. Mas o homem também veria a morte nos sete canos da grande arma. E de repente Sharpe levantou a arma, apontando para a janela, viu a fagulha da pederneira no interior do cômodo e depois a tosse de chamas junto ao parapeito da janela. E já estava rolando para trás em busca de cobertura quanto uma bala de espingarda estalou contra os tijolos a centímetros de seu rosto. Mais duas armas dispararam quase imediatamente, soprando fumaça dos andares de cima. Uma telha do teto do estábulo se despedaçou, depois uma voz gritou e pés soaram na escada de pedra que levava à casa. Sharpe apontou a pistola contra a escada, disparou, depois viu mais homens saindo da cocheira. Largou a pistola, levantou a arma de sete canos e puxou o gatilho.

O ruído, nos confins do pátio, foi como um canhão disparando. As chamas do cano saltaram quase dois metros, enchendo o ar de fumaça malignamente emaranhada com balas ricocheteando. Um homem gritou de dor, mas Sharpe já estava no portão dos fundos. Abriu-o, saiu para o beco e correu. Duas balas de espingarda seguiram-no das janelas do alto

A PRESA DE SHARPE

e alguns segundos depois uma pistola estava descarregando no beco, mas Sharpe já se encontrava fora das vistas. Correu até a frente do hospital, onde uma multidão esperava sob o baixo-relevo do Bom Samaritano. Algumas pessoas, assustadas pelo tiroteio e vendo a grande arma na mão de Sharpe, gritaram uma pergunta, mas ele entrou rapidamente em outro beco, correu até o fim, virou-se, desviou-se em mais dois becos e depois diminuiu a velocidade para recuperar o fôlego. Desgraça, mas eles estavam preparados. Por quê? Por que alguém manteria uma guarda em casa quando supostamente estava entre amigos?

Parou junto a um portal fundo. Se alguém o estivesse perseguindo, devia ter feito uma volta errada, porque ninguém surgiu naquele beco. Recarregou a arma de sete canos, fazendo isso pelo tato, praticamente sem pensar na pólvora e na carga, em vez disso se perguntando por que Lavisser teria sua casa ocupada como uma fortaleza. Para proteger o ouro? Mas se homens ficassem de sentinela noite após noite, acabariam entediados. Cochilariam. Pensariam em mulheres em vez de vigiar a chegada de inimigos, e os homens na casa da Bredgade estavam alertas, esperando, a postos. Então havia alguma coisa nova, algo que deixara Lavisser muito cauteloso.

E também havia outra coisa nova nessa noite estranha. Algo que a princípio parecera estranho, mas agora Sharpe achou sinistro. Enfiou a última bala no lugar, pôs a vareta nas braçadeiras e partiu para o sul. À direita os incêndios continuavam rugindo e homens cansados trabalhavam com as débeis bombas d'água. Carroças de cervejaria traziam barris de água do porto, mas as bombas hidráulicas praticamente não tocavam os incêndios. No entanto, quando os relógios das igrejas marcaram uma hora, começou a chover e os homens que lutavam contra os incêndios finalmente começaram a ousar um sentimento de esperança.

Sharpe destrancou a porta de Skovgaard. Duvidava que Skovgaard se encontrasse em casa e esperava que Astrid estivesse dormindo. Foi à cozinha e procurou no escuro um lampião e um isqueiro de pederneira. Encontrou as duas coisas e em seguida levou a luz até o armazém, onde descobriu Aksel Bang ainda roncando em sua cama improvisada com sacos vazios. Pôs no chão a lanterna e a arma de sete canos, depois levantou

Bang dos sacos, sacudiu-o como um cão matando um rato e jogou-o com força contra um caixote de cravo-da-índia. Bang gritou de dor e piscou para Sharpe.

— Onde ele está, Aksel? — perguntou Sharpe.

— Não sei o que o senhor está dizendo! O que está acontecendo? — Bang ainda estava acordando.

Sharpe foi na direção dele, levantou-o de novo e deu um tapa com força em seu rosto lúgubre.

— Onde ele está?

— Acho que o senhor está louco!

— Talvez. — Sharpe empurrou Bang contra o caixote e o segurou com uma das mãos enquanto revistava os bolsos do uniforme azul do dinamarquês. Encontrou o que havia temido nos bolsos das abas da casaca. Guinéus. A cavalaria dourada de São Jorge; guinéus novos, brilhantes e recém-saídos da cunhagem. Sharpe colocou as moedas no caixote uma a uma enquanto Bang simplesmente gemia. — Seu desgraçado — disse Sharpe. — Você o vendeu por vinte guinéus, não foi? Por que não foram trinta moedas de prata?

— O senhor está louco! — disse Bang e tentou pegar as moedas.

Sharpe acertou-o de novo com um soco forte no queixo.

— Só diga, Aksel.

— Não há o que dizer. — Um fio de sangue escorreu pelo queixo comprido de Bang.

— Nada! Você vai a uma reunião de orações com Skovgaard e volta sem ele? Está bêbado como um juiz e tem um bolso cheio de ouro. Acha que sou idiota?

— Eu faço negócios por conta própria — disse Bang, enxugando o sangue dos lábios. — O Sr. Skovgaard aprova. Vendi algumas coisas.

— Que coisas?

— Um pouco de café. Café e juta.

— Você me acha um imbecil desgraçado, Aksel. — Em seguida tirou seu canivete do bolso.

— Não fiz nada! — Bang o encarou, olhos arregalados.

A PRESA DE SHARPE

Sharpe sorriu e desdobrou a lâmina.

— Café e juta? Não, Aksel, você estava vendendo uma alma, e agora vai me falar sobre isso.

— Eu contei a verdade! — declarou Bang cheio de indignação.

Sharpe o empurrou contra o caixote, depois segurou a lâmina logo abaixo do olho esquerdo dele.

— Vou arrancar este primeiro, Aksel. Os olhos simplesmente saltam fora. A princípio não é muito doloroso. Vamos tirar o esquerdo, depois o direito, e depois disso vou encher as órbitas com sal. Nesse ponto, você estará gritando.

— Não! Por favor! — Agora Bang gritava e tentava debilmente empurrar Sharpe. Sharpe apertou a lâmina fria contra a carne, e Bang gritou como um porco sendo capado. — Não! — gemeu.

— Então conte a verdade, Aksel. — Sharpe apertou com mais força. — Troco a verdade pelos seus olhos.

A história não foi contada de modo direto porque Bang queria desesperadamente se justificar. Segundo ele, o Sr. Skovgaard era um traidor da Dinamarca. Estivera dando informações aos ingleses, e os ingleses não eram inimigos da Dinamarca? E Ole Skovgaard era um homem mau e pão-duro.

— Trabalho com ele há dois anos e ele não aumentou meu salário nem uma única vez. A gente precisa ter perspectivas, precisa ter perspectivas.

— Continue. — Sharpe jogou o canivete no ar, e Bang o viu circular e brilhar, depois estremeceu quando o cabo bateu de volta na mão do inglês. — Estou ouvindo.

— Não é certo o que o Sr. Skovgaard estava fazendo. Ele é traidor da Dinamarca. — Bang deu um pequeno gemido, não por causa de alguma coisa que Sharpe tivesse feito, mas porque Astrid, num roupão verde e amplo, viera ao armazém. O grito de Bang devia tê-la acordado, e ela trazia a carabina de Sharpe, meio esperando um ladrão, mas agora pousou a arma e olhou instintivamente para Sharpe.

— Aksel está contando a história de como vendeu seu pai por vinte moedas de ouro — disse Sharpe.

BERNARD CORNWELL

274

— Não! — protestou Bang.

— Não me deixe irritado! — gritou Sharpe, amedrontando Astrid tanto quanto Bang. — Conte a porcaria da verdade!

A porcaria da verdade era que um homem havia procurado Bang, convencendo-o de que seu dever patriótico era trair Skovgaard.

— Pela Dinamarca — insistiu Bang. Afirmava ter sofrido para chegar à decisão, mas parece que o sofrimento foi atenuado por uma promessa de ouro. E quando Skovgaard sugeriu que os dois fossem a uma reunião de orações, Bang informara ao seu novo amigo onde e quando as orações seriam feitas. Uma carruagem estivera esperando ao lado da igreja, e Skovgaard foi seqüestrado na rua, num instante.

Astrid havia empalidecido. Simplesmente olhava para Bang, mal acreditando no que ouvia. Sharpe levou o canivete para perto do olho de Bang outra vez.

— Então você o vendeu, Aksel, e comemorou com gim?

— Eles disseram que isso me faria sentir melhor — admitiu Bang, triste. — Não sabia que era gim.

— Que diabo você achou que era? O néctar da gentileza humana? — Sharpe sentia-se tentado a cravar a lâmina, mas em vez disso recuou. — Então você entregou o pai de Astrid a Lavisser?

— Não conheço o major Lavisser — insistiu Bang, como se isso tornasse sua ofensa menos odiosa.

— Foi isso que você fez — disse Sharpe. — Eu estive lá há uma hora e a casa estava guardada como uma fortaleza recém-construída. Você o entregou aos franceses, Aksel.

— Eu o entreguei aos dinamarqueses!

— Você o entregou aos franceses, seu idiota desgraçado. E Deus sabe o que estão fazendo com ele. Já arrancaram dois dentes antes.

— Eles prometeram que não iriam machucá-lo.

— Seu desgraçado patético. — Sharpe olhou para Astrid. — Quer que eu o mate?

Ela balançou a cabeça.

— Não, não.

— Ele merece.

Mas em vez disso levou Bang para o pátio, onde havia um estábulo construído de tijolos com uma porta sólida e cadeado grande. Sharpe trancou Bang lá dentro, depois investigou o carrinho de mão que fora posto ao lado do portão do pátio. Havia oito bombas não explodidas no carrinho. Provavelmente eram seguras, mas de manhã ele arrancaria os tampões de madeira das espoletas e derramaria água nas cargas só por precaução. Voltou ao armazém, enfiou os guinéus no bolso e subiu a escada.

— Sinto muito — disse.

Astrid tremia, mesmo não estando frio.

— Aqueles homens. — Sua voz estava embargada.

— Os mesmos de antes, e têm a casa da Bredgard segura como uma prisão.

— O que estão fazendo com ele?

— Perguntas. — E Sharpe não duvidava de que as perguntas acabariam sendo respondidas, o que significava que essas respostas precisavam permanecer em Copenhague. A lista de nomes tinha de ser escondida dos franceses, mas isso significava entrar na casa da Bredgard, e Sharpe não poderia fazer isso sem ajuda.

Pôs as mãos nos ombros de Astrid.

— Vou sair de novo, mas vou voltar, prometo que vou voltar. Fique aqui. Pode manter o armazém fechado? E não deixe Aksel sair.

— Não vou deixar.

— Ele vai choramingar com você. Vai dizer que está com sede, com fome ou morrendo, mas não ouça. Se você ou as empregadas abrirem aquela porta, ele vai pular em cima de vocês. É isso que ele quer.

— Ele só quer dinheiro — disse ela amargamente.

— Ele quer você, meu amor. Acha que se o seu pai tiver desaparecido você vai se agarrar a ele. Quer você, o armazém, o dinheiro, tudo. — Sharpe sopesou a arma de sete canos. — Mantenha a casa trancada. Ninguém entra nem sai, a não ser eu. E vou voltar.

Era quase o amanhecer. Os incêndios iam sendo apagados lentamente, porém os mais ferozes ainda iluminavam uma escuridão onde nenhuma bomba caía, apenas uma cinza oleosa que baixava como neve preta na noite agonizante. Casas ardiam incandescentes e a água espirrada pelas bombas débeis se transformava em vapor juntando-se à fumaça densa que manchava o céu sobre toda a Zelândia. A água era escassa porque o suprimento da cidade fora cortado, e as bombas tinham de esperar que os barris fossem trazidos do porto. Isso demorava muito, mas lentamente as bombas chacoalhantes e a chuva fraca contiveram os incêndios. Os homens cansados podiam sentir cheiro de carne queimada em meio às brasas. Caixões eram postos nas ruas e os hospitais estavam cheios de gente gemendo.

Sharpe foi na direção do porto.

Para levar o inferno a John Lavisser.

CAPÍTULO X

O capitão Joe Chase mal ousava acreditar na sorte. Durante toda a noite seus homens haviam ido de navio em navio e não haviam encontrado nenhuma alma dinamarquesa viva a bordo das grandes embarcações. A esquadra fora privada de todos os seus marinheiros, mandados para guardar as fortificações ou carregar água para as carroças antiincêndio. Chase havia se preocupado com a possibilidade de os navios desarmados estarem sendo usados como dormitórios para as tripulações, mas não havia nenhuma maca pendurada, e Chase percebeu que nenhum marinheiro teria permissão de morar a bordo, para evitar que algum idiota largasse uma brasa de tabaco perto de algo explosivo. Evidentemente as tripulações haviam sido alojadas na cidade e a esquadra dinamarquesa se tornara o reino de ratos e dos homens de Chase, que trabalharam no escuro para cortar as espoletas e jogar os fardos incendiários no mar. Nos pontos em que os fardos incendiários ficavam em conveses abertos, facilmente visíveis para uma inspeção casual, eles foram deixados, mas os dos conveses inferiores foram passados através das portinholas dos canhões e baixados nas águas fétidas do porto.

Sharpe voltou ao porto interno pouco antes do amanhecer. Uma névoa fraca pairava através dos cordames da esquadra enquanto ele se agachava sob o pique de vante do *Christian VII*.

— *Pucelle!* — sussurrou ele. — *Pucelle!*

— Sharpe? — Era o aspirante Collier, que, com dois homens, servia como piquete de Chase.

— Ajudem-me a subir. Onde está o capitão?

Chase estava na cabine do capitão a bordo do *Skiold*, onde, à luz fraca de um lampião com anteparo, examinava os mapas do Báltico.

— Detalhes extraordinários, Richard! Muito melhores do que os nossos. Está vendo este banco de areia perto de Riga? Nem é marcado nos meus mapas. Tommy Lister, um sujeito esplêndido, quase perdeu o *Naiad* nesse banco de areia, e os idiotas do Almirantado juraram que aquilo não existia. Vamos levá-los. Quer um conhaque? O capitão está bem suprido.

— O que quero são dois ou três homens.

— Quando as pessoas dizem dois ou três — disse Chase, servindo os conhaques —, geralmente querem dizer quatro ou cinco.

— Dois servirão.

— E para quê? — perguntou Chase. Em seguida sentou-se no banco almofadado sob a janela de popa e ouviu Sharpe. Os relógios da cidade marcaram quatro horas, e uma luz cinza e débil começou a aparecer nas janelas de popa do *Skiold* enquanto Sharpe terminava. Chase bebericou seu conhaque. — Então deixe-me resumir. Há um homem, esse tal de Skovgaard, que pode estar vivo ou não, mas cujo resgate seria do interesse da Inglaterra?

— Se estiver vivo — disse Sharpe, melancólico.

— E provavelmente não está — concordou Chase. — Caso em que você acha que pode haver uma lista de nomes que pode ser recuperada?

— Espero que sim.

— E, ela estando lá ou não, você ainda quer matar esse tal de Lavisser?

— Sim, senhor.

Chase ouviu as gaivotas gritando acima.

— O problema, Richard — disse ele depois de um tempo —, é que nada disso é oficial. Lorde Pumphrey tomou muito cuidado para garantir que nada fosse anotado, não foi? Nenhuma ordem assinada. Desse modo não ficará com a culpa se algo der errado. É trabalho sujo, Richard, trabalho sujo.

— Se os franceses pegaram a lista de nomes com Skovgaard, senhor, eles têm de ser impedidos.

Chase parecia não ter ouvido Sharpe.

— E, de qualquer modo, que autoridade Pumphrey tem para dar essas ordens? Ele não é militar. Na verdade, é qualquer coisa, menos isso.

Sharpe não havia dito nada sobre a ameaça velada de Pumphrey sobre um assassinato em Wapping, nem achava que Chase desejaria ouvir isso.

— Se não fosse Pumphrey — argumentou —, o senhor não estaria aqui.

— Não? — Chase parecia em dúvida.

— Foi o jornal, senhor, que nos informou sobre o plano dos dinamarqueses de queimar a esquadra. Eu o levei a lorde Pumphrey e ele arranjou o resto.

— Ele é um sujeitinho ocupado, não é? — Chase olhou fixamente pela janela de popa, mas a única coisa visível ali era a proa de outro navio de guerra. Pensou que o argumento de Sharpe era débil e suspeitou de que houvesse algo não dito, mas reconhecia a importância de salvaguardar os correspondentes de Skovgaard. Suspirou. — Realmente abomino trabalho sujo — disse em tom ameno —, e em especial quando vem do Ministério do Exterior. Eles esperam que a marinha limpe o mundo para eles.

— Tenho de fazer isso, senhor, com ou sem sua ajuda.

— Tem? Verdade?

Sharpe fez uma pausa. Se quisesse ficar na Dinamarca, o que importava se fosse suspeito de um assassinato na distante Londres? Mas, se Skovgaard estivesse morto, será que ele ficaria? Ou será que Astrid voltaria à Inglaterra? Tudo era complicado demais. O simples era que os nomes de Skovgaard precisavam ser protegidos e Lavisser precisava ser enterrado. Isso era bastante simples de entender.

— Sim — disse ele —, tenho.

A PRESA DE SHARPE

O aspirante Collier bateu à porta da cabine e entrou sem esperar a permissão.

— Desculpe interromper, senhor, mas parece que há um grupo de bombeadores chegando.

— Então é melhor andarmos — disse Chase.

— Grupo de bombeadores? — perguntou Sharpe.

— Os navios vazam, Richard! — disse Chase animado, levantando-se. — Não é possível simplesmente deixá-los flutuando aqui. Iriam todos terminar na lama. Então estão mandando pessoas para bombear os porões. Não vão demorar muito, mas mesmo assim devemos nos esconder.

— Eles não vão descobrir que vocês cortaram as espoletas?

— Não vão notar nada. Nós fomos cuidadosos. Obrigado, Sr. Collier. Todo mundo de volta para o buraco de ratos! — Chase juntou os mapas e sorriu para Sharpe. — Hopper e Clouter bastam para você?

Sharpe mal acreditou nos próprios ouvidos por um segundo.

— Hopper e Clouter, senhor?

— Não sei se aprovo, Richard, mas confio na sua avaliação. E aqueles dois são meus melhores homens, de modo que devem mantê-lo fora de dificuldades. Mas traga-os de volta vivos, por favor.

— Obrigado, senhor.

— Não há mais nada que você precise?

— Estopim rápido, senhor.

— Temos muito disso! — respondeu Chase, animado.

Passava das oito da manhã quando Sharpe saiu. A equipe de bombeamento estava seguindo pela fileira de grandes navios, mas nenhum dinamarquês notou os três homens descerem pelo escovém do *Christian VII* para o cais. Todos os três estavam armados. Hopper tinha outra arma de sete canos, duas pistolas e um sabre de abordagem, ao passo que Clouter tinha uma machadinha de abordagem e duas pistolas. Atravessaram a ponte e ninguém prestou atenção neles. Apenas 15 dias antes um homem armado receberia olhares curiosos em Copenhague, mas agora um fuzileiro e dois marinheiros ingleses podiam transportar armamentos suficientes para transformar uma companhia em picadinho e ser ignorados. Tampouco a visão de dois homens com rabichos, um com o rosto coberto de tatuagens e o outro negro, era incomum, porque Copenhague estava bem acostumada aos marinheiros. Era simplesmente como se eles estivessem indo para as muralhas onde o resto dos canhões dinamarqueses abriram fogo contra as baterias britânicas. Algumas pessoas desejaram bom-dia a Sharpe e seus companheiros e receberam grunhidos em resposta.

Sharpe destrancou a porta de Skovgaard. Astrid o escutou e veio do escritório com protetores brancos de algodão em suas mangas pretas, para que não ficassem sujas da tinta de escrever. Ela pareceu alarmada ao ver Hopper e Clouter, porque os dois eram enormes, mas eles tiraram os chapéus de palha e repuxaram os topetes.

— Eles ficarão aqui hoje — disse Sharpe.

— Quem são?

— Amigos. Preciso deles para pegar seu pai. Mas não posso fazer isso até que o bombardeio recomece. Há algum lugar onde eles possam dormir?

— No armazém — sugeriu Astrid. Disse a Sharpe que havia mandado os trabalhadores embora quando eles chegaram, logo depois do amanhecer. Havia prometido o pagamento aos homens, mas disse que seu pai queria que ajudassem a procurar sobreviventes nas casas incendiadas. Depois ordenou que as empregadas limpassem o sótão, há muito negligenciado, enquanto ia ao escritório do pai e pegava os grandes livros-caixa. — Nunca há tempo para verificar os números direito — disse a Sharpe assim que Clouter e Hopper estavam acomodados no armazém vazio — e sei que ele quer que isso seja feito. — Ela trabalhou em silêncio por um tempo, então Sharpe viu uma anotação a tinta numa das colunas se dissolver subitamente quando uma lágrima caiu sobre ela. Astrid apoiou o rosto na mão. — Ele está morto, não está?

— Não sabemos.

— E deve ter sido doloroso.

— Não sabemos — repetiu Sharpe.

— Sabemos — disse ela, olhando-o.

A PRESA DE SHARPE

— Não posso voltar lá enquanto o bombardeio não recomeçar — disse ele em tom soturno.

— Não é sua culpa, Richard. — Ela pousou a pena. — Estou cansada demais.

— Então vá descansar. Vou levar algo para os rapazes comerem.

Ela subiu. Sharpe encontrou pão, queijo e presunto, depois comeu com Hopper e Clouter. Aksel Bang bateu na porta do pátio, mas ficou quieto quanto Sharpe rosnou dizendo que continuava com vontade de matar.

Era quase meio-dia quando Sharpe subiu para o andar de cima. Abriu a porta do quarto em silêncio e encontrou cortinas grossas fechadas e o cômodo escuro, mas sentiu que Astrid estava acordada.

— Sinto muito — disse ele.

— O quê?

— Tudo. Tudo. — Sentou-se na cama. Apesar da escuridão, podia ver o rosto dela e o ouro espantoso dos cabelos no travesseiro.

Pensou que deveria explicar exatamente quem eram Hopper e Clouter, mas quando começou ela simplesmente balançou a cabeça.

— Achei que você nunca viria aqui em cima.

— Estou aqui.

— Então não vá.

— Nunca — prometeu ele.

— Estive tão sozinha, desde a morte do Nils...

E eu, pensou Sharpe, desde a morte de Grace. Pendurou o sabre de abordagem numa cadeira e tirou as botas. Um vento frio cuspia chuva do leste e mandava a fumaça das ruínas da cidade. Os canhões nas muralhas disparavam e, depois de um tempo, Sharpe e Astrid dormiram.

Os canhões nas muralhas oeste da cidade dispararam o dia inteiro. Dispararam até que a chuva caindo sobre os tubos se transformava em vapor instantâneo. Balas e granadas caíam sobre as baterias britânicas, mas as faxinas cheias de terra absorviam toda a violência, e atrás de seus anteparos e parapeitos os artilheiros empilhavam mais munição para os morteiros.

A cidade soltava fumaça. As últimas chamas foram apagadas, mas brasas luziam fundo nas casas e igrejas arruinadas, e de vez em quando essas brasas acendiam a espoleta de alguma bomba não explodida, o estrondo sacudia as janelas da cidade e as pessoas se enfiavam sob os portais esperando a queda do próximo projétil. Espiavam ansiosas para o céu e percebiam que não havia espoletas deixando trilhas de fumaça. Apenas silêncio.

O general Peymann percorreu as ruas danificadas, estremecendo ao ver as paredes enegrecidas e o cheiro de carne assada enterrada em cinzas.

— Quantos desabrigados? — perguntou.

— Centenas — foi a resposta gélida.

— Eles podem viver nos navios?

— Não se tivermos de queimar a esquadra — respondeu um ajudante. — Poderia levar horas para colocar as pessoas em terra.

— As igrejas estão se sustentando — disse outro ajudante — e, se o senhor der a ordem, a universidade abrirá as portas.

— Claro que deve abrir! Claro que deve! — Peymann ficou olhando um grupo de marinheiros afastar caibros queimados para recuperar um corpo. Não queria saber quantos mortos havia. Eram muitos. Tinha consciência de que devia visitar os hospitais e sentia pavor com a ideia; no entanto, era o seu dever. Mas, por enquanto, precisava preparar a cidade para mais horror, e ordenou que as tavernas doassem seus barris maiores, que seriam postos em esquinas e enchidos com água do mar. De algum modo os britânicos haviam cortado o fornecimento de água potável da cidade, o que significava que as bombas estavam sempre com pouco suprimento, mas os barris ajudariam. Pelo menos ele esperava que ajudassem. Na verdade, sabia que era um gesto inútil, porque a cidade não tinha proteção verdadeira. Simplesmente precisava suportar. Caminhou pelas ruas arruinadas, passando junto às pilhas de alvenaria e pelas ruínas fumegantes do que já fora a Sudiestræde, a Peder Hitfeldts

Stræde, a St Peters Stræde e a Kannikestræde. — Quantas granadas eles usaram ontem à noite?

— Quatro mil? — avaliou um ajudante. — Cinco, talvez?

— E quantos eles ainda têm?

Essa era a pergunta. Quando os canhões ingleses ficariam sem munição? Porque então eles teriam de esperar que mais munição fosse trazida da Inglaterra, e até lá as noites seriam mais longas e talvez o príncipe herdeiro viesse de Holstein com um exército de tropas regulares em número muito maior do que a força britânica. Esse sofrimento, pensou Peymann, ainda poderia se transformar em vitória. A cidade só precisava sobreviver.

O major Lavisser, com o rosto sério e sombrio, abriu caminho por uma pilha de tijolos caídos. Parou para pegar uma anágua de criança que de algum modo havia escapado das chamas, depois jogou-a longe.

— Estou atrasado para o serviço, senhor — disse a Peymann. — Peço desculpas.

— Você teve uma longa noite, tenho certeza.

— Tive — respondeu Lavisser, mas não fora passada combatendo incêndios. Havia empregado as horas escuras interrogando Ole Skovgaard e a lembrança lhe dava satisfação, mas ainda se preocupava com o visitante não explicado que ferira dois de seus homens no pátio. Devia ser um ladrão, pensava Barker, provavelmente um soldado ou marinheiro usando o bombardeio como oportunidade para saquear as casas ricas da Bredgade. A princípio Lavisser havia se preocupado com a possibilidade de ser Sharpe, mas se convenceu de que o fuzileiro voltara há muito para o exército britânico. Barker provavelmente estava certo, era apenas um ladrão, ainda que bem-armado.

O general Peymann olhou para a torre despedaçada de uma igreja, onde um único sino continuava suspenso numa trave preta, na qual um pombo se empoleirava. Os restos dos bancos da igreja soltavam uma fumaça sufocante. Uma perna de criança se projetava das brasas, e ele se virou para o outro lado, cheio de repulsa. Era hora de visitar os hospitais e, mesmo não querendo encarar as vítimas de queimaduras, sabia que era preciso.

— Está de serviço esta noite? — perguntou a Lavisser.

— Sim, senhor.

— O que você deveria fazer — sugeriu o general — é encontrar um ponto de observação. O pináculo da bolsa de valores, talvez. Ou o mastro do Gammelholm. Mas algum lugar seguro. Quero que conte as bombas do melhor modo que puder.

Lavisser ficou perplexo. Também desconfiou que contar os clarões das bombas fosse um serviço aviltante.

— Contar, senhor? — perguntou com o máximo de aspereza que conseguiu.

— É importante, major — disse Peymann enfaticamente. — Porque se eles dispararem menos bombas esta noite saberemos que estão ficando sem munição. Então saberemos que será possível aguentar. — E se dispararem mais..., pensou, mas evitou a conclusão. Uma mensagem do príncipe herdeiro fora contrabandeada para a cidade, insistindo em que Copenhague precisava resistir. Por isso Peymann faria o máximo possível. — Conte as bombas, major, conte as bombas. Assim que os tiros começarem, conte as bombas. — Havia uma chance de que o bombardeio fosse renovado durante o dia, mas Peymann duvidava. Os britânicos estavam usando a noite. Talvez acreditassem que a escuridão aumentava o terror do bombardeio, ou talvez que escondesse seus feitos de Deus, mas esta noite, Peymann tinha certeza, eles recomeçariam a maldade, e ele devia avaliar, pela intensidade do bombardeio, quanto tempo conseguiriam prosseguir. E Copenhague precisava suportar.

— O que farei com Aksel? — perguntou Sharpe a Astrid naquela tarde.

— O que você quer fazer?

— Matá-lo.

— Não! — Ela franziu a testa, desaprovando. — Não pode simplesmente deixá-lo ir?

— E em dez minutos ele voltaria para cá com soldados. Ele terá de esperar onde está.

— Até quando?

— Até a cidade se render.

Bastaria mais uma noite como a anterior, achava, e Copenhague cederia.

E então?, pensou. Ele ficaria? Se ficasse, estaria se juntando a uma nação que era inimiga da Inglaterra e aliada da França, e se quisessem que ele lutasse? Tiraria o uniforme verde e colocaria um azul? Ou Astrid iria para a Inglaterra? E o que ele faria então, a não ser lutar e deixá-la sozinha num país estranho? Um soldado não deveria se casar, pensou.

— Em quê você está pensando? — perguntou Astrid.

— Que está na hora de nos prepararmos. — Ele se curvou e beijou-a, depois vestiu as roupas e foi para o pátio. A cidade tinha o cheiro horrível de pólvora queimada e um fino véu de fumaça ainda manchava o céu, mas pelo menos a chuva havia parado. Levou pão e água para Bang, que o encarou carrancudo, mas não disse nada. — Você vai ficar aqui, Aksel, até tudo acabar.

Trancou de novo a porta da prisão improvisada, depois acordou Hopper e Clouter. Os três se agacharam no pátio, onde fizeram novas espoletas para três das bombas não explodidas. As espoletas velhas, tubos de madeira com a mistura de queima, tinham de ser extraídas e substituídas por novas, que, em combate, seriam cortadas de acordo com o tempo que se desejasse para ocorrer a explosão.

— Quando entrarmos — disse Sharpe —, matamos todo mundo.

— As empregadas também? — perguntou Hopper.

— Mulheres, não, e não Skovgaard, se estiver vivo. Entramos, encontramos Skovgaard e saímos, e matamos todos os homens. Não teremos tempo de ser específicos. — Ele cortou a espoleta de tempo, deixando um toco minúsculo de modo que a bomba explodisse segundos depois de ser acesa.

— Quantos são os desgraçados? — perguntou Clouter.

BERNARD CORNWELL

Sharpe não sabia.

— Meia dúzia? — supôs. — E acho que são comedores de lesmas, e não dinamarqueses. — Estivera imaginando quem havia atirado nele na noite anterior, e concluíra que os franceses deviam ter deixado homens para trás quando a embaixada foi para o sul. — Ou podem ser dinamarqueses que passaram para o lado dos comedores de lesmas.

— É a mesma coisa — disse Hopper, usando o sapato para prender a espoleta de madeira de volta na bomba. — Mas o que estão fazendo aqui?

— São espiões. Há uma guerra suja e secreta sendo travada em toda a Europa, e eles estão aqui para matar os nossos espiões, e estamos aqui para matá-los.

— Há algum pagamento extra por matar espiões? — perguntou Clouter.

Sharpe riu.

— Não posso prometer, mas com sorte vocês vão pegar tanto ouro quanto possam carregar. — Olhou para o céu. O crepúsculo estava próximo, mas a luz do fim de verão duraria mais um tempo. Precisavam esperar.

Havia um ar de exaustão na cidade. As baterias britânicas estavam cobertas e silenciosas. Os canhões dinamarqueses continuavam disparando, mas lentamente, como se soubessem que seus esforços eram desperdiçados contra faxinas e montes de terra. Alguns obuseiros tinham sido trazidos da sofrida cidadela e colocados atrás da muralha, e seus artilheiros tentavam lançar granadas contra as baterias inglesas mais próximas, mas ninguém conseguia ver o efeito dos disparos.

A escuridão chegou suavemente no céu nublado. O vento vinha frio do leste enquanto toda a cidade esperava. Por algum tempo pareceu que não haveria bombardeio nesta segunda noite, mas então um grande clarão surgiu na escuridão a oeste e uma risca vermelha, fina como um arranhão de agulha, subiu na direção das nuvens. O arranhão vermelho chegou à altura máxima e ali pairou por um instante antes de começar a cair.

E então os outros morteiros dispararam, o som se juntando para formar um trovão gigantesco que rolou na cidade enquanto rastilhos de espoletas saltavam para cima e a primeira bomba caía na direção das casas.

— Podemos ir — disse Sharpe.

Os três caminharam por ruas iluminadas por incêndios distantes. Pelo rastilho de espoletas, Sharpe sabia que esta noite o bombardeio estava poupando a cidadela, e em vez disso lançava as bombas perto das ruas que já haviam sido queimadas. Os projéteis da frota riscavam no alto, enquanto o rastilho dos foguetes, grossos e luminosos, se curvavam sobre os telhados. Sharpe, como seus dois companheiros, levava uma bomba de 33 centímetros numa bolsa de couro pendurada no ombro. Era surpreendentemente pesada.

Levou Hopper e Clouter para o beco atrás da casa de Lavisser. Era uma escuridão de breu entre os muros altos e próximos, porém os fundos das casas grandes estavam avermelhados pelas chamas distantes. Nenhuma bomba havia tocado aquela área da cidade que ficava perto dos palácios reais.

Sharpe pousou sua bomba ao lado do portão do pátio de Lavisser. Depois se ajoelhou, pegou o isqueiro e bateu o fuzil contra a pederneira. O linho chamuscado luziu e ele soprou até surgir uma chama que foi encostada na espoleta curta. Em seguida correu pelo beco e se agachou ao lado de Hopper e Clouter. Podia ver o minúsculo brilho vermelho da espoleta, então o brilho desapareceu e ele baixou a cabeça enquanto esperava, mas não houve explosão e Sharpe se perguntou se a bomba teria algum outro defeito. Será que a pólvora estava molhada?

— Desgraça — rosnou, levantando a cabeça, mas nesse momento a bomba explodiu e o beco se encheu de estilhaços estridentes que chacoalhavam e ricocheteavam nos muros de tijolos. Chamas e fumaça subiram enquanto o portão de Lavisser era arrancado das dobradiças e, impulsionado por um jato de fumaça aquecida, atravessou o pátio.

— À sua, Hopper — disse Sharpe. Os três correram até a passagem enfumaçada, e de novo Sharpe acendeu o isqueiro. Hopper estendeu sua bomba, Sharpe pôs fogo na espoleta e em seguida o projétil foi rolado como uma bola de boliche para o centro do pátio. Os três se abrigaram atrás do muro. Alguém gritou na casa. Sharpe suspeitou que houvesse homens abrigados na cocheira e que seriam os primeiros a sair ao pátio para investigar a primeira explosão, motivo pelo qual estava lhes mandando a segunda bomba. Uma voz gritou bem perto, então a bomba de Hopper despedaçou a noite, ofuscando o beco com uma luz súbita e enchendo o pátio com mais fumaça densa.

Clouter já estava junto ao portão com a terceira bomba. Sharpe bateu a pederneira, soprou o linho chamuscado e acendeu a espoleta. Pegou a bomba com Clouter, passou pelo portão e correu alguns passos para dentro da fumaça até que pôde ver onde ficavam os degraus da entrada do porão. A espoleta sibilava junto à sua barriga. Ele parou, avaliou a distância e jogou o projétil por cima dos restos do portão despedaçado. A bomba pousou nas pedras perto da escada, bamboleou por um segundo e depois caiu. Hopper e Clouter estavam encostados à parede do estábulo. Ambos olhavam para cima através da fumaça. Uma espingarda foi disparada de uma janela do alto e a bala se chocou nas pedras ao lado de Sharpe, que recuou e quase tropeçou num corpo. Então alguém fora apanhado pela segunda bomba. Aí a terceira explodiu, lançando suas chamas para cima pelos fundos da casa. Vidro se espatifou em uma dúzia de janelas.

— Venham! — gritou Sharpe. Estava com a carabina na mão direita enquanto descia a escada correndo e passava pelas ruínas da porta despedaçada. Viu-se numa cozinha iluminada pelos restos da porta explodida, ainda em chamas. Não havia ninguém à vista. Pulou por cima da madeira queimando, atravessou o piso de pedras e abriu a porta do outro lado, vendo uma escada escura que subia. Tiros de pistola soaram atrás dele e Sharpe olhou rapidamente, vendo que Clouter estava disparando na direção do pátio. — Precisa de ajuda?

— Eles estão mortos! — disse Clouter, depois recuou da porta e começou a recarregar a arma. Um oleado que cobria uma mesa perto da janela havia pegado fogo. Sharpe ignorou-o e começou a subir a escada.

A Presa de Sharpe

291

Hopper foi junto. Sharpe empurrou a porta no topo e se viu num corredor largo. Havia um homem na escada acima, mas ele se virou e desapareceu antes que Sharpe pudesse apontar a carabina. Clouter veio da cozinha e atrás dele a fumaça se adensava com velocidade alarmante.

— Para cima — disse Sharpe. Havia homens lá, homens que sabiam que eles estavam indo, homens que deviam ter armas, mas ele não ousou esperar. O fogo saltava atrás dele. — Fiquem aqui — disse aos dois marinheiros. Pendurou a carabina no ombro e pegou a arma de sete canos. Não queria atacar escada acima, mas se desse mais tempo aos homens que estavam lá, eles conseguiriam fazer uma barricada. Xingou, reuniu coragem e correu.

Subiu de três em três degraus. Até o patamar do meio, onde havia duas portas fechadas. Ignorou-as. Seu instinto dizia que os habitantes da casa estavam mais no alto, por isso virou a esquina do patamar e se jogou no chão quando a espingarda chamejou. A bala se cravou num retrato na parede da escada, e Sharpe se levantou, empurrou a arma de sete canos sobre a borda do último degrau e puxou o gatilho.

As sete balas despedaçaram a metade inferior da porta. Um homem gritou. Sharpe sacou uma pistola e disparou de novo, então Hopper e Clouter estavam atrás dele, e cada qual disparou contra a porta antes de passar correndo por Sharpe.

— Esperem! — gritou ele. Queria ser o primeiro a entrar no cômodo, não por heroísmo, mas porque havia prometido ao capitão Chase cuidar dos dois homens, mas Clouter, com a machadinha na mão, já havia se jogado de ombro contra a porta, atravessando-a.

— *Pucelle!* — estava gritando o negro. — *Pucelle!* — exatamente como se estivesse abordando um navio inimigo.

Sharpe foi atrás, no instante em que Hopper disparava sua arma de sete canos dentro do cômodo. Uma bala inimiga passou perto da cabeça de Sharpe enquanto ele atravessava a porta. Sharpe escorregou no piso encerado, agachando-se durante o movimento e girando a carabina por toda a extensão do cômodo, que era um elegante escritório com retratos, estantes, uma escrivaninha e um sofá. Havia um homem tombando perto da mesa, sacudindo-se de dor devido a uma das balas de Hopper. Outro homem se encontrava perto da janela fechada, com o machado de abordagem de Clouter enterrado no pescoço.

— Há um vivo atrás da mesa — disse Hopper.

Sharpe entregou a Hopper sua arma de sete canos vazia.

— Recarregue — disse e depois foi na direção da mesa. Ouviu o raspar de uma vareta num cano e soube que seu inimigo estava efetivamente desarmado. Deu mais três passos rápidos e viu um homem agachado com uma pistola meio carregada. Sharpe havia esperado encontrar Lavisser, mas o homem era desconhecido. O sujeito olhou para cima e balançou a cabeça.

— *Non, monsieur, non!*

Sharpe disparou. A bala acertou o crânio do homem, lançando por cima da mesa um jorro de sangue que bateu no sujeito agonizante aos pés de Sharpe.

Havia um quarto homem no cômodo. Estava nu e amarrado ao sofá numa alcova, mas vivo. Se bem que Sharpe quase engasgou ao vê-lo. Ole Skovgaard estava vivo por milagre, porque fora meio cegado e torturado, e parecia não notar a luta que havia enchido a sala com uma sufocante fumaça de pólvora.

Clouter, com o ensanguentado machado de abordagem numa das mãos enormes, foi até o sofá e xingou baixinho. Sharpe fez uma careta ao ver a órbita vazia, a boca ensanguentada e as pontas dos dedos feridas, de onde as unhas haviam sido arrancadas antes que os ossos fossem partidos. Pousou a carabina, pegou o canivete e cortou as cordas que prendiam Skovgaard.

— Pode me ouvir? — perguntou. — O senhor pode me ouvir?

Skovgaard levantou a mão, hesitando.

— Tenente?

Ele mal conseguia falar, já que a boca ensanguentada estava sem dentes.

— Vamos levá-lo para casa. Vamos levá-lo para casa.

Hopper disparou uma pistola escada abaixo e Clouter foi ajudá-lo. Skovgaard apontou debilmente para a mesa, Sharpe foi até lá e viu uma pilha de papéis manchados com o sangue do homem que ele acabara de matar. Havia nomes nas folhas, nomes e mais nomes, uma lista dos correspondentes que Londres queria proteger. Hans Bischoff em Bremen, Josef Gruber em Hanover, Carl Friederich de Königsberg. Havia nomes russos, nomes prussianos, sete páginas de nomes. Sharpe pegou os papéis e os enfiou num bolso. Clouter disparou escada abaixo. Hopper havia recarregado uma das armas de sete canos e agora empurrou Clouter para o lado, mas parecia que ninguém estava ameaçando, porque ele conteve o disparo.

Havia cortinas de veludo por dentro das janelas fechadas. Sharpe segurou uma e puxou com força, arrancando-a das argolas. Enrolou Skovgaard despido no veludo vermelho e levantou-o. Skovgaard gemeu de dor.

— O senhor vai para casa — disse Sharpe. Havia fumaça subindo pela escada. — Quem está lá embaixo? — perguntou a Clouter.

— Dois homens. Talvez três.

— Temos de descer e sair pela porta da frente. — Ele não vira Lavisser nem Barker.

Hopper estava carregando a segunda arma de sete canos. Dera a primeira a Clouter. Sharpe podia ouvir as chamas no andar de baixo. Bombas detonavam no oeste. Uma empregada, os olhos arregalados de terror, desceu correndo a escada. Pareceu não notar os homens na porta do escritório e simplesmente desapareceu no patamar intermediário. Houve um tiro vindo do corredor e a empregada gritou:

— Jesus Cristo!

Sharpe soltou um palavrão.

Hopper estava com quatro canos carregados e decidiu que seriam suficientes.

— Vamos?

— Vamos — respondeu Sharpe.

BERNARD CORNWELL

Clouter e Hopper foram primeiro, então Sharpe desceu carregando Skovgaard. Os dois marinheiros saltaram ao patamar intermediário e ambos dispararam as armas direto para baixo, para a fumaça que enchia o corredor. Sharpe ia mais devagar, tentando ignorar os gemidos baixos de Skovgaard. A criada estava caída ao lado da balaustrada, com sangue escorrendo pelo vestido. Havia outro corpo ao lado de uma mesa no saguão, onde chamas lambiam a porta da escada da cozinha. A porta de entrada estava aberta e Clouter foi na frente. Sharpe gritou um aviso de que os homens de Lavisser poderiam estar esperando na rua, mas as únicas pessoas ali eram vizinhos que acreditavam que o fogo e a fumaça haviam sido causados pelas bombas britânicas. Uma das mulheres pareceu alarmada ao ver os dois homens enormes que saíram pela porta com suas armas, depois um murmúrio de simpatia soou quando a turba viu Skovgaard nos braços de Sharpe.

Mas uma mulher gritou ao ver o homem ferido.

Era Astrid, que correu para encontrar Sharpe.

— O que está fazendo aqui? — perguntou ele.

— Eu sabia que você viria para cá, por isso vim me certificar de que estava em segurança. — Ela fez uma careta involuntária ao ver o rosto do pai. — Ele está vivo?

— Precisa de um médico. — Achava que Skovgaard devia ter resistido durante horas antes de confessar.

— Os hospitais estão cheios — disse Astrid, segurando o pulso do pai porque a mão não passava de uma garra partida. — Hoje cedo fizeram um anúncio de que somente os mais feridos devem ir para os hospitais.

— Ele está tremendamente ferido — disse Sharpe, depois pensou que Lavisser saberia disso, de modo que era exatamente nos hospitais que ele procuraria Skovgaard. As bombas martelavam continuamente, as explosões clareando o céu enfumaçado. — O hospital, não — disse a Astrid. Pensou na Ulfedt's Plads, depois achou que era o segundo lugar onde Lavisser procuraria.

Astrid tocou o rosto do pai.

— Há uma boa enfermeira no orfanato — disse. — E não fica longe.

Levaram Skovgaard ao orfanato, onde a enfermeira cuidou dele. Astrid ajudou-a, enquanto Sharpe levava Hopper e Clouter para o pátio, onde se sentaram embaixo do mastro. Algumas das crianças menores choravam por causa do barulho das bombas, mas todas estavam seguras nos dormitórios, que ficavam muito longe de onde caíam os projéteis. Duas mulheres levavam leite e água pela escada externa e olharam temerosas para os três homens.

— Lavisser não estava lá — disse Sharpe.

— Isso importa? — perguntou Hopper.

— Ele quer esta lista — disse Sharpe, batendo no bolso. — Esses nomes lhe compram favor com os franceses.

— E também não havia ouro — resmungou Clouter.

Sharpe ficou surpreso, depois balançou a cabeça.

— Esqueci totalmente do ouro. Desculpe. — Ele esfregou o rosto. — Não podemos voltar ao armazém. Lavisser vai nos procurar lá. — E Lavisser, pensou, levaria tropas dinamarquesas, dizendo que procurava agentes britânicos. — Teremos de ficar aqui — decidiu.

— Poderíamos voltar aos navios? — sugeriu Clouter.

— Vocês podem, se quiserem, mas eu vou ficar. — Sharpe iria ficar porque sabia que Astrid permaneceria com o pai; e ele ficaria com Astrid.

Hopper começou a recarregar uma das armas de sete canos.

— Viu aquela enfermeira? — perguntou.

— Acho que ele quer ficar aqui, senhor — riu Clouter.

— Podemos esperar aqui fora — disse Sharpe. — E obrigado a vocês dois. Obrigado. — As bombas iluminavam o céu. De manhã, pensou, os dinamarqueses deveriam se render e o exército britânico viria. E Lavisser iria se esconder, mas Sharpe iria encontrá-lo. Nem que tivesse de revistar cada porcaria de casa em Copenhague iria encontrá-lo e matá-lo. E então o trabalho estaria terminado e ele poderia ficar aqui, na Dinamarca, porque queria um lar.

Na manhã seguinte o general Peymann convocou um conselho no palácio de Amalienborg. Foi servido café em porcelana real aos homens sujos de fuligem e cinza, cujos rostos estavam pálidos e abatidos depois de mais uma noite lutando contra incêndios e carregando pessoas horrivelmente queimadas para os hospitais apinhados.

— Achei que houve menos bombas na noite passada — observou o general.

— Eles dispararam pouco menos de duas mil, senhor — informou o major Lavisser —, e isso inclui os foguetes.

— E na noite anterior? — Peymann tentou lembrar.

— Quase cinco mil — observou um ajudante.

— Estão ficando sem munição — declarou o general, incapaz de esconder um tom de triunfo. — Duvido que recebamos mais de mil projéteis esta noite. E amanhã? Talvez nenhum. Vamos aguentar, senhores, vamos aguentar.

O superintendente do hospital King Frederick fez um relatório sombrio. Não havia mais camas disponíveis, nem mesmo agora que eles haviam ocupado a maternidade ao lado, e havia uma séria escassez de remédios, bandagens e água potável, mas ele ainda expressava um otimismo cauteloso. Se o bombardeio não piorasse, achava que os hospitais suportariam.

Um engenheiro da cidade informou que um velho poço em Bjornegaden estava produzindo uma grande quantidade de água potável e que outros três poços abandonados, cobertos quando a cidade começara a trazer suprimentos do norte da Zelândia, seriam abertos durante o dia. O prefeito interino disse que não haveria escassez de comida. Algumas vacas haviam morrido à noite, mas restava um bom número.

— Vacas? — perguntou Peymann.

— A cidade precisa de leite, senhor. Trouxemos dois rebanhos para cá.

A PRESA DE SHARPE

— Então — concluiu o general Peymann —, acho que quando tudo estiver dito e feito poderemos nos parabenizar. Os britânicos jogaram contra nós o que tinham de pior, e sobrevivemos. — Ele puxou o mapa em grande escala da cidade. Os engenheiros haviam marcado com tinta as ruas mais afetadas pelo bombardeio da primeira noite, e agora Peymann olhou para as marcas leves a lápis que mostravam os efeitos do ataque da segunda noite. As áreas recém-marcadas eram muito menores, meramente um pequeno trecho de rua perto da porta Nørre e algumas casas em Skindergade.

— Pelo menos eles erraram a catedral — disse.

— E também houve danos aqui. — Um ajudante se inclinou sobre a mesa e bateu na Bredgade. — A casa do major Lavisser foi destruída e as casas vizinhas perderam os telhados com o incêndio.

Peymann franziu a testa para Lavisser.

— Sua casa, major?

— A casa do meu avô, senhor.

— Trágico! — disse Peymann. — Trágico.

— Achamos que deve ter sido um foguete, senhor — disse o primeiro ajudante. — Fica muito longe do resto das ruas que sofreram danos.

— Espero que ninguém tenha se machucado — observou Peymann, sério.

— Tememos que alguns empregados tenham ficado presos — respondeu Lavisser —, mas meu avô, claro, está com o príncipe herdeiro.

— Graças a Deus, mas você deve aproveitar algum tempo hoje para resgatar o que for possível da propriedade do seu avô. Sinto muitíssimo, major.

— Todos devemos compartilhar o sofrimento da cidade, senhor — declarou Lavisser, um sentimento que provocou murmúrios de concordância ao redor da mesa.

Um pastor da marinha terminou a reunião agradecendo a Deus por ter ajudado a cidade a suportar o sofrimento, pelas enormes bênçãos que sem dúvida decorreriam da vitória e implorando ao Todo-Poderoso para derramar Sua graça salvadora sobre os feridos e desprovidos.

— Amém — estrondeou o general Peymann. — Amém.

Um sol débil brilhava através da mortalha de fumaça que cobria a cidade quando Lavisser saiu ao pátio do palácio onde Barker esperava.

— Eles rezaram, Barker. Eles rezaram.

— Fazem muito disso por aqui, senhor.

— Então, o que você acha?

Enquanto seu senhor estava na reunião do conselho, Barker fizera o máximo para explorar as ruínas da Bredgade.

— Ainda está quente demais para entrar, senhor, e de qualquer modo o lugar não passa de um monte de entulho. Está fumegando, mas o Jules saiu.

— Só o Jules?

— Foi o único que encontrei, senhor. O resto está morto ou no hospital, acho. E Jules jura que foi Sharpe.

— Não pode ser!

— Diz que três homens entraram na casa, senhor. Dois eram marinheiros e o outro era um homem alto, de cabelo preto e cicatriz no rosto.

Lavisser xingou.

— E o homem com cicatriz no rosto estava carregando Skovgaard — prosseguiu Barker, implacável.

Lavisser xingou de novo.

— E o ouro?

— Provavelmente ainda está na Bredgade, senhor. Talvez derretido, mas deve estar lá.

Lavisser não disse nada durante um tempo. O ouro poderia ser resgatado e isso certamente poderia aguardar, mas ele não poderia esperar qualquer adiantamento por parte dos franceses se não lhes desse a lista de nomes que fora extraída tão dolorosamente de Skovgaard. A lista abriria a generosidade do imperador para com Lavisser, iria torná-lo príncipe da Zelândia, duque de Holstein ou mesmo, em seus sonhos mais secretos, rei da Dinamarca.

A PRESA DE SHARPE

— Jules disse alguma coisa sobre a lista?

— Achava que ela estava dentro quando a casa se queimou.

Lavisser usou uma palavra eficaz.

— Todo aquele trabalho desperdiçado. Desperdiçado!

Barker olhou para os pombos no telhado do palácio. Pensou que sua própria noite fora desperdiçada, porque Lavisser havia insistido em que ficasse de vigia com ele, contando as bombas que caíam. Barker teria preferido guardar a casa da Bredgade, mas Lavisser o havia instruído a contar os clarões dos canhões da esquadra enquanto ele contava os tiros das baterias terrestres. Um verdadeiro desperdício, pensou Barker, porque, se ele ficasse na Bredgade, Sharpe teria morrido e Skovgaard talvez ainda estivesse revelando nomes.

— Temos de encontrar Skovgaard de novo, senhor — disse Barker.

— Como? — perguntou Lavisser azedamente, depois respondeu à própria pergunta. — Ele deve estar num hospital, não é?

— Na casa de algum médico? — sugeriu Barker.

Lavisser balançou a cabeça.

— Todos os médicos receberam ordem de ir para os hospitais.

Assim, Lavisser e Barker procuraram Ole Skovgaard nos hospitais de Copenhague. Essa busca lhes custou toda a manhã enquanto iam de enfermaria em enfermaria, onde centenas de vítimas de queimadura sofriam dores medonhas. Mas Skovgaard não pôde ser encontrado. Uma manhã desperdiçada, e Lavisser estava de péssimo humor quando foi ver o que restava da Bredgade, mas a casa era uma ruína fumegante, e o ouro, se ainda estivesse lá, não passaria de uma massa derretida no fundo do porão. Mas pelo menos Jules, um dos franceses deixados para trás quando os diplomatas fugiram de Copenhague, permanecia na cocheira intacta e Jules também queria se vingar de Sharpe.

— Sabemos onde ele está — insistiu Barker.

— Na Ulfedt's Plads? — sugeriu Lavisser.

— Onde mais?

— Você, eu e Jules — disse Lavisser. — E três deles? Acho que temos de melhorar as chances.

BERNARD CORNWELL

Barker e Jules foram vigiar a Ulfedt's Plads enquanto Lavisser ia à cidadela onde o general Peymann tinha seus alojamentos, mas o general estivera de pé durante toda a noite e havia ido para a cama. E já era o meio da tarde quando acordou e Lavisser pôde tecer sua trama.

— Uma criança foi morta brincando com uma bomba não explodida, senhor — disse ele. — E temo que haja mais mortes assim. Há bombas demais nas ruas.

Peymann soprou o café para esfriar.

— Achei que o capitão Nielsen estava cuidando desse problema.

— Ele está assoberbado, senhor. Preciso de uma dúzia de homens

— Claro, claro. — Peymann assinou a ordem necessária, e Lavisser acordou um tenente relutante e ordenou que ele juntasse um esquadrão.

O tenente perguntou a si mesmo por que seus homens precisariam de espingardas para coletar projéteis não explodidos, mas estava cansado demais para argumentar. Apenas seguiu Lavisser até a Ulfedt's Plads, onde dois civis esperavam ao lado de um armazém.

— Bata à porta, tenente — ordenou Lavisser.

— Achei que íamos recolher bombas, senhor.

Lavisser puxou o sujeito de lado.

— O senhor consegue ser discreto, tenente?

— Tanto quanto qualquer pessoa. — O tenente ficou ofendido com a pergunta.

— Não pude ser franco com o senhor antes, tenente. Deus sabe que já há boatos demais circulando pela cidade e eu não queria provocar mais um, porém o general Peymann foi alertado de que há espiões ingleses em Copenhague.

— Espiões, senhor?

Os olhos do tenente se arregalaram. Tinha 19 anos, era oficial havia apenas dois meses, e até agora seu serviço de maior responsabilidade fora se certificar de que a bandeira da cidadela fosse içada a cada nascer do sol.

— Mais provavelmente são sabotadores — disse Lavisser, incrementando a história. — Achamos que os britânicos estão ficando sem bombas. Provavelmente dispararão algumas esta noite, mas achamos que eles contarão com seus agentes na cidade para causar mais danos. O general acredita que os homens estão escondidos aqui.

O tenente ordenou que seus homens calassem baionetas, depois bateu à porta de Skovgaard, que foi aberta por uma empregada em pânico. Ela gritou ao ver as baionetas, depois disse que o senhor e a senhora haviam desaparecido.

— E o inglês? — perguntou Lavisser por cima do ombro do tenente.

— Ele não voltou, senhor. Nenhum deles voltou.

— Dêem uma busca — ordenou Lavisser aos soldados. Mandou alguns homens ao armazém e que outros subissem a escada da casa enquanto ele, Jules e Barker iam ao escritório de Skovgaard.

Não encontraram nenhuma lista de nomes ali. Acharam uma caixa de metal cheia de dinheiro, mas nenhum nome. O tenente descobriu uma espingarda descarregada no andar de cima, mas então as empregadas em pânico disseram ao tenente que o Sr. Bang estava trancado no velho estábulo. O tenente levou a notícia ao escritório.

— O Sr. Bang? — perguntou Lavisser, enfiando dinheiro no bolso da casaca.

— O sujeito que nos vendeu Skovgaard — lembrou Barker.

Tiraram o cadeado da porta e o atordoado Aksel Bang saiu à luz desvanecente do dia. Estava nervoso, indignado e tão perplexo que mal conseguia falar algo que fizesse sentido. Para acalmá-lo, Lavisser ordenou que as empregadas preparassem um pouco de chá, depois levou Bang para cima e o colocou na sala íntima de Skovgaard, onde Bang contou como o tenente Sharpe voltara à cidade e que Bang tentara prendê-lo. A história ficou meio emaranhada nesse ponto, porque Bang não queria admitir a facilidade com que fora dominado, mas Lavisser não quis detalhes. Bang não sabia quantos homens estavam ajudando Sharpe, mas tinha ouvido suas vozes no pátio e sabia que eram pelo menos dois ou três.

— E a filha do Sr. Skovgaard estava ajudando esses ingleses? — perguntou Lavisser.

— Não voluntariamente, não voluntariamente — insistiu Bang. — Ela deve ter sido enganada.

— Claro

— Mas o pai, bem, ele sempre esteve do lado dos ingleses — disse Bang, vingativo — e obrigava Astrid a ajudá-lo. Ela não queria, claro, mas ele obrigava.

Lavisser tomou um gole de chá.

— Então Astrid sabe tanto quanto o pai?

— Ah, sim — respondeu Bang.

— Ela sabe os nomes dos correspondentes do pai?

— O que ele sabe, ela sabe.

— Ela sabe — disse Lavisser a si mesmo. Em seguida, acendeu uma vela porque o crepúsculo escurecia a sala. — Você fez bem quando entregou Skovgaard à polícia, tenente — disse, tendo o cuidado de lisonjear Bang usando seu posto na milícia.

Uma pequena dúvida incomodava Bang.

— O tenente Sharpe disse que foi o senhor que havia levado Skovgaard.

— Disse o quê? — Lavisser pareceu atônito, depois soltou seu sorriso cativante. — Claro que não! Não tenho autoridade nessa área. Não, o Sr. Skovgaard foi levado para ser interrogado pela polícia, mas infelizmente escapou. Na confusão do bombardeio, entende? E nosso problema é que o tenente Sharpe e seus ajudantes ingleses estão em algum lugar na cidade. Já podem ter resgatado o Sr. Skovgaard. O general Peymann achou que iríamos encontrá-los aqui, mas infelizmente... — Ele deu de ombros. — Suspeito que estejam se escondendo, mas você, tenente, conhece o Sr. Skovgaard melhor do que ninguém.

— Certo — disse Bang.

— E quem sabe como eles estão enganando Astrid? — perguntou Lavisser em tom preocupado.

— Estão enganando-a! — reagiu Bang com raiva, e derramou seu ressentimento contra Sharpe. Disse que o inglês havia prometido a

Astrid que ficaria na Dinamarca. — E ela acredita! Ela acredita! Ele virou a cabeça dela.

E era uma cabeça bem bonita, pensou Lavisser, e cheia de conhecimentos que ele necessitava.

— Temo por ela, tenente — disse com seriedade. — Temo de fato. — Ele se levantou e olhou pela janela de modo que Bang não visse sua diversão. Então Sharpe estava apaixonado? Lavisser sorriu ao perceber isso. O céu que ia escurecendo tinha faixas de nuvens pretas e logo, pensou, as primeiras bombas começariam a cair, a não ser que os britânicos tivessem exaurido seu estoque, caso em que a cidade seria poupada até que trouxessem mais bombas da Inglaterra. — Sem dúvida eles mantêm a pobre Astrid como refém. — Virou-se de novo para Bang. — E precisamos encontrá-los.

— Eles podem estar em qualquer lugar — disse Bang, desamparado.

— O Sr. Skovgaard foi ferido por uma bomba quando escapou — mentiu Lavisser tranquilamente. — Achamos que precisa de médico, mas não está em nenhum hospital.

Bang balançou a cabeça.

— O médico dele mora em Vester Fælled.

— E certamente ele não pode ter ido para lá. Então, onde se esconderia? O que foi? — Ele ficou alarmado pela súbita expressão arregalada de Bang.

Mas Bang estava sorrindo.

— O Sr. Skovgaard precisa de ajuda médica? Então eu sei onde eles estão.

— Sabe?

— Vocês me dão uma arma? — perguntou Bang, ansioso. — Posso ajudá-los?

— Eu não esperaria nada menos de um dinamarquês leal — disse Lavisser, untuoso.

— Então vou levá-los.

Porque sabia exatamente onde estavam.

A oeste um clarão vermelho iluminou o céu e a primeira bomba subiu na escuridão.

Então os outros canhões martelaram, a descarga cercando a cidade com fumaça tingida pelas chamas.

E as bombas caíam de novo.

CAPÍTULO XI

Sharpe passou boa parte do dia num depósito atulhado sobre o arco do portão do orfanato. Disse a Hopper e Clouter que estava vigiando a possível chegada de Lavisser, mas na verdade não esperava ver o renegado. Em vez disso, pensava. Pensava em deixar a Inglaterra,
5. pensava em Grace e em Astrid. Pensava no exército e em Wapping. Enquanto meditava, Hopper e Clouter se revezavam montando guarda junto à cama de Ole Skovgaard, que fora posta sob a escada de dentro porque o orfanato estava apinhado demais com pessoas que haviam perdido suas casas com o bombardeio. Uma bandeira dinamarquesa dividia o pequeno
10. espaço para dar alguma privacidade, e os dois marinheiros estavam ali não para proteger o paciente contra Lavisser, mas sim da intrusão de crianças agitadas devido ao bombardeio. Astrid cuidava do pai ou então ajudava a acalmar as crianças.

No meio da tarde Hopper trouxe um pouco de pão e queijo para
15. Sharpe, e os dois comeram no depósito, que tinha uma pequena janela gradeada dando para a rua, na direção das casas de Nyboden.

— Ele está dormindo — disse Hopper, falando de Ole Skovgaard. Os dedos de Skovgaard haviam sido atados com talas e seus ferimentos receberam curativos. — Não está dormindo bem, mas não vai dormir bem
20. durante um tempo, não é? — Ele empurrou uma jarra d'água na direção de Sharpe. — Eu estava pensando, senhor, que Clouter ou eu deveríamos ir falar com o capitão Chase.

A PRESA DE SHARPE

307

Sharpe assentiu.

— Ele deve estar preocupado.

— Só para ele saber que ainda estamos vivos — disse Hopper. — Não importa qual de nós vá, senhor, mas o capitão vai querer saber o que está acontecendo.

— Se eu soubesse, diria.

— Achei que a gente ia esperar até as bombas recomeçarem, depois iria embora. Ninguém percebe nada quando as bombas estão caindo.

Sharpe olhou para a rua, onde um varredor desanimado empurrava o entulho na direção de um carrinho de mão.

— O que faremos na verdade depende do que os dinamarqueses fizerem — disse Sharpe. — Depende de eles se renderem ou não.

— É preciso largar um pouco mais de bombas do que ontem à noite — disse Hopper com mordacidade. — Não adianta nada incomodá-los, não é? A gente precisa é machucá-los.

— Se eles se renderem, não haverá problema. Vamos simplesmente levar o Sr. Skovgaard a um cirurgião britânico. Mas caso não se rendam... — Ele deixou o pensamento no ar.

— Então vamos ficar fugindo desse tal de capitão Lavatório?

Sharpe assentiu.

— Mas acho que estamos bastante seguros aqui.

Hopper assentiu.

— Então, quando estiver escuro, senhor, e as bombas começarem, vou até o capitão.

— Diga ao capitão Chase que vou ficar aqui até que o Sr. Skovgaard possa ser transportado. — Sharpe não sabia o que mais poderia fazer. Sabia que deveria caçar Lavisser, mas agora tomar conta de Ole Skovgaard parecia mais importante. — E quando isso acabar, Hopper, você, eu e Couter vamos cavar naquela casa. Deve haver 43 mil guinéus derretidos em algum lugar embaixo das cinzas.

— Quarenta e três mil?

— Pouco mais ou menos.

Hopper assobiou.

— Mas o capitão Lavatório já deve estar cavando, não é?

— Ainda deve estar quente demais.

— Então é rezar para que os desgraçados se rendam, não é? — Hopper olhou para a rua sombreada. — Olhe aquele desgraçado idiota! Varrendo uma cidade bombardeada! O senhor devia dormir um pouco, está parecendo um trapo. — Ele franziu a testa, olhando o pequeno depósito. — Não tem espaço para fazer uma cama de verdade aqui, senhor. Por que não vai para a capela? Lá é bem silencioso.

— Me acorde antes de ir.

— Pois não, pois não, senhor.

Estava silencioso na capela, mas Sharpe não conseguiu dormir. Ficou sentado nos fundos, num banco pintado de branco, e olhou para o vitral acima do altar simples. Estava ficando escuro lá fora e os detalhes do vitral estavam obscurecidos, mas o cabelo dourado das crianças e o halo prateado de Cristo apareciam luminosos. Havia palavras escritas ao redor do halo, mas eram em dinamarquês, e ele não sabia ler.

Ouviu a porta se abrir, girou e viu que Astrid viera se juntar a ele.

— Você está muito pensativo — disse ela.

— Só estava imaginando o que dizem aquelas palavras do vitral.

Astrid olhou para o vitral escuro.

— *Lader de små Born, komme til mig.*

— Continuo sem fazer ideia.

— Deixai que venham a mim as criancinhas — traduziu. — É do Evangelho.

— Ah.

Astrid sorriu.

— Você parece desapontado.

— Achei que poderia ser "Esteja certo que seu pecado irá encontrá-lo".

— Então você tem um pouco de religião?

— Tenho?

Ela segurou sua mão em silêncio durante um tempo, depois suspirou.

— Por que alguém machucaria tanto uma pessoa?

— Porque é guerra.

— Porque o mundo é cruel. — Astrid olhou para o vitral. O halo e os olhos de Cristo eram de um branco penetrante. — De agora em diante ele estará meio cego, sem dentes e jamais poderá segurar uma pena outra vez. — Ela apertou a mão de Sharpe. — E terei de cuidar dele.

— Então terei de cuidar de você, não é?

— Você fará isso?

Sharpe confirmou com a cabeça. A pergunta, pensou, não era se ele faria, mas sim se poderia. Poderia viver aqui? Poderia lidar com um ranzinza Ole Skovgaard, com uma língua estranha e a respeitabilidade sufocante? Então Astrid pousou a cabeça em seu ombro, e ele soube que não queria perdê-la. Ficou em silêncio, olhando a escuridão cobrir o vitral, e pensou na confiança de lorde Pumphrey, de que os próximos anos trariam guerra suficiente para garantir promoção, e refletiu que jamais havia se provado como oficial. Havia mostrado que era um soldado, mas ainda estava fracassando como oficial. Uma companhia de casacas verdes, pensou, e um inimigo francês a ser dominado, esse era um sonho que valeria perseguir. Mas o homem precisa fazer escolhas, e esse pensamento fez com que ele apertasse os dedos de Astrid.

— O que foi? — perguntou ela.

— Nada. — Então Sharpe viu o manto azul-escuro de Cristo ficar púrpura e Seus olhos brancos chamejaram num vermelho lívido. Você deve estar sonhando, pensou, então as cores sumiram de novo e ele escutou o ruído surdo. Instintivamente, passou os braços ao redor de Astrid e cobriu o corpo dela com o seu quando a bomba explodiu do outro lado vitral que, em todos os seus azuis, dourados, escarlate e verdes, se despedaçou em mil cacos que voaram gritando pela capela. A fumaça veio em seguida, e então houve um silêncio rompido apenas pelo tilintar dos vidros quebrados no piso. Foi como uma respiração.

Antes que as outras bombas começassem a cair.

Os britânicos haviam disparado quase cinco mil bombas na primeira noite e observado os incêndios arderem furiosos do outro lado das muralhas e tiveram certeza de que outra noite de dor convenceria os dinamarqueses a entregar a cidade. Dispararam muito menos bombas na segunda noite, apenas duas mil, pensando que seriam suficientes para satisfazer a honra da guarnição, mas de manhã, quando a fumaça cobria a cidade como uma mortalha, não veio qualquer mensagem, a bandeira dinamarquesa continuava adejando acima da cidadela e os canhões abriram um fogo desafiador nas fortificações marcadas por disparos. De modo que agora, na terceira noite, eles inundariam Copenhague em fogo. Durante todo o dia haviam reabastecido os paióis, trazendo carroças e mais carroças de bombas para as baterias, e assim que a escuridão baixou, os grandes canhões começaram seus disparos até que o próprio chão parecia latejar com a vibração dos morteiros e o coice dos obuseiros. O céu tremulava com as riscas de espoletas e estava emaranhado com trilhas de fumaça.

Os artilheiros haviam mudado os alvos, planejando devastar novas áreas da cidade. Bombas e carcaças choveram sobre a catedral e a universidade, ao passo que outros projéteis alcançavam mais fundo no labirinto de ruas para punir a teimosia dos defensores. As bombardeiras se sacudiam a cada descarga e os rastilhos dos foguetes chicoteavam fogo nas nuvens. As sete equipes de combate a incêndios se esforçavam ao máximo. Bombeavam as hastes longas para espirrar água do mar nas chamas, mas à medida que os novos incêndios brotavam os homens abandonaram as máquinas para ir proteger as famílias. As ruas estavam apinhadas de refugiados em pânico. Bombas caíam, as chamas rugiam, paredes desmoronavam, a cidade ardia.

O general Peymann estava de pé na muralha da cidadela e via os incêndios brotando numa dúzia de locais. Via pináculos e torres delineados pelo fogo, via-os cair e as fagulhas subirem em colunas vermelhas através das quais as bombas despencavam. Pombos, acordados dos ninhos, voavam entre as chamas até cair pegando fogo. Por que, pensou Peymann, eles não voam para longe? Um foguete acertou a cúpula da catedral e ricocheteou no céu, onde explodiu no instante em que uma bomba atravessou as telhas da cúpula. Toda Skindergade estava pegando fogo, então uma carcaça passou pelo telhado do armazém de Skovgaard na Ulfedt's Plads e o açúcar pegou fogo. As chamas se espalharam com velocidade brutal, deixando o bairro claro como o dia. Uma escola em Suhmsgade, que havia se tornado lar de refugiados, foi acertada por três bombas. As lojas da Frederiksborggade e no Landemærket estavam ardendo, e Peymann sentiu uma raiva imensa e impotente enquanto olhava a destruição.

— O major Lavisser está aqui? — perguntou o general a um ajudante.

— Eu o vi há alguns instantes, senhor.

— Diga a ele para incendiar a esquadra.

— Incendiar? — O ajudante ficou horrorizado, porque essa ordem significava que Peymann sabia que a cidade não podia aguentar.

— Queimar os navios — disse Peymann, sério, encolhendo-se quando uma sucessão de bombas se chocou contra a universidade. Os ingleses, percebeu ele, não estavam com escassez de bombas. Estavam lançando centenas contra uma cidade que podia se render ou ser apagada do mapa. A destilaria diante do armazém de Skovgaard foi acertada, e os alambiques explodiram em fogo azul que correu como mercúrio incendiado por becos e sarjetas. Mesmo das muralhas da cidadela Peymann podia ouvir os gritos nas ruas. — Diga ao major Lavisser para acender as espoletas imediatamente! — gritou para o ajudante que ia saindo. Esperava que os ingleses, ao ver a esquadra pegando fogo, parassem com o bombardeio terrível. Mas sabia que iria se passar pelo menos uma ou duas horas antes que os navios pudessem ser incendiados, porque centenas de refugiados haviam se reunido ao redor do porto interno com a certeza de que os britânicos não apontariam seus morteiros contra o bairro onde a esquadra se encontrava, e aquelas pessoas teriam de ser convencidas a se afastar antes que o calor feroz dos navios em chamas tornasse a área insustentável.

O ajudante correu escada abaixo até o pátio queimado, mas não encontrou qualquer sinal do major Lavisser. O ordenança do general disse achar que o major fora à Bredgade, por isso o ajudante foi atrás, mas ao sair da cidadela uma bomba caiu cinco passos atrás dele e os estilhaços partiram sua coluna e o lançaram no fosso. A universidade estava pegando fogo, sua biblioteca soltando um rugido enquanto as chamas devoravam as estantes. Agora os incêndios separados da cidade iam se juntando, tornando-se mais altos e mais luminosos, mais largos e mais ferozes.

— Andem — sinalizou o general para o resto de seus ajudantes —, faremos o que for possível. — Havia pouco que ele pudesse fazer, porque a cidade não tinha defesa contra aquele horror, mas não podia simplesmente ficar olhando. Havia pessoas a ser resgatadas e sobreviventes a ser consolados.

As bombardeiras lançavam seus projéteis por cima da cidadela e um deles bateu na capela do orfanato, rachando o teto e explodindo em meio aos tubos do órgão. Astrid gritou quando as chamas começaram a saltar do órgão despedaçado. Sharpe segurou sua mão e a arrastou para o pátio.

— As crianças! — gritou ela.

— Vamos tirá-las — disse Sharpe, mas para onde? Parou sob o mastro da bandeira e olhou para o céu. As bombas estavam indo para o sul do orfanato, o que significava que o cemitério ao norte poderia ser o local mais seguro. — Para o cemitério! — gritou. — Vamos levá-las para o cemitério! — Ela assentiu no instante em que uma bomba acertou o pátio, formando uma pequena cratera, onde ficou parada malévola, com a fumaça sibilando da espoleta acesa até que Hopper se aproximou e arrancou o tubo de madeira.

— Vou encontrar o capitão, senhor.

Sharpe quase chamou Hopper de volta, mas havia adultos em número suficiente para ajudar a tirar as crianças, por isso deixou o grandalhão ir embora. Correu para o prédio e encontrou Clouter junto à cama de Ole Skovgaard.

— Há um cemitério que deve ser seguro — disse a Clouter. — Leve-o para lá. Você consegue carregar a cama também?

— Consigo, senhor.

— O cemitério é por ali. — Ele apontou, depois largou a carabina e a arma de sete canos num canto. — Depois volte e ajude com as crianças — gritou para Clouter.

Alguém tocava o sino do orfanato como se as pessoas precisassem de algum aviso. A capela estava pegando fogo e outra bomba havia explodido na cozinha, de modo que agora todo o prédio se encontrava num horror de chamas. Houve gritos quando outra bomba se chocou num dormitório. As crianças estavam entrando em pânico. Sharpe subiu correndo pela escada externa e gritou com sua voz de sargento para uma quantidade de crianças que berravam, acotovelando-se na varanda no topo da escada. Elas não entendiam inglês, mas se imobilizaram com mais medo dele do que das chamas e do barulho.

— Você! — Sharpe agarrou uma menina. — Para baixo. Depois você! — Fez com que descessem a escada em fila. Mais adultos vinham ajudar, e Sharpe entrou correndo no dormitório em chamas. Duas crianças estavam obviamente mortas, com os corpinhos partidos e cobertos de sangue, mas uma terceira estava agachada, gritando, as mãos apertando o rosto ensanguentado. Sharpe pegou-a e levou-a para a varanda, onde a colocou nos braços de uma mulher. O fogo na cozinha atravessava o teto, mas nenhuma outra bomba havia chegado, ainda que uma dúzia ou mais tivessem explodido ao sul, onde uma fileira de casas ardia.

Astrid estivera guiando as pessoas para o cemitério dos marinheiros, mas agora correu de volta para o arco do portão e subiu a escada.

— Ainda há os aleijados — disse a Sharpe.

— Onde?

Ela apontou para um cômodo do canto. Sharpe contornou a varanda aberta e encontrou seis crianças aterrorizadas em suas camas. Clouter havia retornado ao pátio, e Sharpe simplesmente carregava as

BERNARD CORNWELL

314

crianças para a varanda uma a uma e as jogava para o marinheiro, que as apanhava e entregava a outros adultos que tinham vindo ajudar. Sharpe jogou a última criança no momento em que uma bomba atravessou os restos da capela e explodiu junto à porta, lançando fragmentos de metal e lascas de madeira pelo pátio. Ninguém foi atingido. Sharpe estava com sangue nas costas, onde lascas do vitral haviam cortado o sobretudo e a casaca, mas nem percebia.

— É só isso? — gritou para Astrid acima da batida surda das bombas e do som do incêndio.

— Só!

A última criança fora levada ao cemitério, e Clouter estava sozinho no pátio.

— Saia! — gritou Sharpe, depois pegou a mão de Astrid e levou-a pela varanda em direção ao topo da escada. O dormitório em chamas era como uma fornalha quando ele passou, então uma bomba atravessou a escada externa, arrebentando os degraus. Uma carcaça veio em seguida, sibilando línguas de fogo branco no pátio. Sharpe puxou Astrid para o patamar principal e desceu correndo a escada interna até encontrar Clouter no pequeno corredor. — Mandei você sair.

— Vim pegar isto — disse Clouter, brandindo a arma de sete canos de Hopper. Sharpe pegou suas armas. Telhas caíam no pátio enquanto mais bombas acertavam o prédio, e ele rogava a Deus que os artilheiros não estivessem mudando a mira para o norte, porque então o cemitério estaria sob fogo.

— Agora só precisamos cuidar do Sr. Skovgaard — disse a Clouter. O orfanato estremeceu quando duas novas bombas explodiram. Uma boneca com o cabelo queimando deslizou pelo pátio enfumaçado enquanto Sharpe levava Astrid e Clouter para o portão, então ele girou de repente à direita e gritou um alerta.

Gritou porque havia soldados na passagem em arco e Lavisser estava com eles, e os homens iam levando as espingardas ao ombro. Sharpe pegou a bomba cuja espoleta Hopper havia tirado e jogou-a na direção dos

A PRESA DE SHARPE

homens, que, ao vê-la, se afastaram, e Sharpe arrastou Astrid de volta pela porta. Fechou-a com força, passou a tranca e segurou Astrid pelos ombros.

— As janelas deste andar têm barras?

Ela o olhou insegura, depois balançou a cabeça.

— Não.

— Então encontre uma janela, pule e vá para o cemitério. Depressa! — As culatras das espingardas já estavam batendo na porta trancada.

Sharpe empurrou Astrid pelo corredor, depois subiu correndo a escada e saiu na varanda cheia de fumaça. Clouter foi atrás enquanto Sharpe corria até a extremidade não danificada do prédio, onde parou, virou-se e apontou a arma de sete canos contra os soldados que tentavam derrubar a porta. Então hesitou. Sua briga era com Lavisser, não com os soldados, mas não conseguia ver Lavisser nem Barker, mas viu um homem subindo por uma das janelas que dava no pátio. Será que Lavisser já estaria dentro? Chamas voavam altas à direita, lambendo os caibros dos dormitórios. Ele e Clouter ficariam presos ali, pensou, seriam mortos pelo fogo. Então um dos soldados os viu e gritou para os colegas. Ainda não querendo iniciar uma guerra particular no prédio em chamas, Sharpe puxou Clouter para o dormitório não danificado. Uma bomba caiu no pátio, e ele ouviu gritos.

— O que vamos fazer? — perguntou Clouter.

— Deus sabe. — Sharpe pendurou a arma de sete canos no ombro e foi até as janelas. Havia barras para impedir que os meninos fizessem ousadias, e ele as sacudiu, esperando que pudessem ser afrouxadas e que ele e Clouter conseguissem descer ao jardim do orfanato e ir até o cemitério sem ser vistos, mas as barras de ferro eram frustrantemente sólidas. Xingou e puxou de novo. Clouter viu o que ele estava fazendo e veio ajudar. O grandalhão grunhiu enquanto puxava uma haste de ferro. Ela saiu em sua mão, lascando o parapeito de madeira.

Então Lavisser gritou do pátio.

— Sharpe! Sharpe!

Sharpe virou-se e retornou ao patamar. Foi cautelosamente, meio esperando uma saraivada de tiros, mas em vez disso viu que meia dúzia dos soldados estavam no chão, ensanguentados, retorcendo-se chamuscados. Uma bomba havia explodido em meio ao grupo ao lado da porta trancada. Mas então Sharpe viu que Lavisser não se encontrava sozinho. Astrid estava ao lado dele, segura por um homem alto e pálido. Era Aksel Bang. Desgraça, pensou Sharpe, mas havia se esquecido de Bang.

— Sharpe? — gritou Lavisser outra vez.

— O que você quer?

— Só desça, Sharpe, e vai ser o fim.

A cidade estava estremecendo, flamejando, incandescente. Acima da capela em chamas Sharpe teve a impressão de incontáveis bombas caindo e de um céu rendado com ferozes trilhas de foguetes. A fumaça borbulhava. Ele recuou para a sombra e tirou a carabina do ombro. Podia ver Lavisser, mas não Barker. Será que Barker estaria dentro? Espreitando-o?

— Fim de quê? — gritou para Lavisser.

— Disseram-me que a Srta. Skovgaard sabe dos nomes que eu quero.

— Solte-a.

Lavisser sorriu. Outra bomba se chocou contra o orfanato e o sopro de sua fumaça e das chamas chicoteou as abas da casaca de Lavisser, mas ele não demonstrou medo. Apenas sorriu.

— Não posso soltá-la, Richard. Você sabe. Quero os nomes.

— Eu tenho os nomes. Estou com sua lista.

— Então traga para baixo, Richard, e eu solto a Srta. Skovgaard.

Sharpe se ajoelhou e puxou com o polegar o cão da carabina. Que Jesus chorasse, pensou, mas era melhor que esta arma fosse precisa. Aksel Bang estava a menos de vinte passos de distância, só que parado atrás de Astrid com o braço direito passando pela cintura dela. Sharpe só podia ver o rosto lúgubre de Bang, o resto dele estava oculto por Astrid, mas, na área de tiro em Shorncliffe, Sharpe se mostrara capaz de colocar dez balas em cada dez num alvo do tamanho do rosto de um homem a uma distância de cinquenta metros.

— O que está esperando, Richard? — gritou Lavisser.

— Estou pensando.

A PRESA DE SHARPE

Clouter se agachou ao lado de Sharpe.

— Há um sujeito grande por aí — disse Sharpe. — Fique atento a ele.

Clouter assentiu. Sharpe apontou através das barras da balaustrada da varanda, alinhando a mira da carabina com o rosto de Aksel Bang. Então se preocupou, subitamente imaginando se havia enrolado a bala na bucha de couro engordurado quando recarregou a arma. Lembrou-se de ter disparado a carabina na casa da Bredgade, mas quando a havia recarregado? Pensou que havia sido ao chegar ao orfanato na noite anterior, mas não pensara nisso. Por que deveria? Carregar uma arma era como respirar, não era algo em que se pensasse. Mas se não tivesse usado a bucha de couro, a bala não seria apanhada pelos sete sulcos espiralados que a faziam girar e a deixavam precisa. E se a bala estivesse desenrolada, seria um pouquinho menor do que o diâmetro do cano, e quando ele disparasse, ela sairia num ligeiro ângulo. Muito pequeno, mas o bastante para se desviar do rumo e talvez acertar Astrid.

— Sharpe! Estou esperando! — Lavisser espiou para o portal escuro. — Traga a lista!

— Solte-a!

— Por favor, não seja chato, Richard. Só desça. Ou quer que eu descreva o que planejo fazer com a linda Astrid caso você não desça?

Sharpe disparou. Não pôde ver a trajetória da bala porque o portal foi imediatamente preenchido por uma névoa de pólvora, mas ouviu Astrid gritar e soube imediatamente que havia cometido um erro. Deveria ter atirado em Lavisser, não em Bang. Este não tinha coragem para fazer nada por iniciativa própria, mas Sharpe o havia escolhido porque estava segurando Astrid. Agora correu através da fumaça e se apoiou na balaustrada, vendo que Bang estava esparramado de costas, e onde estivera seu rosto restava apenas uma grande área de ossos quebrados, cartilagens e carne sangrenta. Astrid havia desaparecido. Lavisser olhava para Bang incrédulo, então Sharpe viu movimento à direita e se abaixou sobre um joelho enquanto Barker disparava a espingarda. A bala acertou o cabelo de Sharpe e arranhou a lateral de seu crânio. Ele ficou atordoado, mas não

BERNARD CORNWELL

318

perdeu os sentidos, e soltou um grito de guerra enquanto disparava pela varanda e acertava o cano da carabina descarregada na virilha de Barker. Outra espingarda relampejou e Sharpe sentiu o vento da bala passando. Viu que havia um segundo homem atrás de Barker, mas Clouter gritou para Sharpe se abaixar. Ele fez isso. A arma de sete canos chamejou e rugiu alto como uma bomba explodindo. O segundo homem foi jogado para trás enquanto duas granadas atravessavam os caibros do dormitório onde Sharpe e Clouter haviam se abrigado.

Barker estava se retorcendo na varanda.

— Não! — gritou ele para Sharpe, que havia sacado uma de suas pistolas.

— Sim — disse Sharpe.

— Eu deixei você viver! — gritou Barker.

— Mais idiotice sua — disse Sharpe e mirou com a pistola. Disparou e a bala acertou Barker sob o queixo. Então uma espingarda estalou no pátio e arrancou uma lasca da balaustrada ao lado de Sharpe. Clouter disparou de volta com suas duas pistolas, depois se agachou para recarregar a arma de sete canos. Sharpe deslizou sua última pistola ao longo da varanda, para o negro. — Espere aqui — disse.

— Aonde o senhor vai?

— Achar o desgraçado.

Lavisser havia desaparecido, por isso Sharpe tirou a arma de sete canos do ombro, passou sobre o cadáver de Barker e se esgueirou pelo patamar. As chamas à direita eram terríveis, ameaçando assá-lo, mas ele passou correndo até o ar mais fresco, chegou à porta que dava na escada interna e viu Lavisser ali, no patamar intermediário. Sharpe levou a arma de sete canos ao ombro, mas Lavisser foi mais rápido em erguer a pistola, e Sharpe recuou.

— Não vou atirar, Richard! — gritou Lavisser. — Só quero conversar!

Sharpe esperou. Sua cabeça estava zumbindo e o sangue pingava da orelha. Uma bomba explodiu no pátio, estremecendo os corpos ensanguentados dos soldados mortos. Uma carcaça estava queimando ali, e suas chamas incendiaram a bolsa de munição de um soldado, que estalou furiosa.

— Não vou atirar — disse Lavisser outra vez, agora mais perto. — Fale comigo. Você está aí?

— Estou.

Com a pistola afastada do corpo para demonstrar que não queria fazer mal, Lavisser pisou cautelosamente na varanda.

— Está vendo? — gesticulou com a pistola. — Chega de tiros, Richard.

Sharpe estava com a arma junto à cintura e os sete canos apontavam para Lavisser. Manteve-a ali.

Lavisser olhou para a arma e sorriu.

— Sua mulher está em segurança. Ela fugiu pelo arco.

— Minha mulher?

— O Sr. Bang parecia achar que ela estava caidinha por você.

— Bang era um idiota.

— Caro Richard, eles são todos idiotas. Isto é a Dinamarca! Chata, insuportavelmente chata. Ameaça ser o país mais respeitável nesta terra de Deus. — Ele se encolheu quando uma bomba caiu no depósito acima do arco da entrada, mas não afastou o olhar de Sharpe. — Nossos artilheiros estão demonstrando uma bela forma esta noite. O Sr. Bang disse que você vai ficar aqui.

— E daí?

— Eu também, Richard, e seria bom ter um amigo que não fosse insuportavelmente respeitável.

Sharpe deu um passo adiante porque o calor atrás dele estava ficando intolerável. Lavisser recuou. Ainda mantinha a pistola ao lado do corpo. Agora Clouter andava pelo lado mais distante da varanda, depois saltou agilmente da balaustrada para o mastro com cordames. As cordas alcatroadas estavam queimando, mas ele desceu com velocidade tão treinada que chegou sem qualquer dano.

— Então qual é o preço de sua amizade? — perguntou Sharpe a Lavisser. — A lista que está no meu bolso?

— Você realmente se importa com os homens da lista? Quem são eles? Comerciantes desconhecidos na Prússia e em Hanover? Deixe os franceses ficarem com eles e os franceses cuidarão de nós. O que você quer ser, Richard? Um general do exército dinamarquês? Isso pode ser arranjado, acredite. Quer um título? O imperador é notavelmente generoso com títulos. Tudo é novo na Europa, Richard. Os velhos títulos não significam nada! Se você puder tomar o poder, pode ser um lorde, um príncipe, um arquiduque ou um rei. — Lavisser olhou para o pátio, onde Clouter o estava ameaçando com a arma de sete tiros recarregada. — Seu amigo negro vai atirar em mim?

— Deixe-o, Clouter!

— Pois não, pois não, senhor. — Clouter baixou a arma.

Sharpe avançou de novo, obrigando Lavisser a dar outro passo para trás em direção à capela em chamas. Agora Lavisser estava se preocupando e começou a levantar a pistola para enfrentar Sharpe, mas este balançou sua arma, e Lavisser obedientemente manteve a pistola ao lado direito do corpo.

— Sério, Richard — disse ele. — Você e eu? Podemos ser como lobos numa terra de cordeirinhos lanosos.

— Ainda estou usando uniforme britânico, ou será que você não percebeu?

— E o que a Inglaterra fará por você? Acha que algum dia ela irá aceitá-lo? Além disso, você vai ficar aqui. Vai precisar de dinheiro, Richard, dinheiro e amigos. Eu ofereço as duas coisas. Realmente acha que poderia suportar a Dinamarca sem isso? — Ele sorriu com alívio súbito porque Sharpe finalmente havia movido a arma de sete canos, não apontando mais para a sua cintura. Agora, em vez disso, apontava para o lado. — Confesso que gostaria da sua amizade, Richard.

— Por quê?

— Porque você é um desgarrado, e gosto dos desgarrados. Sempre gostei. E você é eficiente, impressionantemente eficiente. Como os nossos artilheiros esta noite. — Os artilheiros haviam transformado Copenhague num inferno. Grandes áreas da cidade pegavam fogo, as chamas saltando altas sobre o resto dos pináculos, e pareceu a Sharpe, olhando por cima da cabeça de Lavisser, que havia um arco-íris de chamas puras sobre a cidade. Era um vislumbre do fim do mundo, da vingança do inferno. E era eficiente, sem dúvida.

— Sou um tugue — disse Sharpe. — Lembra?

— Aspiro a ser o mesmo. Este mundo é governado por tugues. O que é o imperador, senão um tugue? O que é o duque de York, senão outro tugue? Ainda que fraquinho. Os tugues vencem, Richard. Aos poderosos, os espólios.

— Só tenho um problema — disse Sharpe. O calor estava queimando suas costas, mas ele permaneceu imóvel. — Você ameaçou Astrid.

— Não seja absurdo, Richard — respondeu Lavisser com um sorriso. — Realmente acha que falei a sério? Claro que não. Gosto demais dela. Não como você, claro, mas devo dizer que admiro seu gosto. — Ele olhou para a arma de sete canos que continuava apontando para longe. — Eu jamais iria feri-la, Richard.

— Não?

— Não! O que você me considera, Richard?

— Um desgraçado, uma porcaria de um desgraçado mentiroso!

E puxou o gatilho da arma. As sete balas voaram na direção da fumaça e arrancaram a pistola da mão de Lavisser. Também arrancaram sua mão e o pulso, deixando farrapos ensanguentados, de modo que Lavisser ficou olhando-a, depois berrou quando sentiu a dor.

— Seu desgraçado — disse Sharpe. — Sujeito totalmente desgraçado. — Em seguida jogou a arma de sete canos para Clouter e desembainhou o sabre de abordagem, que cravou com força no peito de Lavisser, empurrando-o para trás, e Lavisser agarrou o punho de sua espada com a mão esquerda, mas não conseguiu desembainhá-la cruzando o corpo. Sharpe cravou a ponta do sabre de novo em seu peito, e Lavisser cambaleou mais um passo atrás, depois viu que a varanda terminava numa porta que antes levara à galeria da capela e agora se abria para um inferno.

BERNARD CORNWELL

— Não! — gritou ele, e tentou se jogar para a frente, mas Sharpe foi mais rápido. Cravou a lâmina pesada no peito de Lavisser, jogando-o para trás, e Lavisser cambaleou junto ao portal. Abaixo dele havia o fogo incandescente de bancos e bíblias queimando. — Não!

— Vá para o inferno — disse Sharpe e empurrou de novo, mas desta vez Lavisser segurou a lâmina do sabre de abordagem com a mão boa e se agarrou ao aço para não cair.

— Me puxe de volta — pediu a Sharpe. — Por favor. Por favor!

Sharpe soltou o sabre, e Lavisser caiu para trás na capela incendiada. Gritou enquanto caía, os braços abertos, depois bateu com um ruído surdo nas chamas.

A varanda estremeceu embaixo de Sharpe. Ele saltou sobre o parapeito e caiu no pátio. A passagem em arco estava cheia de fumaça e brilhante de chamas, mas Sharpe achou que poderiam passar correndo em segurança. Pegou a arma de sete canos com Clouter e olhou o incêndio que rugia e se agitava na passagem.

— Está se sentindo com sorte, Clouter?

— Mais do que aquele pobre desgraçado, senhor.

— Então vamos!

Eles correram.

A cidade se rendeu na manhã seguinte. Sete mil bombas haviam caído durante a noite e algumas ruas queimavam com tanta ferocidade que ninguém podia chegar a menos de cem passos. Páginas queimadas da biblioteca da universidade haviam chovido sobre 250 quilômetros quadrados da Zelândia, enquanto a catedral era uma estrutura lúgubre de pedra queimada, onde um monte de brasas soltava fumaça como o buraco do inferno. Havia corpos em filas bem-arrumadas nos parques, nas praças e nos cais. Não havia caixões suficientes, por isso as pessoas cujas casas não estavam danificadas traziam os cobertores e se esforçavam ao máximo por tornar os mortos decentes. Ninguém viera acender as espoletas, e mesmo que tivessem vindo, os navios não se queimariam, porque o capitão Chase jogara fora os fardos incendiários.

Soldados britânicos lutavam contra as chamas enquanto uma banda militar de casacas vermelhas tocava diante do palácio de Amalienborg. O general Peymann ouvia a música estranha e tentava prestar atenção aos elogios feitos pelos novos senhores da cidade, mas não conseguia se livrar de um sentimento de grande injustiça.

— Havia mulheres e crianças aqui — dizia repetidamente, mas falava em dinamarquês, e os oficiais britânicos, que jantavam na melhor porcelana do palácio, não entendiam. — Não merecíamos isso — protestou finalmente, insistindo em que um de seus ajudantes traduzisse.

— A Europa não merecia o imperador — retrucou acaloradamente Sir David Baird —, mas nós o temos. Ande, senhor, experimente o ragu de carne.

O general Cathcart, que jamais quisera bombardear a cidade, não disse nada. O cheiro de fumaça enchia a sala de jantar, tirando seu apetite, mas de vez em quando ele olhava das janelas, via os mastros da esquadra capturada e se perguntava quanto do valor deles lhe seria dado como prêmio pela captura. Mais do que o suficiente para comprar uma propriedade em sua Escócia natal, sem dúvida.

Não longe dali, na Bredgade, uma dúzia de marinheiros havia terminado de retirar traves enegrecidas e tijolos queimados de um buraco enorme. Agora se agacharam em círculo e começaram a bater em dúzias de curiosos torrões pretos que, quando partidos com uma machadinha de abordagem, brilhavam como um sol recém-nascido. Nem todo o ouro se derretera, algumas moedas continuavam nos restos calcinados dos sacos, e o capitão Chase estava fazendo pilhas de guinéus.

— Não sei se pegamos tudo, Richard.

— O bastante — respondeu Sharpe.

— Ah, o bastante, sem dúvida, mais do que jamais sonhei!

Lorde Pumphrey estava observando a escavação. Havia aparecido inesperadamente, acompanhado por uma dúzia de soldados, e anunciou que estava ali para cuidar dos interesses do Tesouro.

BERNARD CORNWELL

— Mas agirei como Nelson em Copenhague — disse a Sharpe —, e farei vista grossa. Afinal de contas, não tenho grande amor pelo Tesouro. Quem tem? Mas precisamos devolver alguma coisa a eles.

— Precisamos?

— Gosto de pensar que eles vão me dever um favor. Mas sirva-se, Richard, enquanto minha vista grossa está olhando.

Sharpe entregou a lista de nomes a Pumphrey.

— Lavisser está morto, senhor.

— Você me anima, Sharpe, você realmente me anima. — Pumphrey espiou os papéis. — Isto é sangue?

— Sim, senhor.

Pumphrey olhou para Sharpe e viu a raiva que ainda estava no fuzileiro, por isso não falou mais nada sobre o sangue. Nem perguntou sobre o sangue no cabelo nem as marcas de queimado na casaca verde.

— Obrigado, Sharpe. E Skovgaard?

— Está vivo, senhor, por pouco. Vou vê-lo agora. As bombas da noite passada queimaram seu armazém, não restou nada, mas ele tem uma casa fora das muralhas da cidade, em Vester Fælled. Quer ir?

— Acho que esperarei antes de prestar meus respeitos — disse Pumphrey, depois estendeu a mão para conter Sharpe. — Mas, diga, ele vai se mudar para a Inglaterra? Ele não poderá ficar aqui.

— Não?

— Caro Sharpe, ficaremos aqui por um mês, no máximo dois, então os franceses estarão com toda a firmeza montados na sela da Dinamarca. Então quanto tempo você acha que o Sr. Skovgaard vai durar?

— Acho, senhor, que ele preferiria ir para o inferno a ir para a Inglaterra. Portanto, o senhor terá de encontrar outro modo de protegê-lo. E à filha dele.

— A filha?

— Ela sabe tanto quanto ele. O que fará, senhor?

— A Suécia, talvez? — sugeriu lorde Pumphrey. — Eu preferiria que os dois estivessem na Inglaterra, mas lhe dou minha palavra de honra que os franceses não irão perturbá-los.

Sharpe olhou duro para Pumphrey, que quase estremeceu sob a intensidade do olhar, mas então Sharpe assentiu, satisfeito com a promessa, e se afastou. Tinha os bolsos pesados de ouro. Chase e seus homens ficariam ricos nesse dia, e sem dúvida lorde Pumphrey pegaria uma parte antes de devolver ao Tesouro, mas, apesar do peso nos bolsos, Sharpe não seria rico.

Nem ficaria na Dinamarca. Ole Skovgaard havia proibido a filha de se casar com o inglês. Doente como estava, Skovgaard havia juntado forças para verbalizar a recusa, e Astrid não iria desobedecer. Agora, quando Sharpe chegou à grande casa em Vester Fælled, ela estava à beira das lágrimas.

— Ele não vai mudar de ideia — disse Astrid.

— Eu sei.

— Agora ele odeia a Inglaterra e odeia você. Diz que você não é cristão e eu não posso... — Ela balançou a cabeça, incapaz de continuar, depois franziu a testa quando Sharpe pegou no bolso torrões de ouro enegrecido e punhados de moedas entortadas pelo calor. — Acha que isso mudaria a ideia dele? — perguntou Astrid. — O dinheiro não vai convencê-lo.

— Não é para ele. Nem para você, a não ser que você queira — disse Sharpe, enquanto pegava o último guinéu e colocava junto ao resto sobre a espineta. A casa servira como alojamento para oficiais ingleses durante o bombardeio e o belo piso de madeira estava marcado por pregos de botas e os tapetes, manchados de lama seca. — Você disse que queria reconstruir o orfanato. Agora pode.

— Richard! — Astrid tentou empurrar o ouro de volta para ele, mas ele não aceitou.

— Não quero — disse Sharpe. Queria, queria tremendamente, mas havia roubado guinéus suficientes no mês anterior e, além disso, ainda mais do que desejava aquele ouro, desejava que o sonho de Astrid se realizasse. — Dê às crianças — disse. Então ela simplesmente chorou, e ele a abraçou.

BERNARD CORNWELL

— Não posso ir contra o desejo do meu pai — disse ela finalmente. — Não estaria certo.

— Não — disse ele e realmente não entendia aquela obediência, mas entendia que isso era importante para ela. Acariciou seu cabelo. — Alguém me disse que esta era uma sociedade muito respeitável, e acho que não me encaixaria. Não sou religioso o bastante, de modo que talvez seja melhor assim. Mas um dia, quem sabe, talvez eu volte.

Ele se afastou, passando pelo cemitério próximo, onde um grande buraco estava sendo cavado para os mortos encolhidos pelo fogo.

Naquela noite, no palácio de Amalienborg, lorde Pumphrey pegou cuidadosamente parte do ouro e o guardou em sua valise. O resto — ele achou que valeria umas nove mil libras — seria devolvido ao Banco da Inglaterra, e o honrado John Lavisser poderia convenientemente ser culpado por tudo que faltava.

— O senhor poderia deixar Sharpe levá-lo de volta — disse no dia seguinte a Sir David Baird.

— Por que Sharpe?

— Porque eu o quero fora de Copenhague.

— O que ele fez agora?

— O que ele fez — disse Pumphrey em sua voz exata — foi exatamente o que eu pedi, e fez extremamente bem. Recomendo-o ao senhor, Sir David. Mas dentre as coisas que pedi para ele fazer estava manter pessoas vivas, coisa que ele fez, só que não é mais do interesse de Sua Majestade que elas vivam. — Pumphrey sorriu e passou um dedo delicado pela garganta.

Bard ergueu a mão com cautela.

— Não me conte mais nada, Pumphrey. Não quero tomar conhecimento de seu mundo sujo.

— Como o senhor é sábio, Sir David! Mas remova Sharpe rapidamente, por gentileza. Ele tem uma alma inconvenientemente galante e não quero torná-lo inimigo. Ele poderia me ser útil outra vez.

A cidade ainda fumegava quando Sharpe partiu. O outono surgia no ar, trazido por um vento frio da Suécia, mas o céu estava limpo, estragado apenas pela grande mancha de fumaça que pairava sobre a Zelândia. A fumaça ficou à vista de Sharpe mesmo quando a cidade desapareceu sob o horizonte do *Pucelle*. Astrid, pensou ele, Astrid, e pelo menos não pensava somente em Grace, e continuava confuso, só que agora sabia o que estava fazendo. Ia voltar ao alojamento, ao serviço de intendente, mas pelo menos com a promessa de que não seria deixado para trás quando o regimento viajasse outra vez para a guerra. E haveria guerra. A França estava atrás daquele horizonte cheio de fumaça e agora ela era a senhora de toda a Europa, e até que a França fosse derrotada não haveria paz. Era um mundo de soldados, e ele era soldado.

Chase juntou-se a ele no corrimão de popa.

— Você vai tirar uma licença, não vai?

— Um mês, senhor. Só preciso ir para Shorncliffe em outubro.

— Então venha a Devon comigo. Está na hora de conhecer Florence, uma alma querida! Podemos ir atirar, quem sabe. Não aceito recusa, Richard.

— Então não recusarei.

— Ali, olhe! O castelo de Kronborg. — Chase apontou para os telhados de cobre verde que brilhavam ao pôr do sol. — Sabe o que aconteceu ali, Richard?

— O *Hamlet*.

— Meu Deus, você está certo. — Chase tentou esconder a surpresa. — Perguntei ao jovem Collier quando estávamos chegando, e ele não fazia a mínima ideia!

— Ele morreu?

— Quem? Collier? Claro que não, está em perfeita saúde.

— Hamlet, senhor.

— Claro que morreu. Não conhece a peça? Talvez não conheça — acrescentou Chase rapidamente. — Nem todo mundo conhece.

— De que se trata?

— Um sujeito que não consegue se decidir, Sharpe, e que morre de indecisão. É uma lição para todos nós.

Sharpe sorriu. Estava se lembrando da amizade falsa de Lavisser quando haviam passado diante de Kronborg, e de como Lavisser havia citado algumas palavras da peça, e de como na época Sharpe gostava do oficial da Guarda. E lembrou-se de como se sentira tentado na varanda em chamas. Parte dele quisera aceitar a amizade de Lavisser, pegar o ouro, a oportunidade e a aventura, mas no fim puxou o gatilho porque tinha de viver consigo mesmo. Mas só Deus sabia aonde isso iria levá-lo.

A noite caiu. A fumaça de uma cidade partida desapareceu na escuridão.

E Sharpe navegou para casa. Soldado.

NOTA HISTÓRICA

O ataque britânico a Copenhague em abril de 1801 é lembrado (pelos britânicos), ao passo que o ataque muito mais devastador de setembro de 1807 é completamente esquecido. Talvez o primeiro seja distinguido pela presença de Nelson, já que foi durante a Batalha de Copenhague que ele fez o gesto famoso de levar o telescópio ao olho cego e declarar que não conseguia ver o sinal para interromper a ação.

A batalha de abril de 1801 foi entre a esquadra britânica e a esquadra dinamarquesa reforçada por baterias flutuantes e as formidáveis defesas da cidade voltadas para o mar. Cerca de 790 marinheiros e soldados dinamarqueses foram mortos e mais novecentos foram feridos, mas todos esses homens, como as 950 baixas britânicas, eram militares. Em 1807 os britânicos mataram 1.600 civis dinamarqueses dentro de Copenhague (as perdas britânicas em toda a campanha chegaram a 259 homens), e a derrota dinamarquesa foi muito mais significativa; no entanto, a campanha foi praticamente esquecida na Grã-Bretanha.

A causa da batalha foi o Tratado de Tilsit, de 1807, entre a França e a Rússia, determinando, dentre outras coisas, que os franceses poderiam tomar a frota dinamarquesa. Os russos não tinham direito de conceder isso, nem os franceses teriam o direito de tomá-la, mas a Dinamarca era um país pequeno (ainda que não tanto quanto hoje: em 1807 ela ainda possuía Holstein, agora no norte da Alemanha, e toda a Noruega). Contudo possuía

A PRESA DE SHARPE

a segunda maior frota mercante do mundo e, para protegê-la, uma marinha muito grande, com poderosos navios, que os franceses queriam para substituir os perdidos em Trafalgar em 1805. Os britânicos, cujo serviço de espionagem era notavelmente eficiente, ouviram falar da cláusula secreta no tratado e, para impedir sua implementação, exigiram que os dinamarqueses mandassem sua frota mercante para ficar sob custódia protetora na Inglaterra. Os dinamarqueses, com razão, recusaram, e assim a expedição de 1807 foi enviada para obrigá-los a ceder. Quando os dinamarqueses continuaram rejeitando as exigências britânicas, os artilheiros abriram fogo e bombardearam Copenhague até que a cidade, não querendo sofrer mais perdas, se rendeu. A frota dinamarquesa, em vez de ser levada sob custódia protetora, foi simplesmente capturada.

Não foi uma campanha de que os ingleses possam se orgulhar. O exército dinamarquês estava quase todo em Holstein, de modo que a única ação digna de alguma nota foi descrita no romance, a Batalha de Køge, entre as forças de Sir Arthur Wellesley e o precário exército reunido pelo general Castenschiold. Os dinamarqueses a chamam de "batalha dos calçados de madeira" porque um número muito grande de seus milicianos usava tamancos de trabalho no campo. Parece azar dos dinamarqueses que, numa ocasião em que o exército britânico tinha muitos generais medíocres, eles tenham se batido contra o futuro duque de Wellington, para não mencionar o 95º Regimento de Fuzileiros. Companhias do regimento haviam servido em algumas ações antes, mas Køge foi a primeira vez em que todo o 1º Batalhão lutou junto. Não houve tentativa de subornar o príncipe herdeiro, mas a "cavalaria dourada de São Jorge" foi uma das armas britânicas mais poderosas nas longas guerras contra a França e foi usada para subverter, subornar e convencer incontáveis governantes. Entre 1793 e 1815 o Tesouro britânico gastou nada menos do que 52 milhões de libras em "subsídios".

É um mistério o motivo pelo qual os dinamarqueses não queimaram sua frota. O príncipe herdeiro certamente deu ordens para que isso fosse feito, já que uma das suas mensagens foi capturada pelos britânicos. Cópias provavelmente chegaram à cidade, mas os navios não foram incendiados. Não havia marinheiros britânicos escondidos na cidade para impedir esse incêndio; simplesmente parece que, no caos do bombardeio, as ordens foram esquecidas, ou então Peymann achou que os britânicos cobrariam um preço terrível se ele os prejudicasse desse modo. Assim, a esquadra estava esperando, e os britânicos, que ocuparam a cidade por mais seis meses, levaram para casa 18 navios de linha, quatro fragatas e 16 outros navios, além de 25 canhoneiras. Também esvaziaram os estoques do porto e destruíram os navios em construção que estavam nas carreiras. Um dos navios de linha se perdeu na viagem, mas todo o resto podia ser considerado presa de guerra, assim tornando indecentemente ricos os oficiais mais importantes da expedição (o almirante Gambier e o general Cathcart sozinhos dividiram cerca de 300 mil libras, uma fortuna). Os britânicos deixaram para trás uma fragata pequena e bastante bonita, na verdade pouco mais do que uma embarcação de recreio, que fora presente do rei Jorge III ao seu sobrinho, o príncipe herdeiro dinamarquês. Os dinamarqueses, com um senso de humor macabro, mandaram esse navio à Inglaterra mais tarde naquele ano, junto com um punhado de prisioneiros britânicos e uma mensagem dizendo que a fragata parecia ter sido inadvertidamente esquecida. Um dos pequenos troféus da expedição foi a captura da ilha de Heligoland dos dinamarqueses no mar do Norte, que permaneceu sob domínio britânico até 1890, quando foi repassada amigavelmente à Alemanha.

A campanha de 1807 foi um desastre para a Dinamarca. Forçou-a a uma aliança com a França e a arruinou financeiramente. Ela perdeu a Noruega (para a Suécia) e as partes de Copenhague incendiadas pelos britânicos não foram reconstruídas durante toda uma geração. Mais de trezentas casas foram destruídas, outras mil foram seriamente danificadas, a catedral foi incendiada, bem como uma dúzia de outras igrejas e a universidade. A pequena história do artista que apagou uma bomba de morteiro com o conteúdo de seu penico é verdadeira; seu nome era Eckersburg e ele deixou algumas imagens angustiantes da cidade pegando fogo. Hoje há pouco sinal de que a destruição tenha acontecido, mas algumas casas reconstruídas têm balas rasas britânicas presas na argamassa das fachadas.

A PRESA DE SHARPE

As grandes fortificações da cidade foram demolidas em 1897, mas a cidadela (agora chamada de Kastellet) permanece. Há um pequeno cais de pesca, de madeira, perto da cidadela, não muito longe de onde fica atualmente a Pequena Sereia. Muitos nomes de rua mudaram, de modo que a Ulfedt's Plads (que foi incendiada) hoje se chama Graabodretorv.

Mas a campanha tem uma curiosa nota de rodapé. Um dos generais britânicos da expedição foi Thomas Grosvenor, que levou uma égua, Lady Catherine. Enquanto se encontrava na Dinamarca, descobriu que Lady Catherine estava grávida, por isso mandou-a para casa, onde ela pariu um potro, um garanhão, que mais tarde foi vendido a Sir Charles Stewart, que se tornou ajudante-general na Guerra Peninsular. Stewart, por sua vez, vendeu o garanhão a Sir Arthur Wellesley, e o animal se tornou seu cavalo predileto. De fato, quando era duque de Wellington, ele montou o cavalo durante a batalha de Waterloo e depois o deixou se aposentar em sua propriedade em Stratfield Saye. O cavalo morreu em 1836 e foi enterrado no terreno de Stratfield Saye, onde sua lápide ainda pode ser vista. O nome do cavalo, claro, era Copenhague. "Pode haver muitos cavalos mais rápidos", disse o duque sobre Copenhague, "e sem dúvida muitos mais bonitos, mas em termos de resistência nunca vi igual."

Assim, por mais que seja tênue, a estrada para Waterloo serpenteia por Copenhague, e Sharpe, como o duque, precisa marchar cada quilômetro.

Este livro foi composto na tipologia New
Baskerville BT, em corpo 10,5/16, e impresso
em papel off-white, no Sistema Cameron da
Divisão Gráfica da Distribuidora Record.